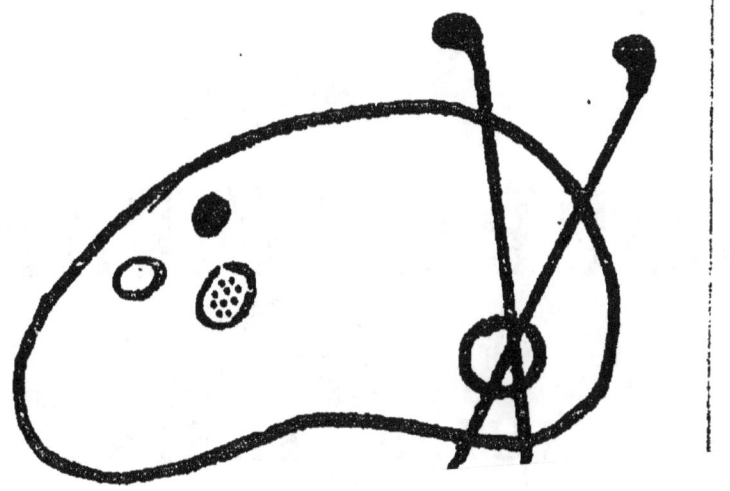

**Couvertures supérieure et inférieure
en couleur**

LES
LOUPS DE PARIS

PAR
JULES LERMINA
(WILLIAM COBB)

II
LES ASSISES ROUGES

PARIS

E. DENTU, ÉDITEUR

Libraire de la Société des Gens de Lettres

PALAIS-ROYAL, 15-17-19, GALERIE D'ORLÉANS

LES

LOUPS DE PARIS

———

II

LES ASSISES ROUGES

LIBRAIRIE DE E. DENTU, PALAIS-ROYAL

DU MÊME AUTEUR

LA SUCCESSION
TRICOCHE ET CACOLET

2 vol. grand in-18 jésus. Prix : 6 francs

F. Aureau. — Imprimerie de Lagny

LES
LOUPS DE PARIS

PAR

JULES LERMINA

(WILLIAM COBB)

II

LES ASSISES ROUGES

PARIS

E. DENTU, ÉDITEUR

LIBRAIRE DE LA SOCIÉTÉ DES GENS DE LETTRES

PALAIS-ROYAL, 15-17-19, GALERIE D'ORLÉANS

1876

LES
LOUPS DE PARIS

DEUXIÈME PARTIE

LES ASSISES ROUGES

I

PLANS D'AVENIR

— Le loch de M. le marquis?... Nom de nom ! En v'là un tas de feignants !

— Voilà ! voilà !... Pas la peine de crier, tu vas le réveiller, c't homme !

— Parbleu ! il est tout réveillé, puisqu'il demande à boire...

— Et la nuit, comment ça s'est-il passé ?

— Un vrai sucre... il a l'âme chevillée dans le corps...

— Tant mieux ! c'est un bon *zigue !*

Ce dialogue, émaillé de mots bizarres, était échangé entre deux personnages dont l'un, à demi caché par une porte entr'ouverte, ne laissait passer que la tête, tandis que l'autre, debout sur la pointe des pieds, présentait une tasse dont il remuait soigneusement le contenu, au moyen d'une cuiller d'argent.

Le premier — celui qui avait réclamé le loch de façon si énergique — avait retiré sa tête, et, refermant doucement la porte, était revenu, étouffant son pas, vers un lit soigneusement enveloppé de rideaux épais.

— Êtes-vous là, mon ami? demanda une voix faible.

— Certainement, monsieur le marquis !... Que la foudre écrase Muflier s'il manquait à son service !

— Pas si haut ! mon ami, pas si haut !... Donne-moi à boire...

— Voilà l'objet...

Et Muflier — car c'était lui, toujours lui, le beau, l'ineffable Muflier — tendit à Archibald de Thomerville la tasse dans laquelle, par une délicatesse toute maternelle, il avait trempé ses lèvres à la dérobée pour s'assurer que le breuvage n'était pas trop chaud.

Ah ! qu'il était vraiment beau, Muflier, les reins ceints d'un long tablier de toile blanche, qui dessinait ses formes d'Antinoüs.

Quelques jours auparavant, on avait rapporté à l'hôtel le corps inanimé d'Archibald. Armand de Bernaye avait aussitôt mis en œuvre tous les moyens que suggère la science pour rappeler à la vie les noyés. Il avait placé le corps légèrement incliné, la tête en bas. Puis il avait insufflé, lèvre à lèvre, de l'air dans les poumons. Bref, au bout d'une heure, quelques symptômes favorables s'étant manifestés, Armand avait continué ses énergiques frictions.

Or, Muflier, qui ne dormait que d'un œil à l'étage supérieur, avait entendu vaguement le bruit d'un continuel va-et-vient. Le brave Loup était naturellement curieux : et puis il était hanté par des visions de gendarmerie qui troublaient sa quiétude.

Il s'était levé sur la pointe du pied, dédaignant d'ailleurs de se vêtir. Il avait posé la main sur la serrure. La porte n'était pas fermée.

Cette confiance l'eût touché, s'il ne s'était souvenu qu'Archibald lui avait recommandé, et avec raison, de ne pas sortir, s'il ne voulait avoir maille à partir avec les protecteurs de la sécurité publique. Avant d'enfreindre la consigne, il eut un scrupule, et s'approchant du lit où Goniglu se laissait entraîner à ses rêves paradisiaques, il lui mit la main sur l'épaule :

— Hein ! fit Goniglu en tressaillant... le gendarme...

— Non, ton ami Muflier.

— Pourquoi me réveilles-tu ?

— Il y a du grabuge dans la maison... j'ai envie d'aller voir.

— Pas d'imprudence ! Tu vas te faire *piger*...

— J'ai confiance en la parole d'un gentilhomme.

— Hum ! nous savons ce que c'est qu'une parole... Nous en avons tant donné !

— N'insulte pas notre hôte, qui m'a l'air d'un bonhomme très-réussi... Moi, je dis qu'il lui arrive peut-être quelque chose... On ne sait pas... Il a peut-être besoin d'un coup de main... Ma foi, tant pis ! j'y vais.

— Muflier ! cria encore Goniglu.

Mais Muflier était de ces natures généreuses que la réflexion enhardit. Il descendit donc à pas de loup, et apercevant sous une porte un filet de lumière, il se pencha tout simplement pour regarder par le trou de la serrure. Or, que vit-il?

Armand de Bernaye, qui se livrait sur le corps d'Archibald aux frictions que nous avons dites.

Muflier haussa les épaules.

— Pas de nerf! murmura-t-il. Mais haïe donc! va donc, marche donc!... Ah çà! il est noyé, le marquis!... Bigre!... encore un tour de cette canaille de Biscarre!...

Et il continuait à mi-voix ses objurgations à l'adresse d'Armand.

Tout à coup ce dernier, sans se détourner, adressa quelques mots à un des laquais qui se trouvaient là et qui, se hâtant pour exécuter l'ordre reçu, ouvrit brusquement la porte.

Hélas! cette porte ouvrait en dehors! La tête de Muflier était juste à hauteur de la serrure...

La porte entraîna la serrure, naturellement, et la serrure, non moins naturellement, cogna en plein le nez majestueux de Muflier, qui, brusquement lancé en arrière, tomba, toujours naturellement, en arrière, les quatre fers en l'air, comme on dit.

Or, il était, n'en déplaise au lecteur,

> Dans le simple appareil
> D'une beauté qu'on vient d'arracher au sommeil.

D'où l'originalité du tableau.

— Quel est cet homme? cria Armand.

Déjà deux laquais avaient remis Muflier sur sa base.

Se drapant dans sa dignité : — Monsieur, dit Muflier, mon apparition et surtout mon costume peuvent vous paraître étranges... Qui je suis? Un ami, un hôte de

M. le marquis, et je prends la liberté de vous remercier du dévouement dont vous faites preuve en ce moment.

Il était superbe, Muflier. Armand le regardait. Tout à coup un souvenir traversa son cerveau.

— Ah ! vous êtes un des deux...

— Gentilshommes, — interrompit Muflier, qui prévoyait une épithète désagréable, — gentilshommes auxquels M. le marquis a bien voulu offrir une courtoise hospitalité...

— C'est bien. Mais que venez-vous faire ici ?

— Mon Dieu, monsieur, si je ne craignais de vous froisser, je me permettrais de vous dire que mon concours peut vous être utile.

— En quoi, je vous prie ?

— Mon Dieu, je vous le répète, ne vous *épatez* pas, mais, vrai de vrai, vous frottez mal.

— En vérité...

— Vous manquez de zinc, et si vous voulez me permettre, avec ces bras-là, je ferai de *la meilleure* ouvrage.

Il mit à nu ses bras velus comme les pattes d'un ours.

— Vous savez comment se font ces frictions ?...

— Oh ! oui !

Le fait est que dans ces temps heureux, il était un commerce spécial que nous rappellerons au lecteur et et qui pendant longtemps avait servi de ressource au doux Muflier.

L'autorité donnait une prime à qui repêchait un noyé : 15 francs pour un vivant, 25 *francs pour un mort.* C'est bizarre, mais c'était ainsi.

Alors Muflier se promenait tranquillement au bord

de l'eau : il poussait un passant dans la Seine ou le canal, lui laissait le temps moral pour que l'asphyxie fût complète, puis se jetait lui-même à l'eau et ramenait le corps sur la berge.

Alors il le portait au poste le plus voisin : on envoyait chercher un médecin, et Muflier regardait.

Sa position était délicate : si la vie était ramenée dans ce corps inanimé, *primo*, il perdait 10 francs; *secundo*, le noyé pouvait se plaindre de l'indélicatesse dont Muflier avait fait preuve à son égard.

Ce qui explique avec quel soin Muflier suivait les progrès du traitement, dont il étudiait toutes les phases, prêt à s'esquiver si la science triomphait de la mort.

Donc les frictions, fumigations, insufflations n'avaient pas de secret pour lui.

Il est bien entendu qu'il négligea — et pour cause — de donner à M. de Bernaye ces délicates explications.

Armand vit ces bras vigoureux, et chez lui le médecin triompha de l'hésitation de l'homme. D'ailleurs n'était-il pas là ?

— Essayez, dit-il. Seulement, n'oubliez pas que je ne vous perds pas de vue.

Muflier eut un sourire : il jeta sur les laquais un regard dédaigneux, comme pour railler leur débilité, et il s'approcha du lit.

Oh! alors commença un travail épique! Il frictionnait! il frictionnait! avec quelle force et en même temps avec quelle entente de la situation ! Et son bras ne se fatiguait pas. On eût dit le mouvement d'une machine, tant c'était régulier et net.

Un quart d'heure s'était à peine écoulé que la circulation renaissait dans le corps d'Archibald.

— C'te pauvre vieille! laissa échapper Muflier; il
paraît que c'était un rude bain!

Puis se tournant vers Armand :

— Qu'est-ce que vous diriez d'une bonne bouffarde?

— Hein? demanda de Bernaye.

— Eh oui! j'ai vu ça. Quand ils commencent à revenir, on leur souffle du tabac dans le nez; ça excite, et ça
va comme un gant.

— Faites, dit Armand, qui avait reconnu un expert
en ces matières.

Muflier revint à la porte, et plaçant ses deux mains
devant sa bouche en manière de porte-voix :

— Hé! Goniglu! cria-t-il.

— Qu'est-ce qu'il y a?

— Descends Joséphine toute bourrée.

Puis, avec un sourire, à Armand :

— Joséphine, c'est ma pipe!

Goniglu, sans comprendre, mais sans discuter, se
hâta d'obéir au désir de Muflier.

Si bien que dans la chambre de ce moribond, nos
deux héros, en costume plus que léger, auraient fait
singulière figure sans la solennité du moment.

Quoi qu'il en soit, Armand n'hésitait plus à profiter
du bon vouloir des deux gredins, subitement transformés en infirmiers.

Et de fait, ils s'acquittèrent de leur tâche avec une
dextérité exemplaire. Les fumigations, en titillant les
organes olfactifs et respiratoires de l'asphyxié, déter-
minèrent des contractions spasmodiques dont le résultat fut, au bout de peu de temps, le rétablissement de
la respiration régulière.

Seulement il se produisit ce fait curieux qu'Archibald, rouvrant les yeux, vit devant lui la figure patibu-

laire des deux Loups : son cerveau enfiévré lui montra, dans une vision délirante, la bande acharnée à sa poursuite, et, sous un effort violent, son bras se détendit avec la vigueur d'un ressort mis soudain en jeu.

Or, au bout du bras il y avait une main, et cette main était fermée, faisant poing, et ledit poing s'abattit avec un floc ! mat sur le nez de Muflier, qui se releva brusquement. Le crâne de Muflier vint heurter le menton de Goniglu, dont la langue, à demi sortie en signe d'attention, faillit être séparée en deux.

Mais Muflier fut plein de dignité.

Saisissant, entre le pouce et l'index, comme pour un examen sommaire, son nez rouge de sang, il dit à Armand :

— Quand je vous disais qu'il en reviendrait.

Seulement c'était une crise terrible qui se préparait. Le visage, d'ordinaire si pâle de Thomerville, était maintenant congestionné.

Armand dut faire appel à tout son sang-froid. Il éprouvait pour Archibald l'affection d'un frère, et on sait que, pour les savants, la cure des amis et des proches est là plus difficile.

Plusieurs jours se passèrent dans des angoisses terribles. C'était un dévouement de tous les instants, des terreurs de chaque minute. Le délire dura plusieurs nuits, faisant craindre pour la vie du malade.

Muflier, qui, après avoir compris l'effet produit par sa présence, s'était d'abord discrètement retiré, avait de nouveau offert ses services à Armand, qui les avait d'abord refusés.

Mais les deux camarades avaient tant insisté que de Bernaye avait fini par se laisser fléchir.

Du reste, les raisons alléguées par Muflier étaient péremptoires.

La première, c'est que privé — pour cause majeure et pour obéir à M. de Thomerville — du plaisir de la promenade, il s'ennuyait et tenait à occuper son temps, l'oisiveté étant la mère de tous les vices.

La seconde, c'est qu'il éprouvait — chose bizarre — une profonde sympathie pour M. le marquis, sympathie que partageait de tous points messire Goniglu.

Il en était une troisième qu'il avait prudemment passée sous silence. Ils étaient naturellement sans nouvelles de Biscarre, et l'accident arrivé à Archibald paraissait prouver que le roi des Loups avait, cette fois encore, triomphé de ses ennemis.

Or, Biscarre — ils le devinaient — n'était pas assez niais pour n'avoir pas compris d'où était venue l'attaque dirigée contre lui : si bien que les deux acolytes se sentaient mal à l'aise et n'étaient pas fâchés de se ménager des défenseurs pour l'avenir.

En tout état de cause et quel que fût le mobile de leur conduite, Muflier et Goniglu étaient devenus d'admirables gardes-malades.

Les ordres d'Armand étaient exécutés avec une ponctualité remarquable.

Rien n'était plus comique que d'entendre Muflier adoucir sa voix pour faire accepter à Archibald les prescriptions du docteur.

Le premier — ou plutôt le second mouvement d'Archibald, lorsque la raison lui était revenue et qu'il avait aperçu la tête bizarre de ses infirmiers, avait été un sourire presque joyeux.

Muflier, la main sur son cœur, avait protesté de son inaltérable dévouement : Armand avait, en deux mots,

1.

patronné les deux amis en rappelant les services déjà rendus. Si bien qu'Archibald les avait parfaitement admis auprès de lui.

Il eût voulu même les interroger : mais la consigne du silence était absolue, et pour un empire — ou même pour mieux que cela — Muflier n'eût pâs répondu.

Voilà comment nous trouvons Muflier agitant avec soin un loch destiné au marquis de Thomerville.

Celui-ci entrait en pleine convalescence. Son organisme vigoureux avait résisté à cette épouvantable secousse. Muflier, ce matin-là, était radieux.

Il savait que le docteur allait lever la consigne du silence, ce qui lui causait dans la glotte d'agréables chatouillements.

Vers sept heures, Armand arriva.

— Eh bien ! mon brave, demanda-t-il à Goniglu, comment va notre malade ?

— De mieux en mieux.

— Décidément, fit Armand en riant, voici, pour l'avenir, une profession toute trouvée.

Goniglu esquissa un geste plein de modestie, puis, s'effaçant, il laissa passer Armand, qui pénétra dans la chambre de Thomerville.

Muflier se mit au port d'armes.

Armand s'approcha du lit. Archibald lui tendit la main.

— Vous m'avez sauvé ! dit-il.

Sa voix était ferme, pleine. C'était bien la santé qui revenait à grands pas.

— Mon ami, fit Archibald se tournant vers Muflier, laisse-nous ; si j'ai besoin de toi, je t'appellerai.

— Je suis aux ordres de monsieur le marquis.

Et s'inclinant avec cette désinvolture qui lui était naturelle, Muflier alla rejoindre Goniglu.

— Et maintenant, dit Archibald à Armand, j'espère que vous allez mettre fin à l'horrible supplice que vous m'avez imposé, à ce silence qui me pèse et me torture.

— Attendez, fit Armand.

Il alla à la fenêtre, écarta les rideaux, qui laissèrent pénétrer la vive lumière du matin; puis revenant au lit, il examina longuement le visage du convalescent.

— Me promettez-vous, dit-il, de parler sans animation, de conserver en toutes choses votre calme et votre sang-froid?

— Je crois que je n'aurais pas la force de m'exaspérer, fit Archibald en riant.

— C'est pour cela qu'il ne faut pas abuser de cette première vigueur qui vous revient. Sous les réserves que j'ai dites, je vous autorise à parler.

— J'ai d'abord de nombreuses questions à vous adresser.

— Faites.

— Vous n'avez pas encore prononcé le nom de sir Lionel. Est-il vivant?

Une ombre de tristesse passa sur le visage d'Armand.

— Sir Lionel est vivant; mais peut-être eût-il mieux valu pour lui qu'il eût succombé.

— Que voulez-vous dire?

— J'ignore comment vous avez échappé à l'incendie de la maison de Biscarre; j'ignore par quelles horribles péripéties vous avez dû passer avant que vos deux corps vinssent flotter dans la Seine; mais ce que je n'ai que trop réellement constaté, c'est que la raison de sir Lionel n'a pu résister à ces secousses.

— Fou ! Sir Lionel est fou !

Armand baissa la tête en signe d'affirmation.

Archibald plaça ses deux mains sur son visage. Il y eut un long et pénible silence. Puis de grosses larmes roulèrent entre ses doigts.

— Mieux valait la mort, dit-il enfin. Pauvre Lionel !

— Vous comprenez maintenant pourquoi jusqu'ici j'avais refusé de vous répondre : je voulais que vous fussiez assez fort pour entendre cette révélation, car je savais bien que cette question serait la première que vous m'adresseriez.

— Mais vous, vous dont la science est supérieure à celle des autres hommes, désespérez-vous donc de lui ?

— La folie de Lionel est de celles qui semblent défier la science. Elle se caractérise par un calme profond, une impassibilité terrible que rien ne peut briser. Sir Lionel semble un cadavre qui vit et qui marche. En face de cette absence de tout effet extérieur, la lutte contre le mal est plus difficile, presque impossible...

— Vous tenterez tous les moyens, n'est-ce pas ?

— Certes, vous n'en doutez pas. Mais il faut avant tout laisser agir le temps. Une crise peut se déclarer, et c'est alors seulement que je pourrai utilement tenter la guérison de notre cher ami Lionel.

— J'ai foi en vous, dit Archibald. Vous le sauverez...

Armand secoua la tête. Il doutait de lui-même. Archibald passa sa main sur son front, puis il reprit :

— Qu'est devenu le misérable que nous poursuivions ?

Armand raconta succinctement à Archibald ce qui s'était passé.

Aussitôt qu'il avait vu enlever son frère, Droite avait couru chez Armand. Celui-ci connaissait l'expédition tentée par Archibald et Lionel au quai de Gèvres. Il ne douta pas que ce ne fût dans ce repaire que Gauche avait été entraîné. Il avait couru à la maison sinistre et n'avait pas tardé à découvrir l'issue par laquelle il était possible d'y pénétrer par derrière. On sait le reste.

— Maintenant, ajouta Armand, qu'est devenu Biscarre ? Je ne saurais le dire. Voici les renseignements qui ont été publiés le lendemain dans un des journaux qui se sont occupés de cette affaire...

— Lisez, dit Archibald.

— Nos renseignements spéciaux, dit encore Armand, tandis qu'il tirait de sa poche un journal dont la date remontait déjà à plusieurs jours, ne nous ont rien appris de plus. Voici la note la plus complète que j'aie encore lue :

« Depuis longtemps déjà, la police était sur la trace d'une association occulte et criminelle dont les affiliés portaient le sobriquet de Loups de Paris. On soupçonnait d'en faire partie un recéleur du quai de Gèvres, connu sous le nom du vieux Blasias. Des mesures avaient été prises pour s'emparer de lui et on espérait d'un seul coup de filet se saisir des principaux affiliés de la bande.

» Mais, sans doute, M. le préfet, trop préoccupé de protéger le trône et les bases de l'ordre social (inutile de dire que le journal où se trouvaient ces lignes appartenait à l'opposition), a cru devoir trop longtemps surseoir à l'expédition projetée.

» La nuit dernière, un incendie a dévoré la masure qui servait de refuge au vieux Blasias, qui, selon toute apparence, était le chef de l'association. Ce misérable

est parvenu à s'enfuir, mais d'après toutes les proba-
bilités, il a trouvé la mort dans la Seine, qu'il avait
tenté — on ne sait pourquoi — de traverser à la
nage. Ce qui donne à cette hypothèse une certaine
vraisemblance, c'est que des mariniers ont retiré de
l'eau des vêtements qui ont été reconnus pour lui appartenir et dont sans doute il s'était débarrassé afin de
garder la liberté de ses mouvements. Jusqu'ici le cadavre n'a pas été retrouvé.

» On croit que ce Blasias n'était autre qu'un nommé
Biscarre, ancien forçat évadé. Nous espérons que la
police, faisant trêve à ses soucis politiques, mettra tout
en œuvre pour s'emparer de ses complices. Est-ce donc
être trop exigeant? »

— Rien de plus? demanda Archibald.

— Voyez vous-même.

Et Armand lui tendit le journal. Archibald parcourut
de nouveau l'article indiqué comme pour y découvrir
quelques détails qui lui eussent échappé à première
audition.

Tout à coup il poussa un cri de surprise.

— Qu'avez-vous donc? demanda Armand.

— N'avez-vous pas lu l'entrefilet qui se trouve un peu
plus bas?

— Qu'est-ce donc?

— Voyez vous-même.

Ce second article était ainsi conçu :

« Encore un désastre financier! L'exemple qui vient
de haut est mis à profit par les spéculateurs de toutes
les classes. Une de ces maisons interlopes qui s'arro-
gent le titre usurpé de banque, vient de s'effondrer
dans des conditions assez bizarres.

» Pendant la journée d'hier, aucun des employés de

la maison Mancal, dont le siége se trouvait rue Louis-le-Grand, n'a paru aux bureaux de la Société. Les garçons de bureau eux-mêmes n'ont pas ouvert les portes à l'heure ordinaire, et les nombreux clients qui venaient apporter ou retirer des dépôts n'ont pu y pénétrer.

» Immédiatement averti et devinant un de ces sinistres auxquels l'esprit de spéculation qui inspire le pouvoir donne de trop fréquents prétextes, le commissaire de police a fait ouvrir les portes.

» Les bureaux étaient complétement vides : tous les papiers avaient été enlevés clandestinement. Inutile de dire que la caisse ne contenait plus aucune valeur.

» Une enquête a été commencée à l'effet de rechercher les causes et l'étendue du désastre; on se préoccupe au parquet de connaître quels étaient les antécédents du sieur Mancal, qui, grâce à des connivences dont la nature reste encore un mystère, avait su pénétrer dans la société et y acquérir une sorte de confiance imméritée.

» Nous nous permettrons de trouver qu'il est un peu tard, mais nous nous en tiendrons au proverbe : Mieux vaut tard que jamais. »

— Eh bien? demanda Armand.

— Mon cher ami, reprit Archibald, vous n'ignorez pas que la maladie, en affaiblissant le corps, donne souvent à l'esprit une lucidité nouvelle; c'est comme une sorte de divination, qui par malheur ne dure pas alors que la santé est rétablie...

— Je ne vous comprends pas...

— Eh bien, traitez-moi de visionnaire si vous voulez, mais je ne sais quel instinct me dit qu'il y a corrélation entre ces deux faits...

— Entre la disparition de Biscarre...

— Et celle de Mancal. Mais je vais plus loin : je ne joue pas au devin. Maintenant que mes souvenirs me reviennent, je comprends pourquoi cette singulière pensée m'est venue, et vous allez le comprendre comme moi... Veuillez, je vous prie, appeler mes deux singuliers gardes-malades...

— Je vous obéis. Mais, à ce propos, n'est-il pas étrange que de semblables bandits aient montré pour vous soigner un dévouement qui faisait envie même à vos amis?

— Que voulez-vous? fit Archibald en riant, je les ai ensorcelés.

— En ce cas, dit Armand, s'il vous convient de les garder à votre service, je vous donnerai un conseil...

— Lequel?

— C'est de les engager à changer de nom.

— Et pourquoi?

— Ce nom de Muflier, surtout.

— Ah! mon cher ami! fit Archibald, permettez-moi de vous dire que je ne reconnais point votre coup d'œil ordinaire. Effacer le nom de Muflier, mais ce serait plus qu'une faute, ce serait un crime... Muflier s'appelant Jean ou Martin ne serait plus lui-même. Muflier il est, Muflier il restera, c'est-à-dire le gredin poseur, qui joue à l'homme sensible, capable de tout, même d'une bonne action. Ce nom de Muflier est sa force et la mienne. J'y tiens, et je le garderai tel.

— A votre aise. Certes, vous les connaissez mieux que moi...

— Appelez-les donc... et par leur nom, bien entendu.

— Muflier!... Goniglu!... demanda Armand.

Nos deux amis étaient aux aguets, non par indiscrétion — car d'honneur c'était à ne plus les reconnaître — mais pour être prêts au premier appel.

— Me voici ! dirent-ils, chacun avec son accent spécial.

— Mon cher monsieur Muflier, dit Archibald, et vous aussi, monsieur Goniglu, permettez-moi tout d'abord de vous témoigner ma reconnaissance...

— Oh ! marquis !

— Je vous demande en même temps pardon, car il me semble me souvenir que parfois je vous ai tutoyés...

— C'était un honneur pour nous...

— Point ! j'avais tort et je m'en accuse. Je veux vous rendre désormais les égards qui vous sont dus, et tout d'abord veuillez vous débarrasser de ces tabliers indignes de vous.

Muflier regarda Goniglu, qui regarda Muflier.

Leur visage s'allongeait de piteuse façon.

— Écoutez, monsieur le marquis, dit Goniglu, si vous avez à vous plaindre de nous, il vaut mieux le dire tout de suite...

— Me plaindre de vous ! non pas. Mais en quoi ce tablier...

— Ce tablier prouve que vous voulez bien continuer à accepter nos soins... Tenez, je vais vous dire la vérité. Nous sommes des gredins... mais vous nous allez, et vous nous désolerez en nous renvoyant...

— Mais on ne vous renvoie pas, interrompit Armand, que cette naïveté touchait malgré lui.

Comme l'avait dit Archibald, c'était une véritable joie pour lui que les airs ahuris des deux coquins.

— Eh bien, n'en parlons plus !... reprit-il avec une gravité comique; cependant, comme ce n'est pas aux infirmiers, mais aux gentlemen que je viens m'adresser.... j'aurais préféré...

— Laissez-nous le tablier ! répéta Goniglu.

— Gardez-le donc, fit Archibald en soupirant. Maintenant, mes braves, causons de nos petites affaires... et de votre ami Biscarre...

— Biscarre ! s'écrièrent les deux hommes avec une terreur réelle. Où est-il ?...

— Nous n'en savons rien... Cependant nous avons certaines raisons de croire qu'il est mort...

Muflier et Goniglu se levèrent brusquement :

— Si vous avez vu son cadavre, si vous l'avez touché, si vous l'avez enterré de vos propres mains... oui, le Bisco a *dévissé son billard*... mais sans ça, pas vrai !... faut pas vous monter le coup... il n'y a que les bons chiens qui crèvent... Avez-vous une preuve ?...

— Non, tenez, lisez ceci.

Armand remit à Muflier le journal.

Celui-ci lut lentement, avec soin. Goniglu suivait les lignes par-dessus son épaule.

— Eh bien ? demanda Armand.

— Le Bisco est vivant, articula nettement Muflier.

— Cependant, il est tombé à l'eau et n'a pas reparu.

— On ne l'a pas vu reparaître, ça n'est pas la même chose.

— Mais ses vêtements ?

— C'est une frime.

Il y eut un silence. Au fond, Archibald et Armand partageaient l'opinion de Muflier.

— Dites-moi maintenant, reprit Archibald, si mes souvenirs ne me trompent pas. Ne m'avez-vous pas parlé de certaine maison de banque dans laquelle vous aviez vu plus d'une fois pénétrer le Bisco ?

— Ça, c'est vrai.

— Dans quelle rue ?

— Rue Louis-le-Grand.

— Et vous ne l'avez jamais vu ressortir ?

— Jamais.

— Alors, qu'est-ce que vous supposez ?

— Dame ! c'est difficile !... Voyez-vous, si vous connaissiez le Bisco, vous sauriez que le diable est un imbécile auprès de lui... Il passe à travers l'eau ou le feu sans se mouiller ni se brûler... à travers les murs sans faire de trou. Ah ! c'est un fameux matou ! et si nous tombons sous sa griffe, nous ne sommes pas blancs.

— Étiez-vous entrés quelquefois dans cette maison de banque ?

— Non ! fit Muflier en levant les bras au ciel. Est-ce que nous avons des valeurs, nous ? est-ce que nous jouons à la Bourse ?

Archibald et Armand échangèrent un regard. Leurs soupçons étaient justifiés. Biscarre et Mancal n'étaient évidemment qu'un seul et même personnage.

Quant au bon vouloir des deux anciens complices de Biscarre, il ne pouvait être mis en doute, et le meilleur garant de leur sincérité était la terreur que leur inspirait le roi des Loups.

— Ainsi, dit Armand, vous ne connaissez point, au sujet de Biscarre, d'autres renseignements que ceux précédemment donnés ?

Muflier se leva et prit une pose de tragédie, la main étendue à la façon d'un Horace de pendule :

— Je vous fiche mon billet, dit-il d'une voix profonde, que si je pouvais tirer la corde qui le pendra, je me ferais un plaisir de ne pas le rater...

— Vous êtes donc devenu son ennemi ?

— Oh! il y a longtemps que ça grainait. Je ne fais pas la petite bouche. Comme gueux, il m'allait, mais comme homme, il ne m'appréciait pas ce que je vaux.

— Grand tort et preuve évidente de mauvais goût, fit Archibald.

— Et puis, voulez-vous que je vous dise? ajouta Muflier, eh bien! vous me bottez considérablement, vous deux! Je vois bien que vous vous f..... de moi, mais je ne vous en veux pas. Vous avez l'air de bons zigues, et j'ai un *béguin* pour vous... Pas vrai, Goniglu?

Goniglu était ému. Il tourna la tête et murmura:

— Ils me vont comme un gant...

— Eh bien! voilà qui est convenu, mes braves. Si vous mordez au bien, on tâchera de faire quelque chose de vous.

Goniglu regarda Archibald avec ahurissement:

— Faudra donc faire de bonnes actions?

— Peut-être.

— C'est que... l'expérience nous manquera.

— Bah! un apprentissage à faire!... Maintenant, mes amis, sans vouloir vous êtes désagréable, bien entendu, je vous prierai de me laisser seul avec mon ami...

— Compris! fit Muflier. Allons! Goniglu! haut le pied!...

Ils saluèrent et se dirigèrent vers la porte.

Mais avant de la franchir, ils se retournèrent encore.

— Vous savez, dit Muflier, faut pas vous gêner avec nous... et s'il y a quelque coup de torchon à donner pour votre service, allez-y!...

— Merci, fit encore Archibald.

La porte se referma.

— Singuliers alliés! dit Armand.

— Eh ! mon Dieu ! des gredins convertis valent souvent mieux que des hypocrites...

— Vous avez raison, nous ne pouvons nous dissimuler que la lutte est loin d'être terminée.

— Vous pensez aussi que Biscarre est vivant ?

— J'en ai la presque certitude. Je dirai plus, je le désire...

— Et pourquoi ?...

— Vous oubliez donc que cet homme tient en sa possession le secret de la marquise de Favereye... et que lui mort, elle perd tout espoir de retrouver son enfant ?...

— C'est vrai...

— Ah ! si comme moi vous aviez vu son désespoir, lorsqu'elle a cru à la disparition de ce misérable !... Était-ce là, d'ailleurs, ce que nous lui avions promis ?...

— Tout ce que vous dites est juste... Il faudra pourtant que cet homme soit puni...

— Certes... seulement il faudra qu'il parle... Mais je dois vous quitter. Je remarque sur votre visage des traces de fatigue. Je ne vous adresserai plus qu'une question... mais c'est par nécessité. Je désire savoir comment vous vous êtes échappés de la prison où vous retenait Biscarre... Peut-être ces détails me mettront-ils sur la voie du traitement qui peut sauver sir Lionel...

— Le récit n'est pas long, fit Archibald en souriant tristement. Niaisement nous avions été battus par ce bandit... Une trappe s'était ouverte sous nos pas et nous étions tombés d'une hauteur de plusieurs mètres dans une sorte de caveau où l'obscurité était profonde. Cette chute subite nous avait étourdis, mais cependant nous ne tardâmes pas à revenir à nous. Les ténèbres ne nous permettaient pas d'examiner le lieu où nous nous trouvions; nous nous serrions les mains, et, parlant à voix basse, nous échangions nos premières impressions. En vérité, nous nous croyions perdus. Pour moi, je ne croyais pas qu'il nous fût possible de sortir de ce tombeau; mais sir Lionel fit preuve le premier d'une énergie qui me rassura.

« De deux choses l'une, dit-il, ou cet *in pace* est sans issue, et nous sommes condamnés à périr de faim, ou le misérable Biscarre va nous achever tout à l'heure, avec quelques-uns de ses complices. Donc, la position paraît de toute façon désespérée. Cependant nous sommes vivants, nous avons toute notre vigueur, et nous ne devons attendre ni l'épuisement ni le massacre. Cherchons et étudions l'endroit où nous nous trouvons.

» — Sans lumière ?...

» — Allons donc ! ne suis-je pas un fumeur?

» Un instant après, une allumette éclatait, et nous pouvions regarder autour de nous. C'était une cave à voussure de maçonnerie. Au premier coup d'œil, il semblait qu'elle n'eût d'autre issue que la trappe par laquelle nous y avions été précipités.

» La lueur s'éteignit, et nous fûmes de nouveau plongés dans l'obscurité. Nous ne parlions plus : nous réfléchissions; et je dois avouer que pour ma part, je ne doutais pas que notre mort fût certaine. Tout à coup sir Lionel posa sa main sur mon bras. — Écoutez, fit-il. — Je tendis l'oreille et je perçus un bruit faible, quelque chose comme un frottement lent et régulier, un va-et-vient dont il m'était impossible de discerner la nature.

» — Qu'est-ce que cela? demandai-je. — C'est le remous de l'eau, dit simplement Lionel. — De l'eau?

— Lionel avait enflammé une seconde allumette, et rapidement il fit le tour du caveau, qui mesurait environ cinq à six mètres carrés.

» — Je ne me trompe pas, dit-il. Approchez-vous. Voyez cette portion de la muraille, elle suinte, et en y portant la main on sent une humidité glaciale. — Quelle conclusion en tirez-vous? — Que cette cave dépend de quelque ancien égout muré depuis longtemps; la voûte existe de l'autre côté de cette muraille, et le flot de la Seine s'y engouffre. C'est là le bruit que vous entendez.

» — Alors, nous risquons d'être noyés, si par hasard la muraille cède... Ceci est pour nous une nouvelle chance de mort. — Ou de salut !... — Je ne vous comprends pas. — Mon cher Archibald, reprit Lionel, dont la voix était aussi calme que s'il eût causé dans un salon, celui qui s'abandonne n'est pas digne de son titre d'homme. Dans le péril où nous nous trouvons, tenter l'impossible, risquer une folie devient un devoir, et il n'est pas de plan si insensé qu'il ne soit bon et juste de s'y arrêter. Mort pour mort, je préfère périr en luttant. Je ne suis pas de la race des agneaux qui tendent le cou, ni des condamnés qui sourient sur l'échafaud pour faire croire à leur courage. Sous le couteau, je lutterais encore, je lutterais toujours... Cela dit, ce que je vais vous proposer vous paraîtra sans doute ridicule... raison de plus pour l'adopter...

» — Parlez ! m'écriai-je, votre confiance me gagne, et soyez certain que vous n'aurez pas à rougir de moi... — Écoutez-moi donc. Tout en parlant, comme il convient de ne pas perdre de temps, j'ai étudié la nature de cette muraille; elle est faite de moellons, joints par un ciment que l'humidité a fortement attaqué, et je

suis certain qu'au moindre effort nous parviendrons à
disjoindre les pierres...

» — Mais l'eau se précipitera ici : nous périrons asphyxiés... — C'est vraisemblable, et pourtant ce n'est pas
absolument certain. Voici comme : la voûte est haute,
nous attaquerons la muraille à son sommet. Dès que
nous serons parvenus à faire une ouverture, l'eau pé-
nétrera dans le caveau, et en même temps sa force nous
aidera singulièrement à agrandir l'issue. Tout le plan
est celui-ci : que l'ouverture soit assez grande pour
nous laisser passer avant que l'eau ait complétement
rempli le caveau. Le flot nous saisira et nous entraî-
nera au dehors, et si nous ne sommes pas brisés,
broyés, cent fois tués, noyés et asphyxiés, nous reverrons nos amis... sinon advienne que pourra...

» Son accent était empreint d'une telle philosophie
que, bien que je ne comprisse pas très-clairement sur
quelles chances il pouvait réellement compter, je lui
répondis que j'étais prêt à tout.

» Aussitôt nous nous rapprochâmes du mur. L'un de
nous, à tour de rôle, tenait une allumette enflammée,
et, pendant les quelques minutes de clarté que nous
donnait la cire jusqu'à sa complète combustion, l'autre
s'efforçait, à l'aide d'une forte lame de canif, de disjoindre les pierres. Je craignais d'abord d'user trop rapidement les allumettes; mais sir Lionel, qui ne perdait pas un seul instant son sang-froid, me rappela
très-justement qu'en tout état de choses, elles nous seraient inutiles à l'avenir.

» Tout à coup Lionel poussa une exclamation de
joie, bientôt coupée par un cri de surprise et d'effroi.
Au même moment, je me sentis frapper en plein visage
par une colonne d'eau, lancée avec force. Je chancelai,

mais, me raidissant, je parvins à me tenir debout.

» — Eh bien? demandai-je à Lionel.

» — Voilà la crise, fit-il. L'eau entre. Mais jusqu'ici l'ouverture est trop étroite pour nous. Voici que l'eau emplit la cave : je la sens qui touche déjà mes chevilles, et bientôt elle sera aux genoux; si elle atteint les épaules et la tête avant que nous puissions nous jeter dans le chenal, l'affaire est entendue.

» Je me tenais auprès de lui : ses mains crispées s'accrochaient aux pierres et s'efforçaient de les attirer en avant. Mais par un hasard fatal, l'assise inférieure était formée de pierres lourdes et qu'il semblait impossible d'ébranler...

» L'eau tombait toujours avec un mugissement sourd : la nappe montait en tourbillonnant et nous enserrait à la ceinture. Le remous était si fort que nous avions peine à conserver notre équilibre.!

» — Encore deux minutes et tout sera fini, dit Lionel. Je crois qu'il faut prendre son parti. En somme, ce n'est pas une mort plus désagréable qu'une autre.

» A peine avait-il prononcé ces paroles, que, levant la tête, je poussai un cri à mon tour. A travers les fentes de la trappe qui s'était ouverte sous nos pieds, j'apercevais une lueur rouge, intense, sanglante. — Le feu! m'écriai-je. — Où cela? — Dans la maison du bandit... au-dessus de notre tête...

» — Bon! fit Lionel en riant, c'est la méthode *contraria contrariis;* seulement, comme si nous avions tous les allopathes du monde à nos trousses, nous sommes bien morts.

» Au même instant, il se fit auprès de nous un écroulement. Où? Comment? Par quel miracle? Je ne puis rien dire. Je me sentis saisi par le flot, entraîné dans une sorte de gouffre où mon corps jouait comme une épave... la nuit... un épouvantable fracas... mes membres se heurtaient à des corps durs qui me faisaient mal... Je comprends maintenant : la muraille s'était abîmée sous les efforts de Lionel. Par quel étrange bonheur avons-nous été entraînés vers la rivière ? je ne le sais... je perdis connaissance... C'est alors que vous nous avez repêchés, Lionel et moi... J'en ai été quitte pour une fluxion de poitrine. Quant à mon cher et pauvre ami, je suis désespéré de ce que vous m'avez appris. C'est lui qui nous a sauvés !... C'est à vous de le sauver maintenant !... »

Archibald avait mis dans son récit une animation qui l'avait épuisé. Des gouttelettes de sueur perlaient sur son front.

— Écoutez-moi, mon ami, reprit Armand. Votre guérison est certaine, et avant une semaine vous serez prêt à recommencer la lutte. Il ne faut pas nous le dissimuler, elle sera terrible. Le misérable Biscarre n'a disparu que pour mieux pouvoir dresser ses batteries. Attendons-nous à quelque coup de tonnerre éclatant tout à coup. Lionel nous manque ; mais nous avons une nouvelle recrue, sur laquelle je compte beaucoup.

— De qui voulez-vous parler ?

— De ce jeune homme que les frères Martin ont sauvé du suicide, de Martial. C'est une âme dévouée et un cœur énergique. Et je crois d'autant plus en lui que j'ai acquis une conviction... Martial est le fils d'un homme que j'ai trouvé assassiné au Cambodge, dans un de mes derniers voyages. Et je suis persuadé — ceci peut vous paraître étrange — qu'à ce meurtre n'est pas étranger certain personnage que nous connaissons et qui joue à Paris un rôle mystérieux...

— Quel est ce personnage?

— M. de Belen.

— Ah ! cette sorte de métis portugais... serait un assassin !

— Les preuves me manquent... un seul homme peut me les donner.

— Et cet homme...

— C'est Soëra, c'est l'être bizarre que j'ai recueilli le jour même où le père de Martial avait été assassiné.

— Mais quel rapport avec M. de Belen?

— Il y a quelques jours, lors du bal donné par le duc, Soëra, qui était venu me chercher pour me rendre au club, a entendu la voix de Belen et n'a pu réprimer son agitation.

— Vous l'avez interrogé?

— Certes; mais cet homme appartient à une race bizarre, soumise à des rites inconnus; depuis le soir où cette révélation soudaine a éclaté — du moins à ce que je suppose — Soëra s'est renfermé dans un mutisme absolu; il passe les journées et les nuits prosterné dans l'attitude de la prière, immobile comme un fakir indien... Et force m'est d'attendre que l'heure ait sonné où le dieu qu'il invoque lui aura permis de parler...

— N'avez-vous pas mis Martial en face de Soëra?

— Je vous comprends. Vous vous souvenez qu'à la vue de Martial, j'ai été frappé d'une ressemblance que je n'ai pu m'expliquer. En effet, ce jeune homme est le portrait vivant de son père, de ce vieillard que j'ai trouvé horriblement mutilé, expirant dans d'épouvantables tortures. Oui, le jour viendra où, si mes prévisions se réalisent, Soëra dira au fils toute la vérité; mais il règne dans cette aventure de profondes obscurités, que je cherche à percer. Par bonheur, mes études

sur les langues asiatiques me fournissent quelques
lueurs qui servent à me guider. Quoi qu'il en soit, je
sens que le Club des Morts aura à punir en M. de Belen — et peut-être en un autre, que je ne vous nom-
merai pas encore — deux criminels... Ce jour-là, Archibald, si j'ai besoin de vous...

— Comme toujours, vous me trouverez prêt...

— Donc, prudence! attendez l'apparition de Biscarre... ne perdons pas de vue Belen, et notre œuvre
s'accomplira...

Un instant après, Armand, reconduit par Muflier,
qui se confondait en salutations, sortait de l'hôtel d'Archibald.

II

SITUATION

La disparition de Mancal, outre l'émotion qu'elle avait causée dans le monde des capitalistes, plus ou moins compromis dans le sinistre, n'avait pas laissé que d'inquiéter certains de nos personnages, ou tout au moins de leur causer une impression profonde.

Seuls, Silvereal et la duchesse de Torrès le connaissaient sous son incarnation de Blasias; et de ce côté, les nouvelles colportées par les journaux avaient été un véritable soulagement.

En effet, ni l'un ni l'autre ne doutait que Mancal-Blasias ne fût mort.

Silvereal voyait disparaître un complice qui, un jour ou l'autre, pouvait devenir compromettant ou dangereux; mais ce complice lui avait laissé un conseil dont il entendait bien faire usage à l'occasion. Les dernières

2.

paroles du vieux Blasias étaient restées gravées dans
sa mémoire, et la dernière scène qui s'était passée
dans la chambre de Mathilde n'avait fait que rendre
plus violent en lui le désir de vengeance et de liberté.

Se venger? Pourquoi songeait-il donc à se venger de
Mathilde, et quel crime cette femme avait-elle commis?

Lorsque M. de Mauvillers avait contraint sa fille d'é-
pouser le baron de Silvereal, ce dernier avait eu conscience, sinon de l'aversion, tout au moins de l'indifférence qu'il inspirait à celle qui devenait, par la volonté
paternelle, la compagne de sa vie. Il savait en outre
que Mathilde, pour obéir aux ordres de celui qui regardait ses enfants comme l'instrument de sa fortune,
sacrifiait un amour honnête et profond.

Donc il l'avait haïe, dès que les premières heures de
la passion brutale avaient été passées. Cette résignation
dissimulée lui semblait une insulte. Et cependant, pendant les premières années de cette triste union, pas un
mot, pas un geste de la baronne n'avait dévoilé nettement l'état de son âme.

Mathilde subissait son mari, mais alors qu'elle lui
souriait, il se sentait indigne de cette affection et impu-
tait à crime à Mathilde sa propre impuissance à se
faire aimer.

Maintenant, il avait trouvé prétexte à sa haine, et il
n'attendait plus qu'une occasion de punir ce qu'il osait
appeler la faute de Mathilde, et (c'est là une des plus
bizarres étrangetés des caractères criminels) tout en
étant absolument convaincu de son innocence.

Restait à trouver le moyen de parvenir à son but.
Blasias était mort, et Silvereal se trouvait réduit aux
seules suggestions de sa propre intelligence. Mais la

haine est clairvoyante, et déjà il apercevait dans un vague lointain le moyen qu'il emploierait pour attirer Mathilde et Armand dans un piége. Qu'il parvînt à les réunir accidentellement, et alors la loi ne donnait-elle pas au mari outragé le droit de faire justice?...

Voilà nettement expliquée la situation du baron.

Celle de la Torrès était plus complexe.

Malgré le dédain qu'elle avait affiché jusque-là pour les conseils de Mancal, malgré la maligne satisfaction qu'elle avait éprouvée à le railler, alors qu'elle lui laissait croire qu'il avait été victime lui-même de l'empoisonnement dont il lui avait remis les éléments, le Ténia n'avait pu, sans frissonner, constater l'étrange puissance dont disposait cet homme, alors que Silvereal, succombant à l'ivresse, avouait un crime horrible.

Certes, elle n'avait pu comprendre exactement à quelles circonstances se rattachait ce meurtre, compliqué de tortures : la scène s'était passée dans un pays qui lui était inconnu ; les noms de Cambodge, de roi des Khmers étaient pour elle lettre morte.

Mais ce qui l'avait frappée, terrifiée, c'est que, par ambition, pour obéir à des sentiments d'orgueil, elle avait failli s'unir à cet homme dont les mains étaient teintes de sang. Et cependant était-elle innocente elle-même ? N'avait-elle pas empoisonné son premier mari?... L'âme humaine est ainsi faite que, forte devant ses propres infamies, elle se sent révoltée par les crimes d'autrui. D'ailleurs, le caractère de la Torrès n'était que contradictions.

Jetée dans la vie au hasard, sans connaître son père, élevée par une mère sans principes et sans honneur, qui avait roulé dans toutes les impudeurs, Isabelle

avait été vendue à un vieillard qui avait payé à cette
mère les prémices de la beauté de sa fille.

Lorsque cet homme était mort, il laissait à Isabelle
le plus terrible héritage qu'elle pût recevoir : la conviction que sa beauté la pouvait sacrer reine, et avec cette
conviction, le mépris des hommes, le dédain de toutes
convenances sociales, la haine de tous et de soi-même...

C'était d'ailleurs une des plus étonnantes singulari-
tés de cette existence que les enseignements reçus. Le
vieillard dont nous parlons se nommait le duc de D...

Quand il s'était senti mourir, il avait renvoyé ses
serviteurs et appelé Isabelle auprès de lui.

Sur ce visage émacié, usé encore plus par la débau-
che que par la maladie, régnait une étrange expression
d'ironie :

— Approche-toi, ma perle, lui avait-il dit (c'était de
ce nom qu'il avait coutume de l'appeler). Je vais mourir... Oh! ne t'émeus pas, ou tu me ferais douter de
toi. Tu ne peux ni m'aimer ni m'estimer... et tu es
dans le vrai. Je ne t'ai jamais aimée moi-même ; je
t'ai prise comme un jouet acheté à beaux deniers
comptants, et je m'en suis amusé. Il est dans le monde
grand nombre de gens qui me méprisent ; ils ont raison, et tu seras dans ton droit en les imitant. Je n'ai
jamais songé qu'à mes satisfactions égoïstes, estimant
que jouir de la vie était ma seule mission ici-bas. Je
t'ai pervertie à mon gré, j'ai éteint en toi tout sentiment et toute pudeur... tu es mon œuvre et je suis fier
de toi, à supposer que l'orgueil soit une satisfaction,
ce que je nie.

Il s'arrêta un instant, puis reprit :

— Si tu es ma digne élève, tu dois attendre avec impatience le moment où je serai mort.

Elle protesta d'un geste.

— Ne t'en défends pas : tu me ferais de la peine, parce que ce serait me prouver que je n'ai pas suffisamment réussi à te corrompre. Donc, en ce moment, regardant ma mine de parchemin, tu te dis : Est-ce qu'il ne va pas bientôt finir de m'ennuyer, ce vieux-là ? — et tu es dans le vrai. Seulement — il y a un seulement — tu as d'autant plus de hâte de me voir aux mains des croque-morts, que tu supposes, avoue-le, trouver dans mon testament un agréable souvenir de moi.

Elle ne put réprimer un regard brillant de convoitise.

— Eh bien, ma belle, tu te trompes. Je ne te laisse pas un écu, pas un rouge liard. Qui sait ? si grâce à moi tu te trouvais dans un état de modeste aisance, la Vertu, qui te guette, s'emparerait à nouveau de toi... Tu es jeune, et les illusions du bien sont tenaces... Je suis là, moi qui ai mis soixante ans à extirper cette mauvaise herbe. Or, je t'ai trop bien donnée au vice pour que j'aie la niaiserie de t'aider à en sortir. Au contraire, ce m'est, à la mort, une douce satisfaction que de songer au mal que tu feras...

Un hoquet convulsif l'interrompit un moment. On eût dit que la Mort lui posait sur la bouche ses doigts décharnés pour le contraindre au silence.

Mais il se roidit contre l'agonie, et continua :

— Je ne te laisse rien, t'ai-je dit, de telle sorte que, sortant de l'appartement luxueux où tu as passé des heures joyeuses, tu tombes dans un bouge où tu souffres toutes les angoisses... A peine aura-t-on rejeté le drap sur mon visage, que mes parents — des gens sévères, froids, des héritiers, pour tout dire — se pré-

senteront ici... Alors, si tu t'y trouves encore, ils te
chasseront avec moins d'égards qu'ils n'en mettraient
pour le dernier de mes laquais. Cela me plaît, et je
veux qu'il en soit ainsi.

La malheureuse, que ce cynisme torturait, non-seu-
lement dans ses espérances déçues, mais encore dans
les fibres les plus secrètes de son âme, se laissa entraîner cette fois à un mouvement de colère :

— Vous êtes un misérable ! s'écria-t-elle, et ce que
vous faites est infâme !

Il ricana :

— Très-bien ! voilà qui me complète mon Isabelle...
Insulte-moi, frappe-moi, soufflette-moi. Ce sera mieux.
La mort ne t'effraye pas... tu es plus forte que je ne
l'espérais... Une autre aurait pleuré... tu t'irrites, je
préfère cela, et je me sens plus fort pour achever...
Je ne t'ai pas encore tout dit. Donc, chassée d'ici avec
des paroles de mépris telles que tu n'en as jamais entendues, tu sortiras à demi folle, la tête perdue... On
ne te laissera même pas emporter ce qui, d'après toi,
t'appartient ; on te dira : « Vile courtisane ! rien d'ici
n'est à vous !...» Alors tu songeras à mourir, tu courras
vers les ponts... C'est toujours ainsi que cela se joue...
Tu t'accouderas sur le parapet, tu regarderas passer
l'eau noire qui fait tourbillon en se heurtant contre les
arches et tu te pencheras...

Elle laissa échapper un cri de terreur :

— Bon ! laisse donc ! Tu ne te tueras pas... parce
que des profondeurs de l'eau s'élèvera une voix qui
te dira : Folie ! Quand on est jeune comme toi, quand
on possède cette beauté sans rivale, ce corps devant
lequel se fussent agenouillés les artistes de la Grèce,
on se roidit contre la fatalité... on va droit devant soi,

sans honte, sans peur, avec cette résolution implacable
de ne jamais aimer et de ne faire de sa beauté qu'un
instrument de satisfaction personnelle. Par la beauté,
le monde est dirigé. L'homme s'agite et l'amour le
mène. Sache cela, mon enfant. Que te laisserais-je, une
dizaine de mille livres de rente? Folie! Comme femme
honnête, tu ne les vaux plus. Comme courtisane, tu
vaux des millions... Pas de milieu! je te jette dans la
fange pour que tu en ressortes diamant... Méprise et
hais les hommes, car pas un ne te dira franchement
comme moi ce qu'il pense tout bas... L'homme ne voit
dans la femme qu'un plaisir; toutes affaires de cœur
sont mensonges et âneries... Presse ces convoitises
pour en faire jaillir le suc, qui est l'argent; sur les passions des hommes élève ta fortune comme un impé-
rissable monument; et quand, le jour venu, tu seras
devenue la femme forte et grande, tu répéteras tout
bas mes paroles, et tu te diras: Au fond, c'est encore
le seul qui valût quelque chose... Maintenant, laisse-
moi mourir... Va-t'en! Ah! en passant, prends dans
ma bibliothèque le volume des *Courtisanes célèbres*... Il
y a de bonnes choses... Je te le donne.

Et le hideux vieillard était mort.

La pauvre fille n'avait pu croire à cet épouvantable
cynisme. Elle était restée dans cette maison qu'elle
s'était habituée à regarder comme sienne.

Mais promptement les sinistres prophéties du vieux
libertin s'étaient réalisées.

Il est un moment où les familles, dans leur dureté,
vengent la morale insultée par un homme que l'âge
mettait au-dessus, ou plutôt au-dessous de toute attaque directe. L'amant d'Isabelle — s'il est permis de
profaner ce mot — s'était vautré dans toutes les fan-

ges. Ceux qui portaient son nom ne se hasardèrent dans cette maison qu'avec les mêmes précautions qu'on prend pour pénétrer dans un lieu infecté. Son fils aîné — car ce misérable avait des enfants — ouvrit les portes toutes grandes pour renouveler l'air souillé, et, ayant vu Isabelle, il lui dit sans même fixer ses regards sur elle :

— Vous trouverez mille louis chez notre notaire... Allez les prendre.

Il y eut un tel mépris dans son intonation, dans son geste, qu'elle ne songea même pas à répliquer. C'était moins et plus qu'elle n'attendait. A la violence elle eût répondu par la violence. Ce calme la brisa.

Comme le lui avait dit le moribond, elle baissa la tête et sortit. Seulement, le vieillard s'était trompé à demi. Elle ne songea pas au suicide, et son cœur était gonflé non de désespoir, mais de haine et de colère.

Mille louis! ce n'était pas la misère prévue. Isabelle avait le temps de la réflexion. Voici ce qu'elle fit : elle alla droit chez le notaire, qui était un gros homme encore frais. Quand il vit entrer cette jeune pécheresse de seize ans qui avait le regard d'une vierge, il se sentit saisi d'une pitié tout anacréontique, et, les portes étant bien fermées, il lui donna quelques conseils paternels.

« Qu'allait-elle devenir, jetée si jeune dans le tourbillon du monde? La première vertu, en ce monde, c'est l'ordre et l'économie. Puisque la Providence permettait qu'elle eût un petit pécule, il lui fallait le ménager, se garder de toute imprudence, se réserver cette ressource pour l'avenir. »

Elle lui répondit simplement :

— Je suivrai votre avis; placez mon argent.

Il lui acheta un millier de francs de rente, et comme les vingt mille francs étaient insuffisants, il ajouta de sa propre bourse les quelques louis qui manquaient pour parfaire le chiffre.

Seulement, comme il jugea utile qu'Isabelle revînt plusieurs fois réclamer ses conseils, et qu'il était très-sanguin, il mourut d'apoplexie au bout de quelques mois.

Pendant cette nouvelle période, Isabelle avait beaucoup étudié la vie, et quand son second bienfaiteur eut disparu, elle se trouva cuirassée contre tous les entraînements.

Elle avait compris l'immense pouvoir de sa beauté, et les paroles du duc : L'homme s'agite et l'amour le mène ! — lui apparaissaient dans toute leur profonde netteté. Quant à ce mot d'amour, elle ne le comprenait pas, malgré son expérience ; mais, avide de s'instruire, elle songea à demander à la jeunesse le mot de l'énigme.

Ce fut alors qu'elle alla, avec sa rente, s'installer dans le quartier des artistes. On sait ce qui se passa, comment elle profita de l'admiration qu'excitait sa beauté exceptionnelle pour en faire une sorte d'enseigne d'amour, comment elle crut trouver en Martial l'homme qui pouvait le plus utilement mettre son génie au service de son avenir... comment enfin elle s'échappa de l'atelier pour aller habiter l'hôtel de sir Lionel Storigan...

Martial lui avait donné la révélation de l'amour insensé, furieux ; non qu'elle l'eût éprouvé elle-même, mais parce qu'elle avait pu en suivre en lui les phases, les développements, les abnégations et les désespoirs.

Maintenant elle connaissait sa puissance ; elle n'avait plus qu'à diriger cette force qui résidait en elle.

Avoir brisé le cœur de Martial n'était rien ; ruiner Storigan valait mieux. Elle eut le dépit de n'y point parvenir : il était trop riche. Elle se vengea en le désespérant ; il tenta de se briser la tête d'un coup de pistolet.

Il semblait qu'elle marchât dans la vie précédée de la mort qui lui ouvrait passage.

Dès lors, elle était déjà riche, ayant mis à profit les conseils du vieux notaire, qui était avare.

Chose étrange ! cette fille, devenue femme, n'avait pas encore senti une seule fois battre son cœur. Chacun de ses actes était le résultat d'un raisonnement, et tandis que la passion souffrait et criait auprès d'elle, elle écoutait froidement les clameurs désespérées, tout entière au seul but qu'elle se fût fixé : être riche.

Seulement elle commit une imprudence.

N'ayant aucune notion des obligations que la société impose, elle ne fut pas assez hypocrite. Possédée par la passion de lucre qui s'était emparée d'elle, elle se laissa afficher par ses amants, pourvu qu'ils payassent largement ses faveurs, et, en quelques années, elle mérita le surnom hideux qui devait s'attacher à elle comme un stigmate.

Le Ténia ! Est-il plus monstrueux symbole de ces êtres qui se rivent aux entrailles de l'humanité, qui dévorent l'être émacié, qui rongent et qui tuent !...

Qui l'aimait mourait.

Elle passait à travers la foule en marchant sur des cadavres, comme ces idoles indiennes dont le char écrase les fanatiques prosternés...

Elle voulut être duchesse : un grand d'Espagne, le

duc de Torrès, mit à ses pieds son titre et sa fortune
princière ; seulement il l'ennuya : elle voulut être veuve,
et ne recula pas devant un crime.

Pourquoi le commit-elle ?... C'était encore une expérience qu'elle tentait sur elle-même. Elle voulait savoir
si elle aurait la force d'aller jusqu'aux dernières limites
du mal. Blasias aidant, elle vit que tout lui était possible...

Et cette âme, qui se gangrenait de plus en plus, restait toujours froide ; sa poitrine était comme un sépulcre où gisait un mort, qui était son cœur. Mort ? non,
il n'avait pas vécu.

Une seule fois, elle avait senti tout à coup une vibration étrange : on se souvient de cette aventure qui l'a-
vait placée en face d'Armand de Bernaye.

C'était au moment où, dégoûtée de tout et d'elle-.
même, elle songeait par lassitude à devenir baronne de
Silvereal et à s'ouvrir, par la mort de Mathilde — tant
le crime lui semblait maintenant chose logique et facile — les portes de ces salons qui, malgré sa richesse,
se fermaient devant le Ténia, veuve du duc de Torrès.

Donc elle vit Armand, qui l'écrasa de son mépris.

Elle sentit sourdre en elle une colère folle, et prit
cette rage pour de l'amour. En vérité, elle se croyait
de bonne foi lorsque, parlant à Mancal, elle lui répétait
qu'elle aimait Armand.

Elle se trompait. Cependant, c'était un premier éveil.
La lumière allait bientôt se faire dans cette âme obscure
et, circonstance singulière, c'était de Mancal que devait
lui venir la première clarté.

Lui montrant Jacques de Cherlux, il lui avait dit :

— Je veux que vous soyez aimée de cet homme !

Tout d'abord la Torrès avait souri. Qu'était-ce, après

tout, qu'une victime de plus? Pour prix de sa complicité dans une œuvre de haine et de vengeance, Mancal
lui offrait des trésors immenses. L'enjeu était tentant,
et Mancal semblait n'avoir pas menti, puisque des lèvres même de Silvereal s'était échappé l'aveu qui prouvait l'existence de ces mystérieuses richesses.

Mais d'où venait pourtant que la Torrès restait songeuse? D'où venait qu'elle ne semblait écouter maintenant que d'une oreille distraite les suggestions de son
conseiller?

Puis voici que tout à coup Mancal — c'est-à-dire
l'empoisonneur Blasias — disparaissait violemment.

La duchesse, sans y prendre garde, respira largement, comme si un poids eût été enlevé à sa poitrine;
en vérité, elle ne songeait plus ni à Silvereal, ni aux
trésors des rois indiens.

Pour la première fois de sa vie, dans sa solitude
égoïste, un nom errait sur ses lèvres.

Et ce nom était celui de Jacques de Cherlux.

Voyons maintenant comment de Belen avait tenu à
l'égard de ce jeune homme la promesse par lui faite à
Mancal dans le souterrain de la rue de Seine.

On n'a pas oublié que c'était muni d'une lettre de la
duchesse de Torrès que Jacques s'était présenté chez
celui qui devait être son protecteur et l'initier aux mystères de ce monde dans lequel il était appelé à prendre
place.

Le comte Jacques de Cherlux avait été accueilli par
M. de Belen avec une bienveillance qui, pour manquer
de sincérité, n'en avait que mieux les dehors.

Le jeune homme était trop novice dans la vie pour
distinguer cette nuance; puis, en réalité, il lui semblait
marcher dans un rêve. C'était un étourdissement in-

conscient qui lui ôtait la conception nette de ce qui
l'entourait. Parfois il lui semblait qu'il allait se réveiller,
retomber dans cette existence humble où tout jusque-
là lui avait été douloureux; alors il restait immobile,
les yeux fixés devant lui, attendant cette transformation
subite qui le replongerait dans le néant. Mais les minutes passaient, et il se disait :

— C'est donc bien vrai. Je suis riche, je suis noble...
Le passé est bien mort, et devant moi s'ouvre l'avenir
brillant...

Et, au milieu de ces mirages, apparaissait, dans un
rayonnement vague, la forme d'une créature admirable
qui lui souriait et lui tendait la main.

Car il aimait la duchesse de Torrès. Était-ce bien de
l'amour? C'était surtout un irrésistible désir qui l'entraînait vers cette femme, en qui se résumaient à ses
yeux toutes les fascinations de la beauté, du luxe, de
la richesse. Cette passion tenait de la surprise : elle se
compliquait d'éblouissement. Il n'espérait rien, il n'o-
sait pas même réfléchir; mais lorsque ce nom, tout bas
répété, retentissait dans son cerveau, il en frissonnait
tout entier et son cœur battait à rompre sa poitrine.

M. de Belen, obéissant aux instructions de Biscarre,
plutôt par une sorte de curiosité que par soumission
réelle, s'était mis tout entier à la disposition du jeune
homme.

Au premier coup d'œil, Jacques lui avait plu.

Aux questions du duc, il avait répondu avec une
simplicité naïve dont l'autre avait souri intérieurement.
Jacques ne dissimulait rien; il disait avec franchise ses
surprises et ses hésitations timides. Et c'était avec la
plus complète bonne foi qu'il racontait cet incroyable
roman de sa vie qui, du pauvre ouvrier de la veille, fai-

sait le gentilhomme d'aujourd'hui. Tout lui était ma-
tière à admiration, car il exprimait ses enchantements
sans cesse nouveaux avec une verve qui amusait de
Belen.

Jacques, d'ailleurs, par une sorte de révélation, s'é-
tait aussitôt senti à l'aise dans cette atmosphère, si différente cependant de celle où il avait vécu. Son intelligence naturelle, l'élégance dont la nature l'avait doué,
tout le rendait apte à prendre sa place dans ce monde
qui lui était ouvert tout à coup, comme par la baguette
d'une fée.

De Belen avait cru tout d'abord que le récit débité
par Mancal n'était qu'une fable, et que ce prétendu novice n'était qu'un aventurier jouant un rôle. Mais, en
l'interrogeant soigneusement, il ne pouvait trouver la
clef de cette énigme. Les titres qui établissaient ses
droits au nom de Cherlux étaient d'une régularité indiscutable.

Cette aventure n'en était que plus mystérieuse pour
le duc.

Quel pouvait être le but de l'homme d'affaires ? Dans
la conversation que le duc avait eue avec le faux Germandret, celui-ci lui avait promis, en échange du service réclamé, que lui, de Belen, deviendrait enfin l'é-
poux de Lucie de Favereye. Quelle relation existait
entre ces deux faits ?

Après tout, ce service ne présentait aucun caractère
criminel. De Belen avait pris au sérieux son rôle de
Mentor, et son élève devait en peu de temps faire excellente figure dans la société. Le duc, malgré son
égoïsme, ne pouvait se défendre d'un certain intérêt
pour cette nature au cœur vivace, à l'esprit actif, et il
se sentait presque touché par les élans de la reconnais-

sance dont Jacques lui donnait sans cesse de nouveaux témoignages.

Telle était leur situation le jour où de Belen apprit, avec tout Paris, la disparition de Mancal.

C'était un coup imprévu et qui ne laissait pas de lui être pénible. En somme, il avait fait un marché de dupe, car il avait accueilli, piloté, présenté comme son protégé un homme qu'il ne connaissait pas... et la compensation qui lui avait été offerte devenait nulle.

De Belen, quelle que fût la sympathie passagère que lui avait inspirée Jacques de Cherlux, ne se sentait aucun goût pour le rôle de saint Vincent de Paul. Ce n'était point son affaire que de recueillir des enfants sans père...

Aussi à peine eut-il jeté les yeux sur le journal qui lui annonçait le sinistre de la maison Mancal, que, sans perdre une minute, il voulut vérifier par lui-même si le fait était exact.

Il courut à la boutique du faux Germandret; on se souvient que c'était le nom sous lequel s'était présenté le bandit, lorsqu'il avait surpris de Belen dans le souterrain de la rue de Seine.

Il y avait déjà plusieurs jours que le pseudo-bibliomane avait vendu ses livres et quitté la maison.

De Belen se fit conduire à la rue Louis-le-Grand. Les faits annoncés par le journal étaient absolument exacts. Il se mêla aux groupes qui stationnaient sur le trottoir.

C'étaient des imprécations, des cris de fureur. Les volés maudissaient celui qui les ruinait. Mais rien de plus. Pas un seul mot qui mît de Belen sur la piste.

Mais, encore une fois, à quel mobile pouvait avoir obéi cet homme?

— Je suis un enfant et un niais ! murmura de Belen en revenant à son hôtel. Ma première idée était juste. Ce M. de Cherlux est un de ces aventuriers précoces qui trompent même les vieux renards comme moi... Il est temps de mettre un terme à cette mystification.

En attendant que Jacques eût trouvé une installation qui lui convînt, le duc avait mis obligeamment à sa disposition un appartement voisin du sien.

Dans cet étroit espace était réuni tout ce qui pouvait flatter la fantaisie la plus exigeante : c'était en quelque sorte un boudoir d'homme du monde.

Et Jacques trouvait une sorte de plaisir enfantin à rester quelquefois pendant des heures entières immobile, comme si tout ce qui l'entourait n'eût été qu'une vision que le moindre mouvement, le moindre souffle pouvait emporter.

Ce matin-là, Jacques s'était éveillé de bonne heure ; mais il s'était plongé dans cette vague extase qui donne aux pensées un charme magique.

Les yeux à demi fermés, il poursuivait en imagination une forme vaporeuse et tout adorable qui s'enfuyait devant lui ; puis, quand il l'appelait, elle s'arrêtait et se tournait vers lui en lui tendant les bras.

Celle à qui il pensait ainsi, c'était la duchesse de Torrès.

— Monsieur de Belen ! annonça tout à coup le valet de chambre attaché au service de Jacques.

Le duc, pour lequel, on le comprend, cette introduction n'était qu'une formalité, était entré derrière le valet.

— Ah ! mon cher ami, dit Jacques en riant, en vérité, j'ai honte de me trouver encore au lit... quand vous avez peut-être déjà brassé plus d'affaires, étudié plus de questions que je n'en connaîtrai dans toute ma vie... mais je suis un enfant... vous le savez... et je suis convaincu d'avance que vous ne me gronderez pas trop.

De Belen ne répondit pas tout d'abord : les yeux fixés devant lui, sans regarder Jacques, il étirait, par un mouvement nerveux qui lui était habituel, ses favoris qui accentuaient sa ressemblance avec le souverain régnant.

— Voyons ! voyons !... pardonnez-moi ! fit encore Jacques. Parbleu ! je n'ai pas comme vous l'habitude du sybaritisme et je ne suis point blasé... Dites-moi vite quelle bonne circonstance vous a guidé ici... et si, d'aventure, il ne me serait pas donné, à moi indigne, de vous rendre quelque service...

De Belen releva brusquement la tête.

— Cher monsieur, dit-il en accentuant ironiquement chaque mot prononcé, je viens vous demander la faveur d'un entretien...

— Je suis à vos ordres, fit Jacques, qui croyait à une plaisanterie.

— J'espère que vous daignerez répondre franchement à mes questions... maintenant...

— Maintenant ?...

Ce mot et la façon dont il était prononcé avaient surpris Jacques.

— Ai-je donc jamais manqué de franchise envers vous?...

— Oh ! trêve de protestations, je vous prie... je connais assez bien Mancal pour comprendre toutes les roueries chez un de ses élèves...

Jacques s'était soulevé : et les yeux grands ouverts, le rouge au visage, il examinait curieusement de Belen.

3.

En vérité, il croyait encore que tout cela n'était qu'un jeu ; seulement il commençait à trouver qu'il se prolongeait trop.

— Décidément... c'est une forte réprimande, reprit-il en souriant encore, et je vois que j'ai commis quelque grand crime... Je suis tout prêt à accepter les pénitences qu'il vous plaira de m'imposer...

De Belen haussa les épaules avec impatience.

— Décidément, répéta-t-il presque brutalement, je vois que, pour vous contraindre à jeter votre masque, il faut vous parler franc... Monsieur Jacques de Cherlux, — comte ou non, — je sais tout... votre ami et protecteur, M. Mancal, est un misérable voleur... sinon pis... et il ne me convient pas d'être plus longtemps sa dupe... ni la vôtre...

Il s'interrompit.

Un cri de colère s'était échappé de la poitrine du jeune homme.

— Ah ! ah ! il paraît que vous vous réveillez enfin, reprit de Belen en ricanant, et il ne sera pas nécessaire d'avoir recours à de grands moyens pour vous forcer à parler... Mal joué ! monsieur le chevalier d'industrie !...

Il se trouvait auprès du lit.

La main de Jacques s'abattit sur son poignet, et par un mouvement brusque l'attira, de telle sorte que son visage touchait presque celui de M. de Belen.

— Monsieur, dit Jacques haletant de colère, livide, hors de lui, je ne sais ce qui me retient de vous souffleter comme vous le méritez.

— Des violences ! Faudra-t-il que j'appelle mes laquais !

Jacques lui lâcha le poignet et le repoussa : :

— Non !... en somme, je suis votre hôte... veuillez passer dans le petit salon... je vous rejoins dans quelques minutes... et puisque vous désirez des explications, nous verrons si vous pouvez vous-même me donner celles que j'exigerai de vous.

Sa voix était si nette et si ferme, son œil lançait un éclair si étincelant, que, malgré toute sa hardiesse, de Belen se sentit troublé, presque intimidé.

— Vous m'avez entendu, reprit Jacques. Allez !

— Vraiment ! s'écria de Belen, il vous appartient bien de parler avec ce ton d'autorité !...

— Monsieur, je ne sais pas ce que vous appelez un homme du monde... Seulement je vous ferai remarquer que voici deux fois que vous me reprochez d'avoir accepté votre hospitalité...

— C'est bien, fit le duc subitement rappelé au calme, je vous attendrai dans la pièce à côté ; seulement ne tardez pas, je vous prie !...

— Oh ! soyez tranquille !... il me tarde de connaître le fond de votre pensée...

— A cet égard, je vous jure que vous serez satisfait.

De Belen sortit. Au moment où il pénétrait dans le petit salon, un laquais se présenta :

— Une lettre qu'on vient d'apporter pour monsieur le duc.

— C'est bien.

De Belen prit le pli qui lui était remis et, absorbé dans ses réflexions, il le mit dans sa poche sans le lire. Puis il se promena de long en large avec impatience.

— Ou c'est un coquin, ou c'est un imbécile, murmurait-il. Mais je pourrais douter, si cet ennemi, — c'en est un, je le sens, — n'avait été introduit dans la place par ce Mancal...

Il s'arrêta brusquement et frappa du pied avec colère :

— Ce Mancal connaît tous mes secrets. N'a-t-il pas surpris ma conversation avec Silvereal ? Ce niais de baron a la manie de rappeler sans cesse le passé, comme si nous ne le connaissions pas... Si bien que je suis au pouvoir de ce Mancal... et aussi en celui de ce Cherlux, qui doit être Cherlux comme je suis Belen !

Il se laissa tomber sur un fauteuil.

— Est-il bien prudent d'engager la lutte ? et les hostilités ne me seront-elles pas plus préjudiciables qu'une alliance ?

Il réfléchissait profondément.

— J'ai commis peut-être une imprudence. Je me suis laissé trop vite entraîner, et puis ce jeune aventurier est d'une vivacité !... Le diable m'emporte !... n'a-t-il pas parlé de me souffleter ?... Il est vrai que j'ai été dur, beaucoup trop dur... La véritable force consiste à tenir compte des circonstances... Je ne l'oublierai plus.

Au même instant la porte s'ouvrit, et Jacques parut.

Le jeune homme était pâle : une teinte mate s'était répandue sur son beau et mâle visage. Il y avait dans son attitude tant de distinction, tant de noblesse, pour tout dire, que de Belen se leva avec une nuance involontaire de respect.

Froidement, sans forfanterie, Jacques s'approcha de lui :

— Monsieur, lui dit-il de sa voix qui tremblait un peu, mais qui se raffermissait par l'effort de sa volonté, nous avons échangé tout à l'heure de graves et cruelles paroles : je me suis laissé entraîner à des menaces que je regrette, et maintenant, plus calme, sûr de moi, je viens réclamer de vous les explications que vous m'avez promises.

Chose bizarre, cet exorde plein de dignité eut un effet absolument contraire à celui qu'en eût attendu tout homme qui aurait assisté à cette scène.

De Belen pensa :

— Très-fort ! très-malin !... A nous deux !...

Et s'inclinant devant Jacques :

— J'oublie volontiers, dit-il, les paroles violentes qui vous sont échappées, car je reconnais que le premier tort m'appartient... j'ai agi comme un enfant !...

— Que voulez-vous dire ? fit Jacques inquiet.

— Eh ! mon Dieu ! c'est bien simple !... dans mon irritation première j'ai oublié que depuis longtemps vous deviez être préparé à cette scène et que votre thème était fait d'avance.

Jacques se mordit si violemment les lèvres qu'elles se rougirent de sang.

— Je vous jure, monsieur le duc, que je ne vous comprends pas.

— Aussi suis-je tout prêt à m'expliquer... Asseyez-vous là, en face de moi, et causons sérieusement... je puis être à votre gré ami ou ennemi. Ceci dépendra de votre franchise.

— Je ne sache pas avoir rien à cacher... et je vous ai fait connaître par le détail toutes les circonstances de ma vie...

— Ah ! oui, l'oncle Jean... sa sœur !... puis la découverte miraculeuse de M. de Cherlux... je m'en souviens parfaitement. Mais, voyons!... je suis un homme, je connais la vie... j'ai étudié les sommets de la société aussi bien que ses bas-fonds... A moi on peut tout dire... Depuis combien de temps êtes-vous l'ami de M. Mancal...

— Monsieur, tout à l'heure, en parlant de M. Mancal, vous avez prononcé les mots de misérable et de... voleur!... C'est donc presque m'insulter que de supposer que j'aie été son ami.

— Il esquive habilement les difficultés en jouant sur les mots, se dit de Belen; décidément, très-fort!... Mon Dieu! reprit-il tout haut, je regrette ces épithètes... Seulement j'avoue que j'ai été si désagréablement surpris de sa disparition.

— M. Mancal a disparu?

— Comme le plus vulgaire des caissiers.

— Mais a-t-il donc laissé quelque déficit?

De Belen éclata de rire.

— Déficit est joli! déficit est un bijou! Quelques millions tout au plus.

Jacques poussa un cri.

— Des millions!... qui ne lui appartenaient pas?

A cette nouvelle naïveté — jouée, selon lui — de Belen se laissa aller à un nouvel accès d'hilarité.

— Ravissant, ma parole d'honneur! Savez-vous bien, mon petit, que vous avez beaucoup d'esprit, ou de mémoire, si c'est un rôle que vous récitez!

— Encore! s'écria Jacques. Une dernière fois, monsieur le duc, je vous somme de vous expliquer. D'aventure, me croyez-vous complice de ce misérable? Quel rôle m'accusez-vous de jouer? Par votre honneur, je vous adjure, monsieur, de ne rien me cacher. L'insulte, si grande qu'elle soit, me sera moins cruelle que ces insinuations.

— Au fait, répondit de Belen, il faut en finir. Eh bien, mon cher monsieur, Mancal, en quittant la scène, a voulu lancer un successeur, chargé sans doute d'une mission plus ou moins délicate; c'est à vous qu'il a donné cette marque de confiance, ce qui me prouve une fois de plus son intelligence... Il m'a joué ce tour excellent de m'amener à me donner pour votre chaperon... Tout cela est au mieux, et je ne récriminerai pas... mais où l'adresse lui a manqué, c'est en démasquant si rapidement ses batteries. Donc je sais maintenant à peu près dans quel but il vous a introduit chez moi... il y a là-dessous une bonne petite histoire de chantage. Eh bien, je ne suis pas homme à crier trop fort parce qu'on m'écorche un peu... faites-moi vos conditions, et nous nous arrangerons... car je suis meilleur diable que je n'en ai l'air... Vous ne répondez pas?...

Affaissé sur lui-même, dans l'attitude d'un homme que vient de frapper la foudre, Jacques ne parlait pas... il écoutait encore après que de Belen s'était tu. Il entendait résonner de nouveau, comme dans un sinistre écho, chacune de ces paroles que lui martelaient le crâne. Ainsi, c'était bien vrai! à peine entrait-il dans la vie qu'une honteuse accusation le frappait!... D'infâmes soupçons le frappaient en pleine conscience!... Cette même fatalité qui lui avait rendu intolérable le séjour des ateliers, le poursuivait donc encore?...

De Belen lui posa la main sur le bras comme pour le rappeler à la réalité. Cette attitude le surprenait au plus haut degré. En provoquant des aveux cyniques, il avait supposé que l'aventurier — comme il persistait à appeler Jacques — se dévoilerait nettement.

Point. Quand Jacques releva son visage, de Belen vit qu'il était couvert de larmes.

— Comment! vous pleurez! Ah çà! qu'est-ce que tout cela signifie? s'écria le duc.

Jacques le regarda en face :

— Monsieur, oui, cela est vrai, je pleure!... mais ce n'est pas de honte!... Je pleure d'avoir été soupçonné, moi qui n'ai au cœur que d'honnêtes pensées et de probes aspirations. Je m'étais révolté tout d'abord, maintenant je me sens brisé. Comment puis-je me défendre? Comment vous convaincre?

— Voyons! voyons! fit de Belen, qui se sentait ému malgré lui, répondez à la première question que je vous ai adressée : Depuis quand connaissez-vous Mancal?

— Depuis quelques jours à peine. Je ne l'avais jamais vu avant le jour maudit où l'oncle Jean m'a adressé à lui.

— C'est bien vrai, cela?

— Je vous le jure.

De Belen resta pensif. L'obscurité s'épaississait autour de lui.

— Mais cet oncle Jean?...

— Oh! c'est un brave homme... un peu dur... d'aucuns disent brutal... mais bon au fond... Il m'a élevé, il m'a nourri... sans lui je serais mort de faim et de misère... car j'étais seul au monde!... Vous connaissez mon histoire... ma pauvre mère est morte, délaissée...

— Par de Cherlux, j'ai connu votre père...

— Vous l'avez connu? Il ne vous avait jamais parlé de moi?

De Belen se souvenait d'avoir souvent rencontré ce Cherlux au temps de sa première splendeur; il l'avait vu rouler ensuite dans la ruine qui attend les débauchés, puis surgir de nouveau avec quelques centaines de mille francs : c'était tout.

— Mon père était-il estimé, respecté?...

— Il était riche, répondit de Belen, qui devenait philosophe.

— Vous voyez bien, monsieur, que je suis maudit... Partout, autour de moi, la honte, le mépris... Jusqu'à cet homme, ce Mancal, qui en tout ceci n'a été qu'un intermédiaire et dont l'infamie retombe sur moi...

De Belen était fort embarrassé. Malgré tout, il n'était pas convaincu. Il savait par expérience jusqu'où certains hommes peuvent pousser l'art de la comédie. Si celui-là était sincère, pourtant! Il y eut un silence, après lequel Jacques, s'étant levé, reprit :

— Monsieur, maintenant que vous m'avez expliqué le motif de votre conduite envers moi, je vous pardonne les amères paroles que vous m'avez adressées... En fait, je les méritais en partie... Trop promptement je me suis laissé entraîner au mirage qui tout à coup s'était levé devant moi... Oui, je le comprends maintenant... j'ai été ébloui, enivré... et peut-être ai-je accepté trop tôt, sans l'avoir examiné avec assez de scrupules, cet étonnant changement de situation... Voici que vous m'apprenez la disparition et la fuite de celui qui a servi d'intermédiaire en cette étrange aventure... Vous supposez donc que j'étais son complice dans quelque ténébreuse machination dont vous craignez d'être la victime. Je ne puis vous répondre. Seulement je vous dis : Monsieur le duc, regardez-moi en face, les yeux dans les yeux, et répondez-moi franchement. Croyez-vous que je sois un malhonnête homme?

De Belen protesta vivement :

— Non ! je ne le crois pas...

— Voici déjà qui me rend un peu de courage, et je vous jure que j'en ai besoin...

— Que comptez-vous faire?

— Vous le demandez... je veux interroger celui qui, le premier, m'a révélé le secret de ma naissance... je veux apprendre de lui tous les détails de cette affaire...

— Vous voulez parler de l'oncle Jean... de celui qui vous a élevé?...

— C'est un brave ouvrier... un entrepreneur, qui gagne sa vie par son travail...

— Vous ne le supposez pas complice de ce Mancal... donc, il aura été trompé comme vous... et ne saura rien de plus...

— Ne dites pas cela. Ne m'ôtez pas l'espoir... que dis-je !... à nous deux, nous retrouverons ce Mancal...

— Oh ! un banquier en fuite ! vous voulez tenter l'impossible !

— Que m'importe ! je veux prouver ma probité à tous, à vous surtout, qui m'avez accueilli avec tant de bienveillance...

A ces derniers mots prononcés d'un accent frémissant qui prouvait — pour le sceptique le plus endurci — la sincérité du jeune homme, de Belen se sentit saisi malgré lui d'une émotion qui ne lui était certes pas habituelle.

— Écoutez-moi ! dit-il brusquement. Oui, je crois en vous... et je vous adresse toutes mes excuses...

— Vous excuser !... Ah ! si vous saviez la joie que vous me donnez?

— Je ne veux pas que vous me quittiez!

— Ah! je vous en supplie, laissez-moi partir, sinon je croirais toujours sentir ce terrible soupçon entre nous...

— Je vous répète que vous ne me quitterez pas, et que cependant vous saurez la vérité...

— Que voulez-vous dire?

— Je veux dire que, jeune et novice comme vous l'êtes, vous êtes insensé d'espérer porter la lumière dans ces ténèbres... A chaque pas, je le pressens, vous vous heurteriez à une nouvelle énigme... le découragement vous prendrait... l'insuccès vous tuerait peut-être... Je ne veux pas de cela. C'est à moi de réparer le mal que je vous ai fait...

— Je ne vous comprends pas. Expliquez-vous, de grâce!

— Dès aujourd'hui, nous chercherons ensemble... Qu'ai-je à vous reprocher? d'avoir accepté trop légèrement, comme vous le dites vous-même, cette fortune inespérée qui vous tombait du ciel ou montait vers vous des profondeurs de l'enfer... Il nous faut savoir — vous voyez, je dis nous — si en tout ceci vous n'êtes pas — à votre insu — l'agent de quelque complot misérable; si vous n'êtes pas menacé vous-même de quelque explosion que vous seriez, dans votre ignorance, impuissant à prévenir. Je prends cette affaire en main... et nous verrons bien, mordieu! si mon expérience sera mise en défaut... par des bandits de vingtième ordre comme ce Mancal... Ah! il a voulu jouer au plus fin avec nous! Nous verrons! nous verrons!

Le meilleur en ceci, c'est que l'exaspération de l'honnête Belen — qui n'était, ne l'oublions pas, qu'un ignoble voleur doublé du plus féroce des assassins —

était absolument sincère. Être joué, lui !... quelle infamie !...

> Rien que la mort n'était capable
> D'expier ce forfait...

Jacques l'écoutait avec ravissement. Quoi ! en ce protecteur il trouvait un ami, un guide ! Oh ! comme il lui
pardonnait maintenant ses accusations, qui n'étaient,
après tout, que le témoignage indéniable d'une probité
ombrageuse.

— Vous me sauverez l'honneur ! s'écria-t-il, j'ai foi
en vous. Si cette fortune m'appartient légitimement, si
les titres qui me les confèrent sont à l'abri de toute
discussion, si, enfin, l'enquête à laquelle nous allons
nous livrer établit de façon indiscutable mon honnêteté,
alors je resterai près de vous... et vous aurez en moi
mieux qu'un ami, mieux qu'un allié, un esclave dévoué et toujours prêt... Si j'ai été trompé, alors, ajouta-
t-il avec un geste de résolution, alors je reprendrai la
blouse de l'ouvrier... et il faudra bien qu'à force de
bras et d'énergie la société me laisse prendre ma
place !...

Pendant qu'il parlait, de Belen s'était levé, pensif ;
puis, à pas saccadés, il marchait à travers la pièce.

Par un mouvement machinal, il avait plongé sa main
dans sa poche ; tout à coup il sentit sous ses doigts la
lettre qui lui avait été remise au moment où il sortait
de la chambre de Jacques.

Il la retira, et, sans songer à ce qu'il faisait, il regarda
l'enveloppe.

Or, voici quelle était la suscription :

A M. le duc de Belen,
Avec prière de remettre à M. le comte de Cherlux.

Son premier mouvement fut de la remettre à Jacques, mais tout à coup une pensée surgit en lui.

— Qui donc pouvait écrire à Jacques? De Belen croyait se rappeler vaguement avoir déjà vu cette écriture. Où? dans quelles circonstances?...

Jacques, après avoir parlé, s'était plongé dans ses réflexions, cherchant à découvrir un fil conducteur dans le dédale où il se perdait.

Une idée sinistre traversa le cerveau de Belen. Si encore une fois Jacques n'était qu'un habile comédien!... Certes, ce n'étaient pas les scrupules qui pouvaient arrêter de Belen, l'assassin du père de Martial. Il regarda Jacques, dont les regards n'étaient pas tournés de son côté. Après tout, de Belen pouvait, si cette lettre n'indiquait rien de grave, la lui remettre en rejetant son indiscrétion sur sa préoccupation. Il rompit résolûment le cachet.

Un cri rauque s'échappa de sa poitrine, et s'élançant vers Jacques :

— Misérable! cria-t-il, nierez-vous encore votre infamie?

— Quoi? Que voulez-vous dire? fit Jacques, arraché subitement à ses rêveries et se dressant comme sous la détente d'un ressort.

— Il y a, monsieur l'habile homme, que vous auriez dû au moins avertir vos complices d'être moins imprudents...

— Mes complices!...

— Et de ne pas avoir l'audace de vous adresser ici même, sous mon couvert, les lettres qui me devaient servir à vous démasquer...

— Mais, monsieur, c'est de la démence!... Que se passe-t-il? Vous si bon, si indulgent tout à l'heure!...

— Si bête, dites donc le mot!... Ce qui se passe, c'est que M. Mancal, dont la disparition vous étonne si fort, a pris soin, du moins, de vous laisser des instructions...

— Mancal! quoi! vous savez où nous pourrons le retrouver!

— Assez d'hypocrisie! ou, d'honneur, je vous livre moi-même à la justice!... Mais non, en vérité, vous êtes, avec toute votre habileté, un sot et un niais dont je me moque et que je défie.

— Monsieur, me direz-vous enfin ce qui vous donne le droit de m'adresser ces insultes?

— Vous voulez le savoir? Écoutez donc. Voici une lettre qui vous est adressée et dont je vais vous donner lecture.

— Une lettre, à moi! Et vous l'avez ouverte!...

— Parbleu! N'avais-je pas reconnu l'écriture de M. Mancal, qui n'a même pas pris le soin vulgaire de la déguiser?...

— Cette lettre devait être ma justification.

— Jugez-en...

Il lut, de sa voix qui sifflait entre ses dents serrées :

« — Mon cher Cherlux (un joli nom, n'est-ce pas), n'oubliez pas mes recommandations. Je pars pour quelques jours. *Nos affaires* (ces deux mots sont soulignés, interrompit de Belen) exigent une disparition momentanée... *empaumez* bien le Belen. Qu'il vous *gobe* à fond... Puis, le jour venu, nous saurons bien, grâce à vous, fourrer le nez dans ses petites opérations... Le *sac* est bon, nous le viderons. Confiance et prudence. A vous, Mancal! »

— Qu'en dites-vous? ajouta de Belen.

Jacques porta les mains à son front avec le geste d'un fou.

— Mais c'est horrible ! je ne comprends pas ! Est-ce que ma raison m'abandonne !...

— Je vous l'ai dit, reprit de Belen, je pourrais d'un mot vous livrer au parquet : je ne le ferai pas...

Le fait est que mons de Belen se souciait peu d'initier la police à ses affaires intimes. Il s'approcha de la cheminée et sonna deux coups. Deux laquais se présentèrent.

De la main, de Belen leur désigna Jacques, qui, pâle comme un cadavre, fixait devant lui un regard stupéfié.

— Jetez cet homme dehors, dit-il.

Les laquais s'approchèrent. L'un d'eux mit la main sur l'épaule de Jacques, qui tressaillit :

— Ne me touchez pas ! cria-t-il.

— Allons, obéissez, fit de Belen, chassez ce misérable...

— Me chasser, moi !...

De Belen fit un pas vers lui :

— Ne résistez pas ! ou... vous coucherez ce soir à la préfecture...

— Moi ! vous mentez ! cria Jacques hors de lui.

Sur un signe de Belen, les domestiques s'emparèrent de lui.

Alors commença une lutte horrible. Jacques, n'ayant plus conscience de ses actes, se débattait comme dans un cauchemar. On l'entraîna.

— Dites bien à vos amis, proféra de Belen, que je traiterai ainsi quiconque s'attaquera à moi !...

Un instant après, la porte se refermait sur Jacques ; il se trouvait seul, haletant, épouvanté, à demi fou de rage et de désespoir.

III

VISIONS ET FOLIES

Que faire ? Où aller ? Que tenter ?

Il semblait au malheureux jeune homme qu'un coup de massue lui fût tout à coup tombé sur le crâne. Il chancelait comme un homme ivre.

Était-ce donc la continuation de ce rêve qui, depuis quelques jours, l'entraînait à travers la folie et l'illusion, et le songe charmant s'était-il tout à coup transformé en un hideux cauchemar ?

L'hôtel de Belen était situé, on ne l'a pas oublié, dans la rue de Seine.

Sans conscience de ses actes, Jacques marchait devant lui, titubant et parfois s'arrêtant pour s'appuyer au mur.

— En voilà un qui est rien *paf !* cria la voix glapissante d'un gamin.

Puis un autre :

— Eh! ma vieille *branche!* t'as donc perdu ton chapeau?...

— Et la tête avec?

Un passant s'approcha de lui :

— Monsieur, êtes-vous indisposé?

Il ne répondait pas.

— Vous est-il arrivé quelque chose? demanda un autre.

Cependant l'air froid le saisit au front. Il releva la tête et regarda.

Un groupe s'était formé autour de lui. Par une secousse subite, la pensée lui revint. Il eut peur d'être obligé de donner des explications.

Peut-être tous ces gens croyaient-ils qu'il était un voleur.

Par une singulière coïncidence, née des accusations qui avaient été proférées tout à l'heure par de Belen, il se rappela tout à coup les renseignements que jadis l'oncle Jean lui donnait à mots couverts, alors qu'hypocritement il s'efforçait de pervertir son âme et de l'entraîner vers le mal.

— Vois-tu, mon gars, lui avait-il dit, quand on a fait un mauvais coup et qu'on veut sortir de la mélasse, il faut avoir un toupet d'enfer, jouer au grand seigneur... On jette au nez de la foule le premier nom venu, pourvu qu'il soit avec un *de*... On fait l'offensé... Et il y a cent à parier que les niais s'excusent et vous laissent passer...

— Je suis le comte de Cherlux, dit-il tout haut.

La foule a de ces niaiseries si bien comprises par Biscarre. Ce *comte* sans chapeau, hagard, livide, aurait dû être purement et simplement conduit au poste comme un vulgaire malfaiteur.

Mais un comte ! un *de !* et une mise irréprochable !...

— C'est un original ! dit quelqu'un.

— Un camarade de lord Seymour.

— Laissons-le faire.

Jacques avait repris son sang-froid, ou du moins toutes ses facultés s'étaient tendues sur un seul point : se soustraire à cette curiosité. Il entendit ces explications, tira froidement sa montre et dit :

— Messieurs, je vous prie de constater qu'il est dix heures.

— En effet, répondit un brave bourgeois, deux minutes de plus.

— Alors, j'ai gagné mon pari, reprit Jacques. Seriez-vous assez bon pour m'indiquer le chapelier le plus voisin ?

Un murmure joyeux passa dans le groupe. C'était donc cela ? Un pari ? Se promener sans chapeau ! Et les commentaires d'aller leur train.

Cependant un bon imbécile, fier de rendre service à un de ces Parisiens légendaires dont les exploits défrayèrent si longtemps la chronique parisienne, lui indiqua poliment la boutique qu'il désirait. En un instant, la porte se refermait sur Jacques.

Quelques minutes après, les derniers curieux s'étant éloignés, il ressortait, cette fois dans une tenue régulière. Le plus curieux, c'est que tout ceci s'était en quelque sorte accompli sans le concours de sa propre volonté. Il avait obéi à je ne sais quelle intuition machinale ; c'était comme une éclosion inattendue de germes mauvais, jadis déposés en lui par celui qui avait dit à sa mère :

— Votre fils mourra au bagne ou sur l'échafaud !

Et, de fait, jamais criminel émérite ne se fût tiré de
pareille passe avec plus de désinvolture.

Quand il fut rendu à lui-même, marchant d'un pas
plus calme sur le quai, ayant au visage le vent d'hiver,
voyant dans le lointain le paysage grandiose de Notre-
Dame, dont les tours semblent les mâts de ce gigantesque vaisseau qui s'appelle la Cité, embrassant d'un regard le ciel large et la ville énorme, Jacques frissonna
tout à coup. C'était chose singulière : il avait peur de
lui-même. Oui, maintenant il comprenait. L'audace
dont il venait de faire preuve le surprenait et l'effrayait
à la fois. En vérité, il lui avait semblé un instant qu'il
méritât les épithètes brutalement insultantes dont de
Belen l'avait accablé, et il avait agi comme s'il eût été
le bandit que l'on chassait...

Peu à peu, il ralentit le pas : la fièvre qui le tenait au
cerveau s'apaisa, et la notion de la situation présente
lui revint plus nette et plus frappante.

Il avait été chassé. Ceci était clair. Était-il sans res-
sources immédiates ? Il se souvint que tout à l'heure il
était entré dans un magasin et que, pour payer, il avait
tiré de sa poche quelques pièces d'or.

Il voulut vérifier si ce n'était pas une hallucination.

C'était vrai : il possédait une quinzaine de louis. Pour
le comte de Cherlux, ce n'était rien. Pour Jacques
sans nom, c'était un trésor. Il eut un sourire et se
dit :

— Maintenant je ne crains plus rien ni personne. Je
saurai bien prendre par force la place qu'on me refuse
au grand soleil.

Seulement il se sentait brisé. Effet naturel. Les
grandes commotions cérébrales produisent la lassitude.

— Je ne puis penser, murmura-t-il. Il faut que je me repose.

Il avait marché dans la direction du pont Royal. Il y avait un café au coin de la rue du Bac. Il y entra :

— Que faut-il servir à monsieur? demanda le garçon.

A cela, Jacques n'avait pas pensé. Il fallait consommer.

— De la chartreuse, dit-il.

— Jaune ou verte?

— Verte, répéta-t-il comme un écho.

Le garçon le regarda. L'heure était singulière pour absorber cette liqueur excitante.

Quant à Jacques, il essayait de ressaisir le fil brisé de ses pensées. Il voyait au delà du cercle étroit du présent. Quand le flacon fut devant lui — c'était alors l'usage de servir la fiole, et non pas de verser, comme aujourd'hui, une portion congrue dans un dé à coudre — il remplit son verre et but.

La saveur âpre et balsamique lui arracha un tressaillement. L'alcool lui brûla l'estomac. Cette souffrance lui parut bonne. Il prit un second verre, puis un troisième.

Ensuite, il eut quelques minutes d'immobilité songeuse. Mais l'excitation de l'alcool monta promptement à son cerveau. Il y eut en lui comme le déchirement d'un voile.

— Misérable! voleur!

Il lui sembla que ces mots étaient de nouveau prononcés à son oreille. Il poussa une exclamation rauque, aussitôt étouffée, puis il porta désespérément la main à son front. Il se souvenait. Ce fut comme une révolte contre cette révélation de sa mémoire. Il n'était pas possible qu'il eût subi pareils outrages !... et pour s'arracher à ce hideux lancinement du cauchemar, il but encore...

Cette fois, l'idée surgit nette, lucide. Tout était vrai. Les moindres circonstances, les détails infiniment petits, la scène précédente dans ses nuances multiples, les intonations de voix de Belen, tout revenait, se répétait, ressuscitait... Et quelques mots s'échappèrent de ses lèvres bleuies :

— Cet homme en a menti !

Puis, un instant après :

— Je le lui prouverai et je me vengerai !...

Il accompagna ces paroles d'un violent coup de poing asséné sur la table.

Le garçon qui les avait entendues s'approcha de lui :

— *J'observerai* à monsieur, dit-il d'un ton paterne, qu'il trouble les personnes qui déjeunent.

En effet, il y avait, attablés à quelque distance, des officiers de la caserne d'Orsay qui regardaient ce singulier personnage et se poussaient du coude en disant :

— Voilà un *pékin* qui a trop bien soupé !

— C'est bien, dit Jacques. Payez-vous !

Il jeta un louis sur la table et se leva pour sortir.

— Votre monnaie? dit le garçon.

— Gardez-la.

L'officieux se précipita pour lui ouvrir la porte ; seulement, quand il revint, il dit au capitaine de la troisième du deux avec lequel il avait quelque familiarité :

— On me dirait que celui-là va tuer quelqu'un que je ne dirais pas le contraire...

4.

Cependant Jacques avait pris une résolution.

A tout prix, il voulait connaître le mot de l'énigme. Or, qui pouvait le lui révéler? D'abord l'oncle Jean, puis Dioulou, la Baleine, ou bien la Brûleuse. Par ces divers personnages, qu'il se faisait fort d'interroger adroitement, il saurait exactement la vérité sur son passé. Puis, cela fait, il se mettrait à la recherche de Mancal.

C'était un plan clair, et, pour l'exécuter, il était certain que l'énergie ne lui manquerait pas. Il se sentait au cœur une énergie nouvelle, ne comprenant pas qu'il y avait dans ses fibres nerveuses l'excitation malsaine de l'alcool. Quoi qu'il en fût, son but était fixé. Arriver par tous les moyens à la vérité, contraindre chacun à avouer ce qu'il pouvait savoir.

Ce Mancal! quel pouvait-il être? Que signifiait cette lettre bizarre et dont le sens réel lui échappait? On eût dit d'une complicité dans quelque œuvre ténébreuse, quand, dans toute sa vie, il l'avait vu deux fois, d'abord rue Louis-le-Grand, ensuite chez la duchesse de Torrès.

Quand ce nom traversa sa pensée, il eut un frisson.

— Ah! ce n'était pas elle qui l'aurait entraîné dans ce gouffre où il se débattait. Le monde entier manquât-il sous ses pas, elle lui resterait comme l'ange de l'espoir.

Donc, tout d'abord chez l'oncle Jean. Il était singulier, d'ailleurs, qu'il ne l'eût pas revu depuis qu'il avait été introduit dans ce monde nouveau. Mais n'avait-il pas lui-même des reproches à s'adresser?

Dans les premiers jours de sa situation inespérée, il avait presque oublié l'homme qui l'avait élevé. Si l'oncle Jean n'était pas venu à l'hôtel de Belen, n'était-ce pas par discrétion? N'avait-il pas craint que la blouse du maçon ne fît tache au milieu de ce luxe?

Réfléchissant, Jacques, dont l'exaltation se calmait peu à peu, envisageait plus froidement sa situation. Il croyait comprendre qu'il était la victime d'un terrible malentendu, et l'énergie lui revenant, il se disait qu'il se devait à lui-même d'employer tous les moyens pour découvrir le mot de cette énigme.

Sa première pensée fut de se rendre au cabaret de l'*Ours vert*. Là, du moins, il verrait Diouloufait, qui pourrait le renseigner sur l'endroit où travaillait son oncle.

Il se sentait presque rassuré déjà en sentant qu'il allait retrouver ses anciens protecteurs. Ceux-là évidemment sauraient bien le défendre. Et puis, avant tout, ne pas être seul, c'est renaître à l'espérance. Mais cette première illusion devait être de courte durée.

Le cabaret avait complétement changé d'allures; quand Jacques arriva devant la maison, des ouvriers étaient occupés à recrépir la façade. La fameuse enseigne de l'*Ours* avait été décrochée et gisait sur le pavé. L'intérieur était encombré de maraîchers, de cultivateurs dont les allures ne rappelaient en rien celles des habitués de ce bouge.

Derrière le comptoir, dont le zinc brillait d'un éclat inconnu, un brave débitant, les bras retroussés, le tablier aux flancs, versait le vin blanc avec entrain.

Jacques hésita un instant.

Puis, se décidant, il s'approcha du comptoir :

— Monsieur, demanda-t-il poliment en soulevant son chapeau, est-ce que le cabaret a changé de propriétaire?

L'homme releva vivement la tête.

— Cabaret! cabaret!

Le mot avait mal sonné à son oreille. Cependant, voyant le jeune homme dont la mise indiquait un homme du monde :

— C'est moi qui suis le patron, dit-il d'un ton plus doux.

— Il n'y a pas longtemps?

— Quelques jours seulement.

— Ah! fit Jacques d'un ton de surprise. Mais celui auquel vous avez succédé?...

Le débitant le regarda. Puis il sembla qu'une idée traversait tout à coup son cerveau. Il appela son garçon occupé dans le fond à rincer des bouteilles et le mit à sa place.

Puis, s'approchant de Jacques, il lui dit en clignant de l'œil et à voix basse :

— Compris!... venez causer!...

Et sans attendre la réponse de Jacques, il l'introduisit dans un petit cabinet vitré dont la porte se referma sur eux.

— Alors vous en êtes? demanda-t-il à Jacques.

— J'en suis?... de quoi?

— Eh! parbleu! est-ce qu'on me met dedans, moi?... Oh! j'ai un œil pour ça.

Quoique ne devinant pas où cet homme en voulait venir, Jacques fit de la tête un signe approbatif.

— Et surtout ne croyez pas que je vous méprise pour ça... sacrédié!... Les gens comme vous, c'est la sauvegarde des honnêtes gens!... et on devrait vous remercier à bouche que veux-tu de vouloir bien faire votre métier...

Jacques avait peine à conserver son sang-froid. Pour qui donc cet homme le prenait-il?

— Enfin, dit-il, vous voudrez bien me donner quelques renseignements...

— Je crois bien! Je vais vous dire tout ce que je sais... et il y a un peu de nouveau depuis deux jours...

— Du nouveau!...

— Oh! avec une bonne souricière, on les *pigera*... c'est sûr... Mais vous me permettrez bien de vous offrir quelque chose...

Il quitta le cabinet, vint au comptoir, où il prit un flacon de liqueur et deux verres; puis, se penchant vers un de ses clients :

— C'est de la *rousse*; vous savez, dans le métier, faut se mettre bien avec ces oiseaux-là!

— Voyons, vous m'avez dit, reprit Jacques, que vous aviez du nouveau. Vous savez sans doute où Diouloufait s'est établi?

— Établi! fit l'autre en riant. Tiens! vous avez des mots rigolos! Établi à la Force ou à la Conciergerie! pas vrai? avec pignon sur cour!

— Que voulez-vous dire?

— Faites donc pas l'innocent! Ça ne fait rien, quand on le tiendra, ce Diouloufait, il paraît qu'on aura mis la main sur une rude canaille!

Jacques était décidé à ne plus s'étonner : il y avait là un quiproquo dont il ne discernait pas bien l'objet. Mais, du moins, il pourrait peut-être apprendre ce qu'il avait tant d'intérêt à savoir.

— Il n'est pas pris, dit-il. Je le cherche... et si vous pouvez m'aider à le trouver... je vous récompenserai largement...

L'homme fronça le sourcil :

— Ah! minute!... sans vous offenser, moi, je ne mange pas de ce pain-là... je travaille pour vivre...

enfin, suffit!... Si je pouvais vous aider à le pincer, je le ferais... mais gratis... et surtout n'offrez pas d'argent, monsieur le quart-d'œil! acheva l'homme qui s'irritait malgré lui.

Quart-d'œil!... Jacques connaissait le mot.

On le prenait pour un agent de police : loin de protester, il jugea que le plus sûr moyen d'arriver à son but était d'accepter le malentendu :

— Ne vous fâchez pas, mon brave ; c'est que je désire si vivement trouver ce Diouloufait !...

— Ça vous ferait avoir de l'avancement? je comprends ça. Eh bien!... malgré ce que vous m'avez dit tout à l'heure, je ne vous en veux pas... et je vais vous le prouver... D'abord, faut vous dire qu'il vient à tous moments rôder par ici un tas de gars qui ont des têtes... oh! mais là... du vrai gibier de potence... Les premiers jours, ils ont cru... je ne sais pas trop pourquoi... que j'étais de leur bande... il y en a même un qui est venu me tendre la main en me disant un drôle de mot...

— Et ce mot?

— Un nom de bête. Il m'offrait sa sale patte en me disant : Loup !... Quoi? loup! que j'ai fait... veux-tu bien aller te cacher, animal!... Alors il m'a regardé d'un drôle d'air, et puis il est sorti. Je suis allé sur la porte, et je l'ai vu qui allait retrouver d'autres camarades de son acabit et qui leur disait un tas de choses, en montrant la maison... puis ils sont partis.

— Que supposez-vous?

— D'abord je n'ai rien supposé du tout ; mais j'ai vu dans la journée un de vos collègues... vous savez bien, un petit brun qui est fûté comme tout...

— Oui, oui, je sais, fit Jacques, qui, naturellement,

ne connaissait pas du tout ce collègue. Et que vous
a-t-il dit?

— Qu'on cherchait partout des gredins qui faisaient
partie d'une bande de gueux fieffés, et qui s'appelaient
les Loups de Paris... A ce qu'il paraît que le chef s'est
noyé. Ces bandits-là étaient toujours fourrés ici, parce
que le Diouloufait... eh bien? c'en était un !...

— Un quoi?

— Eh ! un loup, parbleu !... On dirait que je vous
parle hébreu; est-ce que vous ne comprenez pas le
français?

— Si ! je comprends très-bien, fit Jacques, dont les
idées se troublaient. Alors c'était ici le rendez-vous
des... Loups de Paris?

— Vous le savez bien, puisque c'est pour ça que
vous êtes là.

— Et Diouloufait en était?...

— Parbleu! oui... comme le Bisco. Ils venaient faire
des ribottes à tout casser, que le quartier en avait la
chair de poule.

— Diouloufait... s'est sauvé?

— Dame... il s'est tiré des pattes, cet homme, quand
il a su que ça allait chauffer... Mais, fit l'homme s'arrêtant tout à coup, on dirait que vous ne savez rien de
rien, ou bien que vous voulez me faire poser.

— Par exemple!

Jacques trinqua pour se donner une contenance et
but d'un trait la liqueur versée. A ce moment, il se fit
en lui comme une révélation. Il se souvint de la scène
odieuse à laquelle il avait assisté, dans le cabaret
même, alors que les prétendus ouvriers de l'oncle Jean
s'étaient rués sur Diouloufait...

— Enfin, pouvez-vous me donner quelque moyen

de retrouver la trace de Diouloufait? fît-il vivement.

— Ah! voilà que l'amour du métier vous reprend...
Eh bien, écoutez. Vous savez qu'il n'était pas seul
ici... Il y avait une grosse femme, une espèce de monstre, qu'on appelait la Brûleuse...

— Oui, je sais cela...

— Eh bien, voilà ce qui s'est passé :

« Hier soir, il était à peu près onze heures... C'est
bien ça... J'allais fermer... Je venais de renvoyer les
consommateurs... Quand cette mégère s'est dressée
devant moi... Oh! un colosse!... Elle était soûle à ne
pas tenir debout... Voilà qu'elle m'interpelle avec de
gros mots : « Veux-tu bien f... le camp d'ici! vieux ci,
vieux là!... » Moi, je lui réponds : « Qu'est-ce que vous
me voulez? Je suis chez moi... Laissez-moi la paix. —
Chez toi!... t'en as menti!... » Puis, comme si elle se
ravisait : « Tiens! c'est vrai! C'est toi qu'es le *man-
nezingue*, maintenant. Eh bien... donne-moi un petit
verre! J'ai des ronds, je *casque*... » Et avant que
j'eusse pu m'y opposer, elle avait pénétré dans la boutique. Ma foi! j'ai pensé que le plus court pour s'en
débarrasser, c'était de lui céder, d'autant plus que
l'idée m'était venue de causer un peu avec elle et de
l'amadouer, pour lui tirer les vers du nez... »

— Bonne idée! fit Jacques.

— Mais vous croyez peut-être qu'elle était disposée
comme cela à parler tout de suite... Ah! ben oui!
boire, boire et encore boire!... C'était une vraie éponge
que cette femme-là...

— Enfin?...

Jacques commençait à s'impatienter.

— Ah! vous savez, je raconte ce qui est. Si vous
êtes pressé...

— Pressé? non; mais impatient de savoir ce qu'elle peut vous avoir raconté...

— En somme, pas grand'chose. Elle disait : « Comprends-tu, mon petit, cet imbécile de vieille Baleine, qui voulait m'empêcher de revenir... Oh! il me l'a défendu, bien vrai!... mais moi, j'ai voulu voir par mes yeux, parce que les hommes, c'est tous farceurs... »

— Vous ne lui avez pas demandé où était Dioulou-fait, c'est-à-dire la Baleine...

— Si fait. Je ne suis pas un imbécile. Mais elle m'a répondu par un vilain geste... et elle m'a dit : « Il est dans sa peau et il n'en change que tous les six mois! » Comme renseignement, ça n'était pas suffisant. Seulement, comme en somme je n'en tirais rien de rien, j'ai voulu la mettre à la porte. Alors il s'est passé une drôle de chose...

— Quoi donc? Achevez!

— Je la poussais tout doucement vers la rue, et elle rechignait en demandant toujours à boire. Entre nous, elle n'avait pas payé ce qu'elle avait consommé; mais je lui en faisais grâce... Mais voilà qu'au moment où elle arrive sur le trottoir, comme elle était effroyablement ivre, elle trébuche et manque de s'étaler... elle se rattrape au volet, et enfonce un carreau. Je me fâche et je crie : « Espèce de louve, est-ce que tu vas démolir la baraque? » Dame! vous comprenez, j'étais en colère... Mais à peine avais-je dit cela, que je reçois le plus beau coup de poing... Oh! mais là! entre les deux yeux... J'y vois trente-six chandelles... mais cependant j'étais pas assez assommé pour ne pas voir un homme... une espèce de diable qui vous empoigne la grosse femme comme il aurait fait d'un paquet de linge, qui la jette sur ses épaules, et qui, sans avoir

II   5

l'air de plus s'en soucier que d'un fétu de paille, se met à courir du côté du quai.

— Vous l'avez suivi?...

— Tiens! vous croyez cela! vous!... non, j'avais mon compte et j'avais tout simplement envie d'aller me coucher.

— Mais alors quel renseignement?...

— Attendez donc! j'y arrive... Pas plus tard que le lendemain matin... savez-vous ce que j'apprends?... c'est qu'il y a eu le feu dans une maison au coin de la rue des Arcis... un feu sérieux... il y a presque un étage de brûlé... et qu'est-ce qui avait mis le feu... c'était la Brûleuse! ni plus ni moins!... je ne dis pas qu'elle l'avait fait exprès... mais dame! elle était ronde comme une grive... elle ne savait rien de ce qu'elle faisait... et puis elle m'avait demandé des allumettes pour fumer sa pipe... Vous voyez cela d'ici...

Jacques s'était vivement levé :

— Elle n'a pas péri dans cet incendie?...

— Non! Seulement on m'a dit qu'elle était rudement abîmée... et puis, qu'elle était devenue comme qui dirait folle... Au fond, ç'a n'est pas mes affaires...

— Merci! dit Jacques. Je vais aller trouver cette femme, et par elle...

— Si vous en tirez quelque chose, vous aurez de la veine...

— J'essayerai. En tous cas, je vous suis très-reconnaissant des renseignements que vous avez bien voulu me donner... J'espère que nous nous reverrons, et que si j'ai besoin de vous...

— Tout à votre disposition. Seulement, à votre tour, vous me rendrez bien un petit service?...

— Volontiers... lequel?

— Vous savez, aux Halles, il y a des débits qui restent ouverts toute la nuit...

— Eh bien?

— Je voudrais avoir l'autorisation...

— Mais je n'y puis rien! s'écria Jacques emporté par la vérité.

— Laissez donc! vous avez des relations... là... dans les bureaux de la rue de Jérusalem, et un petit coup d'épaule...

— Vous avez raison... Je verrai... je tâcherai...

— Il y aurait quelque chose de mieux à faire...

— Quoi?

— Ce serait de remettre ma demande vous-même... Oh! elle est toute prête... Ce n'est pas difficile, ça. Hein? vous voulez bien!... Allons, vous êtes un bon garçon.

Et le cabaretier, qui avait tiré une feuille de papier de sa poche, la remettait presque de force aux mains de Jacques.

Que faire? Refuser, c'était avouer qu'il s'était laissé appliquer une qualification qui ne lui appartenait pas. L'important, c'était de sortir de là au plus vite..

— Je m'en charge, dit le jeune homme avec aplomb.

— Allons! encore un verre!

— Merci! Vous dites que la maison brûlée...

— Fait le coin de la rue des Arcis et du quai... c'est bien simple.

Jacques voulut payer ce qu'il avait bu, mais le débitant n'entendait pas de cette oreille. Il avait offert, et ce serait lui faire affront...

Bref, Jacques, pour couper court, sortit après avoir essuyé, de la part du cabaretier, une vigoureuse poignée de main.

—Eh ! va donc, sale mouchard ! fit le débitant au moment où la porte se refermait sur lui. Ça fait des manières... et ça n'est bon à rien !

Cependant, Jacques se hâtait vers la rue des Arcis.

En vérité, il ne savait pas pourquoi il se rattachait avec énergie à cette planche de salut. Il espérait trouver Diouloufait, dont la sympathie ne s'était jamais démentie, et par lui remonter jusqu'à l'oncle Jean.

Au moment où il déboucha sur le quai, un désolant spectacle frappa ses regards.

Le lecteur connaît déjà cette maison de la rue des Arcis : c'est là que nous avons vu les Loups partager leur butin et attendre le prix de la vente consentie au vieux Blasias. Mais de cette maison qui, à l'état normal, titubait sur ses poutres vermoulues, sur ses murailles lézardées, il ne restait plus maintenant qu'un amoncellement de ruines, des pans déchiquetés, des plafonds effondrés ; et de tout cela montait vers le ciel une fumée noire et d'une odeur âcre... Cet asile du crime et de la misère avait été détruit en quelques heures.

Mais ce qu'il y avait de plus atroce, c'est que quelques maisons voisines avaient été atteintes.

Celles-là étaient habitées par de braves ouvriers, cherchant à loger au meilleur marché possible leur ménage et leurs quelques meubles. Et voilà qu'une nuit un horrible sinistre venait détruire ce qu'ils avaient eu tant de peine à amasser pièce à pièce. Rien n'est plus navrant que ces mobiliers misérables, quand, à demi disloqués, déjà mordus par la flamme, ils sont là, gisant dans la rue, comme les épaves d'un naufrage. On a jeté les matelas par la fenêtre, et ils se sont crevés en

heurtant les balcons de fer, et de leurs flancs déchirés
s'échappe le varech mêlé à la mauvaise laine.

Devant tout cela, des hommes, les bras croisés,
sombres, se demandant comment ils recommenceront
leur vie... comment ils nourriront la femme qui s'est
laissé tomber sur un matelas, et pleure en serrant
dans ses bras l'enfant qui crie. Où les recevra-t-on,
sans meubles ? Il faudra donc coucher dans la rue ! être
ramassés, peut-être... car la police ne reconnaît que le
vagabondage, et l'administration ne peut pas loger tout
le monde... Tant pis pour vous ! Ce sera déjà beaucoup
que de ne point vous faire passer en police correction-
nelle !

Si les outils étaient sauvés, encore ! Mais point.
L'homme n'a pu penser qu'à ceux qu'il aimait.

Grand tort, dira un philanthrope : avant de sauver sa
femme et ses enfants, il fallait se préoccuper de ce qui
pouvait assurer leur subsistance.

En ces douloureux sinistres, le peuple est bon, car
seul il comprend tout ce qu'il y a de douleurs sous ce
désastre, que les journaux qualifieront le lendemain de
pertes matérielles sans importance.

Il sait ce que vaut pour lui cette épargne accumulée
qui vient de disparaître : alors les femmes viennent
aux femmes, les ouvriers à leurs frères ; on s'aide, on
apporte du bouillon, du lait. Ah ! les braves gens !... et
comme cela console des bureaux de l'assistance publique !

Au moment où Jacques arrivait, un groupe s'était
formé devant une des maisons voisines : des hommes et
des femmes causaient avec animation. Le jeune homme
s'approcha.

— Ils vont l'emmener ! criait une femme, et ce

sera bien fait... puisque cette gueuse-là a mis le feu.

— Mais elle s'est brûlée elle-même ! On dit qu'elle se meurt !

— Qu'est-ce que ça nous fait ? Elle mourra tout aussi bien en prison qu'ici.

— En prison ! glapit une voix furieuse. Dites donc qu'on devrait l'empêcher de mourir de sa belle mort, pour pouvoir l'envoyer à l'échafaud !

— Une mendiante qui m'a ruiné !

— En prison, la brûleuse !

Et les exclamations, les imprécations se croisaient, à chaque minute plus violentes.

Mais tout à coup le silence se fit.

De la maison sortait un commissaire de police, accompagné d'un juge d'instruction. Deux gendarmes les précédaient en écartant la foule.

— Cette femme n'appartient plus à la justice, dit la voix grave du magistrat. Elle appartient à Dieu, qui la jugera...

Un murmure de désappointement passa dans la foule.

— Elle est morte !... elle a de la chance !...

Jacques s'était approché du commissaire de police.

— Cette femme est morte, monsieur ? demanda-t-il, mettant le chapeau à la main.

Le magistrat le regarda avec quelque surprise : quel intérêt un homme de sa condition pouvait-il porter à cette misérable ?

— Vous êtes médecin ? demanda-t-il à son tour.

— En effet, répondit Jacques avec audace.

— Eh bien, monsieur, la vérité est, ajouta le commissaire en baissant la voix, que cette malheureuse est

en proie à de telles souffrances que l'humanité seule
s'oppose à son arrestation... Je suis convaincu qu'elle a
quelques heures à peine à vivre. Cependant, je la fais
surveiller, et au cas où mes prévisions ne se réalise-
raient pas, je ferais mon devoir.

— Ne pourrais-je pénétrer jusqu'à elle ? insista
Jacques.

— J'y consens, dit le magistrat, d'autant plus que
votre titre me commande toute confiance. Si même il
vous était possible de lui procurer quelque soulagement, vous rendriez à la justice un service signalé. Car
j'ai la conviction que cette femme est affiliée à la bande
de malfaiteurs qui déjoue en ce moment toutes nos
recherches.

Il fit un signe à l'un des gendarmes :

— Laissez entrer le docteur auprès de la mourante,
dit-il.

Puis il ajouta, en se tournant vers Jacques :

— Au cas où cette femme retrouverait une heure de
raison et pourrait fournir quelques renseignements,
veuillez me faire immédiatement prévenir.

Jacques salua et se dirigea vers la maison.

Le gendarme lui indiqua l'escalier et lui dit :

— Au second étage, monsieur.

Il monta. Son cœur battait à rompre sa poitrine, et
cependant l'espoir qu'il avait conçu d'obtenir de cette
femme quelques indications sur la demeure actuelle
de Diouloufait ou de l'oncle Jean s'évanouissait rapidement.

Il poussa une porte entr'ouverte et pénétra dans la
chambre où avait été transportée la malheureuse.

Ah ! quel que fût le crime commis par cette misérable, que la punition qui l'avait frappée était épouvantable !

Engourdie par l'ivresse, elle était tombée des bras du personnage inconnu qui l'avait enlevée sur le grabat qui lui servait de lit. Avait-elle, par quelque imprudence, ou dans un paroxysme de folie, mis le feu à sa paillasse, ou l'incendie s'était-il déclaré par toute autre cause ?

Par quel miracle avait-elle été arrachée à ce foyer dans lequel elle ne se débattait même plus? Des hommes courageux avaient pénétré jusqu'à elle.

Et maintenant elle était là... vivante encore, si du moins on pouvait appeler vivante cette masse informe devant laquelle la mort elle-même semblait reculer...

Elle avait été étendue sur un épais lit d'ouate, puis recouverte tout entière. Seul, par un singulier hasard, le visage avait échappé à cette destruction. Quoique tuméfié, il avait encore apparence humaine. Mais les paupières gonflées paraissaient ne pouvoir plus s'ouvrir, les lèvres violettes proéminaient. C'était hideux.

La regardant, Jacques frissonna, et il fut obligé de s'appuyer au mur pour ne pas tomber.

Cependant, surmontant le douloureux dégoût qui le prenait à la gorge, impression sinistre, qui s'augmentait encore par cette odeur *sui generis* qui s'échappe de la chair brûlée, il se pencha vers la femme.

Elle ne l'entendit pas. Elle ne le vit pas.

Il prononça un nom, celui de Dioulou.

Elle resta immobile. Seulement, sa respiration rauque s'accentua dans un râle plus fort.

A ce moment, Jacques entendit des pas dans l'escalier.

Puis, un instant après, la porte tourna sur ses gonds.

Un gendarme entra, précédant trois personnes.

Trois femmes.

L'une, c'était la marquise de Favereye, toujours vêtue de noir, avec son beau visage pâli qui semblait taillé dans le marbre; avec elle, deux jeunes filles : l'une, aux cheveux blonds lissés en bandeaux, qui rendaient plus doux encore son regard chaste et charmant; l'autre, brune aux yeux noirs.

C'était Lucie de Favereye et une de ses amies d'enfance, Pauline de Saussay, orpheline, pour laquelle la marquise était une seconde mère.

Comment la marquise se trouvait-elle là ?

Déshéritée de toute joie, portant toujours dans son cœur la terrible douleur que Biscarre lui avait infligée, la marquise cherchait à endormir ses tortures en faisant le bien, en se dévouant sans cesse à ceux qui souffraient.

Déjà nous l'avons vue organisant une association dont le but était de combattre le mal et le crime.

Mais ce n'était pas tout. Jamais sœur de charité n'eût été plus active, plus habile à consoler ceux qui pleuraient, à réparer, autant que le peut faire la richesse, les désastres qui si souvent viennent frapper les pauvres.

Dès qu'elle avait appris l'incendie de la rue des Arcis, elle s'était hâtée de s'y rendre, accompagnée des deux jeunes filles. Déjà elle avait distribué des secours, du linge, de l'argent, et c'était sur son passage des bénédictions sans nombre.

Enfin, elle venait vers cette malheureuse, espérant qu'elle pourrait lui apporter, sinon un soulagement, tout au moins quelques suprêmes consolations.

Jacques avait tressailli, en proie à une émotion dont il ne comprenait pas la nature.

5.

Madame de Favereye s'était arrêtée sur le seuil, regardant ce jeune homme, aux traits mâles et nobles et au front duquel la souffrance semblait avoir déjà posé son stigmate.

— C'est le médecin, madame, dit le gendarme.

La marquise s'inclina légèrement, répondant au salut que Jacques lui adressait.

Le jeune homme, s'entendant donner ce titre de médecin, qu'il avait usurpé, n'avait pu se défendre d'un sentiment de honte. Maintenant ce mensonge lui pesait ; il aurait voulu partir, avouer qu'il avait trompé la justice... il n'osait pas.

Cependant la marquise s'était approchée de la Brûleuse et s'était agenouillée auprès d'elle. Elle la considéra pendant quelques instants en silence, puis se tournant vers Jacques :

— Il n'y a plus d'espoir ? demanda-t-elle de sa voix pleine et douce.

Leurs yeux se rencontrèrent. Et, chose bizarre, un même frisson parcourut leurs deux êtres.

Est-ce donc un mensonge que cette voix du sang, dont les sceptiques nient l'existence ? Non. La physiologie elle-même tend à prouver qu'entre deux êtres, unis l'un à l'autre par les liens intimes de la naissance, il s'établit une sorte de courant qui les attire et les rapproche.

Et pourtant ils ignoraient... ils ne s'expliquaient pas la singulière émotion qui s'imposait à eux.

C'était un trouble passager. Mais pas une voix ne leur criait : A Jacques : C'est ta mère ! c'est Marie de Mauvillers ! A la marquise : C'est le fils de Jacques de Costebelle !

— Il n'y a pas d'espoir, répondit Jacques en balbutiant.

La marquise ajouta :

— Mais cette pauvre femme n'a-t-elle pas un mari, des enfants ?

— Je l'ignore, fit Jacques, qui n'osait prononcer le nom de Diouloufait.

— Vois donc, mère ! s'écria Lucie, on dirait qu'elle revient à la vie !

En effet, le visage de la Brûleuse semblait animé de contractions involontaires. Était-ce donc un dernier effort de la vie ?

— M'entendez-vous ? demanda Marie de Favereye. Voulez-vous quelque chose ?... Regardez-moi... parlez-moi !...

C'était en vérité un tableau à la fois singulier et sublime que celui de ces trois jeunes femmes, si belles, si élégantes dans leur simplicité, courbées au pied de ce grabat sur lequel agonisait une criminelle. Jacques les regardait. C'était étrange. Voyant Lucie, il se sentait entraîné vers elle comme tout à l'heure vers la marquise. Quelles étaient donc ces deux femmes, dont la vue troublait ainsi son cœur ?

Et Pauline ! quelle adorable enfant ! Elle était pâle, s'efforçant de dominer l'impression pénible que lui causait un spectacle aussi poignant. Ses yeux pleins de larmes avaient une douceur angélique... et comme la Brûleuse gémissait, Pauline tourna ses regards vers Jacques, vers le médecin prétendu, comme pour adresser à sa science un suprême appel.

Honteux de son impuissance, il baissa les yeux en même temps qu'un flot de sang empourprait son visage.

Tout à coup, un cri plus rauque s'échappa de la poitrine de la martyrisée.

En même temps, comme si elle eût été secouée tout à coup par une convulsion galvanique, ses yeux s'ouvrirent, ses lèvres se convulsèrent, et un mot s'échappa de sa bouche que souillait une écume blanchâtre.

— Grâce! criait-elle, grâce!...

— Que voulez-vous dire? fit la marquise en approchant son visage de la malheureuse, comme pour mieux l'entendre.

Elle se tordit encore.

— Le Bisco! fit-elle. Non! non! je n'ai pas trahi!... non! ne me brûle pas!... Grâce! au secours!... à moi, Dioulou!...

Jacques, arraché à ses méditations par ce nom prononcé d'une voix éclatante, s'était vivement approché; le jour donnait en plein sur son visage, et il se trouvait justement placé en face de la Brûleuse.

Elle le vit, et tout ce corps, déchiré par la flamme, tressauta comme s'il eût voulu s'élancer; en même temps, hurlante, furieuse, elle cria :

— Ah! c'est toi! le neveu de l'assassin!... c'est toi! lâche bandit!... tu viens voir si je suis morte!...

— Mon Dieu! fit Jacques, qui chancelait, que signifient ces horribles paroles?...

— La douleur l'affole, dit madame de Favereye en se tournant vers le jeune homme; sans doute, elle croit voir devant elle quelqu'un des hommes qu'elle a connus.

Mais la vieille éclata de rire, et ce rire était si strident, si âpre, que ceux qui l'entendirent se sentirent frémir jusqu'au plus profond de leur être.

Et elle criait encore :

— Non! non! je ne me trompe pas... c'est lui! le petit à l'oncle Jean!

— L'oncle Jean!

Quelle lueur éclatait tout à coup au milieu de ces ténèbres.

— Oui, l'oncle Jean... c'est lui qui m'a assassinée, brûlée... Oh! que j'ai mal! Il m'a attachée sur mon lit, et puis il a mis le feu!... C'est lui, ton oncle Jean!... c'est le Bisco! c'est le Loup! le Loup!...

Et elle répétait ce mot : le Loup! avec des hoquets effrayants. Jacques se sentait devenir fou. Quoi! là encore il entendait accoler le nom de l'oncle Jean à celui de misérables bandits!

— Et il t'a envoyé pour voir s'il m'avait bien tuée... Lâche! lâche! tu es content de me voir souffrir! Oh! je brûle!

Elle regarda la marquise :

— Prenez garde, madame!... Vous avez l'air bon, vous, et puis les petites. Prenez garde à lui! c'est Jacquot... Jacquot qui a volé dans les ateliers! Jacquot qui a été chassé de partout!... qui tuera, qui assassinera!... Prenez garde!... Au Loup! au Loup!

Les deux jeunes filles — Lucie et Pauline — s'étaient redressées brusquement par un mouvement de terreur involontaire.

La marquise fixait sur Jacques son regard pénétrant. Qu'était-ce donc que cette sympathie qui tout à l'heure l'avait entraînée vers cet homme! Quoi! il ne répondait pas! Atterré, frappé d'une prostration inexplicable, il courbait la tête, livide, désespéré!

C'est qu'en vérité Jacques chancelait sous ce dernier coup. Ces accusations, dans lesquelles se mêlait le vrai et le faux, c'était bien à lui qu'elles s'adressaient. Cet oncle Jean, pourquoi le nommait-elle le Bisco ? Quel rapport entre les Loups de Paris et le maçon qu'il avait cru toujours un honnête travailleur?

Et encore une fois passait dans son imagination cette scène hideuse dont il avait été témoin à *l'Ours vert.* Donc, il n'était pas assez ivre pour s'être trompé. Donc, il n'avait pas rêvé. L'oncle Jean était au milieu de ces bandits !... Plus encore, il semblait être leur chef !...

Devant ces problèmes insolubles qui lui semblaient une machine monstrueuse, dont les engrenages allaient le saisir, il devenait fou !... Répondre, c'était discuter; c'était accepter une partie de ce que disait la Brûleuse. Avouer qu'il connaissait l'oncle Jean, au moment où elle l'accusait d'assassinat... où elle le nommait bourreau !...

— Cette femme est folle, vous avez raison ! articula-t-il péniblement.

Madame de Favereye ne le quittait pas des yeux. Je ne sais quel souvenir lointain lui revenait au cœur. Non ! c'était impossible ! cet homme ne pouvait être un de ces criminels qu'on appelait les Loups de Paris !...

. — Mais qui êtes-vous donc ? s'écria-t-elle tout à coup, comme entraînée par une force plus grande que sa volonté.

Il se roidit contre la faiblesse qui pouvait le perdre, et répondit :

— Je suis le comte de Cherlux !...

A son tour, Lucie poussa un cri. Elle savait que le comte de Cherlux était l'ami du duc de Belen, de celui qu'elle méprisait et qui prétendait à sa main... Elle s'était jetée dans les bras de Pauline et lui avait glissé quelques mots à voix basse.

Et Pauline de Saussay avait à son tour jeté sur Jacques un regard de dédain et de terreur.

— Comment vous trouvez-vous ici? demanda sévèrement la marquise; ne vous êtes-vous pas dit médecin?

Jacques releva la tête.

— Je ne puis répondre, dit-il, car aussi bien je ne sais pas mentir! Non, je ne suis pas médecin. Je passais; la curiosité, la pitié m'ont amené ici, rien de plus.

— La pitié! ça n'est pas vrai! criait la vieille; il est venu pour m'achever! Mais touche-moi donc!... Madame, envoyez chercher les gendarmes; qu'on le prenne, qu'on le *fauche*... c'est un voleur, c'est un assassin! c'est Jacquot, le Loup!...

— Monsieur, dit froidement madame de Favereye, je ne sais si cette femme qui va mourir a le courage de mentir. Quoi qu'il en soit, il ne m'appartient pas de chercher en ce moment à pénétrer ce mystère : vous êtes libre de vous retirer.

— Ainsi, madame, s'écria Jacques en faisant un pas en avant, vous croyez à ces terribles et folles imputations?

— Je ne crois rien; mais votre présence torture cette malheureuse. Vous parliez d'humanité, de pitié! c'est au nom de l'humanité que je vous supplie de partir!

Jacques porta les mains à son front avec un geste de désespoir. Il jeta un regard autour de lui, comme s'il eût espéré que quelque main secourable se tendrait vers lui. La marquise et les deux jeunes filles s'étaient agenouillées de nouveau auprès du grabat.

Mais la Brûleuse... pourquoi l'accusait-elle? Il eût voulu lui parler, l'interroger. En proie au délire de l'agonie, elle se débattait contre des fantômes horribles :

— Jacquot... assassin! Du sang!... A l'échafaud! Au Loup!

Jacques recula lentement vers la porte, puis il s'écria :

— Adieu ! je suis maudit !

Et d'un bond il s'élança sur l'escalier.

Le gendarme le laissa passer ; mais, tout en obéissant aux ordres reçus, il dit en s'adressant à son collègue :

— C'est drôle ! voilà un médecin qui a une singulière façon de soigner les gens !

L'autre cligna de l'œil.

— C'est moi qui l'empoignerais, fit-il, sans la consigne !

Jacques n'avait pas entendu : il fuyait sans comprendre ce que sa précipitation présentait d'étrange.

Mais c'est qu'aussi le trouble profond qui déjà s'était emparé de lui lors de la scène terrible qui s'était passée entre lui et M. de Belen, avait repris toute son intensité.

C'était maintenant comme une sorte d'ivresse. Il en était arrivé en quelque sorte à douter de lui-même. Partout, à l'hôtel de la rue de Seine, au cabaret de l'*Ours vert*, dans cette chambre de la rue des Arcis, partout l'injure, partout cette accusation qui se renouvelait et qui le souffletait en plein visage !

Et pourtant, qu'avait-il donc fait ? Quel crime avait-il commis ? Qu'était-ce donc que ces bandits auxquels on l'accusait sans cesse d'être affilié et dont le nom inspirait à tous le dégoût et la terreur ?

Sur ces deux visages de femme, il avait vu se traduire une horreur indéniable !... Et cela lui était plus douloureux encore que les insultes de M. de Belen, que les familiarités méprisantes du cabaretier.

— Il faut en finir! se répéta-t-il encore une fois. Il faut que je retrouve l'oncle Jean.

Cependant quand ce nom traversait sa pensée, il frémissait.

Quand il était ouvrier, il occupait une petite chambre à l'entrée de la rue Saint-Jacques, dans un de ces garnis borgnes où s'entassent les misères. L'oncle Jean y logeait aussi, bien qu'il parût rarement chez lui.

Du moins, le logeur pourrait peut-être lui donner les moyens de retrouver la trace qu'il cherchait.

Il suivit le quai et traversa le pont.

Mais au moment où il allait s'engager dans la rue du Petit-Pont, un homme qui marchait rapidement en sens inverse, vêtu d'une blouse déguenillée, coiffé d'une casquette dont la visière retombait sur ses yeux, s'arrêta brusquement et lui dit :

— Où vas-tu?...

Il le regarda : un souvenir vague lui revint à l'esprit. Où avait-il vu cette face patibulaire?

— Est-ce à moi que vous parlez? demanda-t-il.

— Parbleu! à toi... Jacquot!

Or, c'était celui des Loups qu'on connaissait sous le pseudonyme de Douze-Francs...

Jacques s'écria :

— Vous me connaissez?...

— Tiens! c'te bêtise! le filliot au Bisco!

Encore ce nom!

— Le Bisco? Quel est cet homme?

— Ah çà! voyons, fit Douze-Francs avec colère, est-ce que tu te f... de moi?

— Mais l'oncle Jean! où est-il? qu'est-il devenu?

— Pas loin de Bisco! s'écria le Loup en riant. T'as

raison! faut mieux dire l'autre nom! Mais tu sais, pas le temps de causer! Où que tu vas?

— Rue Saint-Jacques, au garni !

— Justement! je m'en doutais! Eh bien! petit, c'est une rude chance pour toi que je t'aie rencontré... tu étais *pau né* comme une mauviette... il y a une souricière!

Jacques connaissait le mot. Une surveillance était organisée par la police.

— Mais où retrouver l'oncle Jean? s'écria-t-il encore.

— Pour ça, tu peux te fouiller! D'abord, il est peut-être mort.

— Mort?

— Dame! il paraît qu'il a fait un rude plongeon!

— Mais les travaux qu'il avait entrepris?

Douze-Francs éclata de rire. Ce mot de «travaux» lui paraissait vraiment comique; il est vrai que, suivant toujours le quiproquo qu'il ne comprenait pas, Jacques s'obstinait à ne voir dans l'oncle Jean qu'un entrepreneur de maçonnerie.

— Les travaux! s'écria Douze-Francs. Bah! ça se retrouvera! et puis, entre nous, ajouta-t-il en baissant la voix, moi, je ne crois pas qu'il ait *cassé sa pipe*, c'est un vieux malin! Ça ne *claque* pas comme ça!

A ce moment, quelques personnes débouchaient à l'entrée du pont.

— Oh! oh! fit Douze-Francs, assez jacassé!... Je t'ai donné un bon avis, petiot. Faut pas aller à la baraque, parce que tu te ferais *piger*... Et maintenant tirons-nous des pattes chacun de notre côté. Bonsoir, mon petit loup!...

Et, sans ajouter un mot, Douze-Francs s'éloigna de toute la vitesse de ses longues jambes...

Décidément le cercle se resserrait autour de Jacques;

son dernier espoir venait de lui échapper. Ce qui lui était le plus pénible, c'est qu'il ne pouvait plus se faire d'illusion. Évidemment l'oncle Jean faisait partie d'une association mystérieuse, dont sans doute ce Mancal était le lieutenant et dont lui-même, Jacques, était en ce moment la victime...

Tout manquait à la fois à Jacques. Ceux-là même sur lesquels il avait cru pouvoir compter en toute circonstance fuyaient devant lui. Chassé du monde où il s'était un instant introduit, délaissé par ses anciens compagnons, il était seul désormais, sans conseiller, sans aide.

Il se dit qu'il avait eu tort de ne point suivre Douze-Francs. Du moins celui-là le connaissait. Mais il se disait traqué par la police... Ce mot donna le frisson au jeune homme. Il lui semblait apercevoir dans le lointain une main qui s'étendait vers lui pour le saisir.

Il s'était accoudé sur le parapet du pont, et là, inconscient, perdu dans sa douloureuse rêverie, il regardait l'eau noirâtre qui clapotait sur les piles. Les lenteurs du courant irritaient son regard et communiquaient à son cerveau une sorte d'étourdissement.

Puis, le froid, qu'il ne sentait pas, le pénétrait jusqu'au fond de l'être, en même temps que le flot exerçait sur lui cette attraction hypnotique à laquelle succombent tant de malheureux. C'était comme un vertige; devant ses yeux, il y avait maintenant un tournoiement vague de lueurs et d'ombres... et de ces hallucinations une idée se dégagea, qui éclata tout à coup dans son cerveau.

Cette idée, c'était la mort.

A quoi bon vivre? Quel pouvait être maintenant son avenir? Il ignorait tout de sa propre existence, et chaque fois qu'il tentait de plonger ses yeux dans le passé, il n'y voyait que les ténèbres d'un gouffre effrayant.

— C'est cela, murmura-t-il. Je vais me tuer.

Il regarda la Seine, cette fois, d'un œil plus calme.

— Pas ainsi, murmura-t-il. C'est la mort des lâches...

Il s'écarta et se remit à marcher. Allant devant lui au hasard, il parlait à mi-voix.

— Si tout à l'heure, dans cette chambre où râlait cette malheureuse, un mot, un regard de sympathie eussent échappé à ces trois adorables créatures, il me semble que j'aurais eu le courage de vivre et de lutter. Et voilà que l'on m'a chassé!... L'une d'elles, dont la voix chaude et vibrante ébranlait toutes les fibres de mon cœur, m'avait cependant singulièrement ému... C'est singulier!... il me semble que déjà, dans mes rêves d'autrefois, alors que je voyais une forme vague et charmante se pencher sur mon berceau, il me semble que celle qui se courbait vers moi, comme une mère, avait ce visage pur et noble!... Folie!... je rêvais!... et voici la réalité!...

Il marchait encore, puis il reprenait :

— Une mère!... oui; il y a des enfants qui s'endorment aux bras de leur mère et qui se réveillent sous ses baisers... moi, je suis seul, jeté sur la terre par le hasard... Une sorte de grand seigneur débauché a daigné un jour se souvenir que j'existais... Il a cru que cette reconnaissance tardive l'absoudrait de sa faute... il m'a jeté son nom, sa fortune comme une aumône... Ah! ce titre, cet argent, comme tout cela me paraît aujourd'hui mesquin et ridicule!... C'est bizarre cependant que cette volonté de suicide ne me soit venue que justement au jour qui m'a fait riche!...

Il avait suivi les quais et se trouvait en face du jardin des Tuileries. Par la grille largement ouverte entraient à chaque instant des mères tenant par la main des enfants qui sautillaient en poussant de petits cris joyeux. Il s'appuya contre le soubassement pour les voir passer.

Il y avait aussi des jeunes filles, fraîches et roses, qui baissaient les yeux lorsque quelque élégant les fixait d'un regard admirateur.

Et Jacques songeait à ces deux jeunes filles qu'il avait rencontrées tout à l'heure en si étranges circonstances. Comme elles étaient jolies !... L'une d'elles l'avait surtout frappé. C'était Pauline de Saussay. Songeant à elle, il sentait son cœur battre plus vite...

— Ce sera en mourant mon dernier souvenir ! dit-il.

En mourant ! Il s'interrogea encore une fois et se dit qu'il était bien décidé. Il fallait avant tout se procurer une arme. Il alla dans la rue Royale et acheta une paire de pistolets, qu'il fit charger devant lui. Il donna son nom : le comte de Cherlux ! Il éprouvait je ne sais quelle satisfaction ironique à répéter ce nom qui allait tout à l'heure disparaître avec lui...

Puis, glissant les armes dans ses poches, il se dirigea vers le bois de Boulogne : c'était alors le rendez-vous légendaire des suicidés. Des massifs épais et sauvages n'avaient pas encore été percés à jour par les avenues rectes des embellisseurs. C'était encore la nature, avec son imprévu et sa solitude. On y était bien pour se battre ou pour mourir. Pas un des bruits de Paris n'arrivait jusqu'à vous. En face du ciel, au bruissement des branches qui craquaient sous le vent, on appuyait le doigt sur la détente... et le lendemain, un garde ramassait le cadavre. Tout était dit.

Aujourd'hui, qui veut se tuer n'a plus ses aises. Les allures du désespéré sont soigneusement notées par les sergents de ville qui le voient passer; un garde suit à distance quiconque est pâle et jette devant soi ce regard vague qui cherche à deviner la mort à travers les dernières sensations de la vie... et le bras qui dirige l'arme contre la poitrine ou le crâne est souvent arrêté avant que l'œuvre soit accomplie.

Et puis, il faut suivre l'homme de la loi chez le commissaire de police, donner son nom, des explications, entendre les admonestations du magistrat qui vous adjure de renoncer à votre projet. Il ne vous laisse partir qu'après vous avoir arraché la promesse de ne plus attenter à vos jours.

C'est à dégoûter du suicide.

La civilisation traque l'homme dans sa vie. Au sommet des colonnes, elle élève des grilles qui arrêtent l'élan ; sur le fleuve, les mariniers se jettent à la nage au premier choc de l'eau qui rebondit sous votre corps...

Où se tuer? A domicile? Mais dans les maisons à cinquante locataires, tout vous dénonce, l'odeur du charbon, le soupçon de votre concierge. La bienveillance veille sur vous et interrompt trop souvent l'œuvre achevée...

A l'époque où se passe notre récit, on était mieux maître de soi-même.

A partir du rond-point des Champs-Élysées, les passants étaient rares. Comme c'était l'hiver, ils passaient vite, bien enveloppés dans leurs paletots, et se souciaient fort peu d'examiner la physionomie de ceux qui montaient vers le bois.

A peine quelques voitures, lancées au grand trot des chevaux, sillonnaient l'avenue.

Jacques se plaisait à cette solitude. C'était bien ainsi qu'il voulait sortir de la vie. Sans que nul ne prît garde à lui, il arriva à la porte Maillot, et, tournant à droite, se trouva en face d'une sorte de café champêtre qui se trouvait là.

Comme il n'avait rien mangé depuis le matin, il se sentait faible. Il se dit qu'au moment décisif la force pouvait lui faire défaut. Quoiqu'il n'éprouvât aucune hésitation, il éprouvait une peur enfantine. Il craignait que l'arme appuyée contre sa tempe ne déviât, par manque de sûreté dans la main ; il voulait mourir, mais non point être défiguré.

Il entra et demanda un léger repas. Comme il insista pour être servi en plein air, le garçon comprit ce dont il s'agissait. Il avait vu tant de ces aventures ! Il hésita : car on n'était pas toujours sûr que le *client* payât sa note. Mais les allures de Jacques donnaient confiance. Ce devait être un désespoir d'amour... On pouvait attendre le dessert pour présenter l'addition.

Quand il eut achevé, Jacques paya son compte et remit un louis de pourboire au garçon.

Celui-ci crut devoir lui donner un renseignement :

— Si monsieur veut être bien tranquille, dit-il, monsieur suivra ce petit sentier pendant un petit quart d'heure, puis il tournera à gauche.

— Merci, dit Jacques.

Et il s'enfonça dans le bois par la route indiquée.

Mais il n'avait pas suffisamment pris garde aux paroles de l'obligeant personnage. Il marcha trop longtemps, tourna à droite, et finalement déboucha sur une route.

Il recula, effrayé de se retrouver en pleine lumière.

Une voiture arrivait du côté de Courbevoie, sorte de

coupé élégant qu'emportait un pur sang de la meilleure
race.

Encore une minute et il allait passer devant Jacques.

Le jeune homme ne voulait plus voir de visage humain ; il se rejeta dans le bois, et là, se croyant caché
par les branches, il tira de sa poche un de ses pistolets,
examina rapidement la batterie, plaça la capsule...

Puis levant le bras, il posa le canon de l'arme sur sa
tempe...

Mais au moment où il allait tirer, les branches craquèrent violemment, une forme se dressa auprès de
lui, deux bras se jetèrent autour de son cou...

Et une voix lui cria :

— Tu veux mourir ! toi !... non ! non ! je t'aime !

IV

DEUX IVRESSES

Le jeune homme avait poussé un cri de surprise et l'arme de mort s'était échappée de ses mains...

Et la duchesse de Torrès, car c'était elle, le serrait dans ses bras, en ajoutant :

— Je ne veux pas que tu meures !...

Cette voix résonnait à son oreille comme un chant d'espérance et d'amour, — il lui semblait qu'il était le jouet d'une illusion.

Mais non ! c'était bien elle, plus belle que jamais elle n'était apparue au milieu des splendeurs du luxe et de la richesse.

Elle était là, la tête rejetée en arrière, les yeux pleins de larmes. Son teint ordinairement pâle et mat s'était coloré et le sang courait, rapide, sous cette peau fine et veloutée comme celle d'une jeune fille.

II   6

Et plongeant son regard dans ces yeux voilés par l'é-
motion, sentant contre sa poitrine ce corps souple qui
avait des ondulations serpentines, Jacques chancela...

— Vous! vous! murmura-t-il. Ah! pourquoi êtes-
vous venue?... Vous me rendez lâche!...

Mais sans répondre, la duchesse l'avait saisi par la
main et l'entraînait vers la route. Il ne résistait pas. Il
n'avait plus de volonté : toute son énergie désespérée
s'était brisée. Il était plus faible qu'un enfant !...

Un instant après, sans savoir comment il y était venu,
il se trouvait dans la voiture de cette femme, auprès
d'elle, et les chevaux l'emportaient de leur trot rapide
dans la direction de Paris...

— Lâche! répétait-il. Je n'ai même pas su mourir !...

— Tais-toi, fit-elle, en lui posant doucement les mains
sur les lèvres, tu as la fièvre... je ne veux plus que tu
parles de mourir. Ne suis-je pas là maintenant?

Il releva la tête et la regarda.

En vérité, il se demandait si tout cela n'était pas un
rêve. Quoi! cette créature si belle qu'il avait entrevue
pendant quelques minutes à peine, à laquelle il songeait dans la solitude de ses insomnies, cette femme
qui réalisait pour lui le type le plus achevé de la beauté
humaine, cette femme l'avait arraché à la mort !

Et il l'avait bien entendu; elle lui avait dit :

— Je t'aime !

Aimé ! lui! est-ce que cela était possible?... Il eut un
frémissement terrible. Oui, c'était bien cela! C'était la
folie qui hantait son cerveau! Sa raison lui échappait!

Elle respectait sa rêverie. Penchée vers lui, serrant
ses mains dans les siennes, elle l'enveloppait de son
regard chargé de voluptueuses effluves. Et sous ce ma-

gnétisme enivrant, il lui semblait qu'un être surnaturel prenait possession de lui-même.

Il ne parlait plus. Il se laissait emporter dans une sorte de tourbillon vague comme ceux qui parfois vous enlèvent dans l'air, pendant le sommeil...

La voiture s'arrêta.

Puis il descendit, appuyé au bras de la duchesse, qui le soutenait comme elle eût fait d'un enfant.

Seulement, à ce moment, il se passa une étrange circonstance...

Devant la grande porte, un mendiant accroupi semblait dormir sur le banc de pierre qui touchait à la grille. Au moment où la duchesse et Jacques passaient devant lui, le mendiant releva la tête.

C'était un être farouche, avec ses cheveux gris en broussailles qui lui tombaient jusqu'aux yeux, avec sa barbe hirsute et ses yeux creusés.

Il fixa sur eux son regard dur ; puis, quand la porte se referma, on l'entendit qui jetait dans l'air un éclat de rire strident, infernal.

Jacques frissonna, et son cœur se contracta sous un spasme d'effroi.

Il s'arrêta brusquement.

— Viens, lui dit le Ténia.

Il eut un moment d'hésitation involontaire. Je ne sais quel sinistre pressentiment étreignit son cerveau. Mais la main si douce serra sa main, le sourire de la duchesse se fit plus charmant et plus encourageant... Il entra.

Mais quand il se trouva dans le boudoir des fourrures, où pour la première fois il avait pénétré sous le nom de comte de Cherlux, il se laissa tomber sur le sofa, et cacha son front entre ses deux mains.

Et tandis que, pendant quelques minutes, il était resté seul, il revit, par une intuition de l'âme, ces trois adorables femmes qui tout à l'heure étaient courbées au grabat d'un moribond, et il lui sembla que l'une d'elles lui criait :

—Jacques ! Jacques ! sors d'ici !... Va-t'en ! Il en est temps encore !...

Mais en même temps, dans son souvenir, éclata la voix de la Brûleuse qui hurlait :

— Au loup ! Bandit ! Assassin !...

Il laissa échapper un cri de terreur... et se dressa comme s'il voulait fuir, mais il resta immobile, frémissant de tout son être.

La porte venait de s'ouvrir et la duchesse lui était apparue.

Quelques minutes lui avaient suffi pour rejeter le costume qu'elle portait. Maintenant elle était revêtue d'une robe de soie bleue et argent, dont les plis, collés au corps, moulaient ses formes admirables et que serrait à la taille une cordelière d'argent.

Sur ses cheveux, qu'elle avait dénoués et qui retombant sur ses épaules lui faisaient comme un manteau, elle avait jeté une résille d'argent dont l'éclat mat faisait mieux ressortir encore la teinte bleue de ses tresses splendides.

Le cou se dégageait, ferme, admirablement moulé, tandis que les manches, largement fendues, laissaient voir les bras, qu'un statuaire eût moulés, jusqu'à la naissance du coude.

Les lèvres étaient rouges, l'œil noir brillait d'un éclat radieux...

Elle s'approcha de Jacques, le repoussa doucement vers le sofa, sur lequel elle le contraignit de reprendre sa place, et s'agenouillant devant lui, elle dit tout bas :

— Dis, me trouves-tu belle ainsi ?...

— Oui, murmura-t-il, belle comme un rêve...

Il sentait monter à son cerveau un parfum enivrant, et de ce regard fixé sur lui s'échappait un rayonnement qui l'éblouissait.

— N'est-ce pas ! tu ne mourras pas? dit-elle encore. Je ne le veux pas !... Je veux que tu vives... entends-tu bien... que tu vives pour moi, pour moi seule !

Puis l'attirant à elle, dans un élan plein d'une charmante violence, elle posa ses lèvres sur les siennes...

— Je t'aime ! lui dit-elle dans un long baiser.

Il ne pensait plus, il ne raisonnait plus.

— Je t'aime ! répétait-il comme un écho de folie.

Et comme il l'avait saisie dans ses bras, elle se dégagea, se laissa glisser à ses pieds.

— Ne parle pas, fit-elle. Je ne veux rien savoir encore... plus tard tu me diras tout... Je sais que tu souffres, je devine en toi d'horribles tortures... oublie tout !... Si le monde s'est montré cruel pour toi, si on t'a abandonné, je te reste... moi qui t'aime ! moi qui me dévoue à ton bonheur ! Que nous importent les autres !... ne serons-nous pas l'un à l'autre un univers et un paradis ?...

Il l'écoutait, et la fièvre qui le brûlait se transformait : l'amour violent, insensé, s'emparait de lui... Oui, il oubliait tout pour la regarder, pour l'admirer, pour l'adorer...

Il voulut encore l'enlacer de ses bras.

— Chut! fit-elle doucement et en souriant.

Elle se releva avec la souplesse d'un félin, et courant à la cheminée, elle sonna.

Sans que personne parût, un panneau tourna sur ses gonds et un guéridon de laque parut; elle l'attira auprès du sofa. Puis s'asseyant auprès de Jacques :

— Soyez sage, lui dit-elle en découvrant les perles de sa bouche, et pour retrouver tout votre calme, partagez, je vous prie, mon modeste souper...

Elle versa dans une coupe de cristal quelques gouttes d'un vin d'Italie, jaune comme de l'or, brillant comme un rayon de soleil; elle y trempa ses lèvres, puis le lui présentant d'un geste adorable :

— Prenez, dit-elle, et sachez ma pensée!...

Il but, les yeux fixés sur elle. Et en même temps que la liqueur chaude et vivifiante réchauffait sa poitrine, il buvait le regard, la beauté, le charme de cette femme en qui se résumaient toutes les séductions des courtisanes antiques...

Et comme elle se faisait complaisante!

Elle le servait, le forçait de lui obéir : elle buvait à son tour, et il fallait qu'il l'imitât, sinon elle avait une de ces moues boudeuses qui brisent les résistances les plus endurcies.

Peu à peu, sur ce cerveau ébranlé par tant de commotions, les vins capiteux agirent. Ce n'était pas l'ivresse, c'était une sorte de résurrection.

Jacques se sentait fort, il retrouvait son énergie.

Son teint pâle se colorait de nouveau, ses yeux brillaient. Il lui semblait que ses muscles reprenaient leur vigueur en même temps que ses nerfs, douloureusement crispés, se détendaient.

Mais en même temps une pensée désolante traversa son cerveau.

La duchesse de Torrès l'avait sauvé, l'avait accueilli, elle lui avait avoué qu'elle l'aimait.

Mais, sans doute, elle ne savait rien! elle ignorait sous quelle accusation infâme il avait dû courber la tête!... elle ne pouvait supposer que le matin même, de Belen l'eût chassé, lui, Jacques, comte de Cherlux, l'eût fait jeter à la porte par ses laquais!...

Un rugissement s'échappa de sa gorge, et il posa si violemment sur la table le verre qu'il tenait à la main que le cristal vola en éclats.

Elle emplit un autre verre, et dit à Jacques en le lui tendant :

— J'ai vu M. le duc de Belen, et je sais tout!...

— Vous! s'écria-t-il. Mais alors vous me méprisez! vous me tenez pour un misérable!...

Elle lui prit la main et répondit :

— Je sais tout... et je vous aime !

— C'est impossible! il ne vous a pas dit...

Elle l'interrompit d'un geste :

— J'ai appris de sa propre bouche les détails de la scène odieuse qui s'est passée ce matin...

— Et vous ne me chassez pas !

Elle se leva, vint derrière le jeune homme, lui prit la tête entre les deux mains et l'embrassa au front.

C'était, en vérité, une scène singulière.

Les bougies de cire rose, dont la lumière était tamisée par des écrans de mica, éclairaient les fourrures zébrées de roux et de blanc dont les pointes semblaient chargées d'étincelles.

Des cassolettes de cuivre ciselé s'échappaient des parfums qui embaumaient l'atmosphère et troublaient à la fois la raison et les sens...

Les tentures, élégamment drapées, semblaient frissonner sous un souffle voluptueux...

Jacques sentit les bras d'Isabelle autour de son cou,

et, par un mouvement sensuel, rejeta sa tête en arrière.

Ainsi posé, il voyait à plein l'adorable visage de la pécheresse qui rayonnait d'amour et d'ardeur mal contenue.

Ce fut un éblouissement.

Il avait oublié jusqu'à ce souvenir qui, un instant auparavant, avait contracté son cœur et torturé son cerveau, jusqu'à cette question à laquelle point de réponse n'avait été faite.

De toute cette femme, ainsi penchée, s'exhalaient des effluves de volupté qui l'étourdissaient...

Depuis le matin, il avait tant souffert, que son organisme ébranlé éprouvait maintenant je ne sais quelle sédation suprême. Il était enlacé dans les séductions infinies de cette femme qui commandait l'adoration.

— Tais-toi! murmura-t-elle d'une voix à peine perceptible.

— Ton nom! dit-il.

— Je m'appelle l'oubli!

Et il lui sembla que les lumières pâlissaient. Une harmonie vague et ineffable bruit dans l'air... celle de deux voix qui s'unissaient en échangeant des mots d'amour.

L'une disait :

— Jacques! mon Jacques!

Et l'autre répétait :

— Je t'aime!

V

CE QUI S'ÉTAIT PASSÉ

Comment tout à coup Isabelle de Torrès s'était-elle trouvée sur la route ? Comment avait-elle pu arrêter le bras de Jacques, alors que l'arme de mort s'appuyait sur son front ?

C'est ce que nous allons rapidement expliquer :

Après avoir obéi au mouvement de fureur qui l'avait emporté, le duc de Belen, resté seul, s'était pris à réfléchir. Il tenait encore entre ses mains la lettre de Mancal, et il cherchait à deviner quel pouvait être le plan des misérables qui s'étaient introduits dans son hôtel, et dont Jacques lui paraissait à la fois le complice et l'instrument.

Nous avons déjà insisté sur ce fait très-curieux, l'indignation réelle de M. le duc de Belen. Nous raconterons bientôt toute son histoire, et l'on saura alors quel

droit il avait à s'irriter si fort lorsque des malfaiteurs
songeaient à s'attaquer à sa fortune.

Mais les gredins sont ainsi faits.

Quand on les touche, ils sont tout prêts à appeler à
leur propre défense les arguments honnêtes dont ils
ont fait tant de fois bon marché, alors qu'il s'agissait
d'autrui.

De Belen, se promenant de long en large dans le petit salon d'où il avait chassé Jacques, murmura avec un
accent de profond navrement :

— En vérité, c'est à ne plus croire à rien... Un
jeune homme qui avait l'air si naïf ! Vrai, je l'avais
cru honnête ! Et puis, après tout, il est exact que le
comte de Cherlux, un vieux camarade, en somme,
l'a reconnu pour son fils et lui a laissé ce qu'il possédait...

Il s'arrêta.

— Que pouvait bien posséder de Cherlux ?... Hum !
en y réfléchissant de plus près, ce vieux viveur ne devait plus être grandement en fonds. Quel rôle peut
avoir joué ce Mancal en tout ceci ? J'ai été bien fou de
ne pas deviner immédiatement que cet homme était
un bandit de première espèce ! J'avais cru à l'habileté d'un chevalier d'industrie, qui emploie tous
moyens pour voler et exploiter les secrets d'autrui.
C'est mieux que cela... Il faudra que je sache tout !...

A ce moment, on frappa à la porte, puis un laquais
dit à de Belen :

— M. le baron de Silvereal demande si monsieur le
duc est visible.

— Silvereal ! pensa de Belen. Pardieu ! celui-là aussi
doit connaître Mancal... qui sait s'il ne pourrait pas
me fournir quelque utile renseignement...

Un instant après, il se trouvait avec le baron dans le cabinet oriental où nous les avons déjà entendus causant du passé et de l'avenir.

Il est bon de dire qu'après avoir rencontré Germandret-Mancal dans le souterrain, de Belen avait fait combler le puits où s'engageait l'escalier et fermer la trappe qui communiquait avec la serre.

De cette façon, il était, ou du moins se croyait à l'abri de toute indiscrétion.

Silvereal n'avait pas reparu à l'hôtel de Belen depuis cette dernière entrevue où il avait extorqué au duc une somme de cinquante mille francs... somme, hélas ! qui avait déjà disparu en babioles coûteuses que l'amoureux baron avait envoyées à l'hôtel de Torrès, pour se faire pardonner sans doute l'impolitesse qu'il avait involontairement commise en s'endormant dans le boudoir de celle à laquelle il offrait son nom et sa main.

Silvereal était soucieux, et ce pour plusieurs raisons qu'il importe de connaître.

La première, c'est que l'hôtel de Torrès lui était impitoyablement fermé depuis quelques jours, et même il s'était produit un fait plus étrange et plus grave.

Son dernier présent : une agrafe de diamants qu'il avait obtenue à crédit d'un des premiers bijoutiers de la rue de la Paix, lui avait été renvoyée sans que l'écrin eût même été ouvert.

Ceci pouvait être significatif, et tout personnage moins infatué de lui-même ou moins enfiévré d'amour eût deviné, de la part de l'avide duchesse, un congé non dissimulé.

Mais ce n'était pas là ce qu'avait compris le baron.

Pour lui, le consentement de la duchesse à ses désirs de mariage ne faisait point doute. Seulement, tant que Mathilde serait vivante, ces promesses, ces offres seraient illusoires. Ce refus n'était qu'une invitation à agir.

C'est ce qu'avait immédiatement tenté Silvereal, impatient d'avoir reconquis sa liberté.

On n'a pas oublié que le vieux Blasias lui avait remis un flacon qui ne contenait, en somme, qu'un breuvage complétement inoffensif.

Mais Silvereal, ne doutant pas qu'il ne tînt en son pouvoir la vie de la baronne, avait résolu d'en finir... et, au risque d'éveiller les soupçons, il avait trouvé moyen de faire prendre à sa femme le contenu total du flacon.

On devine ce qui s'était passé.

Ç'avait été une triste journée pour le baron. Vingt fois il s'était présenté à l'hôtel, espérant trouver la domesticité au désespoir, tout prêt à accueillir avec le masque d'une douleur de bonne compagnie la nouvelle d'une épouvantable catastrophe.

Point. Tout était calme. A quelques questions habilement posées, il avait été répondu que jamais la santé de madame de Silvereal n'avait été meilleure. L'honnête mari n'en pouvait croire ses oreilles, et, finalement, il avait sollicité et obtenu l'autorisation de se rendre dans l'appartement de la baronne.

Elle l'avait reçu avec sa hauteur ordinaire. Et tout en causant de banalités, il avait pu constater que jamais sa beauté n'avait été plus vivace, que jamais ses yeux n'avaient été plus brillants, sa voix plus calme.

C'était à en perdre la tête.

Il avait couru au club, afin de tenter la fortune et

d'oublier, dans la fièvre du jeu, les soucis qui le tourmentaient.

Là il avait été en butte à quelques railleries, ménagées d'ailleurs avec un goût exquis. Mais on lui parlait de M. le comte Jacques de Cherlux, charmant jeune homme qui avait été accueilli par le duc de Belen sur la recommandation de la duchesse de Torrès, et en qui on lui faisait deviner un rival.

Était-ce donc là l'explication de l'exil qui le frappait?

Avec ses inquiétudes s'étaient surexcités tous ses mauvais instincts. Il n'avait pu tuer sa femme, il se devinait maintenant chassé par celle qu'il aimait... et de Belen était le complice de la duchesse... Il prêtait les mains à une intrigue qui le pouvait réduire au désespoir, lui, Silvereal, un ancien ami... mieux que cela... un complice qui pouvait un jour ou l'autre devenir dangereux.

Il fallait élucider cette question, et c'était dans ce but que le baron se présentait chez le duc de Belen; seulement il avait appris à ses dépens que dans une discussion violente avec le duc, il était rare que le dernier mot lui restât. Aussi avait-il résolu d'employer cette fois un tout autre moyen.

— Eh! bonjour, mon cher duc! fit-il dès qu'il aperçut de Belen, et en s'avançant vers lui les mains tendues en avant.

— Je suis heureux de vous voir, fit de Belen, qui répondait à ses propres pensées.

Puis, regardant attentivement Silvereal, dont le visage était admirablement composé:

— Mais, en vérité, mon cher baron, vous semblez tout joyeux... Avez-vous donc quelque raison de vous réjouir?

— Le mot est peut-être trop fort, fit Silvereal en souriant et en découvrant ses dents longues et aiguës ; cependant je déclare que, sauf détails sans importance, j'ai tout lieu de me déclarer satisfait.

— Tant mieux pour vous. Peut-être n'en est-il pas de même pour moi !

— En vérité ! s'exclama le baron avec les marques du plus profond intérêt. Serait-il survenu dans votre existence quelque embarras subit ?

— Peut-être !

— Impossible. La fortune vous sourit avec une persistance à laquelle la capricieuse ne nous a guère habitués. Vous êtes honoré, vous êtes riche... et, enfin, vous allez être dans peu de temps l'heureux époux d'une des plus jolies et des plus riches héritières de Paris.

De Belen ne put réprimer un tressaillement. Cette allusion à ses desseins sur Lucie de Favereye le touchait en plein cœur... à supposer que le mot — cœur — pût s'appliquer au viscère qui opérait son mouvement régulier dans la poitrine du duc.

Il se souvint tout à coup de l'engagement pris quelques jours auparavant par Silvereal.

— Que voulez-vous dire? s'écria-t-il involontairement. Avez-vous donc obtenu de la baronne...

— Qu'elle parlât pour vous? C'est aller un peu vite en besogne. Cependant...

Il s'arrêta. Il voyait bien que dans cet assaut de faussetés, il avait l'avantage, et il tenait à en profiter le plus longtemps possible.

— Parlez donc! s'écria de Belen.

— Si j'hésite, mon cher duc, c'est par un sentiment de superstition qu'il me faut avouer. Je n'aime pas!

lorsque je tente l'exécution d'un plan mûrement combiné, expliquer par le menu les moyens dont je prétends me servir... Cette indiscrétion vis-à-vis de soi-même porte souvent malheur...

— Alors, que venez-vous me parler de mon prochain mariage?...

— Je vous prouve que je ne vous oublie pas... Depuis notre dernière entrevue où vous vous êtes laissé entraîner à me dire quelques duretés, que vous regrettez, j'en ai la conviction, j'ai beaucoup réfléchi... et le premier mouvement d'irritation passé, je me suis dit qu'après tout, vous étiez mon meilleur... disons mieux, mon seul ami, et que ce m'était un devoir de me mettre à votre service comme vous étiez au mien...

— Que de phrases, bon Dieu! s'écria de Belen avec impatience.

— J'arrive au fait. Je vous ai promis de vous aider à vaincre l'opposition que ma femme mettait à votre mariage avec Lucie de Favereye... et j'ai déjà, j'en suis certain, obtenu dans cette voie d'excellents résultats... Pardonnez-moi de ne pas m'expliquer davantage...

De Belen le regarda avec une défiance non dissimulée.

— Et c'est pour me dire cela que vous avez pris la peine de passer à mon hôtel?

— Certes!... N'est-ce pas le fait d'un véritable ami que de venir vous répéter : Prenez patience! tout va bien!... Je comprends vos angoisses, vos inquiétudes, et je tiens à les adoucir autant qu'il est en moi.

Après tout, de Belen méprisait assez l'intelligence de Silvereal pour admettre que cette niaiserie n'était pas jouée.

— Je vous remercie, reprit-il brusquement. Mais

lorsque je vous déclarais tout à l'heure que j'étais heureux de vous voir, c'est que vous pouvez m'être utile.

Cette franchise n'avait rien de flatteur pour le baron. Mais Silvereal n'était pas homme à se fâcher pour si peu.

— Tout à votre disposition, dit-il.

— Vous connaissez un certain homme d'affaires nommé Mancal?

Silvereal fit la grimace. Ce nom avait décidément le privilége d'exciter peu de sympathie de la part de ceux qui l'entendaient.

On sait que souvent Mancal avait servi d'intermédiaire entre la duchesse et le baron lequel, de plus, n'ignorait pas que Mancal et le vieux Blasias étaient une seule et même incarnation...

Enfin Mancal lui avait souvent prêté, à grosse usure, des sommes dont il eût été certes bien impuissant à se libérer envers lui.

— Mancal! vous avez dit Mancal! fit le baron en hésitant et en regardant au plafond comme s'il eût éprouvé une grande difficulté à se remettre cette physionomie en mémoire.

— Parbleu! ne jouez donc pas ainsi la comédie! s'écria le duc, dont la longanimité s'épuisait. Pouvez-vous, oui ou non, me fournir des renseignements sur cet homme?

— Des renseignements!... non, en vérité. Ne vous fâchez pas, mon ami. Je le connaissais très-peu... il est mort!...

— Mort! s'écria le baron. Quelle est cette folie?

Silvereal se mordit les lèvres. Il avait trop parlé. Il supposait bien que Blasias était mort.

Mais le duc ignorait sans doute l'identité de ce personnage et du banquier de la rue Louis-le-Grand.

— Je veux dire, reprit-il, qu'il a disparu... comme font tous ces banquiers de mauvais aloi.

— Mancal était un faux banquier.

— Hein?

— Mancal est tout simplement le chef d'une bande de bandits qui exploitent les honnêtes gens.

— Alors, nous n'avons rien à craindre, interrompit naïvement Silvereal.

— Vous vous trompez! car Mancal possède nos secrets.

— Quels secrets?

— Il sait que le baron de Silvereal et le duc de Belen sont deux assassins !...

Silvereal se dressa sur ses pieds. En vérité, il y a des gens qui ont la manie d'évoquer des souvenirs désagréables... Il était blème, et ses dents claquaient.

— Bon ! voilà que vous perdez tout votre sang-froid, reprit de Belen avec calme. Mon cher, quand on a, comme nous, risqué sa tête pour arriver au but poursuivi, on doit s'attendre à ce qu'à toute heure l'innocence se dresse devant soi et qu'il faille lutter sans trêve ni merci.

Silvereal l'interrompit.

— Mais je vous dis qu'il est mort!

— Qui? Mancal... Folie !...

— Mancal, oui! c'est-à-dire Blasias...

— Quel Blasias ?...

— Un vieillard... c'est-à-dire non, Mancal déguisé... qui, au quai de Gèvres, faisait métier de recéleur et d'empoisonneur...

— Quoi! cet homme que la police traquait... et dont la masure s'est abîmée dans l'incendie...

— C'était Mancal.

— Ah bah! fit de Belen, qui réfléchissait.

Il y eut un instant de silence. Puis le duc, fouillant dans sa poche, en tira la lettre qu'il avait reçue tout à l'heure.

Elle ne portait pas de date ; de plus, elle devait avoir été apportée, car sur l'enveloppe ne se trouvait pas le timbre de la poste.

Il sonna vivement.

— Qui a apporté cette lettre? demanda-t-il au laquais qui se présenta.

— Monsieur le duc, c'est une sorte de mendiant déguenillé.

— Qu'a-t-il dit ?

— Rien, sinon que cette lettre devait être remise immédiatement à monsieur le duc.

— Il n'a prononcé aucun autre nom que le mien?...

— Aucun.

— C'est bien, allez!...

— Mais qu'est-ce donc que cette lettre ? s'écria Silvereal, au comble de la curiosité.

— Je vais vous le dire. Car, au fait, mieux vaut que nous nous montrions quelque franchise réciproque. Cette lettre a été adressée par Mancal à l'homme que j'avais accueilli dans ma maison, et dont je m'étais porté garant, à ce Jacques de Cherlux.

— Lui! s'écria à son tour Silvereal, Montrez-moi cette lettre !

De Belen la lui tendit. Le baron la lut rapidement.

On se souvient que dans ses termes elle prouvait, à n'en point douter, la complicité de Jacques et de Mancal dans quelque œuvre ténébreuse et encore inexécutée.

— Ah ! mon ami ! s'écria Silvereal, moi qui doutais de vous !

— Que voulez-vous dire?

— Je croyais que le jeune homme vous avait été recommandé par la duchesse de Torrès...

De Belen tressaillit à son tour.

Il avait oublié ce détail. Il n'avait songé qu'à Mancal. Il était cependant exact que Jacques s'était présenté, pour la première fois, muni d'une lettre du Ténia.

— Vous ne vous trompez pas, reprit-il lentement. C'est bien à la requête de la duchesse que je l'avais reçu et que je lui avais promis ma protection.

— Vous voyez bien ! fit Silvereal avec désespoir. Et moi qui croyais en vous comme en mon meilleur ami.

— Eh bien ?

— Mais ce jeune homme est l'amant de la duchesse, que j'aime et qui m'a fermé sa porte !

Il avait, en prononçant ces paroles, une mine si piteuse, que de Belen ne put réprimer un éclat de rire.

— Ah ! il est bien en ce moment question d'amour et de passion ridicule...

— Ridicule ! vous en parlez bien à votre aise.

— Je vous dis qu'il s'agit de notre honneur, de notre fortune, qui sait ? de notre vie, peut-être !

— Que m'importe ! s'écria Silvereal, sans cette femme, fortune, existence, je ne tiens plus à rien !

— Passe pour vous. Mais moi, je tiens à tout. Raisonnons, et quittez ces airs navrés, qui sont grotesques. Songeons à nous défendre, que diable ! et examinons le danger froidement et en hommes habitués au péril.

— Je vous écoute, fit Silvereal, qui n'écoutait guère, absorbé qu'il était dans ses pensées désespérées.

— C'est évidemment à la prière de Mancal que la duchesse a remis cette lettre à ce Jacques... Dites-moi, ce Mancal était son homme d'affaires, n'est-il pas vrai ?

— Elle fait, en effet, quelques petites opérations de Bourse.

— Donc, elle a confiance dans cet homme... et elle n'a pu lui refuser ce léger service... Il lui aura présenté son protégé avec les formes mielleuses dont il avait le secret, et la duchesse est si bonne...

— Oui, elle est bonne et belle, interrompit Silvereal.

De Belen se contenta de hausser les épaules et continua :

— Vous ne paraissez rien comprendre. Il est ridicule qu'un homme tel que vous, qui êtes presque un vieillard...

Silvereal protesta d'un geste.

— J'ai dit un vieillard, insista de Belen. Parbleu ! il fait beau voir qu'à votre âge, vous vous obstinez à roucouler comme un Roméo de vingt ans... Cela est fini, mon cher. Nous aimons où et quand nous pouvons !...

— Pardon ! s'écria Silvereal, poussé à bout. N'êtes-vous pas amoureux vous-même de Lucie de Favereye, une pure et chaste enfant qui pourrait être votre fille ?...

De Belen pâlit. Le coup était direct. Mais, se mordant les lèvres, il reprit avec sang-froid :

— Tout d'abord, mon cher baron, remarquez qu'entre

une chaste et pure enfant comme Lucie, je répète vos expressions, et cet être vicieux, corrompu, presque effrayant, qui s'appelle le Ténia et pour vous la duchesse de Torrès, toute comparaison serait un crime !...

— Belen ! prenez garde ! fit Silvereal, qui blémissait.

— Prendre garde ? à quoi ? à votre colère !... Laissez donc aux auteurs de drame ces grands airs de bravache... nous sommes ici pour raisonner et nous dire nos vérités... tant pis si elles nous froissent ! Donc, s'il vous plaît, étudions nettement, et une fois pour toutes, notre situation respective.

De Belen se plaça devant Silvereal, les bras croisés, la tête haute ; puis, d'une voix sèche, et en accentuant chaque parole avec la vibration brutale d'un marteau qui tombe :

— Nous sommes deux chevaliers d'industrie, disons le mot, deux voleurs ; vous, monsieur de Silvereal, descendant d'une des plus grandes familles de France, vous vous êtes vautré dans toutes les fanges... Vous étiez perdu, quand votre bonne étoile vous a conduit sur mes pas ; j'ai reconnu en vous l'étoffe d'un franc coquin... un peu mou, un peu flasque, mais utilisable à l'occasion ; je vous ai mis de moitié dans mes opérations !

— Oh ! de moitié ! objecta Silvereal, que parut toucher ce seul point de l'argumentation.

— De moitié quant à votre valeur propre. Vous êtes un gredin, mais un gredin lâche. Moi, j'ai le courage. Je suis lion et je prends la plus grosse part, *quia nominor leo*. Ceci est indiscutable. Donc avec moi vous avez volé, avec moi vous avez tué !... et quand je torturais au Cambodge ce Français que Dieu damne !

vous vous pâmiez comme une vieille femme, mais vous ne songiez nullement à le défendre.

— Oh ! proféra longuement le digne baron en se cachant la tête entre les deux mains.

— Evanouissez-vous, si vous voulez. J'ai le temps d'attendre. Vous revenez à vous?... tant mieux. Alors je continue. Muni de quelques milliers de francs, vous êtes revenu en France; et grâce à votre nom, à votre habileté, à l'absence de tout scrupule qui est votre point caractéristique, vous avez su persuader à M. de Mauvillers que, s'il vous donnait sa fille, vous le feriez nommer pair de France...

— J'en avais le pouvoir...

— Taisez-vous donc ! vous mentez comme un arracheur de dents, soit dit sans offenser votre purisme... Grâce à un laquais du ministère dont vous aviez acheté la complicité, vous aviez appris la nomination prochaine dudit Mauvillers, — encore un aimable bandit, entre nous, et digne d'être votre beau-père, — vous êtes allé le trouver et vous lui avez dit : Donnez-moi votre fille, et demain votre nomination sera au *Moniteur*... Oh ! il n'a pas hésité... Sa fille vous méprisait, comme tout le monde, du reste... Elle en aimait un autre... il l'a menacée de sa malédiction, et la pauvrette, qui croyait encore à la malédiction d'un père, alors même qu'il s'appelle M. de Mauvillers, dix fois renégat, contempteur de toute probité, de toute justice, magistrat prévaricateur et fonctionnaire concussionnaire, la pauvrette, dis-je, a obéi et vous a épousé, vous ! vous, mon complice, vous un assassin !...

— Monsieur de Belen! mais, en vérité, je ne comprends pas pourquoi vous évoquez ces souvenirs... exagérés...

— Exagérés, est un chef-d'œuvre. Silvereal, vous étiez né pour le parlementarisme. Pourquoi j'évoque ces souvenirs? mon Dieu, il est utile, entre braves gens comme nous, de se rafraîchir de temps en temps la mémoire. De plus, je reviens par un détour — un peu long, mais nécessaire — au point principal de notre entretien, et je veux vous prouver que si je suis un fou d'aimer Lucie de Favereye et de la vouloir pour femme, vous êtes, vous, un imbécile d'offrir votre nom à la duchesse de Torrès.

Silvereal eut un beau mouvement de dignité : il se leva, se mit de trois quarts comme l'immortel Crevel des *Parents pauvres*, et, posant sa main sur la portion de gilet qui chez tout autre aurait pu recouvrir un cœur :

—Monsieur de Belen, encore une fois, je vous adjure de laisser de côté toute personnalité à l'adresse de la duchesse.

De Belen éclata de rire.

— Très-beau ! Vous êtes un type ! *Je* continue. Et vous allez voir que je vous fais la partie belle. Mon cher Silvereal, je suis, vous le savez, très-bon. Sans quoi, je ne vous l'avouerais pas. Un ancien banquier de Bordeaux, qui a floué les fonds de ses commettants et qui s'est embarqué pour les Indes, par suite de certaines circonstances qu'il est inutile de vous faire connaître, puisque vous ne les savez pas et que votre médiocre intelligence ne les devinera jamais, est devenu, — lui, roturier, — duc de Belen... J'ai en mains le pouvoir de disposer d'immenses richesses... Oh ! ne secouez pas la tête... C'est mon but, et j'y touche. Or, je sais que je suis discuté par certaines gens ; —Qu'est-ce donc, disent-ils, que ce duc de Belen? Où sont ses titres, ses parchemins, sa filiation... que sais-je? Sup-

posez que j'épouse Lucie, fille du marquis de Favereye, petite-fille de M. de Mauviliers... du jour au lendemain je suis inattaquable, je suis bien et dûment le
duc de Belen, auquel nul ne songe plus à contester son
titre. Est-ce votre avis ?

Silvereal se contenta d'incliner la tête.

— Or, cette petite est charmante ; je ne suis plus tout
jeune, et j'aime le fruit nouveau. Elle a des pudeurs
qui me plaisent, des effarouchements qui me séduisent...
Passons !... tout cela vient admirablement à l'appui de
mes raisonnements ; je combine le mariage d'amour...
un joli mot, n'est-il pas vrai ? avec le mariage d'intérêt ; mais, sachez-le bien, l'intérêt prime l'amour... Je
veux être le mari de cette fille, et cela sera.

— Mais je ne vous en empêche pas ! s'exclama le
baron d'une voix dolente.

— C'est heureux ! quoique vous m'ayez promis mieux
et que je crusse devoir compter sur un concours effi-
cace de votre part ; mais ceci se retrouvera. J'ai exposé
ma situation, je passe à la vôtre.

— La mienne !

— Vous, vous êtes un vrai Silvereal. Par vous-même,
par votre femme, vous voyez toutes les portes s'ouvrir
devant vous à larges battants... Vous avez vos entrées
à la cour, et pour un peu, Louis-Philippe vous appel-
lerait son cousin. Or, que faites-vous ? Comme l'a dit
le vieux Corneille... vous aspirez à descendre. Vous
voulez tuer votre femme pour devenir l'époux d'une
femme perdue, qu'il vous faudra imposer à la société...
dont le nom est méprisé, que toute femme honnête refusera d'admettre dans ses salons... Je veux monter,
vous voulez déchoir. Qui, en cela, représente la logique,
la raison, de vous ou de moi ? Soyez franc et répondez.

Silvereal laissa tomber ses deux bras, et, baissant la tête, dit d'un ton pleurard et grotesque :

— Je l'aime !...

— Eh bien ! aimez-la ! et donnez-moi la paix ! Je vous parle de choses graves : je vous dis que Mancal, un bandit, avait placé chez moi un misérable dont le rôle était de m'épier, de me trahir, de me dépouiller... qui sait ? de m'assassiner, peut-être ; et quand je vous rappelle que ce Jacques de Cherlux a été introduit chez moi par le Ténia, vous me répondez avec des larmes dans la voix : Elle est bonne et belle !... Vous tombez en enfance !...

— Mais enfin, cria Silvereal, vous avez admis vous-même qu'elle pouvait avoir été trompée par ce Mancal...

De Belen s'approcha de Silvereal, et, lui plaçant les mains sur les épaules, plongea ses yeux dans les siens :

— Silvereal, mon ami, quelque chose me dit que vous jouez gros jeu... Cette femme est plus forte que vous... elle vous raille et vous mettra à la porte au premier jour.

— Vous me torturez, fit piteusement Silvereal.

— Cela m'est absolument égal. Je parle affaires. De deux choses l'une : ou la duchesse a donné, sur la prière de Mancal, une lettre banale, et dans ce cas, vous restez le futur de cette intéressante créature ; ou, au contraire, par une raison de haine contre moi, que je devine sans la définir, elle a prêté les mains au piége qui m'était tendu. Voilà ce qu'il convient de savoir, et sur l'heure...

— Oui ! oui ! vous avez raison ! s'écria Silvereal. Ah ! si elle m'a trompé !...

— Si elle vous a trompé, c'est vous qui lui demande-rez pardon. Je vous connais, donc n'insistons pas sur ce détail. Ce dont il s'agit est infiniment plus important, et voilà ce que je vais faire : je vais faire demander madame de Torrès...

— Vous! elle ne viendra pas!

— Si fait, ou du moins si elle ne vient pas, c'est qu'elle se sent inattaquable, ce que je ne suppose pas... Tenez, mon cher baron; je vous fais un pari...

— Vous plaisantez toujours!

— Point, jamais je n'ai été plus sérieux, car j'ai un pressentiment que la partie engagée est des plus graves... Je répète donc que je vous fais un pari... Je vais partir pour ma maison de Courbevoie... en même temps que mon laquais va porter à la duchesse un billet qui l'invitera à venir chez moi... là-bas...

— Elle refusera de s'y rendre...

— Nous verrons bien! Si je choisis Courbevoie, c'est parce qu'ici elle serait trop en vue en se présentant à mon hôtel... cela serait compromettant et nous perdrions du temps en pourparlers... Là-bas, elle peut venir sans que nul le sache, et je suis sûr, mon cher baron, que lorsque je la tiendrai en face de moi, il faudra bien qu'elle se confesse...

Silvereal tressaillit. En vérité, de Belen parlait de la bien-aimée avec une désinvolture insolente qui le navrait.

— J'espère, dit-il les dents serrées, que vous vous souviendrez à quel monde vous appartenez tous deux...

— Oh! elle me vaut... nous sommes de force! soyez tranquille. Mais, mon cher Silvereal, supposez un instant — et cela sans vous enfoncer les ongles dans la poitrine — que ledit Jacques de Cherlux soit son amant, n'avez-vous pas intérêt à le savoir?...

Il avait touché le point sensible.

— Agissez comme vous l'entendez.

— Merci de l'autorisation, dont d'ailleurs je me serais absolument passé.

De Belen s'assit devant un petit bureau.

— Ecoutez, dit-il, j'écris.

Et, en même temps que sa plume courait sur le papier, il disait à haute voix :

« Chère duchesse, j'ai le regret de vous annoncer que j'ai dû chasser comme un laquais le jeune et intéressant comte de Cherlux, que vous avez eu l'obligeance de me présenter et qui est tout simplement un bandit de la pire espèce.

» Croyez que je n'ai pas pris cette grave résolution sans avoir mûrement réfléchi au déplaisir qu'elle vous causerait. Et comme je ne désire rien tant que de vous complaire en toutes choses, je suis prêt à vous donner les explications que vous pourrez désirer, si vous me venez les demander en ma petite maison de Courbevoie, rue du Bois,

» Vous trouverez à la petite porte du parc un valet qui vous introduira, sans que vous soyez vue,

» Votre dévoué ami,

» Duc de Belen, »

— Mais... mais... mais... fit par trois fois Silvereal, que cette rédaction éminemment cavalière blessait au plus vif de ses sentiments intimes, on dirait, en vérité, que la duchesse de Torrès connaît la petite porte du parc...

Le duc prit la lettre, et, caressant doucement la joue du baron avec le papier satiné :

— Vous serez toujours un grand enfant, dit-il.

Il sonna.

— Cette lettre à son adresse... immédiatement. Puis, qu'on attelle.

— Vous sortez? demanda Silvereal.

— N'avez-vous pas lu la teneur de ma lettre?

— Vous allez à Courbevoie?

— Attendre la charmante duchesse de Torrès.

— Que prétendez-vous donc?

Le visage de Belen reprit sa rigidité sérieuse.

— J'entends confesser le Ténia... J'entends apprendre d'elle quelles relations existaient entre elle et ce Mancal maudit... et enfin à quel titre elle s'était faite la protectrice de ce Cherlux dont je me défie autant et plus que vous...

— Ne pourrais-je assister à votre entretien? demanda timidement Silvereal.

A ce moment, on vint annoncer à de Belen que sa voiture l'attendait.

De Belen regarda Silvereal en riant :'

— Vous n'y songez pas, mon cher maître, dit-il en prenant son chapeau; si je vous permettais de prendre part à notre entrevue, vous troubleriez la duchesse par vos regards passionnés... et je tiens au contraire à ce qu'elle conserve tout son sang-froid !...

Silvereal eut presque une velléité de révolte :

— Et cependant... si ce tête-à-tête me déplaisait...

De Belen, qui était déjà auprès de la porte, revint vivement vers lui et lui saisissant le poignet :

— Ecoutez-moi bien, ajouta-t-il. De deux choses l'une : ou la duchesse est une amie, (et en ce cas, je m'engage à plaider votre cause... ou bien elle est complice de ce Mancal dans quelque ténébreuse machination... et alors notre tête, vous entendez, notre tête,

est en jeu! Si cela est, cette femme est condamnée...
et vous savez, vous mieux que personne, que je n'ai
jamais menacé en vain, et que je brise tout obstacle
qui se dresse devant moi!...

De Belen s'était étudié à se faire, pour le monde, une
tête placide, plus finaude que méchante, et il est juste
de dire qu'il y avait parfaitement réussi, grâce à la
coupe de son visage, large du bas, et à ses favoris, taillés
à la Louis-Philippe, qui lui donnaient une physionomie
des plus rassurantes.

Mais er ce moment, alors qu'il proférait ces menaces,
il semblait qu'il s'opérât sur ses traits une métamor-
phose subite : le teint se faisait livide, les yeux brillants, la lèvre contractée.

Silvereal reconnut son ancien complice, tel qu'il l'a-
vait vu naguère torturant un malheureux vieillard pour
lui arracher son secret, et il se tut, frissonnant malgré
lui.

— Patience donc, reprit de Belen. Avant ce soir, vous
saurez la vérité sur tout cet imbroglio.

Lui parti, Silvereal resta quelque temps immobile,
pensif ; puis il se décida à sortir à son tour en murmurant :

— Il faut en finir... il faut que la duchesse soit ma
femme...

Et disant cela, il songeait à Mathilde et aux derniers
conseils du vieux Blasias.

Mais comment attirer la baronne dans un piége avec
Armand de Bernaye? Laissons Silvereal à ses réflexions,
et venons auprès de la duchesse de Torrès, à l'heure
où lui parvenait l'étrange lettre du duc de Belen.

Elle était seule, rêveuse.

Depuis la scène terrible dans laquelle Silvereal avait

avoué le crime commis par lui de complicité avec de
Belen, il semblait qu'une transformation inconsciente
se fît dans l'âme de cette femme.

Ses pensées n'avaient plus leur lucidité cruelle. Ses
ambitions étaient oubliées, et alors même qu'enfermée
dans le boudoir des diamants, elle égrenait entre ses
doigts les pierres étincelantes, son regard n'avait plus
cet éclat fauve qui semblait un rayonnement d'or.

Elle se prenait à frissonner, sans savoir pourquoi. La
mort de Mancal l'avait épouvantée. Et quelque soulagement qu'elle éprouvât à la disparition de son complice,
cependant une voix sourde lui criait que le crime triom-
phant a ses revers et ses catastrophes; elle pensait à
cet homme qu'elle avait vu naguère encore si fort, si
sûr de lui-même, bronzé d'énergie et de cynisme... et
devant son imagination passait le cadavre que l'eau
emportait impuissant, livide, jouet du flot qui l'entraînait...

Alors s'imposait à elle une terreur vague. Elle regardait autour d'elle, comme si un ennemi inconnu, un
vengeur peut-être, allait surgir pour la saisir, pour la
punir à son tour... et elle cachait son visage entre ses
mains, pour écarter la vision sinistre...

Puis elle se souvenait de celui qu'elle avait à peine
entrevu... Jacques de Cherlux. Et c'était comme un
rayon de lumière dans des ténèbres sombres...

Ce qui l'avait frappée en lui, c'était ce regard clair,
brillant d'honnêteté et de franchise, ces yeux étincelants d'admiration naïve et de passion inassouvie, derrière lesquels elle avait deviné une âme. Elle avait ri
d'abord. L'admirer, qu'était-ce donc que cela ? N'était-
elle point blasée sur les hommages? L'amour! elle l'a-
vait toujours raillé.

Quand Martial, désespéré, se tordait à ses pieds en demandant grâce, quand il lui sacrifiait sa vie, son honneur, sa mère, elle avait aux lèvres un rictus railleur et lui répondait ce mot atroce que Martial n'avait pas oublié :

— Tu es si lâche que parfois je crois t'aimer !

Quand sir Lionel, brisé, atterré, après avoir tout employé pour la dompter, colère et menace, prières et brutalités, lui criait :

— Je me tuerai !

Elle souriait encore, d'un air de défi.

Ç'avait été une scène atroce.

Le dernier soir, sir Lionel était venu auprès d'elle. Il était pâle comme un cadavre.

— Écoutez-moi, lui avait-il dit : vous avez pris plaisir à me torturer... que vous ai-je fait ? quel reproche pouvez-vous m'adresser ? aucun. Mais vous êtes de ces êtres effrayants qui se complaisent à la souffrance des autres !... Vous êtes la Locuste qui torturait des esclaves par le poison, étudiant curieusement sur leur face convulsée les affres de l'agonie... Êtes-vous une femme ? êtes-vous un démon ?... De quelle fange sanglante avez-vous été pétrie ?... je l'ignore. Devant vous, j'ai été lâche... et je le suis encore... Moi qui ai affronté tous les périls, raillé tous les dangers, j'ai peur de vous !... Oh !... si je vous dis cela, c'est que tout va finir... Je ne lutte plus... mais, sachez-le bien, du fond de mon âme et de ma conscience, je vous maudis !... Un jour viendra où, pleurant et enfonçant vos ongles dans votre poitrine... vous vous souviendrez du mal que vous avez fait... Alors ma voix qui vous parle en ce moment surgira de ma tombe mal fermée et vous criera : Soyez maudite !... Alors vous voudrez fuir, alors vous tenterez de vous enfermer dans votre égoïsme dédaigneux, mais toujours la voix sinistre vous poursuivra et répétera : Soyez maudite !...

Elle l'avait interrompu par un éclat de rire en disant :

— Quelle magnifique tirade pour l'Ambigu, cinquième acte !...

Mais elle n'avait pas achevé... une détonation avait retenti, et sir Lionel Storigan, le crâne brisé, était tombé à ses pieds, tandis qu'un flot de sang inondait sa robe...

Elle s'était dressée, pâle. Puis, comme ses gens accouraient au bruit, elle reprit son sang-froid et dit ces seuls mots :

— Faites transporter sir Lionel chez lui !

Et elle était rentrée dans son boudoir...

Maintenant tout cela lui revenait en mémoire. Il lui semblait que cette voix murmurait encore sa malédiction terrible...

— Je suis folle ! murmura-t-elle tout à coup en rejetant en arrière son admirable chevelure brune; que m'importent les souvenirs? que m'importe le passé? Je suis jeune, je suis belle, je suis riche !... l'avenir m'appartient.

Un laquais frappa à la porte et lui présenta sur un plateau de vermeil la lettre du duc de Belen.

Elle la prit insoucieusement et la jeta sur un guéridon. Elle la lirait plus tard. Mais voici que, regardant l'enveloppe, elle reconnut l'écriture du duc. Elle avait à peine entendu ce que lui avait dit le laquais tout à l'heure.

Le duc de Belen !... ah ! celui-là aussi l'avait aimée. Seulement, c'était un esprit froid et positif. Il avait napidement compris que le Ténia ne lâchait plus la proie qu'on lui abandonnait, et un jour il avait dit à la duchesse :

— Je ne veux pas être votre amant!... Je serai votre ami!

Elle l'avait admiré pour cette force qui n'était, en somme, que de l'habileté raisonnée.

D'ailleurs, elle se souciait peu de lui.

Pourquoi lui écrivait-il?

Tout à coup un nom monta à ses lèvres : Jacques!

Et, d'une main fébrile, elle déchira l'enveloppe. Elle lut les lignes tracées et poussa un cri terrible.

C'était comme une révélation. A l'annonce du malheur qui frappait Jacques, une sorte de déchirement se faisait en elle. Chassé! il l'avait chassé! Lui, ce misérable! cet assassin! il s'était arrogé sur un autre le droit de haute justice! et sur qui? sur le seul homme qu'elle, Isabelle la courtisane, eût regardé avec une émotion involontaire!

— Ah! tu as chassé Jacques! cria-t-elle. Eh bien! à nous deux, monsieur de Belen!

Et quelques instants après, sans qu'elle eût hésité, sa voiture l'entraînait sur la route de Courbevoie.

La maison habitée par de Belen était en réalité un hôtel ou plutôt une sorte de château. Le parc s'étendait autour du bâtiment et se prolongeait jusqu'à la Seine.

La petite porte à laquelle sa lettre faisait allusion et qui était réservée aux visites intimes, donnait accès dans une serre d'hiver, tout encombrée d'arbustes exotiques.

Là, le duc se promenait avec agitation, l'œil fixé sur cette porte qui ne s'ouvrait pas. La courtisane aurait-elle donc refusé de venir? Était-il vrai qu'elle ne portât aucun intérêt à ce Jacques et qu'elle n'eût été aux mains de Mancal qu'un instrument inconscient? Sans cesse il se rapprochait de cette porte, tendant l'oreille pour saisir le bruit de la voiture qu'il attendait.

— Madame la duchesse de Torrès attend monsieur le duc au salon, dit une voix.

De Belen se retourna surpris.

C'était un valet qui avait parlé.

— C'est bien, je me rends auprès d'elle, dit-il brusquement.

Mais, en suivant les galeries vitrées qui, par une route couverte et ininterrompue, conduisaient jusqu'aux appartements, de Belen réfléchissait. C'était la première fois que la duchesse entrait ainsi chez lui, au grand jour, sans se cacher, passant devant ses gens.

Ceci avait un vague parfum de défi.

Quand il entra dans le salon, la duchesse, vêtue simplement, était debout, le visage couvert d'un voile.

Il s'approcha et la salua.

Elle releva son voile et il reconnut alors qu'elle était d'une pâleur livide : ses grands yeux brillaient d'un reflet métallique.

— Madame, dit-il, je vous prie de m'excuser si je vous ai demandé de venir ici.

Elle avait aux lèvres une crispation ironique qui le troublait.

— Trêve de politesse! fit-elle à son tour. Vous m'avez appelée. Je suis venue, et me voici prête à vous entendre. Seulement je vous prierai d'être bref, j'ai peu de temps à vous donner.

Sans répondre immédiatement, il la regarda.

Elle avait bien l'attitude d'un adversaire préparé pour la lutte.

D'un geste, il l'invita à s'asseoir et il prit lui-même un siége.

— Madame la duchesse, reprit-il, je devine à vos regards que vous êtes irritée contre moi...

Il attendit une protestation polie. Elle resta immobile. Elle attendait, comme ces habiles bretteurs qui laissent l'attaque à l'ennemi jusqu'à ce qu'il se découvre.

Il dut parler :

— En vous écrivant, dit-il, j'ai obéi à un mouvement de colère qui peut-être m'a entraîné plus loin que je ne l'aurais voulu... mais il est dans la vie des circonstances où l'homme le plus calme n'est pas maître de lui. J'ai été indignement trompé. J'irai plus loin. Vous avez été vous-même victime d'une odieuse machination, et, sans le savoir, vous avez accueilli, patronné, introduit chez moi un homme qui n'est, en réalité, que le complice d'un bandit.

Elle appuya son coude sur le sofa, soutenant son menton de sa main finement gantée et considérant toujours de Belen avec une attention soutenue.

Ce sang-froid commençait à irriter le duc :

— Je veux parler, dit-il d'une voix qui tremblait un peu sous l'action d'une agitation intérieure, de celui qu'on appelle le comte Jacques de Cherlux et de son protecteur et ami, M. Mancal... Mais en vérité, madame, fit-il tout à coup avec un geste emporté, il semblerait que vous ne me comprenez pas... Oui ou non, est-ce sur une lettre de vous que j'ai reçu chez moi M. Jacques de Cherlux? Oui ou non, avez-vous engagé jusqu'à un certain point votre responsabilité?... Voilà ce que je vous demande... avec calme, avec politesse... et je m'étonne que jusqu'ici vous n'ayez pas daigné répondre, fût-ce par un seul mot, aux paroles conciliantes que je vous ai adressées...

— Je suis venue, dit la duchesse froidement et sans quitter son attitude dédaigneuse, donc je suis prête à subir l'interrogatoire qu'il vous plaira m'adresser...

— Un interrogatoire ?... non, certes.

— Je pensais que vous vous érigiez en magistrat, dit-elle encore avec un sourire. Le cas serait original... et d'autant plus intéressant.

De Belen ne comprit pas l'ironie contenue dans ces dernières paroles, et, tout entier à ses pensées, il continua :

— Ne jouons pas sur les mots. Vous n'êtes pas mon ennemie ; quant à moi, vous savez quels furent autrefois les sentiments que vous m'avez inspirés, et il ne m'a fallu rien moins qu'un violent effort de volonté pour résister à l'influence que vous preniez sur moi ; donc, aucun de nous ne peut avoir l'intention de nuire à l'autre. Soyez donc assez bonne pour me répondre franchement.

Elle inclina la tête en signe d'assentiment.

— Vous connaissez Mancal depuis longtemps?

— Depuis que tous ceux qui composent votre honorable société l'ont admis dans une sorte d'intimité. Il m'a été présenté par un de vos amis, ou plutôt de vos associés, le banquier Colombet.

— Il était votre agent d'affaires ?

— Vous l'avez dit.

— Ne prenez pas ma question en mauvaise part : il ne vous a jamais proposé de vous associer à quelque opération particulière, dirigée contre moi, contre mon crédit?

Un éclair rapide passa dans les yeux du Ténia.

— Non, fit-elle.

— C'est étrange, reprit de Belen. Et pourtant il est certain — et j'ai pour en être convaincu les raisons les plus graves — il est certain, dis-je, que ce Mancal est ou était mon ennemi.

— Ceci est une appréciation dont il m'est impossible de reconnaître ou de nier l'exactitude.

— Vous me le jurez !

— Est-ce que nous jurons, entre nous ? Quand même nous mentons, ne sommes-nous pas prêts à prêter tout serment qui nous est utile ? J'en appelle à vous, monsieur le duc de Belen !

Elle ripostait avec une netteté dont le duc se sentait troublé.

— Mais ce Jacques, s'écria-t-il, ce vagabond !

— Mancal, qui m'a rendu quelques services, en a réclamé un de moi à son tour ; il voulait une lettre de recommandation pour son protégé. Pourquoi la lui aurais-je refusée ?

— Certes, et pourtant cet homme, ce prétendu comte de Cherlux, est un bandit !

— Pourquoi paraissez-vous douter de la réalité de son titre ? ne vous a-t-il pas fait connaître son histoire ?

— Oui, ce roman ridicule, où tout doit être mensonge et fausseté !

— N'avez-vous pas eu entre les mains les pièces qui établissent ses droits ?

— Ces pièces peuvent être fausses...

— Oh ! monsieur de Belen, croyez-vous donc qu'il y ait réellement des faussaires ?... Vous me paraissez peu porté à l'indulgence pour la nature humaine.

De Belen frappa du pied avec colère :

— Allons ! fit-il, Silvereal ne s'était pas trompé.

La duchesse le regarda avec surprise.

— A quel titre l'honorable baron intervient-il en tout ceci ?

— Il m'a dit que ce Jacques était votre amant! fit-il brutalement.

Elle se leva droite, frémissante, plus pâle encore.

— Et quand cela serait, ne suis-je pas libre ?

— Libre?... certes, libre de vous perdre à jamais, en étant la maîtresse d'un criminel.

— Qui vous donne le droit d'accuser ce jeune homme ?

— Qui vous donne le droit de le défendre ?

Il y eut un silence. Les armes étaient engagées.

De Belen prit dans sa poche la lettre de Mancal, et la présentant à la duchesse :

— Lisez, lui dit-il.

Elle obéit.

On se souvient des termes de cette lettre dont chacun était habilement calculé.

« Mon cher Cherlux, disait Mancal, n'oubliez pas mes recommandations. Je pars pour quelques jours. *Nos affaires* exigent cette disparition momentanée... *Empaumez* bien le Belen. Le jour venu, nous saurons bien fourrer le nez dans ses petites opérations... Le sac est bon, nous le viderons... »

Lisant ces lignes odieuses, la duchesse réfléchissait. Et alors elle se rappelait aussi les paroles proférées par Mancal, alors qu'il lui proposait de s'associer à lui dans une œuvre de mystérieuse vengeance.

« Je poursuis une œuvre de haine, avait-il dit. Je veux que cet homme vous aime et que vous le haïssiez comme moi. »

Ainsi, ce plan qu'elle ne connaissait pas et auquel elle s'était prêtée tout d'abord recevait déjà un commencement d'exécution. Elle comprenait quel sens infâme se cachait sous la lettre de Mancal; elle devinait que le seul but du bandit était de dénoncer faussement Jacques, de le compromettre, de le perdre.

Elle eut froid au cœur, en même temps que tout son sang affluait à son cerveau.

Ainsi c'était bien vrai. Jacques allait être saisi par l'engrenage menaçant. Jacques!... perdu!... et par elle!...

Dans cette nature glacée par la corruption, c'était le réveil d'un feu mal éteint... c'était une explosion passionnée dont elle n'était plus maîtresse...

Et tandis que son front brûlait, tandis que son sang courait dans ses veines comme un métal en fusion, elle fit appel à ce sang-froid qui jusque-là avait été dans les choses du mal son arme la plus terrible, et elle reprit, sans que sa voix tremblât, cachant la flamme de son regard sous ses longs cils baissés :

— Qu'avez-vous fait ?

— Ce que j'ai fait! J'ai prouvé à ce misérable que je n'étais pas l'adversaire ridicule dont il croyait avoir si bon marché... Je lui ai craché son infamie à la face,.. et je l'ai chassé...

— Vous l'avez chassé? fit lentement la duchesse.

— Et ce soir tout Paris saura ce qu'était M. de Cherlux, un aventurier, qui doit être replongé dans la fange d'où il avait osé sortir. Ah! ce Mancal a disparu!... d'autres disent qu'il est mort! Peu m'importe! S'il est vivant, je le défie... comme je méprise ce Jacques... Mais une dernière fois, duchesse, dites-moi, en me regardant en face, si vous aimez cet homme... Si vous

êtes sa complice, à lui comme à ce Mancal... si, enfin,
vous êtes mon ennemie! Et ceci posé, je jure Dieu que
je vous briserai tous, eux et vous, madame la duchesse
de Torrès...

Elle fit un pas vers lui :

— Monsieur de Belen, dit-elle de sa voix qui résonnait sourdement, vous avez tort de menacer... Je vous
ai écouté, écoutez-moi à mon tour... Non, je n'ai pas
prêté les mains à je ne sais quelle machination que je
devine sans la comprendre... Non, je n'étais pas votre
ennemie... Mais je vous défends... je vous défends, entendez-vous? de toucher à M. Jacques de Cherlux...

— Vous l'aimez?

— Oui.

— Vous! Ah! la chose est follement plaisante !

Et de Belen laissa échapper un éclat de rire faux.

— Après tout! continua-t-il, cela est mieux ainsi !
Tous vos amants meurent par le crime ou le suicide !
Vous le tuerez, et justice sera faite...

La main de la duchesse se posa sur son bras, et dans
ces doigts frêles, il sentit une force surhumaine.

— Justice sera faite! Oui, il le faut, lui dit-elle. Si
vous tentez de perdre Jacques... Jacques, que j'aime...
eh bien ! monsieur le duc de Belen, il est des cadavres
qui se lèveront de leurs tombes pour vous punir... Celui
de l'homme que vous avez assassiné... jadis... dans
l'Inde ! celui de l'enfant que vous avez jeté dans un
gouffre ! celui du vieillard que vous avez torturé pour
lui arracher un secret...

De Belen bondit dans un accès de rage folle.

— Misérable ! fit-il.

Il y avait là, suspendue à la muraille, une magnifique
panoplie.

Il saisit un poignard et courut à la duchesse.

Mais, d'un mouvement plus rapide, elle s'était élancée vers la porte et avait crié :

— Faites avancer ma voiture!

Les valets s'étaient approchés.

De Belen laissa échapper l'arme, qui tomba sur le tapis.

— Au revoir, monsieur le duc, dit la duchesse, et souvenez-vous...

Et tandis que sa voiture l'entraînait sur la route de Paris, elle vit, errant à travers le bois, une ombre qui se cachait. Un pressentiment sinistre lui serra le cœur.

On sait le reste. Elle était arrivée à temps...

Jacques était sauvé! Jacques lui appartenait!

VI

LA RIVIÈRE MORTE

La nuit était épaisse.

Des rafales de vent couraient sur Paris, mêlant leur voix sinistre au murmure sourd qui monte, dans les ténèbres, de la grande ville endormie.

Minuit venait de sonner.

Il est — aujourd'hui encore — sur la rive gauche de la Seine, au delà de la rue Mouffetard et de la Montagne-Sainte-Geneviève, un lieu étrange, sauvage, qui ressemble à ces vastes espaces de l'Asie, que l'imagination de nos ancêtres croyait avoir été désolés par quelque cataclysme vengeur, à ces terres maudites sur lesquelles se serait abattu, au jour de la colère divine, le feu du ciel irrité.

Qu'on ne prenne pas ces quelques lignes pour une de ces hyperboles familières au romancier; les faits qui se dérouleront dans les chapitres qui suivent ont pour théâtre des lieux inconnus des Parisiens, trop affairés ou trop insouciants pour quitter le centre de leurs occupations.

A l'époque où se déroule le drame que nous racontons, Paris était encore enserré dans une ceinture de murs noirâtres, coupés par les barrières monumentales dont quelques spécimens sont encore debout — aux docks de la Villette ou à la barrière d'Italie. La ville étouffait sous la pression de ce carcan, et cependant à peine osait-on franchir ces portes s'ouvrant sur la banlieue dont le renom avait un caractère effrayant, comme tout ce qui est inconnu. Au delà des quelques guinguettes, des restaurants à bon marché qui venaient s'établir aux dernières limites de l'octroi, ce n'étaient plus — surtout sur la rive gauche — que masures, ruelles boueuses, cités de misère et de crime. La banlieue était un refuge, nous allions dire un lieu d'asile.

L'action de la police y était difficile, la surveillance presque nulle...

La Butte-aux-Cailles — notamment — était le repaire de milliers d'individus chassés de la vie sociale, se cachant comme des fauves, sans cesse guettant l'occasion de se jeter sur la ville, qui excitait d'autant plus leur envie criminelle qu'ils en étaient plus éloignés.

Cette Butte-aux-Cailles existe encore — assainie relativement, il est vrai — mais toujours étrange. La colline monte avec une pente rapide, puis tout à coup elle tombe presque à pic, et, du sommet du monticule, à l'extrémité des dernières ruelles qui serpentent jusqu'à la cime, on voit se déroulant une vaste plaine sans végétation, sans maisons, sur laquelle quelques baraques délabrées font à peine une tache sombre...

Plus loin encore. Descendons.

Le sol de la plaine est creusé de cloaques, crevassé de fondrières dans lesquelles dort une eau bourbeuse et corrompue. Une odeur âcre vous saisit, c'est comme un étourdissement. De ces sentines infectes s'élève un brouillard jaunâtre dans lequel tourbillonnent des milliers d'insectes immondes...

Plus loin encore, le premier bras de la Bièvre, qui roule son eau brune et glauque. Quelques bâtiments se dressent sur la rive sèche : hangars à poutres mal équarries, auvents soutenus sur des montants taillés à coups de hache et qui semblent les membres de quelque animal singulier ; tanneries, teintureries, lavoirs, largement espacés et qui semblent moisis comme s'ils étaient inexploités, tandis qu'au lointain se profile la silhouette de Bicêtre.

Puis, sur l'autre bord, la plaine recommence, irrégulière, brutale dans ses accidents. Ici, c'est une sorte d'îlot. Car la Bièvre s'est divisée en deux bras. Le sol est encore plus aride, plus triste ! Enfin, nous voici à ce second ruisseau formé par la Bièvre. Qui lui a donné ce nom effrayant : la Rivière morte ?

Jamais appellation sinistre ne fut mieux justifiée. On y respire comme une odeur cadavérique. C'est silencieux et morne. Plus de fabriques. Il y a paralysie de la nature et de l'homme. Regardant la Rivière morte, on croirait qu'elle ne coule pas ; elle a des reflets d'acier et semble une de ces plaques métalliques sur lesquelles le feu a laissé la trace de ses morsures.

Cette nuit-là — nous l'avons dit — le temps était sec. Un vent aride pompait les dernières humidités du sol. Le ciel, chargé de nuages, ne laissait pas filtrer un seul rayon de lumière.

Sur les bords de la Rivière morte, il y eut jadis des

tanneries; mais les bâtiments ont disparu. Seules,
quelques fosses subsistent, comblées peu à peu par les
détritus de toutes sortes dont les déchargeurs viennent
remplir les excavations du sol.

Dans une de ces fosses, transformée en terrier
humain, trois hommes étaient réunis, accroupis sur un
monceau de débris animaux ou végétaux, et éclairés
faiblement par une lanterne qui jette un reflet jaunâtre.

Ces hommes, nous les connaissons.

L'un était grand, fort, aux formes athlétiques : c'é-
tait Diouloufait, l'ancien compagnon, le complice de
Biscarre, l'évadé de Toulon. Les deux autres ont déjà
paru au cabaret de l'*Ours vert*, dans cette matinée
où Jacques, ivre de liqueurs, se croyait le jouet d'un
songe.

C'est Bibet, dit la Curée, et Truard.

— Ça ne peut durer, dit tout à coup Bibet. Et pour
moi, j'aimerais mieux moisir au bagne que de crever
de faim ici...

— C'est vrai qu'il fait faim, dit Truard.

— Eh bien ! et toi, la Baleine, fit Bibet, tu ne dis rien,
est-ce que tu rigoles, toi ?

Diouloufait ne répondit pas tout d'abord. A demi
étendu, il soutenait sur ses deux mains sa tête énorme
et paraissait insensible à tout ce qui se passait autour
de lui.

— Eh ! laisse-le donc ! dit Truard en poussant Bibet
du coude; tu sais bien qu'il est à moitié idiot...

— Ça c'est vrai !... Une fêlure soignée !...

— Et ça parce que la Brûleuse a passé l'arme à
gauche.

— Brûleuse, brûlée... ça devait finir comme ça.

Diouloufait leva la tête. Évidemment le nom de la Brûleuse avait frappé son oreille.

De sa tête énorme sortaient deux gros yeux à fleur de tête, mais ces yeux étaient ternes comme ceux d'un cadavre.

Il regarda les deux hommes, ses lèvres s'agitèrent comme s'il voulait parler, puis sa tête retomba et il reprit son immobilité.

— Avec ça que c'était un joli morceau! fit Bibet à voix basse.

— Écoute! vaut mieux ne pas en parler, reprit Truard, Puisqu'il y tenait, c't homme, c'est son affaire. Et puis, tu sais, on dit un tas de drôles de choses.

— Sur quoi?

— Sur sa mort...

— Elle était soûle... Elle s'a brûlée sans le vouloir...

— Possible oui... possible non...

— Tu crois donc aux histoires de revenants?...

— J'en sais rien... Pas moins vrai qu'avant de passer tout à fait elle a fait venir le commissaire et lui a dit que c'était Biscarre qui l'avait tuée...

— D'abord c'était pas propre... puisque c'était manger le morceau... Ensuite, elle mentait comme une gueuse qu'elle était... puisque Biscarre est mort...

— Mort! Tu crois ça, toi?...

— Dame! tous les Loups le disent... sans ça, est-ce qu'il nous laisserait comme ça dans la mélasse?...

— Oh! ça ne prouve rien!... Tu sais bien que Biscarre, au fond, se fichait de nous comme pas un...

— Pas moins vrai qu'il a bu un coup dans la Seine et qu'il en a crevé.

Truard se pencha vers son digne compagnon.

— Eh bien! veux-tu que je te dise?,..

— Quoi?

— Sais-tu pourquoi Dioulou a l'air abruti comme ça?

— Oui... parce que la Brûleuse...

— Prononce donc pas ce nom-là, il l'entend toujours, la vieille drogue... mais moi je te dis que c'est pas seulement la mort de cette carogne qui embête Dioulou.

— Quoi donc, alors ?

— C'est qu'il sait très-bien que Biscarre est vivant... qu'il sait aussi que c'est lui qui a tué sa femme... et qu'il rumine une vengeance.

— T'es fou! Il sait peut-être bien aussi où est le Bisco?

— Si je te disais que je le crois.

— C'est pas possible !

— Pourquoi?

— Parce qu'il lui aurait demandé de nous tirer d'ici.

Truard ne parut pas convaincu. Il secoua la tête d'un air de doute.

— T'en reviens toujours à ton idée... comme si le Bisco n'était pas *ad patres.*

— En as-tu une preuve?

— Eh! oui, que je te dis. Voyons, le Bisco était-il, oui ou non, le roi des Loups ?...

— Ça, c'est sûr... et un vrai malin.

— Eh bien! voilà les Loups traqués par la rousse comme des bêtes... La rue de Jérusalem a mis tous ses chiens sur pattes... et on nous aboie après que c'en est répugnant... Pourquoi sommes-nous ici, dans un trou, sans manger, sans boire... que nous serons peut-être

crevés demain?... c'est parce que le Bisco est mort...
Sans ça, il nous aurait sortis de là...

— A moins qu'il ne soit pas fâché d'être débarrassé
de nous.

— Oh! si je le croyais!... fit Truard en brandissant
dans le vide son poing fermé.

— Quoi que tu ferais?...

— J'irais trouver les *roussins* moi-même, et je leur z'y
dirais : Je vais chercher avec vous... Je connais les
trous où il se terre, et ce serait bien le diable si je ne
fichais pas la griffe dessus.

Truard avait prononcé ces dernières paroles à voix
haute.

Encore une fois Dioulou releva la tête, et dans ses
yeux mornes passa comme la lueur d'un éclair.

— Le Bisco est mort, dit-il d'une voix sourde.

— Tu crois ça, vieille bête? fit Bibet exaspéré...

Dioulou ne répondit pas à l'injure et répéta :

— Le Bisco est mort !

— Tenez! s'écria Bibet, voulez-vous que je vous dise,
vous êtes tous un tas de poules mouillées. J'en ai assez,
moi, de me ronger le corps et l'âme et de ne rien avoir
à me ficher sous la dent... Si vous êtes des hommes,
des vrais Loups comme autrefois... je dis que nous
pourrions sortir d'ici... et trouver quelque chose à
croquer...

— Mais tu sais bien, s'écria Truard, que la rousse
rôde par ici... puisque c'est pour ça que Maloigne fait
sentinelle.

— Et il n'a rien vu?...

Bibet frappa sur l'épaule de Dioulou.

— Toi! mon vieux, t'as de la poigne! t'as du chien...
tu veux manger, pas vrai? Viens avec moi... Nous irons

nous poster sur la route... en face la barrière. Voilà
l'heure où il va passer des maraîchers, un tas de feignants qui viennent gruger le pauvre monde à Paris...
ils viennent vendre... ils viennent acheter... ils ont tous
une sacoche plus ou moins lourde... mais à c't' heure-ci
faut pas être regardant... nous en pigerons un... et
bing ! pendant que tu le tiendras, je lui enverrai un
joli coup de surin dans le dos... et en avant la noce !
Ça te va-t-il ?

— Non, fit Dioulou.

Bibet laissa échapper un juron énergique.

Et sans doute il allait chercher dans son honnête
conscience de nouveaux arguments pour ébranler la
résistance de Dioulou, quand tout à coup, à travers le
sifflement du vent, un bruit rauque, semblable au hur-
lement d'un hibou, parvint jusqu'à la fosse.

Truard et Bibet se dressèrent.

— As-tu entendu ? fit Truard.

— Parbleu !

— C'est Maloigne qui avertit.

— Alors il y a quelque chose...

— Faut détaler...

— Oui, mais de quel côté ?...

Le même bruit se renouvela cette fois plus rapproché et modulé avec une sorte de précipitation gran-
dissante.

— Ça chauffe ! fit Bibet, tendant l'oreille.

A ce moment, sur le bord de la fosse, une ombre se
pencha, écartant vivement les maigres broussailles qui
obstruaient l'entrée.

— Hé ! les Loups ! cria une voix.

— Quoi ?

— Nous sommes pigés!... la rousse fait des battues avec de la troupe... on nous cerne...

— N... de D..., hurla Bibet, ça va chauffer!...

— Haut les *surins!* cria Truard en brandissant un énorme couteau...

— Et par où faut-il se cavaler?...

— J'en sais rien! fit Maloigne. On se rapproche un peu de partout...

— Si on restait dans le trou?...

— Pas possible! on en a déjà fouillé une flotte.

— Alors... dehors, firent les deux hommes.

Et d'un bond, s'accrochant au rebord de la fosse, ils se trouvèrent sur le sol. C'étaient d'épouvantables bandits, couverts de haillons, hâves de faim et de rage... véritables types de Loups forcés dans leur dernier repaire...

Ils prêtèrent l'oreille.

On n'entendait rien que le vent, passant avec sa monotonie sinistre à travers ces désolations désertes.

— Tu t'es fichu dedans, fit Bibet.

— Ouiche! écoute encore.

Nouveau silence. Cette fois il n'y avait plus à douter. Sur divers points de la plaine, on percevait le retentissement sourd de pas qui s'approchaient.

— Ça y est! fit Truard. C'est la fin des fins.

— Pas vrai! j'en découdrai quelques-uns avant d'y passer.

— Le mieux, dit Maloigne, c'est de nous tirer les pattes chacun de notre côté. Celui qui sera pris, tant pis pour lui!... Bien entendu qu'il ne vendra pas les camaros.

— Parbleu! c'te bêtise!... Loups... pas renards!

— Eh bien! bonne chance, les vieux, et jouons des guiboles !

Maloigne disparut en courant si légèrement qu'on n'entendait pas le bruit de ses pas.

— Qué qu' t'en dis? fit Bibet.

— Filons...

— Ensemble?...

— Ça vaut mieux...

— Oui, mais l'autre?...

— La Baleine? Cré nom ! il sera pincé !

— Au fond, qué qu'ça fait?

— Ça fait... qu'il nous dénoncera !

— Tu crois?...

— J'en ai le trac...

— Alors faut l'emmener...

— Oui, s'il veut...

— Essayons.

Les deux hommes revinrent à la fosse. Ceux qui avaient organisé la battue parcouraient la plaine en suivant un plan méthodique, resserrant sans cesse l'espace laissé aux fugitifs... on avait encore le temps...

Bibet se mit à plat ventre.

— Hé! Dioulou !

Pas de réponse.

— Dioulou! mon vieux ! faut jouer des guiboles ! V'là la rousse !

Une sorte de grognement sourd sortit de la fosse.

— Tu souffles, vieille baleine ! mais ça ne suffit pas; tu vas te faire harponner...

— La Curée, fit Truard en saisissant Bibet par le bras, assez comme ça, écoute.

Le bruit des pas et le murmure des voix se rapprochaient de plus en plus, et cependant l'obscurité était telle qu'il était impossible de distinguer les formes humaines.

Bibet eut un dernier élan de pitié.

Il se laissa glisser dans la fosse. Dioulou était toujours dans la même position. Bibet lui mit la main sur l'épaule et dit rapidement :

— Dioulou ! je te dis que v'là la rousse... tu seras pris si tu ne te sauves pas...

— Ah ! fit Dioulou simplement en relevant la tête.

— Et si tu es pigé ! qu'est-ce qui vengera la Brûleuse ?

— La Brûleuse ?

Dioulou, d'un bond, s'était mis sur ses pieds.

— Allons ! haut ! et plus vite que ça ! acheva Bibet. Maintenant te v'là averti. Tire-toi de là. Bonsoir !

Et, s'élançant au dehors, il rejoignit Truard. Les deux hommes se jetant sur le sol, commencèrent à ramper dans la direction de la Rivière morte.

La battue organisée par la police était composée d'une trentaine d'hommes ; des soldats avaient été requis, et, divisés par groupes de six, l'arme en avant, le doigt sur la détente, ils avançaient lentement.

Les renseignements recueillis à la rue de Jérusalem étaient précis. On savait que quelques fugitifs de la bande des Loups hantaient les bords de la Bièvre.

Celui qui conduisait l'expédition était un des plus habiles et des plus énergiques agents de l'administration. Mais les ténèbres rendaient l'œuvre difficile, sinon impossible. Et déjà le découragement les prenait. Il était trop aisé aux bandits de s'échapper sans être vus...

— Tonnerre ! fit le policier, est-ce que nous n'en pincerons pas un seul ?...

La chose était vraisemblable, car les recherches touchaient à leur fin, et les hommes allaient se trouver réunis comme au point de départ.

— Alerte ! cria tout à coup une voix.

Le policier s'élança.

Ils étaient alors sur le bord de la rivière dont le flot se détachait plus noir encore sur la terre sombre.

— Il y en a un dans le trou ! reprit la voix.

Quelques lanternes sourdes furent démasquées, et, se penchant sur la fosse, le policier dirigea le rayon lumineux dans la profondeur...

C'était vrai. Dioulou était là, debout, appuyé contre le remblai, immobile, les yeux fixes, regardant...

— Rends-toi ! cria le policier en dirigeant deux pistolets sur lui, ou je te casse la tête.

Dioulou parut n'avoir pas entendu. Il regardait toujours et ne faisait pas un mouvement.

— Veux-tu sortir de là, gibier de potence ? fit l'autre, ou nous te tirerons de là par morceaux...

Même silence, même immobilité.

— Ah çà ! es-tu sourd ou idiot ? reprit l'homme. Allons ! vous autres, les cordes en main et sautez-moi là dedans. Vous, les camarades, ajouta-t-il en s'adressant aux soldats, s'il cherche à s'échapper, quillez dessus... et raide !

Trois agents, des plus robustes et des plus courageux, avancèrent à l'ordre. Du regard ils mesurèrent la profondeur de la fosse. L'un d'eux, d'un seul élan, se jeta dans le trou et saisit Dioulou au cou.

Mais au même instant, par un mouvement brusque, pareil à celui que fait un sanglier quand il secoue les chiens suspendus à ses flancs, Dioulou se redressa, et empoignant l'homme à la ceinture, il le lança hors de la fosse comme il eût fait d'une balle de laine. Le malheureux poussa un cri et resta sur le sol, comme une masse. Il était blessé.

— Malédiction ! cria le chef.

Et, dans sa rage, il déchargea un de ses pistolets sur Dioulou.

Le colosse ne broncha pas. Il n'était pas touché.

— Allons ! les autres ! faut-il que j'y aille moi-même !

Les deux agents obéirent, mais l'un roula au fond, le crâne brisé par le poing formidable du colosse, tandis que l'autre râlait, la poitrine ouverte d'un coup de pied.

— Feu ! tuez-le !... s'écria le policier hors de lui.

Mais, s'arc-boutant sur ses jarrets de fer, Dioulou avait sauté hors de la fosse, et, se ruant à travers le groupe qui le cernait, il avait fait une trouée.

Dix coups de feu partirent.

— Mort ou vif, il nous le faut, hurla l'agent.

Et, entraînant les soldats à sa suite, il courut sur les traces de Dioulou.

La Baleine était-il sauvé ? Non, car une balle l'avait atteint à l'épaule et son sang coulait.

Le misérable courait et murmurait dans un râle :

— Non, je ne veux pas.

Et il ajoutait entre ses dents serrées ces mots mystérieux :

— Je ne veux pas être tenté.

Mais la lutte était impossible... le sang qu'il perdait épuisait ses forces. Il avait quelques pas d'avance... c'était tout...

Il se sentit saisi...

Il était alors sur la rive du ruisseau fétide... d'un

heurt d'épaule il se dégagea, et un corps roula dans l'eau...

Il fut libre encore une fois... Un petit pont de bois traversait la Rivière morte, menant à un moulin dont la roue énorme, immobile comme un animal fantastique, se profilait dans les ténèbres...

Dioulou bondit sur le pont, suivi par la meute ardente et furieuse... Il atteignit la plate-forme du moulin... puis se retournant, il se baissa, saisit une planche entre ses doigts énormes...

La planche craqua. Il eut un accès de fureur folle... il s'acharna dans un effort surhumain... tout se brisa... les planches tombèrent dans l'eau... la communication était coupée...

Les autres avaient reculé avec terreur... une chute dans la Rivière morte, avec cette nuit au-dessus et cette ombre noire au-dessous, semblait effroyable...

Communication coupée! oui, mais coupée aussi toute retraite... Dioulou était acculé à la roue du moulin, fixée par ses écrous. Il eut l'idée de gravir, en s'aidant de ses poings et de ses dents, l'espèce d'escalier vertical que formaient les aubes... mais ses poings glissaient sur la mousse verdâtre...

Et tout à coup, les bras étendus, il tomba en arrière...

Son corps frappa une des poutres qui servaient de support au bâtiment. Il y eut un bruit sourd et atroce.

Dioulou disparut dans l'eau... Où était-il? Était-il passé sous la roue?...

Haletants, le cou tendu, les policiers cherchaient à percer les ténèbres...

— Le voilà! cria l'agent. Cette fois! nous le tenons!...

L'homme avait émergé du flot. A bout de forces, il avait saisi un des appuis du barrage. On distinguait la forme sombre qui se dressait lentement, avec des soubresauts convulsifs...

Encore une fois, un pistolet fut dirigé sur lui... un éclair brilla, une détonation retentit...

Un cri rauque perça la nuit.

Et le corps resta suspendu, inerte, à la carcasse du moulin...

— Par ici ! cria un des soldats, qui avait découvert un autre pont.

Les hommes s'élancèrent... Un instant après, parvenus à l'autre rive, ils s'aventuraient sur le bâtis du moulin...

Dioulou était là, affaissé, immobile et mort peut-être.

Non... vivant !... mais brisé, vaincu...

— Empoignez-moi ça, dit le policier; s'il en réchappe, ça fera un fameux déjeuner de guillotine.

VII

LE GUILLEDOU

Cette même nuit, et environ à la même heure, une scène d'un tout autre genre se passait dans une des chambres de l'hôtel de Thomerville.

Là aussi les ténèbres étaient épaisses. Mais on n'entendait pas le sifflement du vent, amorti par les volets bien fermés et les lourds rideaux garnissant les fenêtres.

Si, à l'intérieur, nul bruit ne pénétrait, par contre, un ronronnement sonore roulait par intermittences dans l'air de la chambre, répondant avec une régularité automatique au tic tac de la pendule.

Ce n'était pas tout.

A l'heure où nous prêtons l'oreille, quelques soupirs longs et bruyants faisaient écho depuis quelques instants au ronron en question; de plus, on percevait des craquements brusques suivis de gémissements et de

9.

murmures qui, à tout prendre, pouvaient passer pour des plaintes.

— Nom de nom de nom ! disait la voix grondeuse, faut qu' ça finisse !... et ronfle-t-il assez, cet animal !

L'animal devait être l'autre personnage qui continuait ses gloussements cadencés.

Tout à coup on entendit un frottement sur le mur, puis un léger éclatement, et une flamme brilla.

La flamme éclaira une main qui sortait d'une chemise de nuit, entr'ouverte sur une poitrine velue comme un dessus de malle, ainsi qu'on disait avant l'invention des malles de cuir lisse. Au-dessus du col, rabattu et chiffonné, un cou puissant, à muscles en corde, et soutenant une tête énergique, coupée en deux par d'énormes moustaches.

Sur le front, un bonnet de coton dont la pointe rabattue donnait une vague idée de découragement et de faiblesse.

En un mot, sous ce bonnet de coton, il y avait Muflier.

Muflier, qui avait cherché le sommeil dû aux consciences pures, et qui écoutait avec une fureur non contenue les ronflements de Goniglu, plongé sans doute dans les rêves les plus ravissants.

Après un moment de réflexion, et sentant sans doute que la flamme commençait à lui brûler les doigts, Muflier se décida à allumer une bougie.

Puis, se dressant sur son séant, il regarda Goniglu dont le nez seul émergeait du fond de son oreiller de plume.

Évidemment, Muflier se demandait s'il aurait le courage de troubler la placidité benoîte de son compagnon. Mais ses scrupules ne tinrent pas contre certaine pen-

séo qui le hantait, et, de sa basse profonde, il articula
ces mots :

— Hé ! Goniglu ! le gendarme !

Oh ! il n'en fallut pas plus. Goniglu tressauta avec
une telle force que sa tête cogna le bois de lit et rendit le bruit sec que fait, sous le bâton de Polichinelle,
la tête de Guignol.

Et il poussa un cri épique :

— Ça n'est pas moi !

— Eh ! tu l'as bien gobé, mon bichon ! s'écria la
grosse voix de Muflier, appuyée d'un formidable éclat
de rire.

— Comment ! c'est toi ! Quelle fade plaisanterie !

— Es-tu réveillé ?

— Parbleu ! avec ta trompette du jugement dernier,
tu réveillerais des morts... Et moi qui faisais de si beaux
rêves !

— Ah ! tu dors, toi ! fit Muflier avec un soufflement
qui traduisait au mieux le célèbre proverbe :

> Cœur qui soupire
> N'a pas ce qu'il désire !

— Et pourquoi ne dormirais-je pas ? fit Goniglu.

— Pour la même raison qui chasse le sommeil loin
de mes paupières.

— Cette raison, dis-la-moi ! Dépêche-toi, que je me
rendorme...

— Ingrat ami ! je t'éveille pour partager avec toi les
pensées qui inondent mon pauvre cœur... et tu ne
songes qu'au repos...

— Parbleu ! il est l'heure de dormir...

—De dormir ! Hélas ! Goniglu ! pour moi, mon idée est tout autre...

— Quelle est ton idée ?

— Goniglu ! pour moi, c'est l'heure d'aimer !

Goniglu, avec une sorte de rugissement, se replongea sous ses couvertures....

— Je me soucie bien de cela ! maugréa-t-il.

— Ame sans poésie ! j'ai toujours pensé que ton ami Muflier était un être incompris de la société... Comment me comprendrait-elle, la société, quand toi-même tu ne m'apprécies pas ?

Goniglu prit une résolution désespérée, et de nouveau il dit d'un ton sec :

— Écoute, Muflier : encore une fois, j'ai envie de dormir... Fiche-moi la paix.

Muflier lança un coup de poing sur la table de nuit, qui bondit, contenant et contenu :

— Eh bien ! non, je ne te ficherai pas la paix !...

— Malheur ! gémit Goniglu.

— En vérité, Goniglu, tu me fais honte... et je veux que tu m'écoutes... Je le veux, et cela sera.

— Mais, si je ne veux pas...

Muflier saisit une carafe pleine d'eau qui se trouvait à portée de sa main, et la brandit du côté de Goniglu.

Celui-ci frissonna de terreur et s'écria :

— Je t'écoute.

— C'est bien ! Sapristi ! on n'a qu'un ami, la moitié de son âme, comme disait un poëte ancien, dont le nom m'échappe, et on ne peut pas lui faire entendre raison.

—Mais, puisque je suis tout oreilles.

— A regret !... à regret !... et cela me peine, Goniglu,

reprit Muflier, dont la voix se mouilla de larmes mal contenues ; je veux que tu m'écoutes avec recueillement, avec sympathie... J'ai si grand besoin de sympathie...

Goniglu haussa les épaules en signe de suprême protestation.

Puis, s'aidant des reins et des mains, il s'assit sur son lit, prit sa pipe sur son chevet et alluma silencieusement son fourneau. A la troisième bouffée :

— Quand tu voudras, fit-il d'un ton résigné.

Muflier avait laissé tomber sa tête dans ses deux mains. Il songeait... A quoi donc songeait Muflier ?

— Ami, dit-il enfin, as-tu un cœur ?

— A cette heure-ci ! cria Goniglu. C'est pour savoir si j'ai un cœur que tu me réveilles ?...

— Oui ou non, as-tu un cœur ?

— Eh bien ! oui, là, es-tu satisfait ?

— Non, car je ne te crois pas ; je doute de ta parole, Goniglu... Car, si tu avais un cœur pareil au mien, comme moi tu ne dormirais pas, comme moi tu souffrirais...

— Où diable veux-tu en venir ?

Goniglu était patient : soit. Il respectait et admirait Muflier, qui le méritait bien, d'accord ; mais il eût bien voulu se rendormir.

— Je vais t'expliquer ces mystères de la nature humaine, reprit l'impitoyable Muflier. Voici quelques semaines déjà que nous sommes hébergés, choyés, nourris et abreuvés dans cet hôtel, qui est, en quelque sorte, devenu nôtre...

— On y est très-bien... les lits sont excellents, hasarda Goniglu, revenant par un retour ingénieux à son idée fixe.

— Les lits, la table, les égards ne laissent rien à désirer... Le marquis nous a appréciés à notre juste valeur, et nous n'avons qu'à nous louer de lui...

Interrompu par un bâillement étouffé de Goniglu, Muflier haussa les épaules avec impatience.

— Mais nous sommes prisonniers! fit-il avec colère. Nous sommes privés de ce qui constitue la dignité humaine... de cet héritage sacré que nous ont laissé nos pères... en un mot, de la liberté...

— Le marquis ne nous empêche pas de sortir...

— Ça, c'est vrai. Seulement nous nous abstenons pour deux raisons... La première, c'est que la voie publique est encombrée d'un tas de personnages inquiétants, indiscrets, qui pourraient bien mettre des obstacles à notre circulation... la seconde...

— Tu ne crois pas à la mort de Bisco?

— Brrr! ne prononce donc pas ce nom-là! ça porte malheur.

— Donc, si nous ne sortons pas, c'est que nous pourrions rencontrer ce satané démon aux griffes de qui nous ne nous soucions pas de tomber...

Goniglu s'agitait fiévreusement sur sa couche.

— Tout ça est convenu... archi-convenu...

— Oui! convenu!... mais j'ai un cœur, moi! c'est-à-dire que je songe à celle qui m'a tant aimé... Je songe à ses cheveux noirs, luisant d'une pommade odorante... à ce sourire enchanteur... C'est vrai qu'il lui manque deux dents sur le devant, mais elle n'en est que plus piquante. Je songe à elle, enfin, ami Goniglu, à elle, à elle!

Goniglu soupira :

— Et moi donc! fit-il.

— Ah! toi aussi!... tu as compris que des natures

semblables aux nôtres avaient besoin d'amour... Goniglu ! tu me croiras si veux, mais ton ami Muflier est
comme une fleur sans soleil ; il s'étiole... parole d'honneur ! il s'étiole...

— Et moi donc ! répéta encore Goniglu.

— Tu t'étioles aussi !... je n'en attendais pas moins de
toi !... Eh bien ! avec l'étiolement, c'est la mort... Si
ton ami Muflier n'aime plus, s'il n'est plus aimé, il
mourra...

Il y eut un silence éloquent.

Les deux camarades, plongés dans leurs réflexions,
évoquaient les souvenirs du passé... Oh ! les beaux
repas au cabaret !... la rangée de litres vides ! le pousse-
café... la houri rougissante acceptant la rincette et la
rincinette...

Où était tout cela ?...

D'un geste désespéré, Muflier arracha le bonnet de
coton qui enserrait son front de penseur, et le lançant
sur le parquet...

— Je veux vivre, moi ! s'écria-t-il d'un accent tra-
gique. Je suis prêt à tout pour reconquérir, fût-ce pour
une heure, ces joies d'amour qui sont à mon être ce
qu'est la rosée à la plante... Écoute, Goniglu !...

— Muflier !...

— Sais-tu l'heure ?

— Minuit vient de sonner.

— Entends-tu quelque bruit ?

— Non, tout dort dans l'hôtel... le marquis est encore
faible et se repose de bonne heure.

— Va regarder le temps qu'il fait.

Il semblait que les souvenirs évoqués par Muflier
eussent subitement dissipé les velléités sommeillantes
de Goniglu, car, à l'appel de son compagnon, il se hâta

d'extraire du lit ses jambes longues et maigres et de sauter sur le tapis.

Il alla à la fenêtre et souleva les rideaux.

— Temps sombre !

— Parfait. Pluie ?

— Non !... du vent...

— Pas de lune ?

— Pas le bout de son nez...

— Alors j'écoute la voix de mon cœur... et je file...

— Hein ? s'écria Goniglu en tressaillant. Qu'as-tu dit ?

— Je dis que la nuit tous les chats sont gris, et les loups sont noirs... Je me moque de la rousse qui ne nous verra pas... je me moque du Bisco, qui ne fait pas le pied de grue à nous attendre... à supposer qu'il soit vivant, ce dont à cette heure et dans mes dispositions, je doute beaucoup... Passe-moi mes chaussettes !

— Muflier ! je t'en prie ! pas d'imprudence...

— Je crois t'avoir demandé mes chaussettes !

— Les voilà !... Mais si tu n'allais pas revenir !...

Muflier, qui commençait à enfiler une botte rebelle, lâcha les tiges pour mieux considérer Goniglu.

— Monsieur, dit-il d'un ton grave, je crois avoir mal entendu...

Il appuya sur ces mots :

— Si... j'allais... ne... pas... revenir !...

— Je ne m'en consolerais jamais.

— Ah bah ! vous supposez donc, monsieur Goniglu, que j'ai l'intention de sortir seul, moi, Muflier ?...

— Je croyais... je pensais...

— Vous pensez mal... Oui, je rêve l'amour... mais je veux aussi l'amitié...

Il s'attendrit tout à coup :

— Quoi! Goniglu, tu m'aurais abandonné?...

— Pas précisément, mais... les gendarmes?

— Il n'y a pas de gendarmes dehors, à pareille heure.

— Mais... le Bisco?

— Ah! le Bisco! Eh bien! je lui conseille de ne pas tomber sous ma patte.

Et pour accentuer sa résolution énergique, Muflier donna à ses bretelles un cran vigoureux.

— Donc, Goniglu, aie fiance en moi, passe tes frusques, et en avant la rigolade!

— De l'argent?

— J'en ai, près de quarante francs.

— Toi! où as-tu trouvé cela?

Muflier eut un large sourire.

— Ces marquis, ça manque d'ordre. Ça laisse traîner les choses les plus importantes... heureusement que je suis là!

— T'as *grinchi* le patron?

— Je lui ai sauvé des pertes considérables, en transformant ma poche en caisse d'épargne. Qui sait? la fortune est changeante, et un jour viendra peut-être où il sera enchanté de me savoir son débiteur pour cette bagatelle.

Tout en devisant, Muflier complétait son équipement de combat.

Il avait endossé les vêtements neufs que la complaisance d'Archibald avait mis à sa disposition : chemise blanche avec haute cravate de soie six fois serrée autour de son cou et formant carcan, le pantalon large, bouffant sur les hanches, la redingote forme polonaise, et, par-dessus tout, le chapeau allant en s'évasant par le faîte, sorte de monument à poils longs, que Muflier inclinait résolûment sur l'oreille.

Enfin, à la main, et pour compléter l'ensemble, une canne qui pouvait servir à la fois d'objet d'agrément et d'engin de défense.

Goniglu, faisant c ontre fortune bon visage, et craignant d'ailleurs de contrarier trop vivement son acolyte, avait endossé son paletot noir formant sac, et se moulant sur ses os maigres en saillie.

Il n'avait pas l'allure triomphante de Muflier : sa mise était plus modeste : ce qui lui faisait défaut, avant tout, c'était cette *maëstria* toute spéciale à l'autre. Il était plus bourgeois, moins vainqueur...

Quand ils furent prêts, ils s'examinèrent à la lueur de la bougie, et poussèrent deux petits cris de satisfaction.

— Çà, dit Muflier, comment allons-nous sortir d'ici?

— Dame, par la porte, je suppose...

— Hum! les laquais.

— Ils ne nous empêcheront pas de passer.

— Goniglu! suis mon raisonnement... Ce n'est pas de cela qu'il s'agit. Mais la passion qui m'anime ne m'empêche pas de réfléchir. Si le marquis sait que nous avons contrevenu à ses ordres, qui sait si au retour, — car j'ai la volonté du retour, — si, dis-je, nous ne trouverions pas la porte close? Or, pour ma part, je regretterais profondément cette hospitalité qui a le double avantage d'être plantureuse et économique; de plus, nous avons donné notre parole de ne point quitter ce toit, et si nous y voulons bien manquer, notre conscience nous impose l'obligation de dissimuler cette félonie... excusable.

— Alors, filons par la fenêtre.

— Tu l'as dit, ô Goniglu! à quel étage sommes-nous?

— Au premier.

— La fenêtre donne dans le jardin, il y a un mur... nous franchissons le mur... et en rase campagne! Est-ce dit?

— Ça y est?

— A l'œuvre donc... mais laisse-moi faire... j'ai ma manière à moi d'ouvrir les fenêtres sans bruit.

En effet, la manœuvre réussit si complétement que les deux battants de la fenêtre s'écartèrent sans le moindre grincement.

— Ce n'est pas haut! fit-il en se penchant. De trois à quatre mètres, mettons cinq pour faire bonne mesure. Allons-y!

Il enjamba la balustrade, se laissa glisser, se trouva bientôt suspendu par les poignets... puis tomba sur le sable, si légèrement « qu'une feuille de rose n'eût pas plié, » comme il le dit lui-même à Goniglu, quand celui-ci l'eut rejoint.

Ils restèrent un moment immobiles. Rien ne bougeait dans l'hôtel. Pas une lumière. Pas un bruit.

Goniglu eut cependant une hésitation suprême.

— Je ne sais, murmura-t-il à l'oreille de Muflier, ça me fait tout de même quelque chose. S'il nous arrivait malheur?

— Ne crains rien, avec moi tout est sauf.

Ils étaient arrivés au mur. C'étaient gens rompus à la gymnastique de l'effraction et de l'escalade.

Un mur de trois mètres ne les arrêtait pas plus qu'une serrure d'armoire.

— Ouf! fit Muflier quand il se trouva dans la rue. Voilà qui est fait.

— Enlevé! dit Goniglu.

L'œuvre était accomplie. Nos amis avaient reconquis leur liberté.

— Ah çà! où sommes-nous? demanda Goniglu.

— Attends que je m'oriente... Voyons ça! Tiens, c'est un quartier très-chic, raison de plus pour que je me reconnaisse. J'ai tant vu le monde!

Muflier, se faisant un abat-jour de la main, considérait attentivement la rue et les maisons qui faisaient face au jardin.

Mais comme son examen se prolongeait, Goniglu, moins rêveur, avait pris un moyen plus expéditif et avait fait quelques pas jusqu'à un coin qu'il avait avisé. Là, à la lueur d'un bec de gaz, il trouva un écriteau...

— Rue Saint-Honoré, dit-il en revenant vers Muflier.

— C'est cela! je croyais en effet reconnaître. De fait, nous avons été amenés ici dans de si singulières conditions qu'il était permis d'hésiter. Donc, notre ami le marquis demeure rue de la Paix, avec jardin faisant retour sur la rue Saint-Honoré. Nous retrouverons cela, le numéro de la maison qui fait face est 125; voilà qui est complet.

— Où allons-nous? demanda Goniglu.

— Le sais-je? droit devant nous. Qui sait si la fortune et l'amour ne nous attendent pas à quelques pas d'ici? Allons au hasard, et fions-nous à la Providence.

Ils marchèrent du côté de la rue Royale.

— Ça manque de marchands de vins, dit Goniglu.

— Tiens ! c'est vrai ! Que veux-tu ? La haute noblesse se couche de bonne heure, et les débits n'auraient plus de clients. Mais, si tu m'en crois; je sais, à l'entrée de la rue du Rocher, certain mastroquet de premier ordre.

— C'est peut-être dangereux... Si nous sommes connus.

— Bah ! au contraire. Nous aurons peut-être des renseignements sur le Bisco.

— Oui, seulement prenons garde.

— L'avenir est aux audacieux. Et puis, te le dirai-je, Goniglu, c'est là... que j'ai rencontré Hermance pour la première fois.

Goniglu eut un petit frissonnement de plaisir. Hermance et Paméla étaient inséparables.

Et bravement, à travers les ruelles qui faisaient alors du quartier Saint-Lazare un véritable labyrinthe, les deux amis se dirigèrent vers la rue du Rocher.

D'honneur, leur désinvolture était charmante : Muflier portait haut la tête, et faisait tournoyer sa canne comme un tambour-major émérite; Goniglu allait à longs pas et respirait largement. Que leur importait le froid ? que leur souciait le vent ? ils étaient libres !

— Nous approchons, dit Muflier. Le cœur me bat.

— Et j'ai des picotements dans la gorge.

— Quel joli punch au kirsch, hein ! j'en ai l'eau à la bouche.

— Tu es sûr de retrouver le bazar ?

— Parbleu !

Ils étaient parvenus au pied de l'étroite montée, serpentant sur elle-même, qui, longeant le quartier Laborde, gravissait péniblement la colline de Monceaux.

Quelques boutiques borgnes, véritables échoppes,

laissaient encore filtrer, à travers leurs volets mal joints, un rayon de lumière jaune.

Alors Muflier s'arrêta. C'était au coin d'une impasse, depuis longtemps disparue, et qui portait le nom oublié de rue Quarteron. Le sol disparaissait sous les immondices au milieu desquelles grouillait un ignoble ruisseau.

De lumière point : l'édilité ne connaissait pas ce repaire.

Muflier s'y engagea, suivi de Goniglu, qui aspirait avec délices cette atmosphère fétide.

Arrivé au bout, Muflier s'arrêta brusquement.

— Hein ! fit-il, est-ce que la cassine serait démolie ?

— C'était là ?

— Oui. Voici la maison (une masure aux murs lézardés), voici la porte... mais je n'entends ni ne vois rien. Est-ce que tout le monde est mort là dedans ?

— Si tu frappais ?

— Voyons.

Et, discrètement, retenant ses doigts trop brusques, Muflier exécuta contre le volet un roulement discret.

Rien. Nouvelle tentative, infructueuse comme la première.

Cependant, voici qu'au-dessus des deux camarades, hors de leur vue, s'entr'ouvrit lentement une sorte de lucarne ronde, et tandis qu'ils s'étaient courbés pour regarder de plus près si rien ne s'agitait à l'intérieur, une tête d'homme parut. On les considérait avec attention, autant du moins que le pouvait permettre l'obscurité.

— C'est désolant ! fit Muflier à mi-voix, désolant ! désolant ! Oh ! Goniglu ! l'amour n'aurait-il pas été un guide sérieux ?

— Ça m'en a tout l'air, mon vieux Muflier...

— Muflier! Goniglu! fit une voix qui partait de la lucarne.

— Ah! il y a du monde! s'écria Muflier avec un accent de joie réelle. Eh! ouvre-nous, l'Enflammé! nous sommes des camarades!

On ne répondit pas directement, mais une espèce de ricanement se fit entendre.

— Eh! fit Goniglu, on dirait qu'on se fiche de nous.

— Non. On vient...

En effet, derrière le volet de bois, on percevait maintenant un bruit de pas, puis une clef fit grincer les ressorts de la serrure.

— Enfin! firent les deux amis.

Ils n'en dirent pas plus; car au même instant, la porte s'étant brusquement ouverte, deux coups, habilement dirigés, et avec une force peu commune, tombèrent d'aplomb sur le crâne des deux hommes, qui, poussant un gémissement sourd, s'affaissèrent sur le sol.

L'instrument qui les avait frappés était une sorte de fléau de fer. Du premier choc ils avaient été complètement étourdis.

— Maintenant, dit une voix, enlevons ça... Nous réglerons leur compte plus tard...

Et plusieurs hommes, sortant du bouge, saisirent les camarades, qui, portés à force de bras, disparurent dans l'intérieur.

Pauvre Muflier! pauvre Goniglu!... Il sera donc toujours vrai que l'amour perd l'homme le plus sûr de lui...

Aux mains de qui étaient-ils tombés? Quel sort leur était réservé? C'est ce que nous ne tarderons pas à savoir.

VIII

CHAT ET SOURIS.

Nous avons laissé Diouloufait au moment où, frappé par la balle du policier, il était tombé aux mains des agents lancés à la poursuite des Loups de Paris.

Le colosse, malgré ses blessures, avait encore une fois tenté de résister, et une lutte suprême s'était engagée entre lui et ses robustes adversaires.

Mais son sang coulait : les forces lui manquèrent. Et enfin Dioulou, dompté, avait compris que toute résistance était inutile. Alors, accablé par le désespoir, épuisé, meurtri, Dioulou avait baissé la tête et c'était, en quelque sorte, une masse insensible et inerte que les agents avaient jetée dans le fourgon, que deux chevaux vigoureux entraînèrent au grand trot vers la Préfecture de police.

Truard, Bibet et Maloigne s'étaient échappés. Ce

n'était pour la police qu'un succès relatif. Mais on n'ignorait pas que, de longue date, Dioulou avait été l'inséparable compagnon du Bisco. Donc, par lui, on pouvait espérer s'emparer de toute la bande, et surtout du chef redoutable, vainement poursuivi.

Dioulou avait été immédiatement transporté à la Force, et là, on avait dû le placer à l'infirmerie, pour le premier pansement de ses blessures.

Une première balle lui avait déchiré l'épaule, mais sans entamer profondément les chairs. L'autre, au contraire, avait pénétré dans le dos, et c'était miracle qu'il n'eût pas été tué sur le coup. Cependant aucun organe essentiel n'avait été atteint, et le chirurgien déclara que, à moins d'accident ou d'imprudence, il répondait de la vie du malade.

Les projectiles furent extraits, et quelques jours s'étaient à peine écoulés que la robuste constitution de l'ancien forçat avait accéléré sa guérison, au point de permettre sa comparution devant le juge d'instruction.

Dioulou avait paru jusque-là insensible à tout ce qui se passait autour de lui : tandis que le scalpel du chirurgien fouillait ses chairs, pas un muscle de son visage n'avait tressailli.

Il n'est pas sans intérêt de rappeler le portrait que nous tracions du complice de Biscarre, au commencement de ce récit, alors qu'il attendait le Roi des Loups dans les gorges d'Ollioules.

C'était un colosse, disions-nous. Tout en lui était énorme. Les traits boursouflés n'avaient point pour ainsi dire de galbe propre. Le nez épaté, les yeux gros, la bouche lippue et largement fendue, les oreilles rouges et s'écartant du crâne en conques disproportionnées, tout contribuait à donner au premier coup d'œil la sensation de la brutalité poussée à ses dernières limites.

Mais, hélas! qui eût reconnu maintenant cette nature exubérante de force sauvage? Le masque s'était affaissé, et les chairs flasques faisaient penser à un sac vide. La bouche s'était amincie, et un pli profond s'était creusé à la commissure des lèvres pâlies. L'œil s'était creusé, et sous l'arcade chenue des sourcils grisonnants, le regard s'éteignait, sans éclat ni chaleur.

Tandis que, dans l'organisme encore vigoureux, la vie reprenait son cours, il semblait que la raison, que la volonté se fussent à jamais atrophiées. Dioulou ne parlait pas : aux questions qui lui étaient adressées, il ne répondait que par un geste à peine perceptible. Pendant de longues heures, il restait immobile, les yeux à demi fermés.

Un matin, des hommes entourèrent son lit : le chirurgien était présent.

— Cet homme peut-il supporter un interrogatoire? demanda l'un d'eux.

Un observateur attentif aurait pu surprendre sur le visage de Dioulou une contraction rapide.

Le chirurgien lui prit le bras, consulta le pouls, puis plaçant son oreille sur la poitrine, écouta longuement le bruit de la respiration.

— Il le peut, répondit-il enfin.

Puis se tournant vers un interne :

— Vous visiterez soigneusement, reprit-il, l'appareil posé sur la blessure du malade : il est de toute impor-tance qu'il ne se dérange pas. Vous m'entendez, conti-nua-t-il en s'adressant à Dioulou, évitez tout mouvement brusque ; une imprudence pourrait vous coûter la vie.

Dioulou inclina la tête pour indiquer qu'il avait compris.

— Vous êtes décidé à ne tenter aucune résistance? demanda encore le chirurgien.

Un sourire navrant effleura les lèvres du malade ; et, tirant des draps ses bras amaigris, il les considéra longuement.

Evidemment il exprimait le découragement profond qui s'était emparé de lui... il n'avait plus confiance dans sa force... la résistance!... il n'y songeait plus.

— A quelle heure part le malade? dit l'interne.

— Dans quelques minutes... le panier à salade est en bas, répondit un de ceux qui se trouvaient là.

A ce mot : *le panier à salade!* qui le replongeait dans les angoisses de la réalité, le misérable Diouloufait ne put réprimer un frisson. C'était la lutte qui commençait, ce combat du criminel contre la société, où le coupable est toujours brisé.

Dioulou se souleva sur ses poignets, et regarda la salle de l'infirmerie. Quel calme!... les murs, blanchis à la chaux, semblaient appartenir à un cloître, et les rideaux blancs tombaient avec des plis calmes. Il s'était habitué à ce repos, qui était un apaisement. Et maintenant il avait compris. Il n'était plus l'homme dont la science défend la vie ; il redevenait le bandit que la société avait le droit de tuer.

Un singulier nuage passa devant ses yeux : il revit cette scène terrible dans laquelle il avait perdu son père, alors que le vieux pêcheur s'était sacrifié pour sauver son enfant.

Maintenant il était seul ; nul ne pouvait ni ne voulait le tirer de là. Bah! à quoi bon, d'ailleurs? fini, fini...

Il se tourna vers le chirurgien et lui dit :

— Monsieur, vous avez été bon pour moi, je vous remercie... Je vous obéirai...

Un instant après, au bureau de l'infirmerie, on donnait reçu du prisonnier, et soutenu par les agents, qui lui avaient passé les menottes, il descendit l'escalier.

La porte s'ouvrit : une bouffée d'air frais le saisit au visage; mais il vit devant lui la porte sombre de la voiture. On le poussa, et il tomba sur le banc. Puis le panneau retomba avec un bruit de ferraille. La voiture s'ébranla.

Dioulou eut pour la première fois le sentiment exact de sa situation. Il n'avait pas, depuis de longs jours, songé à ceci, c'est qu'il allait comparaître devant un magistrat, qu'il serait interrogé et qu'il lui faudrait répondre.

Quelles accusations allaient être portées contre lui? Est-ce qu'on savait tout?... Tout!... Il frémit de tout son être. Il avait volé, il avait tué! oui, tué!... il éprouva une terreur subite. Déjà il sentait qu'il n'aurait pas le courage de nier.

Il se roidit contre cette impression. Il tenta de ressaisir son énergie. Après tout, il savait de longue date que cette heure pouvait venir. Il n'était pas un enfant.

Pourquoi avait-il peur? Il avait bien eu le courage de frapper!...

Assassin! Ce mot lui vint aux lèvres, et ses mains furent agitées d'un tremblement convulsif. Il les regarda, comme s'il se fût demandé si réellement c'était bien ces mains-là qui s'étaient ensanglantées de sang innocent...

— Descendez! dit une voix rude.

Il obéit. Puis il se trouva dans un couloir, entre des

murs hauts et lisses. Un gendarme marchait devant lui, le tenant au poignet par une chaînette de fer.

Il le suivit machinalement, gravissant les marches d'un étroit escalier de pierre. Enfin, ce fut une grande salle, autour de laquelle s'ouvraient des portes. Le gendarme marcha encore : il alla, et entra dans un cabinet spacieux, éclairé par de grandes fenêtres.

Derrière un bureau, un homme était assis, qui ne leva même pas la tête, occupé qu'il était à compulser des dossiers. C'était M. Varnay, juge d'instruction. A côté, devant une petite table, un greffier, qui examinait l'accusé avec attention.

Le gendarme déposa sur le bureau l'ordre d'instruction et se remit au port d'armes.

— C'est bien, fit le juge sans regarder. Gendarme, vous pouvez vous retirer.

Dioulou resta seul, debout...

— Asseyez-vous, dit encore le juge qui feuilletait toujours ses papiers.

Dioulou obéit.

Il se passa ainsi quelques minutes. Dioulou ne pensait plus : il était saisi par l'engrenage terrible de la justice.

Il se sentait étourdi comme s'il eût reçu un coup de massue sur la tête.

Ce silence lui pesait : il aurait voulu que le juge lui parlât. A mesure que tardait l'interrogatoire, sa présence d'esprit l'abandonnait. Il avait préparé quelques réponses, il les oubliait.

Enfin, le juge repoussa de la main le dossier qu'il examinait.

Il assujettit du doigt ses lunettes à verre fumé qui ne laissaient pas apercevoir la couleur de ses yeux.

— Comment vous nommez-vous? demanda-t-il d'une voix basse.

Dioulou tressaillit.

M. Varnay répéta sa question :

— Diouloufait, dit l'autre.

— Votre prénom ?

— Bartholomé.

— Quel âge ?

— Cinquante-deux ans.

— Né à...?

— Toulon.

— Vous portez un surnom... on vous appelle la Baleine ?

— Oui ! fit Diouloufait, c'était parce que j'étais gros... autrefois...

Nouveau silence.

Puis la voix du juge reprit, calme, monotone :

— Vous savez sans doute que votre situation est grave... Dans votre intérêt, je vous avertis que, seule, une franchise absolue peut vous concilier la bienveillance de vos juges...

Dioulou voulut répondre, le magistrat l'arrêta d'un geste :

— Ne vous hâtez pas de parler, dit-il. Vous n'êtes pas en face d'un ennemi ; le juge d'instruction est un confesseur, vous pouvez tout lui dire... Réfléchissez donc que tout mensonge serait compromettant, tandis que les aveux vous seront comptés...

En somme, il se mettait en frais d'éloquence bien inutiles. Dioulou ne songeait guère en ce moment-là à ce qui pouvait ou non le compromettre. Sa poitrine était serrée comme dans un étau.

— Voyons, reprit le juge, je commence. Prenez votre temps, répondez à votre aise; nous avons le temps. Vous faites partie, n'est-il pas vrai, d'une bande qui porte le nom de Loups de Paris? Ceci est indéniable, je passe donc. C'est exact, n'est-ce pas, vous êtes un affilié de cette bande?

— Oui, fit Diouloufait.

— En vous regardant, continua le juge, je ne trouve pas sur votre visage les caractères de la grande criminalité, et je ne serais pas éloigné de croire que vous avez été souvent entraîné plus loin que vous ne le vouliez.

La voix du juge avait des inflexions presque câlines. Dioulou — nature à la fois brutale et naïve — devait s'y laisser prendre; aussi s'écria-t-il :

— Ah! ça, c'est bien vrai !

— Vous êtes faible... Ah! la faiblesse mène bien loin... Et déjà, j'en suis sûr, vous êtes touché par le repentir.

Si bornée que fût l'intelligence de Diouloufait, cette exagération de bienveillance commençait à le surprendre. Pourquoi ne venait-on pas directement au fait?... Ce mot de repentir sonnait faux à son oreille. En somme, il n'avait pas prononcé une seule parole qui indiquât de sa part une si complète contrition.

Le juge maintenant ne le quittait plus du regard. Évidemment il cherchait à lire sur cette face bestiale l'effet produit par cette première escarmouche.

— Vous avez été très-coupable, Diouloufait, reprit-il, et le soin même que vous avez mis à vous soustraire aux recherches de la justice prouve que vous avez la pleine conscience de la responsabilité énorme qui pèse sur vous...

— Parbleu! grogna Diouloufait, que gagnait peu à peu une sourde irritation, fallait peut-être venir donner moi-même la patte aux gendarmes...

— Ne parlez pas ainsi. Jusqu'ici, votre attitude a été convenable; ne me forcez pas à revenir sur la bonne impression qu'elle m'a faite. Voyons, mon ami, continua le magistrat avec une intonation de bonhomie charmante, *nous savons* bien ce qu'est l'entraînement. Vous êtes entré dans la vie par la mauvaise porte, et il n'est pas douteux que des conseils criminels vous ont précipité dans l'abîme où vous tombez aujourd'hui. Racontez-moi les premières années de votre vie...

— J'ai souffert, dit brusquement Diouloufait, j'ai souffert quand j'étais petit, j'ai souffert plus tard, et maintenant je souffre encore... V'là ma vie, elle est bien simple...

— C'est profondément triste, reprit M. Varnay; mais, dites-moi, n'avez-vous jamais eu la tentation de revenir au bien?

— Le bien! qu'est-ce que c'est que ça? Je ne connais que le bagne ou les bouges des grandes villes. Est-ce le chemin pour y arriver, à ce que vous appelez le bien?

— La première chose utile eût été de renoncer aux mauvaises connaissances qui vous entraînaient.

— Chacun a ses amis; je les ai pris où je les ai trouvés...

— D'accord. Mais pouvez-vous donner le nom d'amis à des hommes qui, comme Biscarre, par exemple, vous ont fait tant de mal?

Le nom de Biscarre avait sonné aux oreilles de Diou-lou comme un coup de clairon.

Il releva la tête et son regard se croisa avec celui du juge.

— Biscarre est mort! dit-il nettement.

— Vous croyez? fit le juge en feuilletant de nouveau le dossier qu'il avait abandonné tout à l'heure. Êtes-vous bien certain de ce que vous affirmez là?

— Biscarre est mort! répéta Dioulou en appuyant sur les mots.

M. Varnay laissa échapper un soupir.

— En ce cas, il est inutile que je vous fasse connaître certains faits qui me semblaient de nature à vous intéresser... mais qui sont évidemment basés sur des calomnies...

— Des faits... intéressants pour moi?

— Mon Dieu!... en y réfléchissant... je veux vous en parler... Peut-être après avoir entendu la lecture d'une pièce importante, que j'ai là sous les yeux, serez-vous moins affirmatif au sujet de la mort de ce Biscarre.

Chaque fois que le juge prononçait ce nom, un éclair rapide passait dans les yeux de Dioulou. Mais il les fermait à demi comme pour l'éteindre.

— Voulez-vous m'écouter? demanda M. Varnay.

— Est-ce que je suis libre?

Le juge parut ne pas entendre cette phrase logique, et reprit :

— Vous aviez une concubine... une femme qu'on appelait la Brûleuse.

Une pâleur livide se répandit sur le visage de Dioulou, en même temps que ses mains crispées se convulsaient sur ses genoux.

— Oui, fit-il d'un signe de tête.

— Vous savez qu'elle est morte?

Dioulou répéta son geste. Seulement il mordait ses lè-

vres à pleines dents, avec tant de force qu'une trace
sanglante paraissait sur la chair épaisse.

— Morte dans d'épouvantables tortures, continua le
juge. Mais ce que vous ignorez sans doute, c'est qu'avant
de succomber, elle a eu quelques moments de lucidité...
et qu'elle a raconté de quelle façon était arrivé... l'accident qui lui coûtait la vie...

Dioulou ne bougea pas.

— J'ai dit accident... le mot est inexact. Car cette femme
a été la victime d'un crime horrible, si épouvantable
que, malgré les fautes de cette misérable créature, on
se sent pris, malgré soi, d'une profonde pitié... On m'a
dit que vous l'aimiez beaucoup?

— C'est vrai, fit Dioulou dans une sorte de râle.

— Ecoutez donc ceci : c'est un procès-verbal dressé
par un magistrat, relatant sa dernière déclaration...

Et il fit signe au greffier de donner lecture d'une
pièce qu'il lui remit. Le greffier, de sa voix monotone
et nasillarde, commença sa lecture :

« Ce jourd'hui, nous, N..., substitut de M. le procureur du roi, nous nous sommes transporté dans une
maison de la rue des Arcis. Là, dans une chambre du
premier étage, nous avons trouvé, étendue sur un grabat, une femme en proie à d'atroces souffrances, par
suite de blessures reçues dans un incendie.

» Trois personnes charitables entouraient cette
femme, et c'était l'une d'elles, la marquise de F...,
qui nous avait envoyé un exprès, à l'effet de nous appeler pour recueillir les dernières déclarations de cette
femme.

» Nous nous sommes approché de ce grabat, et ayant
fait connaître à la moribonde nos titres et qualités,
nous avons procédé à son interrogatoire comme suit :

» D. Comment vous nommez-vous ?

» R. Je n'ai plus de nom. On m'appelait la Brûleuse... je suis la brûlée.

» D. Avez-vous quelque déclaration à faire ?

» R. Oui : je veux qu'on tue, qu'on brûle l'assassin...

» D. Qui nommez-vous l'assassin ?

» R. Le Loup !...

» Les réponses de cette femme étaient entrecoupées de cris déchirants, et c'était avec peine que nous percevions le sens exact de ses paroles.

» D. Qui désignez-vous sous le nom du Loup ?

» R. Lui... le bandit ! le Bisco !

» D. De quel assassinat voulez-vous parler ?

» R. Du mien... Je me moque bien des autres... Il m'a tuée... il m'a tuée... il m'a brûlée... je veux qu'on le brûle !

» D. Justice sera faite. Mais il faut que vous nous fassiez exactement connaître ce qui s'est passé.

» R. Hier... j'ai rencontré le Bisco...

» D. Êtes-vous sûre de ne pas vous être trompée ?... Celui que vous nommez le Bisco... et qui n'est autre qu'un nommé Blasias ou Biscarre... est mort il y a trois jours...

» Là, elle poussa un bruyant éclat de rire.

» R. Mort ! ça n'est pas vrai !.. ce n'était pas un revenant !... Est-ce que les revenants parlent ? Est-ce qu'ils ont des dents pour mordre et des griffes pour déchirer ?... C'était lui !... je vous dis que c'était lui ! Vous croyez que je mens !... demandez à mon vieux Dioulou... puisque c'est lui qui l'aide à se cacher. »

A ce passage, le juge interrompit la lecture.

La physionomie de Diouloufait était horrible à

voir... De grosses gouttes de sueur coulaient sur le visage du misérable, qui avait pris une teinte plâtreuse.

— Ce récit vous cause une douloureuse impression, dit M. Varnay. Peut-être êtes-vous trop faible pour l'entendre jusqu'au bout...

Dioulou grinça des dents :

— Allez-y, dit-il.

Puis il ajouta plus bas :

— Je vois votre jeu...

Le juge fit un signe au greffier, qui reprit :

« D. J'admets que ce fût bien le Bisco ; que vous a-t-il dit ?

» R. Nous nous sommes disputés... J'avais un peu bu... Je ne sais pas trop ce qui s'est dit... Je lui reprochais de perdre Dioulou... Je ne voulais pas qu'il le fît pincer... Je l'ai appelé tout haut par son nom... Il m'a défendu de le répéter... Il m'a menacée, en me disant que s'il pouvait me croire capable de le trahir... il me hacherait... il me déchirerait... il me pilerait dans un mortier... Je lui ai ri au nez... et je me suis sauvée.

» D. Vous a-t-il poursuivie ?

» R. Non.

» D. Où se passait cette scène ?

» R. Aux Innocents... auprès de la Halle.

» D. Qu'avez-vous fait alors ?

» R. J'étais tout *esbrouffée* au fond. J'ai voulu me remettre. Je suis allée à l'ancien mastroquet de mon pauvre Dioulou. J'y ai trouvé un *zigue* que je ne connaissais pas. J'avais la tête à l'envers. V'là que j'ai voulu sortir, le Bisco, qui me guettait, s'est jeté sur moi. Il m'a emportée au bazar des Arcis, il m'a jetée sur le lit, il a fermé la porte, et puis il est revenu auprès de moi... J'étais *pocharde*, que je ne voyais plus rien... Il m'a attachée ; moi, je riais, je ne savais plus, je ne devinais pas... Il a pris des tas de papiers, de chiffons, et il en a mis sur le lit, dessous, tout autour de moi ; il m'avait bouché la g..... avec un tampon ; il a allumé des allumettes, et puis il m'a dit : « B..... de gueuse, tu finirais par nous faire *piger* ; tu vas rôtir comme un vieux poulet. » Il a mis le feu, et puis il s'est sauvé.

» D. C'est Biscarre qui a allumé l'incendie ?

» R. C'est lui... il m'a brûlée vivante... Au Loup ! C'est un gueux ! faut le refroidir !...

» A ce moment, elle a eu une crise horrible dans laquelle elle a poussé de nouveaux cris, au milieu desquels je distinguais encore les mots au Loup ! au feu le Bisco !... Mais elle était dès lors incapable de prononcer des paroles suivies... Cependant j'ai encore entendu ceci : Dioulou ! venge-moi ! livre le Bisco ! va le voir raccourcir !...

» Elle est morte à huit heures cinquante minutes.

» En foi de quoi, j'ai rédigé le présent procès-verbal pour servir ce que de droit... »

Le greffier s'arrêta.

Il y eut un long silence. La tête de Dioulou était tombée sur sa poitrine, d'où s'échappait un grondement sourd.

— Vous avez entendu, reprit le juge, Biscarre n'est pas mort, puisque c'est lui qui a commis le crime épouvantable qui ferait horreur à un bourreau... il a tué la femme qui vous appelait à son secours, et qui, dans les dernières convulsions de l'agonie, prononçait encore votre nom... Il vous reste à accomplir le dernier vœu de cette malheureuse, en faisant connaître à la justice la retraite de Biscarre...

Dioulou se dressa d'un bond :

— C'est donc ça ! cria-t-il. Vous voulez que je mange le morceau ! Moi, Dioulou ! vous voulez que je livre Biscarre !

— L'assassin de la Brûleuse...

— Biscarre est mort !

— Alors cette femme a menti. C'est impossible ! Au moment de mourir, elle a dit la vérité...

— Non !

Dioulou, debout, avait saisi à deux mains sa chevelure, qu'il arrachait à poignées...

La vérité, la voici.

Oui, Dioulou connaissait la retraite de Biscarre, qui était vivant, bien vivant ! Oui, tout son être était torturé par cette pensée que sa vieille compagne avait été assassinée, brûlée par le roi des Loups ! et pourtant il ne voulait pas parler.

Cette brute aimait son ancien complice, son maître, d'une affection bestiale, féroce, irraisonnée.

Et pourtant... il avait tué la Brûleuse !

Le juge insistait :

— Songez bien à ce que vous faites, disait-il. De tous les crimes de Biscarre, le plus atroce est le meurtre cruel qu'il a commis sur cette femme, que vous aimiez. C'était votre ami, votre compagnon, et il a torturé celle à laquelle vous aviez donné votre affection. Torturé... vous entendez bien. C'est par lui que cette malheureuse a souffert les plus effroyables angoisses qu'il puisse être donné à la nature humaine de subir.

— Taisez-vous ! criait Dioulou.

— Quand elle se tordait dans les affres de la mort, elle vous adjurait de punir son bourreau...

— Mais taisez-vous donc !

— Avez-vous bien entendu tous les détails de cette scène atroce? Il l'attache sur son lit, il la bâillonne, il lui fait un bûcher de toutes les matières inflammables qui tombent sous sa main, puis, après y avoir mis le feu, il s'enfuit lâchement, tandis que derrière lui l'incendie fait son œuvre, que la flamme mord et ronge la chair de cette créature humaine.

Les coups tombaient redoublés, terribles, sans relâche, sur le cœur de Diouloufait, sur son cerveau.

Il se sentait devenir fou.

C'était en lui une horrible lutte. Devant ses yeux passaient des lueurs sanglantes : il lui semblait entendre la Brûleuse qui râlait :

— Dioulou ! venge-moi !...

Oui, elle avait ordonné !... il lui fallait obéir. Après tout, Biscarre était infâme...

— Où est Biscarre? demanda le juge.

Dioulou le regarda, ses lèvres s'agitèrent, sa bouche s'ouvrit, il allait parler... mais tout à coup :

— Non ! non ! s'écria-t-il, Biscarre est mort !

Il ajouta :

— Et je ne parlerai pas ! j'aime mieux mourir !

Et comme si, pour garder le silence, il voulait que sa bouche fût muette à jamais, se souvenant des recommandations du chirurgien, d'un geste rapide il arracha l'appareil de ses blessures, un flot de sang jaillit...

Dioulou chancela... étendit les bras et tomba comme une masse sur le parquet...

Il n'avait pas trahi Biscarre...

IX

? ? ?

Certes, on reçoit tous les jours des coups de barre de fer sur la tête, et on ne s'en trouve pas plus mal pour cela. Cependant, à vrai dire, le premier moment cause une impression désagréable, ce qu'eussent été d'ailleurs fort embarrassés d'expliquer nos deux amis Muflier et Goniglu, puisque, sous cette secousse un peu trop vive, ils étaient tombés nez contre terre, à l'état de vieux troncs sapés par la hache du bûcheron.

Est-ce à dire que ces nobles existences eussent été tout à coup tranchées dans leur fleur virginale? Ces belles âmes s'étaient-elles à jamais envolées? Ces grands cœurs avaient-ils pour toujours cessé de battre?

Non, par bonheur... pour eux.

C'est ce que constata tout d'abord l'aimable Muflier quand, après un nombre d'heures qu'il lui eût été difficile de calculer, il sentit peu à peu le sentiment renaître en lui.

Le réveil n'avait pas été brusque. Il avait eu en premier lieu la notion d'un lourd engourdissement qui le tenait aux tempes, d'un murmure sourd qui bouillonnait dans son cerveau : puis de vifs picotements dans les narines avaient annoncé et précédé un éternument, ou mieux une tentative sternutatoire, qui s'était perdue en un sifflement nasal de peu d'importance. Muflier avait ouvert un œil. Mais comme il n'avait rien vu, il avait eu cette vague pensée que peut-être il était aveugle, ce qui lui fit passer dans l'épine dorsale un frisson nerveux.

Ces sensations multiples n'étaient que l'avant-coureur d'une résurrection complète. Le raisonnement, qui n'avait jamais fait défaut à notre ami, retrouvait sa lucidité.

Et son premier acte compréhensif fut celui-ci : S'il n'y voyait goutte, c'était pour une raison des plus simples, à savoir : qu'il faisait nuit, ou que tout au moins le lieu où se trouvait Muflier était plongé dans la plus profonde obscurité.

Quel était ce lieu?

Il voulut passer ses mains sur son front afin de chasser les dernières ombres qui obscurcissaient sa pensée. Mais il eut la douloureuse surprise de constater que ses bras étaient solidement attachés au long de son corps; il tenta de remuer les jambes : vains efforts.

Décidément, c'était une vocation chez Muflier que d'être ensaucissonné comme un simple produit d'Arles ou de Lyon.

— Eh mais! eh mais! se dit notre homme, voilà qui est clair : je suis retombé aux mains du marquis.

Et, dans l'ombre, on eût pu voir un gracieux sourire se dessiner sous sa moustache hirsute.

Évidemment... c'était cela !... le marquis n'avait pu se passer de lui. La surveillance de l'hôtel était encore plus complète qu'il ne se l'était imaginé. Il avait été épié... suivi... il était pris à nouveau. Bah ! il en serait quitte pour renoncer provisoirement à l'amour, au guilledou, et à reprendre cette douce existence tout émaillée de blancs de volaille et de bouteilles respectables par l'âge...

Il s'arrêtait complaisamment à cette idée. Et pourtant !...

Bien des points restaient obscurs. Maintenant que le souvenir lui revenait, il revoyait l'impasse ignoble dans laquelle il s'était engagé, la masure sinistre, la porte entr'ouverte... il sentait sur son crâne un poids énorme qui tombait avec un craquement sec...

Était-ce bien le marquis, le gentilhomme qui se trouvait embusqué dans ce bouge ? Hum ! voilà qui sortait quelque peu de la vraisemblance !

Et Goniglu ? Qu'était devenu Goniglu ?

Enfin, question déjà formulée et encore répétée :

Où se trouvait-il, lui, Muflier, impuissant à se mouvoir, prisonnier, pour tout dire ?

Il remua les épaules : ceci était possible, et c'était un moyen de reconnaître la nature du sol sur lequel il était étendu.

Or, il y eut une sorte de clapotement, et en même temps le dos de Muflier ressentit une vive fraîcheur.

C'était le moment de multiplier les point d'interrogation.

Sous son corps étendu, il y avait de l'eau, ceci était acquis au débat. Et cependant il n'était pas *dans* l'eau, puisque, d'une part, il y avait des intermittences d'humidité, et que, de l'autre, il sentait très-nettement la résistance d'un corps dur.

D'où cette pensée qu'il se trouvait sur un plancher à travers lequel filtrait le liquide en question.

Il avait ouvert l'autre œil et s'habituait insensiblement à l'obscurité. Ce qui ne signifie pas d'ailleurs qu'il vît quelque chose.

Tout était noir, sombre, lunèt... Une vague odeur titilla les nerfs olfactifs de Muflier, qui médita pour lui donner un nom.

Ce nom fut complexe : cela tenait du goudron et de la moisissure.

Mais à ce moment notre ami eut la perception d'une sensation à laquelle il n'avait pas pris garde tout d'abord ; c'était la sensation d'un glissement lent, prolongé, avec balancement régulier. Muflier était doucement bercé, ce qui, sans lui être positivement désagréable, agissait de façon bizarre sur son estomac creux.

S'étant recueilli et ayant tendu tous les ressorts de son intellect, il reconnut enfin, à n'en pouvoir plus douter.

1° Qu'il devait être enfermé à fond de cale dans quelque bâtiment, barque, nacelle ou chaland, au choix ;

2° Que, conformément aux principes connus, ce bateau allait sur l'eau ;

3° Que cette certitude n'avait rien de rassurant et qu'en somme, pour être connue dans quelques-uns de ses détails, la situation n'en restait pas moins critique et mystérieuse.

Évidemment la chose marchait. Maintenant Muflier percevait jusqu'au clapotement de l'eau contre la carcasse.

Notre ami — complétant ses déductions — se dit qu'un bâtiment ne voguait pas sans quelque impulsion, et écoutant encore, il saisit le bruit des rames frappant l'eau avec une régularité parfaite. Autre point. Le roulis était doux, le tangage insignifiant, d'où cette nouvelle conclusion :

Ce n'était pas la mer.

Donc — admirez la force de la logique — c'était un fleuve ou une rivière. Pourquoi pas la Seine ? Va pour la Seine.

A ce moment, il y eut un choc violent. Muflier roula sur lui-même et se trouva le nez dans une flaque d'eau. Il crut d'abord qu'on atterrissait: point. Il y eut un râclement le long des parois; puis plus rien que le clapotement déjà reconnu.

— Ça, c'est un pont ! pensa Muflier, qui décidément eût fait un Zadig de première force.

Seine... Pont... Paris, termes corrélatifs et qui s'appelaient l'un l'autre.

Tout à coup, un bruit sec, strident, pareil à celui d'un marteau de fer frappant une enclume, retentit dans le silence et l'obscurité.

Muflier ne put réprimer une exclamation de surprise et de joie.

Ce bruit, il le connaissait. Oui, c'était bien l'éternument sonore et crépitant de l'ami, du compagnon, en un mot, de... .

— Goniglu ! cria Muflier.

— Toi ! répondit Goniglu.

— Où es-tu ?

— Je n'en sais rien. Et toi ?

— Je l'ignore... à peu près...

— Es-tu libre ?

— Je suis attaché.

— Comme moi !

— J'ai le dos et les épaules trempés.

— Comme moi !

— Oh ! Muflier !

— Oh ! Goniglu !

Il y eut un long silence.

— Comment vas-tu? demanda Goniglu.

— Pas mal... et toi? Quand je dis pas mal... j'ai la tête qui me cuit...

— Moi, j'ai le crâne en compote...

— Que s'est-il passé?...

— On nous a cogné dessus...

— C'est ça... et après?

Avant que Goniglu eût répondu, une voix sonore retentit dans la cavité ténébreuse.

— Vous savez! vous! si vous n'éteignez pas votre grelot, on va vous nettoyer!...

— Nous ne sommes pas au pouvoir du marquis, pensa Muflier. Ce gentilhomme nous témoignerait plus d'égards.

Décidément, le plus important était de ne pas attirer l'attention des inconnus qui les tenaient en leur pouvoir.

Ce fut donc dans un susurrement à peine saisissable que Muflier reprit :

— Ainsi, Goniglu, voilà où j'en suis resté... un renfoncement sur la tête... puis plus rien, jusqu'au moment actuel, où je commence à reprendre connaissance. Si de ton côté tu sais quelque chose de plus, hâte-toi de m'en instruire... après quoi, je me ferai un devoir de t'expliquer mes dernières observations.

— Voici, répondit Goniglu sur le même ton. Peu

d'heures s'étaient écoulées depuis le renfoncement en question, lorsque je suis revenu à moi. Où étais-je?... je ne l'aurais certes pas pu deviner. Cependant, comme tu le comprendras tout à l'heure, nous n'avons pas changé de local. Où on nous avait offert si gracieusement l'hospitalité, nous étions restés...

— A l'impasse de la rue du Rocher...

— Chut donc! pas si haut!... puisqu'on ne veut pas que nous jaspinions...

— Veux-tu que je te dise mon idée? fit tout à coup Muflier.

— Vas-y de ton idée...

— Eh bien! nous sommes entre les mains du Bisco. Goniglu se sentit frissonner jusqu'aux moelles.

— Nous sommes f...lambés... articula nettement Goniglu.

— Qui sait? fit Muflier, qui croyait en son étoile, comme plus tard un des plus puissants souverains de l'Europe. Mais ce n'est pas de cela qu'il s'agit. Achève ton histoire.

— Donc, quand j'ai ouvert un œil, j'étais seul, ou à peu près. Tu étais dans le coin, ronflant abominablement, pas un ronflement de sommeil, non, autre chose, comme qui dirait un râle...

— Brrr! fit Muflier, désagréablement impressionné.

— Je me suis dit tout de suite que la place n'était pas bonne, que nous étions mal vus dans l'établissement, et qu'il était prudent de ne pas attirer l'attention. Alors, je n'ai pas bougé et j'ai fait le mort. Voilà qu'au bout d'un certain temps, dame! je n'avais pas de montre, on est entré dans la pièce.

— Qui ça?

— Va-t'en voir s'ils viennent! Des bonshommes qui

avaient la figure noircie... J'avais les yeux fermés... et je glissais à peine un tout petit regard de temps en temps. L'un d'eux s'est approché de moi et m'a secoué... Je n'ai pas fait ouf. « Est-ce qu'il est nettoyé ? » a demandé une voix que je ne connaissais pas. « Non ! » a répondu l'autre. « On a mesuré le coup. » — « Il faut les attacher. » — « Parbleu ! » alors on m'a passé des cordes aux bras et aux jambes. Et c'était fait. Ah ! cré coquin ! quelle jolie science !

— J'en sais quelque chose ! murmura Muflier, qui se trémoussait inutilement dans les liens.

— Quand j'ai été ficelé comme une véritable andouillette de Troyes, on a refermé la porte ; j'ai toujours pas remué, et ça a duré encore longtemps, et puis on est revenu, on m'a pris par la tête et par les pieds, toi aussi, du reste ; mais tu ronflais toujours, et on m'a mis un sac sur la tête. Seulement, quoique je ne pusse rien voir, j'ai compris d'abord qu'on descendait un escalier, qu'on ouvrait des portes, et puis, finalement, qu'on était à l'air libre. On allait très-vite et on me secouait, nom de nom ! C'était un vrai panier à salade ! Il faisait noir, était-ce à cause du sac ? Oui, d'abord. Mais on n'entendait presque pas de bruit, à peine de temps en temps une voiture qui roulait ; c'était la nuit, car c'est pas des ouvrages à faire en plein jour que de trimbaler un camarade comme ça. Enfin, on est arrivé quelque part, et ce quelque part-là, c'était le bord de l'eau.

— Ah ! fit Muflier, tu en sais autant que moi.

— J'ai de bonnes oreilles... on s'est fichu souvent de moi parce qu'elles étaient grandes ; mais ça sert... à preuve.

— On nous a fourrés dans un bateau.

— Comme tu dis ; mais comment sais-tu ça ? Et

depuis combien de temps voguons-nous sur l'humide élément?

— Je te dis que je n'ai pas de montre.

— Mais, à peu près?

— Une heure ou deux... peut-être plus, peut-être moins.

— Est-ce tout ce que tu as à me dire?

— Non. Il y a encore quelque chose.

— Dis vite !

— Eh bien ! au moment où on nous fichait ça, il y en a un qui a dit : « Quand ils seront aux Cagnards, il faudra bien qu'ils parlent. »

— Aux Cagnards? Qu'est-ce que ça veut dire?

— Sais pas. « Tu crois donc qu'ils savent quelque chose? » a demandé une voix. « Parbleu ! puisqu'ils mouchardaient pour le compte d'un marquis ! »

— Bigre ! fit Muflier. Nous sommes compromis !

— Je te crois... à preuve que le premier a répliqué : « S'ils ne veulent rien dire, on leur tortillera rien la vis ! »

— La vis ! soupira Muflier.

Si bas que parlaient nos deux amis, il paraît qu'ils n'étaient pas parvenus à éteindre complétement le son de leur voix, car voici que de nouveau retentit celle qui avait déjà parlé tout à l'heure.

— Et on vous la tortillera, tas de gueux ! dit-elle avec une aménité charmante. Allons, haut ! et dans le trou !

— Dans le trou ! hurla Muflier oubliant tout. Sacrédié ! mais c'est un assassinat !

Il eût pu, d'ailleurs, protester contre les lois divines et humaines, c'eût été la même chose.

La scène que venait de lui raconter Goniglu se reproduisit. On les empoigna tous deux par les épaules et par les jambes; encore une fois, ils se trouvèrent à l'air.

On avait négligé d'emprisonner leur tête.

Dans une pénombre fantastique, une voûte noirâtre, suintante... puis une grille qui ressemblait à un gril gigantesque... puis l'eau ténébreuse qui houlait et gémissait.

On les emporta. Ils pénétrèrent — par l'intermédiaire de leurs porteurs — sur une planche qui chancelait. Il y eut un grincement de gonds rouillés; puis, comme des paquets inutiles, on les jeta sur un sol détrempé où leurs membres clapotèrent comme une vieille guenille.

— Oh! mon avenir! murmura Muflier.

X

MORT OU VIVANT

Nous avons laissé Diouloufait au moment où, pour résister aux incitations du magistrat, il avait préféré mourir plutôt que de trahir Biscarre.

Ainsi nous est expliqué le mot prononcé par lui lorsque, caché dans le trou de la Rivière morte, il avait appris que la police était à sa poursuite.

— Je ne veux pas être tenté! avait-il dit.

C'est qu'il connaissait déjà tous les détails que venait de lui rappeler avec une implacable prolixité le procès-verbal lu par le greffier. Oui, il savait que c'était Biscarre qui avait torturé, assassiné, brûlé la malheureuse femme dont il avait fait sa compagne.

Singulière nature que celle de ce bandit : coupable de toutes les violences, il avait en lui je ne sais quel besoin instinctif, inconscient, d'être bon, de se dévouer. Nul ne l'avait jamais aimé, et sa faiblesse même n'avait pu lui concilier d'affection durable. Mais cet homme avait voué à Biscarre une amitié que, jusqu'ici, rien n'avait pu briser.

Était-ce donc que le roi des Loups eût tenté quelque effort pour la mériter, pour se créer quelques titres à la reconnaissance de Diouloufait? Non. A ses dévouements il répondait par la brutalité; à ses soumissions, par la violence. Et pourtant Dioulou l'admirait, l'aimait. On eût dit qu'il était rivé à cet homme corps et âme.

Peut-être aussi savait-il que ce Biscarre, au cœur de granit, à la volonté impitoyable, souffrait d'épouvantables tortures, à la façon de ces monomanes dont le crâne est par intermittence le siége de convulsions atroces.

Il avait peur de Biscarre: d'un mot, le roi des Loups le réduisait au silence. Sa force le terrifiait, cette énergie indomptable le frappait d'une admiration épouvantée.

Un jour, Diouloufait avait rencontré la Brûleuse.

Pourquoi ces deux êtres s'étaient-ils réunis? D'où venait la sympathie profonde que cette créature, laide et brutale, avait inspirée à Dioulou? Ce sont là des mystères qu'il eût été lui-même impuissant à expliquer.

Toujours est-il qu'il avait voué à cette femme une affection qui tenait de celle qu'il portait à Biscarre. Même soumission, même abandon de soi-même.

Et voici que Biscarre l'avait tuée! Pour la première fois, Dioulou avait senti en lui un mouvement de rage folle contre le roi des Loups! Ah! s'il l'avait tenu en ce moment-là! peut-être se serait-il vengé d'un seul coup.

Mais on lui demandait de le livrer... à qui? à la justice. Cette action lui paraissait le dernier terme de la bassesse humaine. Et, cependant, n'était-ce pas la vengeance, sûre, complète, cette vengeance que la misérable avait réclamée dans un dernier cri d'agonie?

Combat terrible!... et quand Dioulou s'était senti faiblir, quand il avait compris que, peut-être, il allait trahir le compagnon de toute sa vie, le maître dont il était l'esclave, alors il avait arraché l'appareil qui couvrait ses blessures, un flot de sang s'était échappé de leurs lèvres béantes... l'homme était tombé...

Le juge d'instruction n'avait pas compris. Pouvait-il lire dans cette âme étrange où les sentiments n'appartiennent pas à la commune nature des hommes?

Le médecin de la Préfecture avait été mandé aussitôt.

— Cet homme est en danger de mort, dit-il.

— Peut-on le transporter à la prison?...

— Non, reprit le praticien, le trajet serait trop long. Je vais donner ordre qu'on le reçoive à l'Hôtel-Dieu...

— Espérez-vous sa guérison?

— C'est une nature d'une vigueur exceptionnelle. Mais on ne pourra être fixé que lorsque l'hémorrhagie se sera arrêtée.

Il avait été fait comme le médecin avait dit.

Étendu sur une civière, Dioulou avait été transporté à l'Hôtel-Dieu. Il était dans un état complet d'insensibilité; son visage s'était marbré de teintes livides, comme si les doigts de la mort se fussent imprimés sur sa face.

Il existait alors à l'Hôtel-Dieu une chambre spéciale destinée aux personnages se trouvant dans une situation exceptionnelle. Elle était placée au premier étage, donnant sur la rivière, à peu de distance de la passerelle qui unit les deux rives. Au-dessous, on voyait s'ouvrir une large baie garnie d'une grille énorme. C'était une des ouvertures qui donnaient accès dans les anciens souterrains, que jamais d'ailleurs nul ne visitait, et qu'on disait complétement envahis par les eaux.

Cette chambre, dont les murs étaient blanchis à la chaux, ressemblait à une cellule de prison; et pour compléter l'illusion, de forts barreaux de fer étaient scellés dans le cadre de la haute fenêtre.

Le plancher était formé de larges dalles, à carrés blancs et noirs, recouverts d'une natte de corde.

C'était là que nous devions retrouver Diouloufait.

Plusieurs jours s'étaient écoulés depuis celui où il avait commis cette sorte de suicide.

Pendant près de cinquante heures, on avait désespéré de le sauver.

L'hémorrhagie avait déterminé — outre l'affaiblissement — une fièvre délirante dont le résultat aurait pu être mortel.

Le malheureux, dans un accès de folie, avait lutté contre ses gardiens, et on avait été contraint d'employer, pour le dompter, la camisole de force.

Mais, après cette crise, l'abattement complet était venu, suivi d'une amélioration sensible.

Il n'était plus douteux, maintenant, qu'on ne l'arrachât à la mort.

La première parole de Dioulou, revenant à lui, avait été celle-ci :

— Est-ce que j'ai parlé ?...

— Que voulez-vous dire ? avait demandé l'interne de service.

— Rien, avait répliqué Dioulou.

Pendant de longues heures, il avait tenté de reconstituer dans sa mémoire la scène qui s'était passée dans le cabinet du juge d'instruction, et quand il avait acquis la certitude que pas une parole compromettante ne s'était échappée de sa poitrine, il avait poussé un soupir de soulagement.

Maintenant, il ne ressentait même plus cette hésitation qui, un moment, avait failli lui arracher son secret. Il chassait violemment de sa mémoire le fantôme de la Brûleuse ; il n'écoutait plus cette voix qui s'élevait encore de la tombe mal fermée pour réclamer la punition de son assassin.

De nouveau, Biscarre, quoique absent, avait repris complète possession de Dioulou, qui frissonnait en songeant qu'un instant il avait été assez infâme pour penser à une dénonciation.

C'était fini.

Tous les juges d'instruction de la terre pouvaient tenter de le confesser, il se tairait.

Or, ce matin-là, il se passa dans le cabinet du directeur de l'hôpital un fait assez insignifiant en lui-même, mais sur lequel il convient que nous nous arrêtions.

Une voiture s'était arrêtée devant l'Hôtel-Dieu, et un homme en était descendu, puis se présentant à la grille, avait demandé à parler au directeur.

Sur le vu de sa carte, il avait été immédiatement introduit.

Or, voici ce que portait cette carte :

— James Wolf, *physician and surgeon*, Glascow.

James Wolf, médecin et chirurgien.

C'était un Anglais, de type parfait, avec les cheveux rougeâtres, dominant en broussailles un front haut et rougeaud ; des favoris rondement coupés entouraient

un visage large et rubicond. La mâchoire avait ce prognathisme qui caractérise les enfants d'Albion.

Après les premières salutations d'usage, le directeur
de l'Hôtel-Dieu avait demandé à quelle heureuse circonstance il devait la visite de son confrère étranger.

L'autre avait répondu, avec un fort accent, mais dans
un français très-intelligible, qu'il prenait la liberté, sur
la recommandation d'une des lumières de la science
anglaise (ici il produisit une lettre), de solliciter de
M. le directeur l'autorisation de visiter l'Hôtel-Dieu.

Naturellement sa requête n'était pas de celles qu'on
repousse, en France surtout, où l'hospitalité, pour être
beaucoup moins proverbiale qu'en Écosse, est de fait
beaucoup plus sérieuse.

Le directeur s'était mis à sa disposition avec une
gracieuse obligeance, et la tournée avait commencé
dans le vaste hôpital.

En vérité, le docteur Wolf était un homme de haute
science et d'agréable commerce. Il dispensait les éloges
sans restriction, s'émerveillait des choses les plus simples, et plaçait à propos cette phrase flatteuse :

— Ah! monsieur le directeur, les Anglais ont beaucoup à apprendre de vous.

Le directeur souriait et passait sa main sur son crâne
chauve, tout en répondant :

— Vous nous flattez, parole d'honneur!

— Non, je vous jure, reprenait l'autre; jamais hos-
pice ne m'a paru aussi bien tenu, aussi habilement
organisé. Je suis ravi, *upon my word*, tout à fait ravi!

Et la promenade se poursuivait entre les rangées de
lits blancs dans lesquels se dressaient, pour les voir
passer, des spectres maigres, à dents longues et jaunes.

Le directeur expliquait avec bienveillance que le 36

était vide parce que le malade avait trépassé le matin
même, et que le 39 ne battait plus que d'une aile.

L'Anglais hochait la tête en disant :

— Parfait ! parfait !

Puis on s'arrêtait auprès d'un lit, dans lequel se tordait un malheureux en criant à l'aide.

— Calmez-vous, mon ami, disait le directeur. Vous
aurez beau crier, cela ne vous soulagera pas.

Sir James Wolf dodelinait de la tête avec une satis -
faction béate, tant cette parole lui paraissait frappée au
coin du bon sens et de la véritable logique.

Il ne faisait grâce d'aucune question, goûtait le bouillon et le déclarait savoureux, humait quelques gouttes
du vin destiné aux convalescents et faisait claquer sa
langue en murmurant :

— Les gaillards ! ont-ils du bonheur d'être Français !

Cependant il n'est si bonne chose qui ne prenne fin,
et le moment arrivait où les deux praticiens devaient se
séparer, quand un infirmier s'approcha du directeur
et lui dit quelques mots à voix basse :

— Non, non, répondit vivement celui-ci. Je m'y
oppose formellement. Je suis responsable de l'exécution
des ordres donnés par le médecin de service. Il a interdit toute secousse au malade, avant quatre ou cinq
jours au moins... Dites à l'envoyé de M. le juge d'instruction qu'il y a là une question d'humanité qui prime
jusqu'aux droits sacrés de la justice...

La physionomie de l'Anglais exprima une curiosité
de bonne compagnie.

Quand l'infirmier se fut éloigné :

— Comprenez-vous cela ? fit le docteur. Il y a ici un
pauvre diable — je ne sais quoi, un forçat en rupture
de ban ou peut-être même évadé — qui a failli mourir

dans le cabinet du juge instructeur. Et voici qu'il prétend me le reprendre avant qu'il soit radicalement guéri.

— Ce serait de l'inhumanité, dit sir James, mais je ne comprends pas, vous avez dit un forçat? c'est ce que nous appelons un convict...

— Exactement.

— Comment un pareil homme se trouve-t-il ici?

— Comme blessé... il a été frappé de plusieurs balles pendant qu'il cherchait à s'échapper...

Sir James paraissait de plus en plus intrigué.

— Son affaire était donc bien grave?...

Ils étaient descendus dans une cour intérieure et se dirigeaient vers la sortie.

Le directeur baissa la voix :

— Très-grave, reprit-il. Il fait partie, à ce qu'il paraît, d'une bande de malfaiteurs qui a désolé Paris par ses attentats de toutes sortes!...

— Quelque chose comme nos *Burkers*...

— Oui, et ils ont un nom caractéristique...

— Et ce nom?

— On les appelle les Loups de Paris.

— En effet, fit sir James, qui tenait le directeur par un des boutons de sa redingote et l'avait arrêté sur place, j'ai entendu parler de ces misérables; leur chef est mort.

— On dit qu'il est vivant.

— En vérité. Tenez, monsieur le directeur, si ce n'était pas abuser de votre bonté, je vous adresserais encore une requête.

— Tout à votre service, mon cher confrère.

— Je m'occupe beaucoup de médecine légale, et souvent, on a bien voulu avoir recours à mes faibles

lumières dans des instructions criminelles ; je serais
très-curieux de voir ce grand coupable ; qui sait si la
phrénologie, une grande et belle science, mon cher
directeur, ne recueillerait pas là quelque fait nouveau,
quelque observation de haute importance ?...

Le directeur paraissait fortement embarrassé.

— Mon cher confrère, vous ne sauriez croire à quel
point votre demande me chagrine...

— Eh ! pourquoi ?

— Parce qu'il m'est impossible de vous satisfaire.

— Impossible ? Vous me surprenez beaucoup... beaucoup.

— Vous allez me comprendre. Lorsqu'un criminel
entre à l'hôpital, il est confié à notre responsabilité. Et
il nous est interdit — de la façon la plus formelle — de
le laisser communiquer avec personne.

— Sans exception ?

— Sans exception. Nos instructions sont précises, et
je ne saurais y contrevenir sans compromettre ma
situation... et sans encourir des reproches qu'il est de
ma dignité d'éviter.

— Oh ! yes ! très-juste ! très-juste !... Je n'insiste
plus... le devoir avant tout... Ah ! vous autres Français,
vous ne transigez jamais... Tenez, en Angleterre, j'aurais pu pénétrer jusqu'à votre prisonnier.

— Ah ! en Angleterre !...

— Certainement... On se serait dit : Les instructions en
question s'opposent à ce que le prisonnier communique
avec un étranger... ou même avec un de ses parents,
avec un ami... mais sir James n'est ni un parent ni un
ami... C'est un médecin !... Les médecins sont de tout
temps admis auprès des malades, quels qu'ils soient...
Voilà ce qu'on dirait en Angleterre... Mais ici, vous

êtes les esclaves de la règle... C'est bien ! c'est très-bien ! Quel peuple !...

Malgré l'admiration béate exprimée par le visage de l'Anglais, M. le directeur se demandait si par hasard l'honorable insulaire ne gouaillait pas... au moins un peu.

Cependant sir James avait lâché résolûment le bouton du Français, et se dirigeait maintenant d'un pas rapide vers la porte.

Je ne sais quelle bouffée d'orgueil patriotique monta au cerveau du fonctionnaire.

— Docteur ! fit-il.

L'Anglais s'arrêta et se retourna.

— Vous m'appelez ?

— J'ai réfléchi...

— Que voulez-vous dire ?

— Je pense à mes instructions.

— Elles sont formelles.

— Certes. Mais j'ai le droit d'interprétation...

— Ah ! vous avez...

— Et je prétends qu'un médecin... un confrère, a le droit de pénétrer auprès de tout malade.

— Ne dites pas cela... vous allez vous compromettre.

— Croyez-vous donc que, lorsque la logique est de mon côté, je me plie devant des exigences judaïques ?

— Ah ! si vous croyez que la logique soit de votre côté... Réfléchissez encore... Malgré tout mon désir d'étudier un cas intéressant, je me ferais un scrupule de vous causer quelques embarras.

— Venez, dit simplement le directeur, qui, avec un héroïsme superbe, se dirigea vers la chambre de Dioulou.

Si pourtant il s'était retourné, peut-être eût-il saisi dans le regard de l'Anglais un éclair de triomphe.

Mais il était sans défiance. L'Europe avait l'œil sur lui. Il s'agissait de prouver à l'univers entier que la France n'était pas à la remorque des autres nations...

— Entrez, fit le directeur en s'effaçant.

Et les médecins pénétrèrent dans la chambre du prisonnier; elle portait le n° 36.

Dioulou s'était assoupi.

Il n'entendit même pas le bruit de la porte tournant sur ses gonds.

Dans ce moment de repos, de sédation complète de l'être tout entier, le visage du forçat avait repris son calme. Sa respiration était régulière, et une coloration légère avait remplacé la pâleur qui d'ordinaire blanchissait ses traits.

— Vous me dites, reprit sir James, que c'est un grand criminel...

— Tout le prouve, répondit le docteur.

Et il ajouta à voix basse :

— On dit même qu'il y va pour lui de la peine capitale.

— C'est singulier, fit l'Anglais, qui semblait plongé dans de profondes réflexions. Rien dans sa physionomie ne révèle les instincts d'un âme criminelle...

A moins, continua sir James, que le crâne ne présente certaines protubérances...

Il avança la main vers la tête du dormeur.

En même temps, il adressait au directeur un regard interrogateur, comme pour solliciter l'autorisation de se livrer à une vérification scientifique.

Le directeur, d'un geste, l'invita à agir.

L'Anglais sourit avec la satisfaction d'un homme

qui va se livrer à une expérience longtemps désirée.

Sa main s'étendit, et lentement il se mit à palper la tête de Diouloufait, et cela avec une telle légèreté de doigts que le dormeur ne parut pas sentir leur contact. Un instant même, ils touchèrent son visage, ses yeux, ses lèvres. Pas un tressaillement n'indiqua qu'il éprouvait la moindre sensation.

Puis sir James se tourna de nouveau vers le docteur.

— Quelle admirable science que la phrénologie !...

— Quoi ! vous avez découvert...

— La protubérance de la *contraction* présente un développement anormal.

— Vraiment.

— Qui dit contraction dit réactivité musculaire, force de cohésion... d'où esprit de querelle, de combat.

Disant cela, l'Anglais avait ressaisi le bouton directorial, mais cette fois pour l'entraîner au dehors.

— Puis nous avons prédominance des muscles... impatience... destructivité... Voyez-vous, c'est là au-dessus de l'oreille.

Et il passait maintenant ses doigts sur l'oreille du fonctionnaire, qui paraissait d'autant plus intéressé qu'il ne comprenait pas un seul mot de toutes ces théories.

— Et vous concluez ? demanda-t-il.

— Que cet homme est un bandit de la pire espèce.

— C'est incroyable ! C'est tout à fait exact !

— Maintenant, mon cher directeur, il me reste à vous remercier de votre complaisance toute française. Vous m'avez rendu un de ces services qui ne s'oublient pas.

Et ce fut avec un échange d'affables protestations et de poignées de main vigoureuses que sir James regagna la porte, toujours accompagné du directeur, qui se répandit en félicitations et souhaits de bon voyage, etc., etc.

Sir James sauta dans sa voiture, et le directeur, lui ayant adressé un dernier salut de la main, rentra dans l'hôpital qu'il était fier de gouverner.

Peut-être sa fierté eût-elle reçu un rude échec s'il avait entendu le court dialogue échangé entre sir James Wolf et son cocher.

— Eh bien ? avait fait l'automédon en se penchant en arrière.

— Ça y est... enfoncé le *pantre !*

— Et l'autre ?

— Affaire faite.

— Le directeur a coupé dans le pont.

— Un *sinve* de premier choix !

Pendant ce temps, l'honorable directeur, plongé dans son fauteuil de cuir, lisait les rapports que lui adressaient chaque jour les employés de l'hôpital. Il s'arrêta avec complaisance sur la note qui concernait Dioulou.

« Guérison rapide, disait le rapport. Pourra sortir dans trois jours. Régime fortifiant. Viande et vin de Bordeaux. »

Et le directeur répétait tout bas :

— Réactivité, destructivité, cohésion ! Que c'est beau, la science !

Tout alla bien jusqu'à trois heures de l'après-midi. Mais voici qu'à ce moment la porte du cabinet s'ouvrit.

— Qu'y a-t-il ? s'écria le directeur.

— Monsieur, le 36 !...

— Ah ! oui ! réactivité... destructi...

— Il est mort !

— Hein ?

— Un accès d'épilepsie... de *delirium tremens*... de tétanos !

— Impossible ! il se portait si bien ce matin !

Le directeur répétait sans y songer des mots de Robert Macaire parlant de « ce bon M. Cerfeuil » qu'il a lui-même assassiné et dont le décès paraît vivement le surprendre.

Il avait bondi sur ses pieds.

Il courut au n° 36.

Le fait était réel, Dioulou était mort.

Sapristi ! la chose était délicate ! et la justice ! et la responsabilité ! Si on venait à savoir que le directeur avait introduit un étranger ! Bah ! après tout, ce n'était pas cela qui l'avait tué !... et puis, qui parlerait ? On se préoccupait bien de cela !

Le fâcheux en ceci, c'est que c'était une mauvaise note pour l'Hôtel-Dieu ! La mort de Diouloufait allait faire quelque bruit. On clabauderait encore contre l'insalubrité de l'hôpital. On accuserait l'administration, l'économat, la direction.

C'était à en perdre la tête.

Et cependant, il n'y avait pas à contredire l'évidence. Mais comment, de quoi Diouloufait était-il mort ? Son visage révélait une complète placidité. Il était passé de vie à trépas sans secousse, sans agonie. Les infirmiers déclaraient qu'il n'avait pas sonné, appelé à son aide.

Le service médical tout entier était réuni autour de son lit et on examinait le cadavre avec un soin minutieux. Les blessures étaient complétement cicatrisées. Il ne pouvait être question d'épanchement sanguin.

Le médecin en chef déclara que l'autopsie était indispensable. Le corps ne présentait aucun des caractères qui révèlent la congestion.

Le directeur, après avoir espéré vainement que la science ranimerait le pauvre Dioulou, n'eut plus qu'une pensée : prévenir de la part de la justice toute enquête qui lui porterait tort.

Le plus simple était d'aller de soi-même au-devant du danger.

Donc, il courut chez le juge d'instruction, auquel il révéla le fatal événement. Par bonheur pour lui, M. Varnay était très-préoccupé actuellement d'une affaire des plus délicates et qui absorbait toute son attention.

Il reçut donc la nouvelle avec une parfaite indifférence, et sans l'insistance du directeur, il eût très-probablement négligé de signer l'ordre d'autopsie :

— Croyez-vous donc qu'on l'ait empoisonné? demanda-t-il en riant.

Le directeur balbutia quelques phrases au nom de la science, puis sortit du cabinet pour se rendre à la préfecture où tout fut régularisé.

L'autopsie devait avoir lieu le lendemain matin.

Voilà qui était réglé. La poitrine directoriale se trouvait soulagée d'un grand poids.

Dès que l'excellent fonctionnaire fut de retour, il donna l'ordre d'enlever le cadavre et de le descendre à la salle de dissection.

Puis, tranquillisé, il alla dîner en famille. Ouf! il l'avait échappé belle. Mais ce M. Varnay était, en vérité, un homme charmant.

Les ordres avaient été immédiatement exécutés.

Ici quelques renseignements sont nécessaires.

A l'époque où se passaient ces faits, la salle de dissection se trouvait dans un des anciens *cagnards* de l'Hôtel-Dieu, c'est-à-dire dans le vaste sous-sol où étaient établis jadis le service du *charnage*, la tuerie et les étables où les bestiaux arrivaient par la rivière, le chandellerie, la buanderie, les cuisines. Dès longtemps la salle des morts occupait l'angle qui touche au Petit-Pont.

Sous François Ier, il existait encore, dans les basses-œuvres, des salles affectées aux femmes en couches. Semblables à des celliers, elles furent désignées sous le nom de *cagnards* (de l'italien *cagna*, chienne). En temps de crue, l'eau arrivait presque au bas des fenêtres, de sorte que les lits étaient à peine à deux pieds au-dessus du niveau du fleuve. En 1426, une inondation subite avait noyé un grand nombre de ces malheureuses.

Au seul cagnard qui existe encore aujourd'hui et qui, avons-nous dit, servait, il y a trente ans, aux dissections, on voit encore l'entrée du passage qui communiquait avec le petit Châtelet, lorsque Louis XIV eut fait don (1684) de la vieille forteresse à l'Hôtel-Dieu.

Cette salle, basse mais spacieuse, avait été soigneusement recrépie; deux larges dalles de pierre, formant tables, s'étendaient blanches et sinistres devant la large baie d'où tombait la lumière.

C'est sur une de ces deux dalles que le cadavre de Dioulou fut placé. Il était nu, et les garçons de service n'avaient pu se défendre d'une certaine admiration pour cette énorme charpente qui, au dire de l'un d'eux, aurait résisté pendant des siècles.

— Ce que c'est que de nous! soupirait-on.

Voici maintenant que le corps est recouvert d'une

sorte de boîte qui le cache tout entier, et qui ne sera plus soulevée qu'au matin, lorsque arriveront les chirurgiens avec leurs instruments d'acier.

Pauvre Dioulou! car il est donc bien vrai que tout soit fini! Triste existence, en vérité, que la tienne! Ta mère folle t'a enseigné le mal et la haine... Puis voici que, dès ton adolescence, tu as été saisi par l'engrenage de la pénalité. Le bagne a achevé l'œuvre de corruption. Biscarre s'est emparé de toi, qui, peut-être, n'étais pas vraiment méchant. Tu as glissé dans toutes les fanges, fidèle à ton maître comme un chien, le suivant dans tous les cloaques où il lui a plu de te conduire... et cela sans jamais rien exiger, te contentant d'une sorte de misère, ne rêvant, ne désirant rien, sinon quelquefois une bonne parole de ce démon auquel tu t'étais donné. Tu n'as eu qu'une seule affection dans le monde, celle de cette réprouvée, qui était une brute comme toi... On te l'a tuée... Et maintenant, te voilà étendu, nu comme l'animal qu'on jette à la voirie. Pas une pensée, pas un regret ne t'accompagnent. Sous le rayon blafard qui filtre à travers les grilles, on voit à peine la place où tu gis, et encore ce n'est pas l'heure du repos.

Car tu appartiens à la science, et ta chair gémira sous le scalpel avant que la dernière pelletée de terre te couvre à jamais...

La nuit vient, sombre, sinistre.

La salle des morts s'emplit d'ombre. Par la baie, on entend le flot qui passe en clapotant.

C'est tout. Les bruits de la ville s'éteignent un à un.

Seule la lourde voix des horloges tinte, tinte au lointain, solennelle et lugubre... On dirait qu'un souffle de malédiction passe et tourbillonne autour du cadavre maudit...

L'heure s'écoule. Voici dix... onze... douze, c'est minuit. Plus épaisses sont les ténèbres, plus lugubre le sifflement du vent qui glisse sur la rivière...

Mais que se passe-t-il donc?

Quel mouvement a agité cette immobilité? quelle vie a remué dans ce sépulcre? quelle lueur éclaire cette obscurité?

Au centre de la salle des morts, une dalle s'est soulevée... puis une ombre a paru, éclairée par le reflet jaunâtre d'une lanterne.

La lanterne est déposée sur le sol. L'homme, dont le visage est noirci, regarde autour de lui, tend l'oreille et écoute. Puis, rassuré sans doute par le silence, il se penche vers l'ouverture béante et fait un signe.

Deux autres ombres paraissent à leur tour...

Dès qu'elles ont touché le sol du cagnard, elles se dirigent vers la dalle sur laquelle Dioulou est étendu...

Pas un mot n'est prononcé.

La boîte est soulevée. Le cadavre est mis à nu...

Puis on le saisit. Chargés de leur fardeau, les deux hommes reviennent vers le trou. Le premier descend soutenant le corps par les genoux, l'autre le suit tenant les épaules.

Le dernier s'engage à son tour dans l'ouverture...

La lanterne disparaît... La dalle se referme.

Et, dans la salle des morts, tout redevient obscur et silencieux.

XI

LES ASSISES ROUGES

Dans le chapitre précédent, nous avons décrit rapidement certains locaux dépendant de l'Hôtel-Dieu. Mais depuis trente ans, de grandes modifications ont été accomplies.

Les fosses de *charnage* ne sont plus à l'Hôtel-Dieu, les cuisines ont été montées au rez-de-chaussée, la buanderie a été transférée à la Salpêtrière ; les basses-œuvres de l'édifice ont été complétement abandonnées par les hommes.

Quelque latitude que le lecteur laisse à l'imagination du romancier, cependant il importe de se bien persuader que, dans la plupart des cas, cette imagination est grandement servie par les faits eux-mêmes.

Les documents que nous avons consultés pour reconstituer le drame dont les Loups de Paris furent les sinistres acteurs, décrivent minutieusement les souterrains qui, de temps immémorial, s'étendaient sous le vieil hôpital, et qui, passant sous le fleuve, reliaient l'Hôtel-Dieu aux Châtelets.

Mais pour qu'aucun doute ne subsiste, nous demandons la permission d'invoquer le témoignage d'un chercheur et d'un érudit, M. Louft, qui, dans son *Paris historique* (1874), a raconté en ces termes une visite faite par lui dans ce que nous appellerons les catacombes de l'Hôtel-Dieu.

Ces catacombes étaient ou plutôt sont situées au-dessous des cagnards dont nous avons parlé.

« Après avoir descendu à tâtons l'unique escalier qui n'ait pas été condamné, dit M. Louft, escalier noir, glissant, aux murailles mucilagineuses, on arrive sous des arcades qui furent, dans la pénombre, éclairées çà et là par les glauques lueurs de baies ouvertes à fleur d'eau.

» En pénétrant sous ces arceaux, où je n'avance qu'avec des précautions extrêmes, je suis tout surpris de les trouver tendus d'un bout à l'autre d'épaisses guipures qui pendent jusqu'à terre : on dirait des filets de pêcheurs qu'on a mis sécher là. Ce sont des toiles de millions d'araignées qui me barrent le chemin, et je suis réduit à me frayer avec ma canne une route à travers ces tapis de haute lisse.

» Je pénètre donc au milieu de voiles déchirés, de haillons flottants, qui bientôt s'accrochent à mes vêtements, m'enveloppent comme un suaire; je traîne après moi l'œuvre de plusieurs générations d'arachnides...

» Tandis que d'estoc et de taille, je me fraye un passage à travers ces innombrables résilles, des nuées de rats me passent par escadrons dans les jambes, bondissent et se précipitent les uns vers leurs terriers, les

autres vers les issues extérieures, d'où ils se précipitent
dans la rivière, car rats et rats d'eau vivent ici côte à côte ;
c'était un indescriptible sauve-qui-peut ! Mais une fois
l'émotion passée, la curiosité reprend le dessus chez
les troglodytes ; ils veulent voir l'intrus qui pénètre
dans leur domaine, une foule de museaux se pressent
à leur orifice, et, malgré la clarté douteuse, de tous les
terriers, trous et cachettes, je vois des milliers d'yeux
scintiller comme des escarboucles.

» Malgré les transformations qu'elles ont subies sous
Henri IV, et les modifications qu'on y a faites depuis,
les basses-œuvres de cet hôpital ont conservé un grand
caractère : ces galeries aux voûtes robustes, ces baies
percées à fleur d'eau et bardées de fer, rappellent les
prisons du château des Sept-Tours à Constantinople,
et la grande porte d'eau ressemble à l'embarcadère de
certains palais vénitiens du Grand-Canal.

» Cette porte, avec son arcade majuscule, ses énormes grilles et le large escalier qui descend jusque dans
le fleuve, a, du reste, servi bien souvent d'embarcadère,
mais d'embarcadère pour l'éternité.

» A certaines époques, quand le nombre des pen-
sionnaires de l'Hôtel-Dieu était si considérable qu'on
était obligé d'en mettre dix ou douze dans le même lit ;
quand malades, moribonds et morts étaient entassés
pêle-mêle sur la même couche ; lorsque enfin aller à
l'hôpital était synonyme d'aller à la mort, chaque nuit,
sur des barques, qui venaient à la sourdine s'amarrer
sous cette voûte, on chargeait les cadavres des malheureux décédés la veille, et la funèbre flottille allait
déposer son chargement au delà de Saint-Victor, à
proximité du bourg Saint-Marceau, où était le cime-
tière de Clamart...

» Des cryptes de la Cité, passons dans celles des bâtiments de l'autre rive.

» Ici, les basses-œuvres sont contemporaines des constructions qu'elles supportent ; elles sont donc beaucoup plus modernes que celles d'en face ; pourtant elles comptent deux cent vingt ans d'existence.

» Outre le caractère que leur donne cette antiquité déjà respectable, elles empruntent à leur destination une physionomie lugubre qui impressionne. C'est là qu'est relégué tout ce qui se rattache au service des morts. Que de myriades de cadavres ont passé là pendant ces deux siècles !...

» Les dessous se prolongent d'un bout à l'autre de l'édifice. Ces sous-sols, dont la plus grande partie reste sans emploi, forment plusieurs divisions s'ouvrant toutes sur une longue galerie munie de soupiraux. Ces ouvertures, percées sur la rue de la Bûcherie, devaient, dans le principe, beaucoup atténuer les ténèbres de ce passage ; mais le jour y est maintenant intercepté par des grilles et des treillis de fer ; on s'est vu forcé de prendre ces précautions, afin de couper court à un trafic clandestin qui se pratiquait jadis.

» C'est par là, en effet, que les bas employés de l'établissement passaient les dents et les cheveux dont ils dépouillaient les morts pour les vendre à des industriels : les dentistes d'autrefois et les perruquiers du quai des Morfondus venaient en marchandises, la nuit, dans la rue de la Bûcherie.

» Une porte bâtarde, percée sous le soubassement de l'édifice, du côté de la rue de la Bûcherie, est affectée à la sortie des morts. C'est là qu'à certaines heures les corbillards viennent attendre leur chargement.

» Jusque sous le règne de Louis-Philippe, les bâtiments que l'Hôtel-Dieu possède sur la rive gauche plongeaient à pic dans la rivière, et les souterrains avaient, comme ceux d'en face, des ouvertures sur le fleuve ; mais, en 1840, toutes ces constructions ayant été soumises à un recul pour laisser passer le quai de Montebello, les basses-œuvres en furent également rétrécies et par conséquent défigurées.

» Quand on sort de ces lieux funèbres, lorsqu'on se retrouve sur nos voies bruyantes, que l'air semble frais, que les caresses du soleil font plaisir ! »

Ainsi s'exprime un des écrivains les plus sérieux, les moins susceptibles d'entraînement imaginatif.

Si nous avons donné à cette citation une extension aussi importante, c'est que nous voulions apporter au lecteur cette conviction que la vérité est bien souvent au-dessus de ce que peut imaginer la fantaisie la plus libre.

Avant de le faire pénétrer dans les souterrains de l'Hôtel-Dieu, nous avons tenu à lui prouver que ce n'était pas là une création de toutes pièces, et nous nous sommes appuyé sur un témoignage impartial que les plus sceptiques ne sauraient récuser.

Mais la partie qu'il a été donné à l'archéologue de visiter ne comporte, il faut bien le reconnaître, qu'une portion très-restreinte de ces cryptes immenses qui se reliaient, aux temps passés, aux catacombes, aux souterrains de la tour de Nesle et aux anciennes oubliettes du vieux Louvre.

Depuis que le sous-sol de Paris a été fouillé dans tous les sens pour l'installation des eaux et du gaz, ces réduits mystérieux ont été comblés ; mais à l'époque où se passe notre drame, c'est à peine si on en soupçonnait l'existence.

Nous avons sous les yeux un plan qui fait partie du dossier des Loups de Paris, et qui prouve que derrière les cryptes visitées par M. Louft, s'étendaient de vastes souterrains, dont l'ouverture extérieure avait été murée.

C'est là que nous invitons le lecteur à nous suivre, et quelle que soit sa répugnance à pénétrer avec nous dans ces lieux de ténèbres et d'horreur, nous sommes convaincu qu'il n'hésitera plus en entendant la voix de deux anciennes connaissances :

— Aïe! faisait l'une.

— Sapristi! criait l'autre.

— Écoute, Goniglu, ça devient intolérable!... Voilà que les rats ont presque achevé de manger ma botte... et maintenant ils s'attaquent à mon pied...

— Ki! ki! ki! répondaient des voix qui n'avaient rien d'humain.

— Aïe! reprenait Goniglu.

— Sapristi! criait encore Muflier.

A vrai dire, la situation ne paraissait pas s'être améliorée. Le lieu où ils se trouvaient était plongé dans la plus profonde obscurité. Le sol détrempé formait une boue immonde, et c'était sur cette couche plus humide que toute la paille de tous les cachots réunis que les deux amis gisaient étendus.

Et l'on entendait des trottements sans nombre. Puis des ki! ki! qui étaient un signal d'attaque. En vain Goniglu et Muflier, dégagés de leurs liens, lançaient des coups de pied à droite et à gauche; en vain leurs talons écrasaient parfois un imprudent, les hordes innombrables se reformaient en phalange macédonienne.

Le ki! ki! devenait plus strident; c'était comme un appel de clairon. A l'assaut! et voilà qu'aux mollets,

aux genoux, aux cuisses, au torse, aux bras, aux
épaules, les rats, turcos enragés, grimpaient, agiles et
féroces.

La lutte prenait alors des proportions épiques. Muflier se secouait avec fureur; de ses mains crispées il
arrachait les bêtes aux dents aiguës, et ses vêtements se
déchiraient, ouvrant à leur voracité des échappées ra-
dieuses.

Goniglu se roulait à terre, écrasant les animaux
sous son poids, comme ces larges roues de fonte qui
servent aujourd'hui à aplanir les routes.

Puis tout à coup : ki! ki!... on sonnait la retraite.
Pourquoi? Quel stratégiste inconnu jetait dans l'air ce
signal nouveau? Mystère! Mais, sans hésiter, les assail-
lants, se reformant en colonnes, s'enfuyaient ou plutôt
se repliaient en bon ordre, selon l'immortelle expression du général Trochu.

Et voilà plusieurs jours que durait ce supplice!

Oh! que bien loin s'étaient envolées les joies de l'hôtel de Thomerville! Où étaient les chauds-froids de volaille et les suprêmes d'ananas? Où les Saint-Émilion
première et les Clos-Vougeot de 1847? Où les draps fins
et les meubles du bon atelier?... où le bonheur? où le
repos?

Maintenant hâves, grelottants, Muflier comme Goniglu, et Goniglu comme Muflier se comparaient *in petto*
à ces malheureux que la justice, ou plutôt l'injustice
féodale précipitait dans les *in pace*.

Goniglu avait été beau, disons le mot, sublime. Pas
une fois il n'avait reproché à Muflier les titillations
passionnées qui l'avaient arraché à sa couche et l'avaient
déterminé à courir la pretantaine.

Goniglu se révélait comme fataliste. Cela était parce que cela devait être.

Cela ! mais quoi ? voilà bien ce qu'il y avait de plus terrible.

Être torturé, écartelé, pendu, ce n'est pas toujours agréable. Mais ne pas savoir ce qui vous menace, sentir l'épée suspendue au-dessus de sa tête, et ignorer si c'est un espadon, un sabre, un cimeterre ou une dague ! Voilà qui est sinistre !

Or, en vain les deux amis avaient mis leur esprit à la torture. Certes le premier nom qui leur était venu à l'esprit était celui de Biscarre ; mais ils le connaissaient.

Le roi des Loups avait toutes les brutalités, toutes les violences. Il n'était pas homme à résister à sa colère. S'ils eussent été en son pouvoir, il se fût déjà présenté pour leur jeter leur crime à la face, il les aurait déjà tués !

Mais « qui ? qui ? » s'écriaient-ils, faisant concurrence aux rats.

Ce n'était pas qu'ils n'eussent tenté quelque chose pour obtenir des renseignements. Mais ce quelque chose était bien peu.

Chaque jour — le matin ou le soir — il leur eût été bien difficile de le dire, car, selon le mot du poëte,

C'est toujours la nuit dans le tombeau,

chaque jour, disons-nous, un certain bruit se faisait entendre : quelque chose s'ouvrait ; alors, dans l'ombre à laquelle leurs yeux s'habituaient comme les prunelles des félins, Muflier et Goniglu voyaient apparaître dans l'air une ligne noire qui se balançait.

C'était un bâton flexible au bout duquel était fiché un pain noir.

Provende de la journée.

Alors ils avaient crié, appelé, interrogé.

Un bâton ne vient pas tout seul. Il suppose une main, donc un bras, donc une tête, donc une bouche.

Mais la bouche restait muette à leurs supplications, et le bras se retirait. Et dans les ténèbres, collés l'un contre l'autre, désolants et désolés, les deux camarades se partageaient le pain du malheur.

Muflier avait des révoltes. Alors c'étaient des fureurs à ébranler les tours Notre-Dame. Mais les voûtes qui les enserraient étaient solides.

Pourtant ils ne voulaient pas mourir.

Ils se sentaient encore pleins de vitalité : ils étaient décidés à résister jusqu'au bout...

Quand viendrait ce bout ?

Pour toute distraction, ils avaient le combat des rats. A la fin, cela devenait monotone, d'autant plus que toutes les fois qu'ils s'assoupissaient, ces bêtes, lâches et sournoises, profitaient de leur impuissance pour grignoter leurs vêtements, assaisonnés d'un tantinet de chair fraîche.

A l'heure où nous retrouvons nos amis, le découragement commence à s'emparer d'eux. Leurs âmes blindées ont reçu des secousses trop vives. Ils ne se voient pas, mais ils se regardent, et leur conversation ne se compose que de soupirs entrecoupés d'interjections :

— Oh ! ma vie pour un verre de vieille ! murmure Muflier.

Richard III disait aussi :

— Mon royaume pour un cheval !

— Écoute... fait tout à coup Goniglu.

—On marche dans le mur...

— Les rats...

— Non, des hommes !...

—Pourtant on a apporté la ration...

— On approche !...

— C'est peut-être la fin...

— Bah ! ça vaut mieux...

—Serre-moi la main, Muflier.

— Embrasse-moi, Goniglu.

Et dans cette suprême étreinte, les deux amis rappellent Eudore et Cymodocée (voir les *Martyrs* de M. de Chateaubriand), prêts à marcher au cirque romain.

Cependant une lueur éclaire le souterrain...

Une large ouverture s'est faite dans la muraille, et six hommes ont paru.

Encore cette fois, ils ont le visage noirci.

—Allons ! haut ! et marchons droit, dit une voix rauque.

Muflier se dresse, Goniglu l'imite. Mais il ne peut atteindre à cette suprême dignité dont Muflier fait preuve en cambrant le torse et en rejetant la tête en arrière.

— Vos mains ! reprend la voix.

Ils tendent les poignets.

Alors on leur passe aux pouces ces petits instruments de précaution que les gendarmes tiennent en réserve pour les récalcitrants.

On tire un peu en avant. Ils marchent.

La scène a quelque chose de théâtral.

Ils passent au milieu d'une haie formée d'hommes qui tiennent des torches. Le problème se corse. Mais la solution doit être proche.

On avance assez vite, tantôt sur le sol glissant, tantôt sur des dalles où le pied a peine à tenir.

Puis, devant eux, une large porte s'ouvre...

La clarté de torches nombreuses les inonde et les aveugle.

Muflier et Goniglu font inconsciemment un pas en arrière. Mais le petit instrument ci-dessus désigné les rappelle à la soumission.

Un cri rauque s'échappe de leur poitrine.

Et Muflier prononce ces mots :

— N. d. D.! cette fois-ci, ça y est !...

Où sont-ils donc ?...

C'était une haute salle, dont le plafond se perdait dans l'ombre. Des arêtes de pierre couraient le long des voûtes, se réunissant à une clef pendante.

Cela tenait de l'église et du cloître.

Mais cela n'était pas le plus surprenant.

Au fond, était établi un tribunal élevé de trois pieds environ au-dessus de terre; à gauche, une chaise, à droite un banc enfermé d'une balustrade.

Devant le tribunal une table recouverte d'un drap noir.

Plus en avant, quelques bancs.

Enfin, derrière une nouvelle balustrade courant d'un côté à l'autre de la salle et la séparant à peu près en deux, une foule pressée, bavarde...

Ceci avait tout l'air d'une cour d'assises.

On avait poussé les deux amis vers le banc de droite, c'est-à-dire celui des accusés. Et, interloqués, stupéfaits, ils s'étaient laissés tomber.

Ceux qui les avaient conduits s'étaient placés derrière eux, et après les avoir délivrés de leurs entraves, avaient tiré d'une gaîne un long poignard qu'ils tenaient à la main, prêts à frapper, si les hommes eussent manifesté la moindre velléité de résistance, ce qui d'ailleurs était loin de leur pensée.

Le tribunal était vide, ainsi que la chaire qui en une cour régulière eût été destinée au procureur.

Au-dessus du tribunal, à la place où d'ordinaire est suspendu le christ en face duquel les serments sont prêtés, il y avait un appareil de forme bizarre, attaché à la muraille.

Depuis leur entrée, Muflier et Goniglu n'avaient pu détacher leurs yeux de ce simulacre bizarre qui, mal éclairé par la lueur des torches, présentait des ombres singulières.

Tout à coup ils frissonnèrent jusqu'au plus profond de leurs moelles. Ce qu'il y avait là, c'était la silhouette d'une guillotine, tracée en rouge éclatant sur la muraille noire, et surmontée d'une énorme tête de loup.

A ce moment une certaine agitation se manifesta dans la foule.

— La Cour, messieurs ! crie une voix.

Etait-ce une hallucination ?...

Voici que trois personnages prennent place au tribunal. Ils sont vêtus de longues robes noires, le visage noirci comme celui de tous les hommes qui sont là...

Mais ils portent au cou un ruban rouge, collé contre la chair, qui donne l'illusion de la trace laissée par un coup de hache, à supposer qu'après une exécution la tête ait été rapprochée du tronc.

Derrière eux entrent douze hommes qui se rangent sur un banc un peu plus élevé que leurs siéges.

Ils portent au cou le même insigne rouge, ainsi que celui qui est venu prendre place à la chaire de procureur.

Un murmure a parcouru les rangs de la foule, et quelques applaudissements, aussitôt réprimés, se sont fait entendre. Il est évident que c'étaient là des félicitations adressées aux personnages qui venaient de paraître.

Douze hommes ! cela ressemblait furieusement à des jurés. Outre la cravate rouge, ils portaient à l'épaule une sorte d'épaulette taillée dans une tête de loup.

Devant la table qui se trouvait au pied du tribunal, un homme, sorte de greffier, s'était assis.

Puis deux autres, debout, les épaules couvertes d'une pèlerine de peau de loup, remplissaient l'office d'huissiers.

— Silence ! messieurs ! fit l'un d'eux d'une voix glapissante.

Le silence se rétablit immédiatement.

Le président se leva :

— Greffier, dit-il, donnez lecture de l'acte d'accusation et de l'acte de renvoi.

Muflier et Goniglu étaient verts.

Ils commençaient à comprendre.

Ils se trouvaient devant le tribunal des Loups. Souvent au bagne, ils avaient entendu parler à voix basse de ce tribunal qu'on désignait sous le nom des Assises rouges.

Par une odieuse contrefaçon des lois régulières, ce tribunal était constitué selon les règles de la procédure normale. Un président assisté de deux juges dirigeait les débats. Ces siéges ne pouvaient être occupés, non plus que celui d'accusateur public, que par des condamnés à mort, contumaces ou évadés.

Parmi les premiers dignitaires de la bande étaient choisis douze jurés, statuant en secret et faisant connaître leur déclaration.

Il n'était pas admis de circonstances atténuantes.

Un code spécial réglait l'application des peines, qui

se résumaient en général par ce seul mot : La mort.

Cependant la mutilation, l'aveuglement et d'autres supplices étaient réservés à certains coupables. Les règles étaient fixes et immuables, et il n'existait pas de recours contre les décisions prises, qui étaient immédiatement exécutées.

Quant à la foule, elle se composait de Loups-maîtres, c'est-à-dire admis à un grade supérieur qui les initiait aux secrets de l'association.

Muflier et Goniglu ne faisaient partie, il faut le dire, que de la plèbe des Loups. C'étaient des affiliés, moins que cela, des instruments.

Ce tribunal effroyable tenait ses assises rouges dans les cryptes de l'Hôtel-Dieu, dans ces souterrains depuis longtemps murés et dont à Paris nul ne soupçonnait l'existence.

— Accusés Muflier et Goniglu, levez-vous, dit le président, et écoutez.

Ce président n'était pas Biscarre.

C'était une autre célébrité des bagnes qu'on appelait Pierre le Cruel.

Les deux hommes obéirent.

Le greffier commença sa lecture : c'était un document rédigé dans la forme judiciaire et dans lequel — détail des plus curieux — étaient visés les articles du Code d'instruction criminelle. A vrai dire, ce n'était pas une parodie de la procédure régulière. Ses agissements étaient suivis pas à pas, et eût-on fermé les yeux pour écouter qu'on se fût cru transporté dans une de ces audiences solennelles où la société se défend contre le crime.

Nous ne reproduisons pas cette pièce, qui, en somme,

ne reposait que sur des faits exacts et visait des détails
déjà connus des lecteurs.

Rien ne pouvait mieux prouver l'habileté de la police
que la direction supérieure des Loups de Paris avait à
sa disposition.

Tout était relaté : l'enlèvement des deux amis, leur
séjour à l'hôtel de Thomerville, leur trahison.

On comprend facilement quelle était la teneur de
l'accusation dirigée contre les deux Loups réfrac-
taires.

Ils avaient livré à des ennemis le secret de la retraite
de Biscarre. C'était grâce aux renseignements fournis
par eux que le chef des Loups avait failli être surpris,
sous le déguisement du vieux Blasias, dans la maison
du quai de Gesvres.

Du reste, l'interrogatoire des coupables rappelait
nettement les imputations dont ils étaient l'objet.

Muflier et Goniglu, stupides dans le sens latin du
mot, qui vient de *stupeo* et signifie au propre complètement abruti, avaient écouté, sans hasarder un seul mot
d'interruption, ce factum accablant.

Hélas ! où était cette belle assurance dont le plus
beau des Mufliers présents, passés et futurs prétendait
ne jamais se départir ? Ses moustaches, se conformant
à sa triste pensée, pendaient languissantes au coin de
ses lèvres décolorées.

Le président prit la parole.

— Accusé Muflier, reconnaissez-vous l'exactitude des
faits relatés dans l'acte d'accusation ?

Muflier fit un effort surhumain et parvint à décoller
sa langue, qui, avec un entêtement diabolique, se
cramponnait à son palais.

— Y a une nuance, fit-il, y a une nuance.

— Expliquez-vous. La défense est libre et vous avez le droit de dire tout ce que vous pensez nécessaire à votre justification.

Il y eut un silence. Muflier cherchait et, dans son cerveau fertile, rien ne germait.

Le président, toujours calme, reprit :

— Je vais vous interroger sur les détails. Est-il vrai que vous soyez tombés au pouvoir des deux saltimbanques connus sous le nom de Droite et Gauche ?

— Ça, c'est vrai !... glapit Goniglu. Même que nous avons reçu une de ces piles...

Muflier l'interrompit d'un geste.

Le vieux Romain reparaissait, la dignité reprenait son empire.

— Voyons, dit-il, c'est pas tout ça, faut causer. On est des Loups, on n'est pas des tigres. Qu'est-ce que vous nous reprochez ? D'avoir mangé le morceau pour le Bisco, pas vrai ?

— Vous avez tenté de livrer le chef des Loups à la justice ?

Muflier donna un grand coup de poing sur la barre du tribunal.

— Pas vrai !... Il n'est pas question de *rousse* là dedans ! J'ai causé, bien ! c'est entendu... mais avec qui ?... avec la *raille ?* avec des *mouches ?* Je répète, pas vrai !... J'ai jaspiné avec un gentilhomme de nos amis, un brave gars qui nous a hébergés, nourris, dorlotés comme des poupards... Il voulait savoir où était le Bisco, cet homme ! Pourquoi donc ne le lui aurais-je pas dit ?... Un homme en vaut un autre... Voilà !

Un murmure violent s'éleva dans l'auditoire.

Le président se leva.

— Je rappellerai que toute marque d'approbation ou

d'improbation est interdite. Nous ne sommes pas ici à la cour d'assises... Je regretterais de me voir contraint de faire évacuer la salle...

Impossible de rendre le ton d'autorité avec lequel étaient débitées ces observations.

Le silence se rétablit comme par enchantement.

Le président se tourna vers les accusés.

— Goniglu, acceptez-vous les explications données par l'accusé Muflier ?...

— Tiens ! c'te bêtise ! s'écria Goniglu. Il dit la vérité, pourquoi donc que je dirais le contraire ?...

— Messieurs les jurés apprécieront, reprit Pierre le Cruel. Je continue l'interrogatoire. Quelle excuse avez-vous à faire valoir pour expliquer le mobile qui vous poussait à livrer le chef des Loups à ses ennemis ?

— Oh ! ça, je vais vous le dire, s'écria Muflier. Vous savez, moi, franc comme l'or ! il y a longtemps que j'en avais assez du Bisco !... et pas moi seulement, mais tous les camarades... demandez à Maloigne, à Truard, à Bobet, à Douze-Francs ; ils vous diront comme moi : Il n'était plus tolérable, ce matou-là !

Goniglu, qui buvait les paroles de Muflier, eut un élan soudain.

— Il a raison ! s'écria-t-il. Nous voulions nous débarrasser du Bisco. Ça ne touche pas aux Loups, ça. Est-ce que nous avons trahi les camarades ? Non ! lui, lui seul !

— Et d'où vous venait cette haine pour Biscarre ?

— Il ne nous fichait rien à faire... il nous laissait nous rouiller ! Vrai ! on marchait sur ses tiges... l'homme est fait pour travailler, pas vrai ? Eh bien ! rien de rien ! pas une pauvre petite effraction à se mettre sous la dent... Si on se permettait une *cambriolade* ou un *poivrier*, monsieur miaulait... eh bien ! alors, il fallait nous occuper !...

Goniglu parlait trop. Muflier estima que sa réputation d'orateur était compromise.

— Goniglu, tais-toi, fit-il en arrondissant un geste à la Frédérick. Tu fatigues ces messieurs...

Il fit un profond salut au président.

— Messieurs les juges, dit-il, certes, si moi et mon honorable ami Goniglu, nous nous sentions coupables, je serais le premier à vous demander de me fournir des cendres pour m'en couvrir la tête... mais je déclare ici, devant...

Il hésita. Il allait dire : Devant Dieu et devant les hommes, quand ses regards tombèrent sur le sinistre emblème suspendu au-dessus du tribunal.

— Devant... ce qu'il y a là, continua-t-il, je jure que s'il y a un coupable en tout ça, c'est Biscarre. Vous l'appelez le chef des Loups ! mais un chef, ça commande, ça dirige ! ça s'occupe de ses soldats ! Ça ne passe pas son temps à manigancer un tas de tripotages dans le grand monde, que le diable n'y verrait goutte.

Il se redressa de toute la hauteur de sa taille.

— Et moi, accusé, et Goniglu, ici présent, nous accusons Biscarre d'avoir trahi les Loups, d'avoir manqué aux devoirs que lui imposait son titre de chef ! Voilà !... J'aurais voulu lui tordre le cou, j'ai pas pu, puisque j'étais au clou chez le marquis, j'ai voulu le faire par procuration, et il n'y a pas un Loup, un vrai Loup, un bon des bons, un *rupin* qui n'en aurait fait autant.

Muflier était superbe. Ses moustaches s'étaient fièrement redressées. Il y avait en lui du Mirabeau et du Danton.

Un frémissement courut dans la salle.

Le président se pencha vers les deux juges, et quelques mots furent échangés à voix basse.

Goniglu, absolument *épaté*, considérait Muflier avec une admiration non dissimulée. Il est vrai que le coup était hardi.

— Muflier, dit le président, vos explications, si étranges qu'elles puissent paraître, se rattachent à un ordre de faits tout spécial. Nous croyons devoir surseoir à votre interrogatoire. Nous le reprendrons tout à l'heure. Restez à votre banc, et ne vous mêlez en aucune façon aux débats qui vont avoir lieu. A ce prix, vous vous concilierez la bienveillance du tribunal et de MM. les jurés...

— Alors, je ne peux pas encore m'en aller? demanda Muflier, qui avait son idée fixe.

— Si vous prononcez une seule parole, reprit le président, je me verrai dans la nécessité de vous faire reconduire en prison...

Muflier entendit bruire à ses oreilles le ki! ki! des rats, et une sueur froide le glaça tout entier.

Il retomba sur son banc, inerte et silencieux.

Goniglu l'imita.

— Qu'on introduise Diouloufait, dit le président.

Il se fit un mouvement.

Évidemment, l'interrogatoire de Muflier et de Goniglu n'était que le préambule de la grave affaire qui avait motivé la réunion des assises des Loups.

Les deux amis constituaient à peine un lever de rideau.

Les rangs de la foule s'écartèrent...

Et au fond de la salle on vit apparaître Diouloufait, debout.

Deux hommes le tenaient aux épaules.

Était-ce bien Diouloufait? En vérité, on en eût douté.

C'était bien l'homme qui avait passé par la tombe. Le sépulcre lui avait imprimé au front un stigmate indélébile. Un grand cadavre! pas d'autres mots n'auraient pu caractériser cette pâleur qui, sur ce large visage, s'étendait en masque sinistre.

Il marchait — ce colosse — sans conscience de lui-même, allant où on le poussait. Pour ces natures brutales, le mystère est une sorte d'assommoir. On eût dit qu'il avait reçu sur le crâne un coup terrible.

Il ressemblait à ces hémiplégiques qui — selon le mot de Monselet — ont oublié leurs membres dans leur lit.

Il se traînait plutôt qu'il n'avançait.

On le poussait doucement. Sa tête énorme vacillait sur ses épaules. Ses yeux à demi fermés semblaient ne rien voir...

Muflier et Goniglu le regardaient.

— Dis donc, vieux, murmura Goniglu, pourquoi donc qu'on amène celui-là?

— Dame, je n'en sais rien. Peut-être qu'il va manger sur notre compte?

— Casser du sucre, lui! pas vrai! c'est un brave!

— Brave ou non! il croit au Bisco, et il nous démolira pour lui...

— Mais le Bisco est mort!

— Eh! va donc! mort, comme toi-z-et moi! proféra Muflier, qui s'oublia jusqu'à faire un cuir.

Le président était debout, attendant que Dioulou fût parvenu jusqu'au tribunal.

Un silence profond s'était établi.

Tous connaissaient Diouloufait.

Dans l'auditoire, il en était plus d'un que le géant avait sauvé au péril de sa vie...

Car il est temps de faire connaître au lecteur la vérité sur Dioulou.

Oui, c'était un criminel, c'était le complice de Biscarre, c'était un Loup, c'est-à-dire un affilié de cette bande terrible qui mettait la police aux abois...

Oui, Diouloufait avait volé, il avait tué...

Mais...

Ce *mais!* constitue une des étrangetés les plus singulières de ce monde de bandits. Il faut que nous l'expliquions.

Jamais, jamais Diouloufait n'avait volé pour lui. Quand il faisait partie d'une expédition, quand lui passaient par les mains les produits de la rapine, Dioulou trouvait toujours le moyen — au moment du partage — d'être sorti.

Nous connaissons dans le monde parisien ce procédé, qui consiste à prétexter une affaire importante à l'instant de régler une addition. Nous appelons cela... s'absenter... à l'anglaise...

Dioulou obéissait aux ordres du maître, Dioulou faisait le guet, la courte échelle, il enfonçait les portes, escaladait les murs, prêtait à tous l'appui de sa force énorme et de son courage à toute épreuve. En cas de résistance imprévue, il luttait, ne reculait devant aucune extrémité pour le salut de tous...

Mais à peine l'œuvre criminelle était-elle accomplie, à peine tout danger avait-il disparu, que Dioulou se séparait brusquement de la bande, ne se souciant ni des remercîments pour les services rendus, ni de la part qui devait lui revenir, conformément aux règles de l'association.

Cet homme, dont les hasards de la vie avaient fait un bandit, avait le sens intime, le désir continuel du repos et de la placidité. Il n'avait été véritablement heureux qu'au cabaret de l'*Ours vert*. Sauf les rares visites des Loups, il vivait là, en somme, comme le premier débitant venu, et il pouvait se faire parfois cette illusion, qu'il appartenait comme tout le monde à la vie normale.

Certes, dira-t-on, il aurait pu s'amender, rentrer dans la voie droite. S'il était vrai qu'il éprouvât le dégoût de sa vie nomade et périlleuse, Dioulou considérait comme un point d'honneur — singulier, mais réel — de ne pas abandonner ceux auxquels il avait donné de longue date sa parole, et surtout Biscarre, pour lequel, nous l'avons dit, il avait une affection brutale, irraisonnée.

Dioulou était un paria : paria il avait vécu, paria il devait mourir. Le monde était trop loin de lui. Loup, il vivait sur la lisière de la société, happant ce qui passait à sa portée, et parfois, sur un ordre donné, s'élançant à travers les hommes, comme ces fauves qui, chassés par la neige, se ruent sur les villages épouvantés. Il n'avait pas d'autre notion : si certaines hésitations troublaient son âme, elles n'avaient point pour mobile le sentiment du droit ou du devoir. C'était comme un instinct : on eût dit qu'il avait, dans une existence antérieure, connu les satisfactions de la conscience pure, et de temps à autre, à travers lui, passaient comme des ressouvenirs.

Non vicieux, et pourtant rivé au vice; non criminel, mais coupable; non avide, mais voleur, tel était Dioulou...

Il allait devant lui, à la façon des bêtes aveuglées qui suivent la main qui les entraîne et qui cependant ont un frémissement subit à l'approche du danger, et cela sans le voir...

Et maintenant, il lui semblait qu'il marchait dans un rêve épouvantable. La nuit du tombeau pesait encore sur lui. Il avait au cerveau cette ivresse qui est la mort.

L'ébranlement subi par son organisme était tel, qu'il n'avait pas encore repris possession de lui-même.

Que s'était-il passé? Il était dans l'état d'un homme qui a passé de longues heures dans la tombe, et qui tout à coup se trouve inondé de la lumière du soleil.

Il y avait éblouissement de l'intelligence et des sens.

Quand il cherchait dans sa mémoire, il revoyait la salle de l'Hôtel-Dieu, avec ses murs jaunes, avec le lit aux draps blancs, avec les infirmiers glissant comme des ombres.

Puis une étrange sensation : il éprouvait à la tête d'intolérables douleurs. Son sang se glaçait, un tressaut général. Plus rien. Bourdonnement, tourbillon, immobilité, silence...

Et quand il s'était réveillé, tout autour l'obscurité, les ténèbres opaques.

On l'avait saisi. Quelques mots avaient été prononcés qu'il n'avait pas compris. On l'avait poussé en avant.

Voilà. Maintenant, il se trouvait dans la grande salle que nous avons décrite et qu'éclairaient lugubrement les torches vacillantes.

Devant lui, le tribunal.

Des mains à ses épaules, des liens à ses bras.

Où était-il? Stupide, il regardait et ne voyait pas.

On le poussa encore, et il se trouva seul, au centre du demi-cercle que formaient le tribunal, le banc des assises et la chaire de l'accusateur. Il chancela et pressa ses mains sur son front. C'était l'affaissement de l'être tout entier.

Tout à coup, il entendit une voix qui venait jusqu'à lui, comme si on lui eût parlé à travers une épaisse muraille. Et pourtant, deux mètres à peine le séparaient du juge.

— Diouloufait, disait la voix, êtes-vous prêt à répondre aux questions qui vous seront adressées?

Il leva la tête. Il vit les hommes sinistres au visage noirci, à la cravate rouge simulant une ligne de sang...

Et tout entier il frissonna.

En même temps, la raison, la pensée lui revinrent, et il s'écria :

— Qui êtes-vous? Et pourquoi m'a-t-on conduit ici?

Sa première sensation était la terreur.

— Diouloufait, reprit le président, souvenez-vous du serment que vous avez prêté !

Il se tut.

— Ce serment, je vais vous le rappeler.

Le président ouvrit un registre qui se trouvait à portée de sa main, et lut à haute voix :

« Moi, Bartholomé Diouloufait, évadé du bagne de Toulon, je m'engage à obéir en toutes circonstances aux lois qui régissent l'association des Loups de Paris, offrant ma vie en garantie de ma parole. »

— Diouloufait, dit encore Pierre le Cruel, as-tu prêté ce serment?

Dioulou, les yeux fixes, répondit :

— Oui, j'ai prêté ce serment...

— Donc, tu es Loup ! donc, tu dois obéir aux règles de l'association... Mais as-tu oublié les articles de notre Code rouge?

— Oublié... oui, je ne sais pas...

Le malheureux balbutiait.

— Je vais te les rappeler, dit le président. L'article 7 dit : Le Loup doit à l'association franchise absolue : il lui est enjoint de livrer sans hésitation tout renseignement qui lui est demandé, alors même que les informations réclamées de lui compromettraient un parent, fût-ce son père ou sa mère, un ami, si intime qu'il lui fût, dût enfin sa vie propre être mise en péril par ses aveux... Diouloufait, quand tu as prêté serment, le maître t'a-t-il donné lecture de cet article?...

— Oui ! oui ! je me souviens !... j'ai juré...

Dioulou semblait faire des efforts surhumains pour reprendre possession de ses facultés.

Maintenant il savait où il se trouvait.

Il connaissait ce tribunal sinistre, parodie sanglante de la justice humaine. Il se souvenait d'exécutions mystérieuses qui avaient suivi ses arrêts.

Devant cette Sainte-Vehme du crime, Dioulou reprenait peu à peu toute son énergie.

Comment était-il tombé entre les mains des Loups? Il l'ignorait encore. Mais que lui importait? Ne savait-il pas que la terrible association des forçats et des bandits possédait, pour arriver à un but fixé d'avance, des moyens qui le plus souvent déjouaient toutes les précautions prises par ceux qui auraient tenté de lui échapper?

On l'a déjà compris : l'homme qui s'était présenté à

l'Hôtel-Dieu sous le nom de James Wolf n'était autre qu'un des plus habiles affiliés des Loups. C'était celui qui maintenant siégeait au fauteuil présidentiel.

Pendant les courts instants qu'il avait passés auprès du lit de Dioulou, et sous prétexte d'examiner la conformation de son crâne, il l'avait soumis à une intoxication rapide dont le résultat avait été une léthargie semblable à la mort.

Les Loups savaient que le corps serait transporté au cagnard d'autopsie, et cette salle communiquait, par un puits secret, avec les souterrains qui leur servaient de repaire.

On sait le reste.

— Diouloufait, il te sera adressé tout à l'heure des questions auxquelles tu devras répondre en toute franchise... Tu vas d'ailleurs connaître les motifs qui nous obligent à recourir à toi... Écoute avec attention, et ta vie répondra de ta franchise.

Dioulou se tenait debout, les bras croisés, la tête haute.

Le colosse, émacié, le visage pâle, était presque beau maintenant. Il y avait dans son œil comme un rayonnement.

Celui qui occupait le poste de procureur parlait.

Dioulou écouta.

Voici quelle était la teneur du factum dont il était donné lecture :

« Dans sa séance en date du... le conseil suprême des Loups a confirmé à Biscarre, dit Le Bisco, le titre de roi des Loups que lui avaient donné ses compagnons de chaîne... Sur le poignard et l'instrument de mort, Biscarre a juré d'obéir aux règles de l'association, et d'incliner le pouvoir suprême dont il était revêtu devant les principes immuables qui président à l'existence même de notre société.

» Entre autres articles du Code rouge, il en est dont l'importance est exceptionnelle et dont il est utile de rappeler le texte.

» Art. 27. — Le roi des Loups, dépositaire des secrets de l'association, s'engage à ne point user de ces secrets dans un but d'intérêt personnel.

» Art. 28. — Le roi des Loups, dépositaire des fonds de l'association, s'engage à ne point user de ces fonds dans un but d'intérêt personnel.

» Art. 40. — Au moment où le roi des Loups accepte le titre qui lui est décerné, il fait abandon à l'association de tous ses biens ou possessions, de quelque nature qu'ils soient, s'engageant à n'en pas revendiquer la partie la plus minime.

» Art. 41. — Toute fausse déclaration relative aux biens qu'il possède est punie de la déposition et de la mort.

» Art. 42. — Le roi des Loups s'engage à faire connaître au conseil suprême, dans les quinze jours qui précèdent l'exécution d'un plan conçu par lui, nécessitant le concours de plus de vingt des associés, les moyens d'action dont il dispose et le but qu'il se propose. Le conseil suprême autorise, s'il y a lieu, l'expédition proposée.

» Art. 50. — Il est interdit au roi des Loups, sous les peines les plus sévères, de changer de domicile et de disparaître pendant un délai de plus de deux semaines; sans donner avis au conseil suprême du lieu de sa résidence.

» Art. 51. — Le conseil suprême assigne le roi des Loups à paraître devant lui, par avis secret inséré dans les journaux choisis d'avance et d'un commun accord.

» Art. 52. — En cas de non-comparution, et après trois avis successifs, le roi des Loups est recherché par les moyens dont dispose le conseil suprême, qui peut, s'il le juge convenable, le frapper de mort au lieu même où il sera trouvé. »

Le forçat qui faisait l'office de procureur avait lu ces divers articles d'une voix nette et sonore.

Diouloufait, insensible en apparence à ce qui se passait autour de lui, attendait qu'il continuât.

Après un silence, l'homme reprit :

« Or, nous, chargé d'une enquête à la suite de dénonciations visant Biscarre, le roi des Loups, nous avons constaté les faits suivants :

» 1° Biscarre a fait usage, dans un but d'intérêt personnel, des secrets qui lui ont été révélés, comme roi des Loups et chef de l'association ;

» 2° Biscarre, dépositaire de la caisse sociale, a fait usage, dans un but d'intérêt personnel, des sommes à lui confiées et les a dilapidées sans bénéfice aucun pour l'association ;

» 3° Négligeant les affaires de la Société, laissant sans emploi les forces vives qu'elle possède, Biscarre a employé l'influence dont il dispose pour poursuivre des plans qui lui appartiennent en propre et qui ne conviennent pas à l'intérêt général ;

» 4° Biscarre, après avoir déclaré à plusieurs reprises qu'il préparait les éléments d'une opération considérable et avoir réclamé le concours d'associés au nombre de plus de vingt, a gardé ses projets cachés, et n'en a point fait part au conseil suprême, ainsi qu'il s'y était engagé ;

» 5° Biscarre, surpris par des poursuites que son imprudence lui avait attirées, a disparu depuis plus de trois semaines sans faire connaître sa résidence actuelle ;

» 6° Assignation à comparaître a été adressée à Biscarre par le conseil suprême dans les formes convenues. Trois fois avis lui a été laissé d'avoir à se présenter devant le conseil, et par lui aucune réponse n'a été faite ;

» En conséquence, nous, membre du conseil suprême, nous déclarons Biscarre coupable d'avoir contrevenu aux lois qui régissent l'association des Loups de Paris ;

» Disons que tous moyens seront employés pour découvrir le lieu où il se dérobe aux recherches ;

» Disons, en outre, que les Assises rouges seront appelées à statuer sur les faits, à recueillir tous témoignages de nature à faire connaître la vérité, et finalement à prononcer contre Biscarre les peines qu'il a encourues.

» Fait à Paris, en la cité des Loups, le... 184... »

Le procureur salua le tribunal et s'assit.

Diouloufait était toujours immobile.

Le président prit la parole.

— Diouloufait, dit-il, vous avez entendu. Le tribunal est requis de recueillir, par tous les moyens possibles, les renseignements qui paraîtront nécessaires à son édification. Êtes-vous prêt à répondre aux questions qui vous seront adressées ?

— J'attends, dit le colosse. Interrogez-moi !

— Diouloufait, vous êtes le compagnon inséparable de Biscarre, et votre intimité vous donne droit à toute sa confiance. Mais au-dessus de l'amitié qui vous unit à lui, il y a les lois de l'association qui garantissent la sécurité de tous et de chacun. Donc, votre devoir n'est pas douteux : nous vous ordonnons de répondre en toute franchise. Où se trouve Biscarre ?

— Je n'en sais rien, dit nettement Diouloufait.

— Attendez !... peut-être regretterez-vous tout à l'heure de vous être laissé entraîner dans la voie des mensonges. Il faut d'abord que vous sachiez tout. Nous n'ignorons pas que lors de votre comparution devant le juge d'instruction, vous avez affirmé tout d'abord que Biscarre était mort. C'était votre devoir, et nous ne pouvons vous blâmer d'avoir refusé toute dénonciation. Mais ici ce système ne saurait prévaloir. Mentir à la justice est utile ; ici, vous devez déclarer la vérité. Or, vous savez si bien que Biscarre est vivant, que vous n'ignorez pas les circonstances de la mort de la Brûleuse, tuée par le roi des Loups. Je répète donc ma question et je vous demande où se trouve Biscarre.

— Au juge d'instruction, dit Diouloufait d'une voix lente, je devais mentir et j'ai menti. A vous je dirai la vérité...

Un murmure de curiosité parcourut la foule.

— Je sais où est Biscarre, reprit Diouloufait, mais je refuse de la façon la plus formelle de vous révéler ce que je sais...

Devant cette déclaration si nette, si audacieuse, les membres du tribunal s'étaient levés. En vérité, c'était chose presque incroyable qu'on osât les braver, eux qui n'avaient qu'un mot à dire pour que Diouloufait tombât sous les coups des affiliés...

— Ceci vous étonne, dit encore Diouloufait, et déjà vous vous demandez quelles tortures vous pourriez

m'infliger pour me contraindre à parler. Mais, sachez-le
bien, j'ai donné ma parole à Biscarre... et cette parole,
je la tiendrai, nulle force humaine ne me contraindra
à parler... Ne comprenez-vous pas que si j'ai pu résister à cette horrible torture de savoir que Biscarre
avait tué la pauvre créature que j'aimais, je serai
plus fort encore devant vos menaces ou vos mauvais
traitements? Biscarre est votre roi, à vous, mais, pour
moi, il est plus encore, c'est un maître que j'aime malgré tout, malgré le mal qu'il m'a fait. Seul de tous, je le
connais, je sais tout ce qu'il a souffert, tout ce qu'il
souffre encore. Il a eu foi en moi, et je ne tromperai
pas sa confiance. Maintenant, faites de moi ce que vous
voudrez.

Un grondement menaçant sortit de toutes les poitrines.

— Vous avez compris, reprit le président, ce que
signifient ces mots inscrits dans nos statuts : Obtenir
par tous moyens les renseignements qui nous sont
nécessaires...

— Je sais que ma vie vous appartient... parbleu !
prenez-la... je vous la donne.

Et Dioulou avait aux lèvres un singulier sourire de
résignation...

Les juges se consultèrent.

Puis le président étendit la main :

— Au nom de la sécurité de tous, compromise par
les agissements de Biscarre, roi des Loups, nous dé-
cidons que Dioulou fait, traître au serment qu'il a
prêté, sera contraint par la force de livrer au tribunal
le secret qu'il refuse de faire connaître volontairement.

Un long silence suivit cet arrêt.

Muflier et Goniglu se poussaient du coude : ils étaient

livides. Peut-être cette première exécution n'était-elle qu'un prélude... De fait, ils avaient peur.

Tout, dans cette sinistre procédure, leur rappelait la terrible responsabilité qu'ils avaient encourue. Si Diouloufait était menacé de mort pour refuser de livrer un secret, quel ne serait pas leur châtiment, à eux qui avaient trahi !

Cependant le président avait fait un signe. Et deux hommes étaient venus se placer aux côtés de Diouloufait.

Il regardait devant lui, les yeux fixes, sans prononcer une parole.

Une porte latérale s'ouvrit, et deux autres hommes parurent. Ils supportaient une sorte de *brasero* rempli de charbons incandescents.

Un frémissement de curiosité sauvage courut dans la foule des maudits. Les Loups sentaient qu'un homme allait souffrir, et leurs instincts de fauves se réveillaient.

Le brasero fut déposé aux pieds de Diouloufait.

Le colosse ne tressaillit pas.

— Diouloufait, reprit le président, il est encore temps, parle ! Révèle où se trouve Biscarre !

— Non.

— Agissez donc.

D'un mouvement violent, les deux Loups qui se trouvaient aux côtés du malheureux le renversèrent en arrière.

— Je ne résiste pas, dit-il.

Une sorte de lit de camp, fait de chêne, avait été placé derrière lui.

Sa tête était appuyée au sommet, sur un rouleau de

bois, tandis qu'un cercle de fer, mobile, le saisissait au cou, à la façon du garrot espagnol.

Une autre chaîne l'attachait aux flancs, des bracelets retenaient ses bras. Ainsi il était dans l'impossibilité de faire un seul mouvement.

Tout son sang affluait à sa tête. Ses veines se gonflaient à éclater. Malgré son impassibilité apparente, il y avait en lui cette angoisse physique qui convulse le corps à l'approche de la douleur.

Ses jambes dépassaient le lit de camp, et pendaient. Mais il eût été impossible de les relever, retenues qu'elles étaient par un appareil de forme bizarre qui clouait ses genoux à l'angle du bois.

Chose horrible ! on voyait sur cette partie du lit de torture des trous noirs. Déjà le feu avait rongé le bois. Déjà cet infâme instrument avait enserré plus d'un supplicié dans ses tenailles de fer.

Le brasier fut placé sous ses jambes, qu'on avait mises à nu jusqu'aux cuisses.

Il était monté sur une sorte de trépied, formé de deux parties dont l'une, supérieure, était mise en mouvement par une crémaillère dont l'un des tortionnaires tenait la poignée, de telle sorte que le brasier pût à volonté être rapproché ou éloigné des pieds du patient.

Sur les charbons rouges, couraient de petites langues bleuâtres.

En ce moment, le réchaud se trouvait environ à dix pouces de Diouloufait.

Il avait fermé les yeux : on voyait sous les bracelets ses poings qui se crispaient, comme s'il eût cherché un point d'appui contre la souffrance attendue.

— Diouloufait, au nom de ton serment, veux-tu parler ?

Il ne répondit pas.

Le président leva le bras.

Alors on entendit un craquement. C'était l'engrenage de la crémaillère qui agissait.

Lentement le brasier montait.

Les pieds du malheureux s'éclairèrent d'un reflet ardent : déjà la chaleur devait être intolérable. Mais dans cet organisme contracté, replié sur lui-même en quelque sorte, il n'y eut pas un frémissement.

Le brasier monta encore.

Encore une fois, le président réitéra sa question.

Cette fois, d'une voix tonnante qui semblait sortir d'un sépulcre, Dioulou cria :

— Non ! cent fois non !...

Et les aigrettes de feu léchèrent la chair.

La crémaillère craqua.

Cette fois, les pieds étaient posés à plat sur les charbons.

Il y eut un grillement odieux... une odeur de chair brûlée se répandit dans la salle.

Les traits du supplicié se tordaient. Les yeux roulaient dans leurs orbites. Une sorte de grondement, semblable au souffle puissant qu'on entend aux forges, râlait dans sa poitrine.

Et pourtant il ne criait pas.

Tout à coup, du fond de la salle, un homme bondit jusqu'au tribunal. D'un seul effort, si rapide, si vigoureux, que c'était à douter qu'un être humain pût opérer un pareil prodige, il se jeta vers le lit de torture, et de ses mains, saisissant le carcan de fer qui enserrait les genoux du supplicié, il le brisa comme s'il eût été de verre, tandis que d'un coup de pied il renversait le brasier, dont les charbons roulaient sur le sol détrempé.

— Misérables ! hurla-t-il.

Et tous se dressèrent : les juges sur leurs siéges, le procureur dans sa chaire, Muflier et Goniglu sur leur banc.

Dans la foule un cri roula, dans un tressaillement de terreur :

— Biscarre ! le roi des Loups !

C'était lui, c'était le maître.

Et lui, sans se préoccuper de ce cri, brisait de ses doigts crispés les chaînes et les tenons de fer ; puis, saisissant Dioulou dans ses bras, comme il eût fait d'un enfant, il l'étendit sur le sol, lui soutenant la tête dans ses deux mains.

Dioulou le regardait. Ah ! je vous jure qu'il ne souffrait plus et qu'il se souciait bien peu de ses pieds tuméfiés et déjà rongés par la flamme.

Biscarre lui prit les épaules et l'embrassa... puis, reposant sa tête sur un des blocs de bois, il se redressa, et fièrement, le front haut, il regarda autour de lui.

Tous se taisaient. On admirait déjà la force surhumaine, on était épouvanté de cette audace.

Puis, Biscarre offrait un aspect si étrange !...

Biscarre portait le costume des galériens, la casaque de laine rouge, le pantalon de laine jaune, les souliers à caboches... au front le bonnet vert...

Il arracha son bonnet d'un geste violent et le lança sur la terre. On vit alors sa tête rasée...

Il était à l'ordonnance du bagne...

Son visage, aux traits accentués, était livide de colère ; et de ses yeux, profondément enfoncés dans leurs orbites, s'échappaient des lueurs fauves...

— Misérables ! répéta-t-il encore.

Il alla droit au président :

— Toi, Pierre le Cruel, dit-il brusquement, descends de ce siége où tu n'avais pas le droit de monter... car ici il n'y a pas d'autre coupable que toi...

— Mensonge ! répondit le forçat qui s'efforçait de conserver son assurance.

— Ah ! tu veux que je parle, tortionnaire !... lâche bourreau !... eh bien !... écoutez-moi tous !... Cet homme a dit m'avoir adressé l'avis convenu entre nous... il a menti ! Cet homme a dit que mon absence et ma disparition avaient dépassé les limites fixées par nos statuts !... il a menti !... Cet homme a dit que je négligeais les intérêts de l'association pour ne me préoccuper que de mes intérêts personnels... il a menti !...

Pierre le Cruel balbutiait : il essayait de se défendre.

Biscarre était devant lui, fier, implacable :

— Ose donc, devant moi, prétendre que tu m'as adressé le signe convenu !...

— Je l'ai fait...

— Prouve-le !... Ici nous ne nous payons pas de mots...

Le président se courba sur les papiers qui encombraient son bureau, feignant sans doute d'y chercher une pièce absente.

— Eh bien !... cette preuve ? répéta Biscarre.

L'autre, pâle, le front inondé d'une sueur froide, se laissa tomber sur son siége.

Biscarre monta jusqu'au tribunal, et de sa main vigoureuse il saisit l'homme par sa cravate rouge, et, le soulevant, le poussa sur les gradins...

Un cri de rage s'échappa de sa poitrine... il chancela comme un homme ivre.

— Et vous, continua Biscarre, en s'adressant aux

juges, vous qui vous targuez de ce titre de membres du conseil suprême, vous êtes ses complices et vous avez menti comme lui !... Ah ! mes maîtres ! vous étiez bien courageux tout à l'heure pour torturer ce malheureux, coupable d'avoir tenu la parole donnée, et qui, au milieu de nous tous, bandits et criminels, a, seul peut-être, droit au titre d'honnête homme !... Le moyen était habile, et votre victoire était sûre... son obstination même à se taire était une arme contre moi... vous étiez certains de la victoire. Le roi des Loups était condamné !... Vous lanciez quelque assassin qui l'eût surpris lâchement et qui, vous n'en doutez pas, aurait eu aisément raison de lui... Biscarre mort, un autre prenait sa place, et cet autre, c'était celui-là qui avait dirigé toute cette grotesque intrigue... Pierre le Cruel !...

Il éclata de rire.

— Voyez-vous cet homme... votre roi ! Regardez-le donc ! voyez cette physionomie blafarde sous le charbon qui lui noircit le visage !...

Pierre eut un mouvement de rage ; il voulut s'élancer sur Biscarre. Mais soudain, vingt bras le saisirent. Biscarre, par sa soudaine apparition, par son audacieuse défense, avait déjà recouvré toutes les sympathies de ces misérables...

Il reprit la parole :

— Il ne nous appartient pas de faire justice de ce coupable... C'est au jury à décider, à ce jury qu'il a convoqué lui-même... Cette question doit lui être posée :

« Pierre le Cruel est-il coupable d'avoir employé des moyens frauduleux, dans le but de s'emparer du titre et du pouvoir de roi des Loups?

» Pierre le Cruel est-il coupable d'avoir requis la torture contre un membre de l'association dont il connaissait l'innocence?

» Pierre le Cruel est-il coupable d'avoir, par ses mensonges intéressés, compromis la sécurité de l'association? »

— Messieurs les jurés, continua Biscarre, veuillez entrer en délibération.

Les douze hommes se levèrent et disparurent par une porte s'ouvrant derrière le tribunal.

L'audience fut, pendant quelque temps, suspendue de fait.

Mais nos amis? mais Muflier? mais Goniglu? est-ce qu'on les avait oubliés? Ils passaient par toutes les couleurs de l'arc-en-ciel, et Muflier chantonnait involontairement entre ses dents :

— Nous sommes fichus!... fichus!... fichus!...

Goniglu, impassible, s'abstenait du moindre mouvement. Il ne tenait pas à se faire remarquer...

D'autres s'empressaient à panser les plaies de Dioulou. Les chairs n'avaient été attaquées que superficiellement; et, bien qu'il lui fût impossible de se tenir debout, il éprouvait déjà un immense soulagement.

Biscarre, appuyé sur la table du tribunal, la tête dans les mains, réfléchissait profondément.

La foule causait à voix basse; une terreur indicible pesait sur l'assemblée.

Tout à coup, il se fit un grand silence.

Les jurés rentraient en séance.

L'un d'eux s'avança vers la barre du tribunal; là, il se tourna vers l'emblème effrayant que nous avons décrit et qui représentait l'instrument de mort. Il étendit la main :

— De par les lois qui nous régissent, parlant comme si nous nous trouvions en péril de mort, nous faisons connaître la réponse du jury...

« Sur toutes les questions :

« Oui, à l'unanimité. »

On entendit un cri furieux. C'était Pierre le Cruel qui se débattait aux mains de ceux qui le retenaient....

Biscarre dit à son tour :

— Au nom des Loups, nous, Roi, en vertu des articles de notre statut, ordonnons que Pierre le Cruel soit mis à mort...

A peine avait-il prononcé ces paroles que le misérable fut entraîné... il disparut dans les profondeurs d'une des cryptes qui sembla s'ouvrir pour lui livrer passage... Un coup sourd retentit, et ceux qui avaient rempli l'office de bourreaux reparurent... L'un d'eux tenait aux cheveux la tête du condamné...

Si cruels que fussent les assistants, cette scène terrible, cette prompte expiation qui avait frappé le coupable comme un coup de foudre avait serré toutes les poitrines.

La mort avait passé par là. Les plus hardis étaient pâles, les plus audacieux se sentaient frissonner.

Seul, Biscarre, debout, l'œil fixe, dominait la foule de l'ascendant de son énergie et de son pouvoir.

— Justice est faite, dit-il d'une voix grave. Mais il reste encore d'autres coupables.

Disant cela, il se tourna vers le banc des accusés.

Goniglu s'affaissa sur Muflier, qui, loin de le soutenir, s'affaissa à son tour sur le banc qui lui servait d'appui.

C'était le moment fatal.

— Grâce! articula Goniglu.

— Grâce ! grogna Muflier.

Biscarre les considéra avec ironie.

— En vérité, dit-il, ces hommes valent à peine le coup de hache qui les tuera !

— Un coup de hache ! s'écria Goniglu.

Muflier se contenta de passer sa main sur sa nuque, comme s'il eût voulu constater que sa tête tenait encore sur ses épaules.

— Enlevez ces hommes ! dit Biscarre.

Les exécuteurs s'approchèrent d'eux.

Réellement, il n'y avait aucune résistance à craindre ; nos deux amis se laissaient aller comme de simples torchons mouillés. On entendait un râle sous les moustaches éplorées de Muflier, et du nez de Goniglu sortait un sifflement qui rappelait à s'y méprendre le grincement des trompettes de bois, la joie des enfants et la tranquillité des parents.

Biscarre appela un des hommes et prononça quelques mots à son oreille.

Goniglu s'était accroché de ses ongles, de ses mains, à Muflier. Lierre contre chêne.

Mais le chêne était déraciné !

Voici que les deux amis furent violemment séparés.

Quelques secondes se passèrent ; on entendit le choc lourd et sinistre qui avait annoncé la mort de Pierre le Cruel.

— Ho ! fit Goniglu, qui n'était plus ni vert, ni bleu, ni blanc.

— A l'autre ! dit Biscarre.

Et quand il eut disparu, le même son se renouvela.

C'en était fait de ces deux braves.

O Hermance ! ô Paméla ! où étiez-vous à cette heure fatale ? Viendrez-vous donc, comme la reine Margot et sa compagne, baiser au front ces deux victimes, ces nouveaux Coconnas et La Mole?

Cette double expédition avait, on le comprend, jeté un nouveau froid dans la foule des Loups...

Biscarre avait affirmé assez violemment son autorité pour qu'elle fût de nouveau assise sur des bases inébranlables...

— Maintenant, dit-il, écoutez-moi tous. Loin d'avoir négligé les intérêts de l'association, j'ai, au contraire, organisé une de ces entreprises que jamais nul d'entre vous n'aurait osé rêver... Assez de luttes ! assez de misères ! je veux que les Loups, déshérités de tout repos, de tout bien-être, aujourd'hui poursuivis, traqués, ne dépensent plus en vain leurs forces dans des opérations mesquines et dangereuses... Etant roi, je veux que les Loups aient un royaume... je veux que ces énergies violentes soient dirigées vers un but unique et grandiose... en un mot, je vous veux tout-puissants, tous riches...

Un tonnerre d'acclamations accueillit les paroles du Bisco.

— Si je n'ai point parlé plus tôt, c'est que mes plans n'étaient pas encore complets. Aujourd'hui, je tiens tous les fils dans ma main... et l'heure de la révélation a sonné... Mais, conformément à nos statuts, il m'est interdit de dévoiler mes projets devant l'assemblée générale.

Il y eut naturellement un murmure de désappointement.

Mais, sans paraître s'en préoccuper, Biscarre continua :

— Je parlerai aux douze membres du conseil suprême qui siègent ici, et vous leur adjoindrez douze délégués que vous allez choisir immédiatement dans vos rangs... A ces vingt-quatre mandataires, je dirai tout... Telle est notre loi, et nous n'avons pas le droit de la transgresser...

Celui qui remplissait les fonctions de chef du jury se leva :

— Vous avez entendu, Loups de Paris : que le sort désigne douze d'entre vous ; qu'il soit fait selon la loi...

Pendant que, groupés au fond du souterrain, les Loups procédaient au tirage des douze noms réclamés, Biscarre descendit du tribunal et s'approcha de Diouloufait...

Pendant toute cette scène, Dioulou était immobile, les yeux à demi fermés.

Biscarre lui posa la main sur l'épaule. Le colosse tressaillit.

— Ah ! c'est toi ? fit-il.

— Tu as tenu ta parole, dit Biscarre ; c'est bien.

Chose étrange, on eût dit que Biscarre était ému. Ce dévouement brutal, énergique jusqu'à la torture, jusqu'à la mort, avait-il donc ébranlé cette âme de bronze ?

— J'ai fait mon devoir, dit Dioulou. Maintenant, Biscarre, écoute-moi. Je t'ai tout donné, mon sang et ma vie. On m'aurait tué sans m'arracher un mot... Mais tout est fini entre nous.

— Que veux-tu dire ?

— J'ai beaucoup réfléchi, vois-tu. Mais quand je me souviens que tu as tué la Brûleuse...

— Elle nous eût trahis !

Dioulou fit un geste.

— Laisse-moi donc parler ! Tu as tué cette pauvre femme que j'aimais... et ça, je ne peux pas l'oublier. Si tu m'as fait du bien, je te l'ai rendu ; nous sommes quittes. Cela me fait de la peine de me séparer de toi, mais il le faut, parce que je sens que de temps en temps il me viendrait de mauvaises pensées, des tentations... J'ai résisté, tu le vois bien! tu es sain et sauf, tu es plus puissant que jamais. Ne t'occupe plus de moi! je m'en irai n'importe où, comme un pauvre chien, avec mes regrets, traînant la plaie que tu m'as faite... vois-tu, ça vaut mieux! donne-moi la main et adieu!...

Biscarre était pâle.

— Ça vaut mieux, te dis-je! Voyons, ta main!

Biscarre hésita! puis, prenant les doigts de Dioulou il les serra longuement.

— Fais ce que tu voudras! dit-il.

— Merci, fit Dioulou. Oh! tu n'es pas méchant peut-être au fond. Mais, je le sais bien, moi... il y a des moments où tu as besoin de tuer... pour oublier...

— Tais-toi! s'écria Biscarre.

— Voici les noms des douze délégués, dit une voix.

— Adieu, Dioulou! fit le roi des Loups.

Puis se tournant vers l'assemblée :

— Vous tous, à bientôt!... Je vous l'ai dit... vous serez riches... et vous vous lancerez sur le monde comme une tourbe furieuse...

Tout bas, il murmura :

— Et je serai vengé... enfin!

XII

D'OU VENAIT BISCARRE?

Biscarre venait du bagne de Rochefort.

Ceci demande explication et nous oblige à raconter certaine histoire qui, à première vue, semble étrangère à notre récit, mais qui, ainsi qu'on va le voir, s'y rattache d'une façon aussi directe que possible.

Dix ans avant l'époque où se passe le drame que nous racontons, existait, au quartier Latin, un personnage singulier et qui excitait l'étonnement de tous ceux qui le voyaient ou entendaient parler de lui.

Avait-il un nom? Peu ou prou. On ne le connaissait que sous cette rubrique : M. Exupère.

Exupère qui? Exupère quoi? A vrai dire, on s'en préoccupait peu. Ce n'était pas là un de ces hommes sur l'origine desquels pâlissent les biographes.

Quel Michaud, Vapereau ou Hœfer prendrait la peine de noter sur leurs tablettes, préfaces de la postérité, un individu qui logerait au sixième, ou plutôt au-dessus du sixième étage de la rue des Grès ?

Non pas la rue des Grès que vous connaissez, qui, à l'heure présente, montre au passant des maisons presque blanches et des locaux habitables...

Mais la rue des Grès de nos pères, sombre, noire, étroite, avec maisons penchées qui, d'un côté à l'autre, semblent Roméo et Juliette cherchant à se donner un baiser.

Au-dessus du sixième, avons-nous dit.

Voici comme :

Dans ladite maison, Exupère, qui, depuis son arrivée à Paris, habitait le quartier sous des combles aussi inaccessibles que possible, découvrit un grenier... Oh ! mais, pardon ! ne confondons pas, il ne s'agit pas ici du grenier dans lequel, dit le poëte, on est bien à vingt ans, — ce qui n'implique pas le moins du monde qu'on ne soit pas mieux ailleurs. En somme, le faux grenier chanté par les gens qui logent au rez-de-chaussée avait souvent une petite fenêtre, d'où Rigolette et Gilbert découvraient cet océan de toits qui s'appelle Paris, admiraient les levers du soleil, sur lesquels, radieux, se découpaient les dômes ; la fenêtre avec son toit en saillie, où poussaient la pervenche et le pois d'Espagne...

Vous croyez peut-être que là eût été le rêve d'Exupère...

On voit bien que vous ne l'avez jamais vu...

Aussi vais-je m'empresser de vous le présenter...

Exupère avait six pieds, pas un pouce, pas une ligne de moins. A seize ans, il était parvenu à cette taille. Et sans dire :

— J'y suis, j'y reste, il y était resté.

C'était un enfant trouvé, qui avait été recueilli par

un vieux prêtre, philosophe parce qu'il savait beaucoup et qui appelait ses ouailles : Mes frères !... et, ne se contentant pas du mot, les traitait comme tels, leur donnant ce qu'il pouvait et ne leur demandant, en échange de ses conseils, qu'une seule chose... le repos.

On le croyait un peu nécromant. Et les vieilles bonnes gens — dites bonnes parce qu'elles passent leur vie à dire du mal d'autrui — prétendaient qu'il avait commerce avec le démon, et se signaient hypocritement en le nommant, ce qui ne les empêchait pas d'aller tendre la main à son presbytère, où cela sentait souvent non pas le soufre, mais la bonne soupe aux légumes, préparée pour les pauvres.

L'un de ces fidèles, gavé et ayant pris peut-être une indigestion à ses dépens, le dénonça à l'évêque, qui, pour ne pas manquer à la tradition, accueillit la délation et envoya chercher le brave homme.

Il se nommait le curé Desmadot.

On en avait fait le père Dos-à-Dos, naturellement.

Il alla à l'évêché, obéissant avant tout.

On le reçut dans une pièce sévère. La mine du dignitaire cadrait avec la pièce.

— Vous ne vous occupez pas de vos devoirs religieux !

— Je demande pardon à monseigneur; je remplis régulièrement les obligations que m'imposent les services du culte.

— Au dehors, soit. Extérieurement, je le concède. Mais, lorsque vous êtes rentré au presbytère, vous ne priez pas... la prière est le pain du chrétien, etc...

— Je demande pardon à monseigneur, reprit le palient, je crois que peu de membres du clergé prient autant que moi...

— Je serais curieux de savoir quelles sont vos oraisons de prédilection.

— Je vais le dire à monseigneur. Je prie, car je travaille sans cesse...

Le haut dignitaire fit un bond sur son fauteuil.

— Vous travaillez!... Et c'est là ce que vous appelez prier ?

Le vieillard — il avait soixante ans, était petit et maigre et avait le visage d'un ascète — se redressa autant qu'il le put faire :

— Monseigneur, depuis quarante ans que j'ai l'honneur d'appartenir au clergé, j'ai appris le grec...

— En vérité...

— L'hébreu...

— Vous dites !...

— Le sanscrit, le pali...

— Vous m'épouvantez...

— Le pracrit, l'hindoustani...

— Assez!...

— J'ai étudié le chinois et la langue du Mogol.

L'évêque n'y tenait plus. Cet homme, tout petit, lui semblait plus haut que la plus haute des pyramides. Le latin, bien!... le grec, passe encore!... mais le sanscrit, le pr...! Comment dites-vous ?...

— Ecoutez-moi, mon ami, dit l'évêque, je crois que vos intentions ne sont pas mauvaises... je crois que vous suivez la voie du Seigneur... mais priez... priez...

Il y eut un moment d'arrêt.

— A propos, je vous serais obligé de m'adresser un petit travail, vous savez? une bribe... un rien... sur le quatrième livre du Pentateuque... Vous vous rappelez le deuxième chapitre.

Impassible, le père Dos-à-Dos récita en hébreu les premières lignes du chapitre indiqué...

— C'est cela, fit l'évêque, qui n'y avait absolument rien compris. Eh bien ! il me semble que la Vulgate n'a pas suffisamment rendu compte de l'idée-mère.

— J'adresserai une dissertation détachée à monseigneur.

— C'est cela ! pour moi seul ! vous comprenez ! Ne parlez de cela à personne !

Le curé avait déjà compris ; il s'inclina bas, très-bas, pour dissimuler un sourire.

Et, remontant sur son petit bidet, le petit homme reprit le chemin du village.

Or, la nuit venait, il pleuvait à torrents. Dosmadot grelottait sous sa soutane mince, qui était pourtant la plus neuve qu'il possédât.

Il est vrai de dire qu'il n'en avait qu'une.

Il se hâtait donc, se plongeant à nouveau dans les spéculations de la philologie, lorsqu'un cri, un aboiement, un grognement, quelque chose d'innommé dans la série des sons, frappa son oreille.

Il s'arrêta brusquement et tendit le cou.

Le même bruit se renouvela.

En même temps, la pluie redoublait.

Mais Dosmadot avait l'oreille fine ; en somme, le bruit avait quelque chose d'humain...

Donc, il descendit de cheval. Or, sur le bord de la route, il y avait un fossé d'ailleurs peu profond. Le digne homme s'étant accroupi sur le sol détrempé, étendit le bras et sentit au bout de ses doigts une forme grouillante... Doucement il saisit l'objet.

Ce qui était là, clapotant, clabaudant, vagissant, c'était simplement un enfant qui vivait et gigottait de toute l'ardeur exaspérée de ses petits membres grêles. Le curé, sans hésiter, se dépouilla de sa soutane et y enveloppa l'enfant; puis, remontant à cheval, les épaules fouettées par le vent, les bras garantis seulement par la chemise de grosse toile que la pluie perçait, il revint au presbytère.

Si ce furent des cris poussés par la gouvernante, on le devine; mais le curé n'y prit point garde, il savait de longue date que c'étaient des orages passagers. Et cela était si vrai, qu'une heure après le petit bonhomme, lavé, consolé, réchauffé, dormait du meilleur sommeil auprès du foyer devant lequel le bon curé le berçait.

Un enfant peut-il être jamais laid? Si les cœurs les plus sensibles se refusent à cette concession, en vérité il leur eût fallu une forte dose de bon vouloir pour conserver leur indulgence en face du nouveau venu.

Il avait ou devait avoir un an : nulle comparaison ne saurait mieux rendre son apparence que ce simple mot : une araignée! Il avait une grosse tête, de longs bras qui semblaient des allumettes cassées en deux, des jambes qui n'en finissaient pas, ou plutôt, si fait... elles se terminaient par deux pieds longs, larges, qui, certainement, ne révélaient pas une origine des plus aristocratiques.

Bah! tel le curé l'avait trouvé, tel il le garda. D'où venait-il? Qui avait jeté aux hasards du chemin cette pauvre créature qui ne demandait qu'à vivre? Il y avait là-dessous quelque douloureuse histoire de fille-mère. Un accident n'était rien moins que vraisemblable.

Cependant le curé fit crier à son de trompe aux environs la découverte qu'il avait faite, espérant que la mère accourrait reprendre son trésor perdu. Mais les jours, les semaines passèrent, et personne ne vint.

Le curé fit les déclarations régulières, puis il dit tout simplement que l'enfant resterait avec lui et qu'il se chargeait de son éducation. Et voyez que nul n'est parfait sur la terre... Dosmadot avait, faisant cela, une préoccupation ambitieuse... le village n'avait pas d'instituteur... eh bien! il élèverait le petit, et celui-ci rendrait plus tard aux petits enfants de la commune le service qu'il aurait reçu lui-même.

Comme de raison, l'enfant fut baptisé : ayant été trouvé le 28 septembre, il reçut le nom du saint que l'Eglise fête ce jour-là, Exupère, dont saint Jérôme dit le plus grand bien.

Nous passons rapidement sur les premières années d'Exupère, qui ne grandissait pas, mais s'étirait en longueur, s'amincissant comme si les années eussent été un laminoir sous lequel ses membres eussent subi une régulière compression.

Le bon Dosmadot faisait son éducation : et quelle éducation! A dix ans, Exupère, qui n'aimait rien tant que de rester à la maison, eût rendu des points à Pic de la Mirandole. Son maître déclarait qu'il n'avait commencé réellement à apprendre que depuis qu'il avait cet enfant à instruire. En somme, sur les cinq cents idiomes dans lesquels un certain Adelung a traduit l'Oraison dominicale, il n'en était peut-être pas un qui ne lui eût livré son secret.

Exupère, stylé par lui, s'était fait un monde à part. Pour lui, l'univers se concentrait tout entier dans la linguistique. Il avait d'abord su cinq langues, puis dix, puis cinquante... et le *et cætera* était formidable.

A chaque dialecte, à la découverte de chaque nou-

15.

veau jargon, il lui semblait entrer dans un monde inconnu. Ce petit village, avec son clocher pointu d'où
tombaient les ardoises à chaque orage, et son chœur où
il pleuvait, lui semblait le centre d'une immense cir-
conférence dans laquelle se mouvaient des milliers
d'êtres, à formes bizarres, qui s'appelaient des lettres
d'alphabet.

A seize ans, nous l'avons dit, il atteignit ses six pieds....
le curé l'accompagna à la grande ville la plus voisine,
et le fit recevoir bachelier, puis licencié, puis docteur...
toutes les économies du prêtre y avaient passé.

Mais il était fier de son œuvre et s'y admirait.

Par malheur, un beau ou plutôt un laid matin, qu'il
était allé faire chez les pauvres sa tournée quotidienne,
il glissa sur la glace et se cassa la jambe.

On le rapporta à la maison. Un *rebouteux* le tour-
menta, le tortionna si bien qu'au bout du cinquième
jour, il mourut... non sans avoir cependant pris toutes
ses précautions.

Exupère était institué son légataire universel. C'est-
à-dire qu'il lui léguait une bibliothèque énorme, des
liasses de notes qui, au poids seul, valaient plusieurs
centaines de francs, un manuscrit de son travail sur le
Pentateuque, que l'évêque avait bravement publié sous
son nom.

Et avec cela?

Cent sept francs et de bons conseils.

Je me trompe, il y avait encore dans la cour une petite charrette à bras.

Son dernier mot avait été :

— Va à Paris !

Le vieux prêtre était mort sur la roche où il était

attaché; mais dans ses heures d'ambition, il s'était souvent répété cette phrase fatidique :

— Ah ! si j'étais à Paris !

Exupère qui, jeté subitement, seul, dans une île de la Polynésie, eût entamé une conversation des plus intéressantes avec le premier naturel qui eût bien voulu causer avec lui, avant de le manger, ignorait absolument où était Paris...

Il prit ses renseignements, n'ayant point d'autre pensée que celle d'obéir à la dernière volonté de son bienfaiteur. Il sut alors qu'une distance de quatre-vingts lieues le séparait de la capitale.

Il ne songea même pas à s'étonner...

Il entassa un premier lot de livres dans la charrette, s'y attela et se mit en route. En quinze jours, il fit la route, ayant dépensé dix francs.

On l'arrêta aux barrières. Naturellement le gouvernement crut que cet amas de livres devait cacher quelque machine infernale ou tout au moins des pamphlets prohibés... Les employés ou gabelous ouvraient les bouquins et reculaient épouvantés. On en référa au ministère de l'intérieur. Grand émoi dans les bureaux. La charrette et son contenu furent envoyés en fourrière, et un employé de la sûreté pria poliment Exupère de l'accompagner au ministère.

L'audience fut comique. Le quiproquo était complet. Exupère ne supposait même pas que la France eût le bonheur d'être gouvernée par le roi Louis-Philippe, et quand on lui demanda quelles étaient ses opinions, il répondit que Willkins et Crawford avaient du bon, quoique trop méthodiques, étant Anglais, mais que la supériorité de Bopp et d'Eichborn, Allemands, ne les défendait pas d'une certaine rêvasserie incompatible avec les sains principes de la glossologie et de l'idiomographie.

Peu s'en fallut qu'on ne le crût fou, qu'on ne provoquât son internement pour cause de sécurité publique.

Par bonheur, ou plutôt peut-être par malheur (réticence qui sera pleinement expliquée par la suite), passa par là un membre de l'Institut, professeur à l'Ecole des langues orientales et titulaire de plusieurs chaires à dénominations plus bizarres les unes que les autres.

Voulant taire son vrai nom (car l'affaire fit scandale en son temps), nous l'appellerons M. Lemoine; ceci n'a rien de compromettant.

Or, M. Lemoine était le type du savant qui ne sait rien, mais qui possède une habileté toute spéciale pour presser le cerveau d'autrui comme la plus poreuse de toutes les éponges.

Toujours rose, rond, rasé de frais, ayant un crâne chauve et poli qui semblait un genou de femme, M. Lemoine portait allégrement ses soixante-cinq ans et les dignités multiples sous lesquelles tout autre eût été accablé. Sa poitrine bombée et sur laquelle se dessinaient des protubérances vacillantes disparaissait, aux jours de réception, sous les croix qui lui étaient tombées de toutes les parties du globe.

C'était l'homme des mémoires, machines in-quarto d'une quarantaine de pages dans lesquelles il discutait gravement un point de philologie comparée, aplatissant ses adversaires de son dédain. Chaque mémoire, chaque demi-douzaine... de distinctions...

Or, c'était un malin. Les impolis auraient dit un roublard. Il avait l'œil sagace. Il écouta Exupère et tout son gros être tressauta... *ecce homo!* Voilà celui qu'il cherchait depuis si longtemps...

Il n'avait pas été sans entendre parler de Bopp et de Crawford. Il lui arrivait même quelquefois de lire ses propres opuscules, ce qui lui donnait une légère teinture de la science des autres.

Il pria le secrétaire général du ministre de l'autoriser à adresser quelques mots à Exupère, et, demandant cela, il clignait de l'œil, comme pour dire :

— Vous allez voir quel homme je suis !...

Et il interrogea bravement Exupère sur les langues sémitiques. Exupère fut d'abord enchanté. Le secrétaire lui avait fait comprendre que c'était là une épreuve décisive, et l'avait averti qu'il se trouvait en face d'une des lumières de la science... dans la crainte sans doute qu'il ne fût subitement aveuglé.

Exupère écouta de toutes ses oreilles, qu'il avait fort longues...

L'autre parlait lentement, mâchonnant des paroles incohérentes qu'il voulait faire passer pour des citations des Védas...

Exupère eut un éblouissement.

Quel était ce galimatias? Pourtant, pouvait-il supposer que ce vieillard souriant, et qui avait une magnifique chaîne de montre, se plût à le railler?

Mais l'autre avait parlé d'abord pour le personnage officiel, imitant le médecin de Molière qui dit :

— Savez-vous le latin? Ah! vous ne savez pas le latin? Attendez!...

Et débite le latin macaronique le plus fou.

Quand il eut produit son effet sur le fonctionnaire, qui dodelinait de la tête en tournant ses pouces d'un air béat, ce qui équivalait à cette exclamation :

— Quel homme! bonté divine! quel homme!

M. Lemoine passa à un autre exercice.

— Pouvez-vous m'analyser le premier livre du Ramayana? demanda-t-il.

Exupère sourit avec un certain dédain.

Puis, posément, il se mit à réciter le texte du livre hindou, le traduisant par membre de phrase, élucidant les expressions obscures.

M. Lemoine éternua, ce qui était sa façon de cacher son trouble.

— Eh bien? demanda le secrétaire.

— Il y aurait beaucoup à dire, répondit M. Lemoine, qui, bien entendu, n'avait pas compris un seul mot, mais avait reconnu les sonorités de la langue sacrée; cependant, quoique ce garçon n'en soit encore qu'aux rudiments de la science, il est prouvé maintenant qu'il dit vrai. Son savoir est chaotique, si j'ose employer cette expression.

Un geste du secrétaire lui prouva qu'il pouvait oser.

— Mais il y a de bons éléments, des principes...

— Avant de décider sur le cas qui nous est soumis, reprit le fonctionnaire, seriez-vous assez-bon pour jeter un coup d'œil sur ces quelques in-folios...

Il y avait là une pile de livres qu'on avait transportés dans les bureaux, où, sans l'intervention de M. Lemoine, ils se fussent promptement transformés en cornets ou autres menus objets.

Le savant mit des lunettes, qui lui étaient absolument inutiles — car sa vue était excellente — mais qui complétaient sa tenue.

Il ouvrit un des in-folio, secoua la tête d'un air entendu et dit :

— C'est parfait! je ne connais que cela!

— Mais vous regardez à l'envers ! cria Exupère.

M. Lemoine eut un sourire dédaigneux.

— Enfant ! fit-il.

Immédiatement, ordre fut donné d'admettre en toute franchise Exupère et ses trésors.

Il plia sa longue échine et sortit enchanté.

Le savant trottinait sur ses pas.

Il mit la main sur l'épaule d'Exupère :

— Alors vous savez lire là dedans ?...

— Tiens ! c'te bêtise, fit le paysan, comme tout le monde, parbleu !

M. Lemoine éternua de nouveau.

— Eh bien ! mon ami, dès que vous serez installé, venez me voir. Voici ma carte.

— Oh ! ça ne sera pas tout de suite ! J'ai encore deux voyages à faire... Ça fait bien un bon mois...

— D'où venez-vous ?

— Du village de N..., à quatre-vingts lieues.

— Et vous faites le voyage à pied ?

— C'est moi le cheval... je tire ma charrette...

M. Lemoine le considéra avec stupéfaction. Il eut d'abord l'idée de lui offrir de l'argent. Mais se souvenant de la théorie de M. de Talleyrand sur le premier mouvement, il s'abstint, préférant attendre...

Quelques paroles conciliantes convainquirent Exupère de son bon vouloir. En somme, c'était un bonheur que pareille rencontre.

Exupère chercha à se caser, lui et son bagage scientifique. Au bout de deux heures de recherches, il découvrit sous les toits, rue des Grès, un vaste grenier où pullulaient les rats et les araignées.

Quarante francs par an, payables par trimestre, et point d'avance.

C'était un rêve. Il est vrai qu'en ce temps-là, on ne songeait pas encore à baptiser les boulevards du nom d'Haussmann.

Des âmes compatissantes prêtèrent trois chats à Exupère et la lutte commença. Elle dura trois jours, comme toutes les glorieuses. La victoire resta aux chats, les rats déguerpirent.

L'installation eut lieu.

Avec dix francs de vieilles planches, des clous et de l'énergie, Exupère installa des rayons, et un mois ne s'était pas écoulé que les livres du vieux Dosmadot étalaient gravement en rangs serrés leurs dos de parchemin.

Exupère compta son argent.

Sur cent sept francs, il lui en restait trente-trois.

Il se souvint alors de M. Lemoine et se présenta chez lui.

Le savant l'attendait. Oh ! il ne l'avait pas perdu de vue pendant ces trente jours. Moyennant une somme de quarante sous, une fois payée, la portière d'Exupère l'avait tenu au courant des faits et gestes de son futur protégé.

On devine le reste.

L'exploitation régulière commença.

Exupère, qui avait traîné une charrette, dut s'atteler à la gloire de M. Lemoine. Il ne se doutait pas le moins du monde que le *Sic vos non vobis...* fût la devise de l'académicien. Exupère se mit à la besogne avec une énergie qui se doublait d'une certaine ambition personnelle.

Il n'avait pas tardé à s'apercevoir de l'ignorance complète dudit Lemoine. Mais comme il touchait cent francs par mois, ci trois francs trente-trois centimes par jour, il travaillait de bon cœur pour les gagner, faisant la correspondance du savant, qui maintenant recevait des lettres de tous les points du globe, dans les langues les plus étranges, écrites avec les caractères les plus baroques...

M. Lemoine avait toujours les poches bourrées d'autographes de sauvages, et il était admirable de désinvolture lorsque tirant son mouchoir il laissait tomber une épître qui lui arrivait en droite ligne de Shang-Haï, d'Aden ou de Tomboucto u. Il la ramassait, l'ouvrait et riait en disant :

— Ah ! si vous pouviez comprendre ! Ces gens-là ont une façon de tourner une phrase...

On prenait la lettre, on faisait une tête désappointée, Lemoine remettait sa lettre dans sa poche et entendait le murmure qui venait agréablement chatouiller son ouïe :

— Un puits de science !

Or, tout en travaillant pour le compte de l'académicien, Exupère, enchanté de l'existence, préparait un grand ouvrage dont le titre importe peu, mais qui touchait aux questions les plus ardues de la linguistique.

A vrai dire, il élevait un monument.

Si j'en disais le titre, on pourrait vérifier, car le livre a paru, ainsi qu'on va le voir...

M. Lemoine avait flairé la chair fraîche, et, un beau jour, il interrogea celui qu'il appelait son élève sur ses travaux.

— Oh ! vous ne comprendrez pas ! répondit naïvement Exupère.

— J'essayerai, fit le savant, qui avait un excellent caractère.

— Eh bien ! dans quinze jours, je vous apporterai mon manuscrit.

Il tint sa promesse.

M. Lemoine prit le manuscrit et l'emporta pour le communiquer, disait-il, à quelques confrères...

— Plus savants que moi, ajouta-t-il avec un sourire.

Et il accabla Exupère de besogne, sans doute pour l'empêcher de s'ennuyer.

Cependant le temps passait et le manuscrit ne rentrait pas au bercail.

M. Lemoine donnait mille prétextes.

Il étudiait, il commençait à saisir. Et il accablait Exupère des louanges les plus hyperboliques.

Les jours furent des semaines et les semaines des mois.

Pas de manuscrit.

Un jour, passant devant un des rares libraires orientalistes qui existent à Paris, Exupère aperçut un livre dont le titre le fit tressaillir...

Sous ce titre il y avait un nom...

Et ce nom était celui de Marie-Népomucène Lemoine, membre de l'Institut, officier de la Légion d'honneur, etc.

Exupère trembla de tous ses membres.

C'était un homme de la nature. Ses rages étaient folles.

Il entra et marchanda le livre.

Cela coûtait quarante francs.

Il jeta presque ces deux pièces d'or au nez du libraire et s'enfuit, emportant le livre comme s'il l'eût volé.

Il alla s'enfermer dans son grenier.

Malédiction ! c'était son ouvrage ! pas un mot n'était

changé ! Si fait ! il y avait quelques sottises typographiques que l'imbécile Lemoine n'avait même pas su corriger.

Exupère grinçait des dents... Il ferma le livre avec furie, le mit sous son bras et courut chez l'académicien.

Celui-ci, le voyant blême, blêmit et comprit tout.

— C'est vous qui avez fait cela? lui cria Exupère.

— Mon ami ! commença le professeur.

— Voleur ! hurla Exupère.

Il y avait là un atlas de bronze supportant une mappemonde sur ses épaules...

Exupère le saisit, le souleva comme une masse et le laissa retomber sur le crâne du savantasse...

Situation que le langage moderne traduirait comme suit :

— Il était allé peut-être un peu loin...

Si loin d'ailleurs que maître Lemoine avait la tête fendue, ni plus ni moins. Ce crâne vide — gonflé de vanité — n'avait pas fait résistance. Il s'était crevé comme un œuf vide...

L'homme était tombé sur le parquet et le bloc avec lui.

Double sonorité qui avait appelé les laquais.

On était accouru. Plusieurs mains avaient saisi Exupère, qui s'était défendu avec une énergie de sauvage.

Il était vigoureux, mais que pouvait-il contre le nombre? Il fut immédiatement arrêté.

Le cas était flagrant. D'ailleurs, Exupère ne niait rien. Son affaire était de celles qui ne valent pas la discussion. Il était en route pour l'échafaud et allait bon train.

Par malheur pour l'académicien d'abord, et pour

Exupère ensuite, le crâne en question était de ces objets dont on peut dire que les morceaux sont encore bons.

Un praticien émérite — membre de l'Institut, — raccommoda lesdits morceaux, fit quelques sutures, et comme on sait que ces objets cassés et recollés sont plus solides qu'au temps où ils étaient neufs, le savant se trouva de nouveau en possession d'un crâne de première qualité.

Ceci améliorait la situation d'Exupère, comme bien on s'en doute.

Le jour vint où il comparut devant les assises.

La démolition de ce crâne officiel avait vivement préoccupé l'opinion.

Il ne faut pas oublier que le savant était vénéré, adoré, choyé comme une des gloires de la France. Il était le seul que dans les revues à gros format on osât faire entrer en lice contre les érudits d'outre-Rhin.

Le ban et l'arrière-ban du monde académique s'étaient donné rendez-vous pour assister au jugement de l'assassin.

Nous lisons ces quelques lignes dans un journal du temps :

« Quand le meurtrier parut, un murmure d'horreur passa dans toute la salle. Ce monstre à face humaine est un des criminels les plus repoussants qu'il nous ait été donné de voir figurer sur le banc abject des accusés.

» Ce personnage, d'une taille colossale, d'une maigreur effrayante, a véritablement le profil d'un oiseau de proie. Ses yeux noirs et enfoncés sous l'orbite semblent lancer des éclairs, et ses longues mains, qui se crispent sur le banc, figurent les griffes d'un fauve. »

Ce qui prouve qu'en certaine occasion, il ne fait pas bon être maigre.

Du reste, il faut reconnaître que l'aspect d'Exupère n'avait rien de sympathique. Cet homme, qui avait toujours vécu en dehors du monde, semblait appartenir à une race spéciale. C'était en quelque sorte la première fois qu'il paraissait en public, et dans quelles circonstances, bon Dieu !

Si du moins il eût témoigné quelque repentir !

Mais point. Cette nature brute ne connaissait, ne comprenait que la vérité...

Et quand l'académicien, de son ton patelin, et tout en sollicitant l'indulgence du tribunal pour le coupable, raconta, les larmes aux yeux, comment il avait nourri aux mamelles de la science et du lait de son inépuisable bienveillance l'ingrat qui l'avait si peu payé de retour...

Exupère se leva furieux et lui montrant le poing :

— Vous êtes un menteur et un voleur ! cria-t-il.

Scandale regrettable à tous les points de vue.

Certes, le savant se contenta d'opposer le dédain de la pitié à des accusations aussi insensées.

Mais la foule n'avait pas son indulgence... non plus le tribunal... non plus le ministère public...

En vain le président, dans son interrogatoire, dont l'impartialité fut très-remarquée, adjura-t-il Exupère de revenir à des sentiments humains.

— Vous êtes un grand coupable, lui dit-il, et vous êtes un de ces êtres qui sont la honte de l'humanité. Mais tout sentiment ne peut être mort en vous. Quoi ! vous accusez le savant dont la France s'honore et que l'univers entier nous envie, de vous avoir dérobé le fruit de vos veilles !... Croyez-moi, n'ajoutez pas cet outrage au crime commis! rétractez-vous, je vous en conjure, au nom de la conscience publique...

— Monsieur le président, dit Exupère, au nom de la conscience publique, je déclare qu'il n'est pas de plus grande infamie que celle commise par cet homme : il m'a volé la chair de ma chair et le sang de mon sang.

— Accusé, si vous persistez dans vos scandaleuses affirmations, je me verrai contraint d'user contre vous des droits rigoureux que la loi me confère...

— Ah! eh bien! alors, pourquoi m'interrogez-vous, si c'est vous seul qui avez raison?

Cette impudence et ce cynisme faisaient bondir la magistrature assise sur ses fauteuils professionnels.

La magistrature debout avait peine à se contenir.

Le réquisitoire fut foudroyant.

Il eut toutes les colères et tous les anathèmes.

Pas une formule ne manqua.

On reculait épouvanté; il fallait un exemple ; il appartenait à MM. les jurés de venger la société, la science, la France!...

— Quoi! s'écria le magistrat qui, au fond, se souciait du sanscrit, du pracrit, de l'annamite comme de ça, notre pays a cette gloire immense de posséder l'homme *qui*, le premier, a pénétré les arcanes mystérieux de ces sciences admirables *qui* sont la clef de l'histoire merveilleuse de l'humanité *dont* les annales sont aujourd'hui livrées à l'étude de tous ceux *qui* cherchent dans le passé les germes de l'avenir... L'avenir, messieurs, voilà le grand mot! Qui sait quels trésors de science, d'érudition, de dévouement gisent encore à l'état latent dans l'intelligence de celui que nous avons failli perdre!... Et ces trésors, cet homme, qu'il a recueilli, alors qu'il était seul, nourri, alors qu'il était sans pain, habillé, alors qu'il était nu...

— Eclairé et blanchi, pendant que vous y êtes ! s'écria Exupère hors de lui.

L'indignation ne connaissait plus de bornes.

Les gendarmes eux-mêmes avaient honte de leur accusé.

— Vous nous compromettez, murmura l'un d'eux à l'oreille d'Exupère.

Il faut le reconnaître, le sauvage manquait absolument de tenue.

Il n'avait pas choisi d'avocat. On le défendit d'office.

On plaida la folie.

— Regardez, messieurs les jurés, regardez ce crâne oblong, ce front proéminent, ce prognathisme qui rappelle celui des races imparfaites, et, après cet examen, descendez au fond de votre conscience... vous reconnaîtrez que cet homme n'est pas responsable de ses actes. Vous avez devant vous une de ces énigmes physiologiques qui sont du domaine de la science des aliénistes.

Et ainsi pendant sept quarts d'heure.

— Avez-vous quelque chose à ajouter pour votre défense? demanda le président à Exupère.

Celui-ci se leva plus calme.

— Pardon, monsieur le président... pensez-vous qu'il existe en France quelqu'un qui sache le sanscrit?

— Certes, la France est riche en érudits qui... Mais pourquoi cette question?

— Parce que je demande ceci. Qu'on fasse venir ici un de ces érudits dont vous parlez. Je réciterai quelques vers de Ramayana, pris au hasard, et nous demanderons à l'honorable M. Lemoine d'en donner la signification. Je parie ma tête qu'il se déclarera incompétent, attendu qu'il n'a jamais su un seul mot des langues orientales, qu'il connaît à peine de vue. Et ceci fait, vous comprendrez, vous, monsieur le président, vous, monsieur le procureur, et vous, messieurs les jurés, que jamais de sa vie cet homme n'a été en état d'écrire une seule ligne du livre qu'il a eu l'impudence de signer.

Ces paroles avaient été prononcées avec une certaine dignité qui contrastait avec l'attitude générale de l'accusé.

Il y eut un moment de silence.

L'académicien fit un mouvement, et, se levant à demi, dit ceci :

— Bouddha a dit : Courbe la tête sous l'injure de ton ennemi et attends que le ciel s'ouvre, pour que la voix de vérité descende sur la terre... *Bahamava pricoun Gazman a belidjar!*

— Ça! s'écria Exupère en éctatant de rire, ce n'est même pas de l'auvergnat.

Puis, montrant le poing au savant, qui avait fait du sanscrit à sa façon et avait prêté à Bouddha un boniment dont il était parfaitement innocent :

— Canaille! va! lui cria l'accusé.

— Les débats sont clos, prononça le président.

La délibération du jury fut courte.

La réponse fut affirmative sur toutes les questions, avec admission de circonstances atténuantes.

Exupère fut condamné aux travaux forcés à perpétuité.

— Les travaux forcés! fit-il en haussant les épaules. Allons! rien de changé!

Il y avait six ans que ce jugement avait été rendu.

Exupère était au bagne de Rochefort...

Chose bizarre. Une fois séparé du monde et enseveli sous la casaque du forçat, ce malheureux avait retrouvé sa douceur des anciens jours.

Taciturne et silencieux, il s'était renfermé dans son mutisme, comme dans un sépulcre.

Pendant les quelques heures de loisirs que lui laissaient les travaux du bagne, il avait repris, seul, sans livre, aidé seulement de son admirable mémoire, ses travaux de linguistique.

Parfois, lorsque des étrangers se présentaient, il remplissait les fonctions d'interprète, toujours impassible, paraissant ne pas entendre les exclamations de surprise qu'arrachait aux visiteurs son immense érudition.

Sa santé allait s'affaiblissant. Il était évident que la douleur muette l'entraînait rapidement vers la tombe.

C'était pour parler à Exupère que Biscarre avait pénétré dans le bagne de Rochefort...

Ne pas supposer un seul instant que le pauvre philologue fût affilié aux Loups de Paris.

De sa sinistre aventure, il ne lui était resté au cœur qu'un sentiment unique, indéracinable, un mépris profond pour l'humanité.

Il se sentait presque heureux d'être au bagne, c'est-à-dire à jamais séparé de cette société où on volait les travaux de linguistique comparée. S'il eût voulu cependant, il eût obtenu sa grâce.

L'honorable académicien, que sa première *flouerie* (première avec Exupère) avait mis en goût, brûlait du désir de publier un livre nouveau, quelques-unes de ces pages qui font se pâmer d'aise les patentés de la science officielle. Il avait cherché à remplacer Exupère.

Mais la devise des académies est pareille à celle de Nicolet :

« De plus fort en plus fort! »

Après le travail mirifique de l'élève du curé Dosmadot, il fallait reculer jusqu'à l'impossible les limites de la science sacrée.

Mais qui en était capable? Point lui à coup sûr. Il avait eu la délicatesse de chercher longtemps, très-longtemps un nouveau secrétaire. Mais les amateurs de ces sortes d'études abondent peu. Et le savantasse avait dû s'avouer que les Exupère étaient aussi difficiles à trouver qu'une idée neuve. Alors il s'était rendu dans le cabinet du ministère. Et là, le vieux crocodile avait versé quelques pleurs sur son ex-confident.

Quelle belle âme! On avait été ému?... Des renseignements avaient été pris au bagne. La conduite d'Exupère autorisait pleinement une mesure de clémence. Alors l'académicien avait fait savoir au forçat que, s'il consentait à entrer de nouveau à son service particulier, en s'engageant à mettre à sa disposition les trésors d'érudition qu'il possédait, il pourrait recouvrer sa liberté.

Et savez-vous comment Exupère avait accueilli ces effusions d'un cœur généreux?

Il avait répondu à l'envoyé d'un savant altéré de gloire, qu'il préférait manger les *gourganes* toute sa vie, porter double chaîne, tomber sous le bâton des gardes-chiourmes, plutôt que de prêter les mains et le cerveau à cette infamie.

Incorrigible! c'était le mot...

Il resta au bagne.

Sa plus grande souffrance, la seule, à vrai dire, tant il était philosophe, c'était la privation de livres. Il avait la nostalgie du sanscrit. C'était un tantalisme poussé à l'état aigu. Il eût donné un bras pour un manuscrit indien, une jambe pour dix caractères cunéiformes, ses oreilles pour une inscription rhunique...

Or, un soir qu'il rêvait, assis au bord de la mer, ce qui lui était souvent permis, grâce à la protection du médecin, qui avait obtenu pour lui, en raison de sa faiblesse, quelques heures de repos par jour, un homme, un forçat, s'approcha de lui.

Ce forçat portait un bonnet vert. C'était un condamné à vie.

Costume semblable d'ailleurs à celui d'Exupère.

Certes, si quelque gardien eût passé par là en ce moment; si, curieux de regarder le visage de ce forçat, il se fût détourné pour le voir, il eût poussé un cri de surprise.

Ce forçat était inconnu à Rochefort, il n'était pas immatriculé sur le livre d'écrou.

Mais ce personnage était bien gardé. A quelque distance, on eût pu apercevoir un groupe de forçats qui semblaient avoir organisé autour de lui un cordon sanitaire, quelque chose comme une garde d'honneur.

C'était Biscarre.

Pour entrer au bagne, il avait dû déployer autant d'habileté, de prudence, que tant d'autres en déploient pour s'évader.

Et de fait, l'invention était des plus originales.

Il faut bien comprendre que l'entrée du bagne était gardée d'une façon toute spéciale.

Pour empêcher les forçats de s'évader, les gardes-chiourmes se fiaient, à l'intérieur, sur leur nombre et sur le soin continuel qu'ils apportaient aux rondes de surveillance.

Pour eux, le grand danger, le seul contre lequel ils eussent à lutter continuellement, venait de l'extérieur.

Le forçat livré à lui-même entre les murailles du bagne doit faire appel à une ingéniosité qui est des plus rares et qui a fait la réputation légendaire des Collet et des Fanfan.

Comme un nouveau Robinson, il doit tirer de son propre fonds tout l'arsenal nécessaire à l'œuvre de liberté, ce qui suppose une tension d'esprit, une habileté de mains, une persévérance véritablement exceptionnelles.

Mais c'est de l'extérieur que viennent les instruments microscopiques, les ressorts de montre, les *bastringues*, grâce auxquels le forçat pourra scier les barreaux, les vêtements qui le déguisent, les perruques et les faux cheveux qui le rendent méconnaissable.

Aussi la surveillance organisée à la porte est-elle si minutieuse que sans un ordre d'écrou ou une permission ministérielle, il est impossible de pénétrer dans ce lieu, qui rappelle l'*hadès* des anciens.

Biscarre n'était pas assez novice pour se livrer de façon ridicule.

Or, voici ce qui s'était passé :

Il se trouvait à cette époque au bagne de Rochefort un forçat qui avait eu le tort d'enfumer dans une métairie sa mère et son frère, dont il prétendait hériter.

Pour ce il avait mis le feu à la bâtisse : seulement le hasard s'était déclaré contre lui, une poutre l'avait frappé à la tête alors qu'il cherchait à fuir.

Conclusion : il était borgne, et son visage, affreusement couturé par la flamme, ayant conservé une teinte sanguinolente entreillissée de blanc, était la chose la plus épouvantable qu'il fût donné de regarder.

A vrai dire, ses traits n'avaient plus forme humaine; on se détournait quand on le rencontrait, et les gardes-chiourmes eux-mêmes, quoique rompus à toutes les émotions, évitaient de le regarder en face. Il paraissait d'ailleurs résigné à son sort et nul ne se fût imaginé qu'il aspirât à rentrer dans la société, d'où l'eût chassé sa monstrueuse laideur.

Cependant un soir — le soir même qui précédait les scènes qui vont suivre — le misérable manqua à l'appel.

En vérité, c'était trop d'audace.

Tenter de s'évader, lorsqu'au premier pas on était certain d'être reconnu, lorsque le signalement était de ceux sur lesquels on ne peut se méprendre, c'était folie.

Aussitôt qu'on s'était aperçu de sa disparition, le canon du fort avait jeté aux échos les trois coups réglementaires invitant les paysans à courir sus à la bête fauve.

Puis les renseignements indispensables avaient été immédiatement affichés.

Le directeur du bagne pouvait dormir tranquille; la matinée ne devait pas s'écouler sans que la brebis galeuse ne fût réintégrée de force au bercail.

C'était justement raisonné.

Et la preuve, c'est que, trois heures après le lever du soleil, deux paysans, fiers de leur exploit, ramenaient, en le tenant au collet, un individu d'une laideur effroyable, au visage rongé par le feu, à l'œil fermé et bordé de paupières rouges et boursouflées.

On tenait l'évadé.

Restait à déterminer la peine qu'il devait encourir.

Il ne fut pas un instant question de le traduire de-

16.

vant un tribunal. Il suffisait de lui appliquer un châtiment administratif, d'autant plus que le simple raisonnement devait suffire à le convaincre de l'inanité de
toute tentative ultérieure.

Ce que d'ailleurs l'autorité lui expliqua, en détail-
lant, avec des ricanements, les monstruosités physiques
qui constituaient son signalement :

— En vérité, c'est à n'y pas croire; mais, misérable,
regardez-vous dans un miroir! Vous osiez prétendre à
l'évasion!... Regardez donc cet œil suintant, ce front
crevassé, cette lèvre tordue...

Le malheureux ne répondait pas; à peine s'il poussait quelques grognements inarticulés.

— Plus idiot que je ne le supposais! fit un des personnages.

— Bah! une cinquantaine de coups de bâton...

— Cela suffira.

L'homme ne bougea pas. Il entendait cependant.

— Le plus tôt sera le mieux... Finissons-en...

— D'autant que voici l'heure du dîner...

— Et que nous tenons à dégager notre responsabilité... Allons.

On entraîna le coupable. Entraîner n'est pas le mot
propre, car il suppose résistance. Et il se laissait faire,
comme s'il n'eût été qu'une masse inerte...

Les forçats avaient été convoqués, selon l'usage, pour
assister au châtiment... à l'expiation...

L'évadé fut dépouillé jusqu'à la ceinture...

Un condamné à vie s'avança tenant à la main l'instrument du supplice. En cette année-là, on faisait l'essai
d'un fouet d'importation anglaise, le *cat-o'-nine-tails*,
touffe de neuf lanières, garnies de petites balles de
plomb.

L'exécuteur fit siffler dans l'air le cuir, qui rendit un bruit sec comme un coup de feu.

Le condamné resta immobile, les poignets appuyés sur le billot de bois.

Il faut dire que chaque coup du *cat-o'-nine-tails* était compté pour dix coups ordinaires. C'était donc cinq rasades seulement, terme consacré, que le patient devait recevoir.

Un!... Son dos se marbra de bleu et de rouge.

Il ne remua pas.

Deux! Il y eut du sang.

Même immobilité.

— Diable! fit un des assistants, voilà une forte nature. Qui se serait attendu à cela? Ordinairement, on tombe au troisième. Bah! ce sera pour le quatrième.

Mais le troisième tomba net sur les épaules de l'homme...

Le quatrième enleva quelques lambeaux de chair...

L'autorité n'en revenait pas. Ce fouet britannique ne remplissait pas les conditions du programme...

— Cinq!

C'était fait. Le condamné se redressa. Il y avait là un baquet rempli d'eau dans laquelle on avait fait dissoudre quelques kilos de sel marin.

— Vous permettez? demanda-t-il.

Et sans attendre de réponse, il plongea dans l'eau la toile grossière qui servait d'éponge, et le liquide ruissela sur ses épaules...

Il ne frémissait même pas. Et cependant, à voir la chair écrasée, la douleur devait être atroce...

Mais lui, sachant que, sa peine subie, il rentrait dans les rangs, à sa place, alla se mettre dans le groupe des forçats, endossant la casaque dont on l'avait dépouillé...

— C'est une mystification, dit un surveillant.

De fait, ils étaient tous consternés.

— Il y a un autre condamné, fit un garde-chiourme. On pourrait essayer.

— Soit...

La condamnation était moins grave. Vingt coups, ce qui se résolvait en deux coups du fouet de nouvelle invention...

— C'est l'exécuteur qui a le poignet trop mou, objecta quelqu'un.

Celui qui venait de recevoir les cinq coups dit, mettant le bonnet à la main :

— J'offre de frapper le patient !...

— Tu n'auras pas la force...

— Essayez.

— Soit.

Le forçat qui avait encouru la peine, pour quelque peccadille d'insubordination, était un énorme colosse dont les épaules, le torse, le *râble* semblaient taillés en plein bronze...

Il se posa, arrogant, défiant du regard le poignet fin et sans doute faible de cet exécuteur de hasard.

— Bonne affaire ! murmura-t-il. Si celui-là me démolit...

Il n'acheva pas.

On entendit un cri, un râle.

L'homme était par terre, crispant ses ongles au sol.

Un seul coup du *cat-o'-nine-tails* l'avait abattu.

Le médecin s'approcha... une sorte de gloussement sortait de sa poitrine, tandis qu'une écume rougeâtre souillait ses lèvres.

— Il ne résisterait pas au second coup, dit le médecin. Bien heureux s'il réchappe de cette première alerte...

C'était fait.

Les gardes-chiourmes appelèrent les hommes à la grande fatigue.

C'était le soir de ce même jour qu'un forçat s'approchait d'Exupère.

Nous l'avons dit, c'était Biscarre.

Oui, c'était Biscarre qui était là, méconnaissable, le visage coupé par les fissures que la flamme semblait y avoir tracées.

L'autre condamné, l'incendiaire, était bien loin.

C'était Biscarre qui s'était fait reprendre à sa place.

C'était Biscarre qui avait subi l'horrible fustigation, c'était lui qui avait porté le coup effrayant.

Et maintenant, calme, maître de lui, il parlait à Exupère, tandis que les forçats, ayant reconnu le roi des Loups, le protégeaient contre toute intervention indiscrète.

Exupère avait levé la tête et le regardait.

— C'est à vous que je veux parler, dit Biscarre.

— A moi ! et pourquoi ? Laissez-moi en repos.

Biscarre tira de sa poche un papier plié et, l'ayant ouvert, le mit sous les yeux d'Exupère.

Celui-ci poussa un cri.

— Qu'est-ce que cela ? cria-t-il.

— Je vous le demande.

Déjà le forçat — l'ancien élève du curé Dosmadot — avait saisi le papier et l'étudiait, les yeux brillants, la poitrine haletante.

C'est que sur cette feuille des caractères étaient tracés...

Caractères étranges, hiéroglyphes incompréhensibles pour tous, croisement de lignes bizarres.

En une seconde, Exupère retrouvait tout son passé, toutes ses études qui avaient fait son bonheur et son orgueil... Nous l'avons dit : le malheureux avait la nostalgie du travail.

Voici que, dans la main d'un forçat, il voyait un trésor que nulle richesse au monde ne pouvait payer.

Car, il n'y avait pas à douter, c'était bien une de ces écritures indiennes remontant aux siècles les plus éloignés, intraduisibles pour tous.

Pour tous... excepté pour lui, Exupère.

— Comprenez-vous ce qui est écrit sur ce papier ? demanda Biscarre, qui suivait avec anxiété les expressions multiples qui se traduisaient sur ce visage transfiguré.

— Si je comprends !

Exupère eut un rire dédaigneux, auquel répondit un cri de joie de Biscarre.

— Tu peux me traduire cette inscription ?

— Oui...

— Si tu le fais, tu seras libre.

— Libre !

Exupère baissa la tête et murmura :

— A quoi bon?

Biscarre se mordit les lèvres.

Il ne comprenait pas qu'aucune promesse n'était nécessaire. En cet homme, sevré depuis si longtemps de tout ce qui était sa joie, il y avait une puissance plus forte que tout espoir de récompense : c'était l'orgueil.

Exupère se sentait en présence d'un de ces problèmes que nul ne pouvait résoudre, nul, sinon lui, lui qu'on avait volé, qu'un misérable, gavé de tous les honneurs de la terre, avait dépouillé de ce qui était la chair de sa chair, le sang de son sang.

Tout à coup, une pensée sinistre traversa son cerveau :

— Qui vous envoie ? demanda-t-il d'une voix étranglée.

— Que t'importe ! dit Biscarre, qui ne devinait pas le sentiment qui avait dicté cette question.

— Ah ! c'est lui !

Biscarre se souvint. Dans sa pensée, le travail venait de s'opérer rapide. Maintenant il savait. Exupère se croyait en butte encore une fois à l'une des obsessions dont l'académicien l'avait si longtemps poursuivi.

Exupère parlait :

— Ainsi, vous m'avez cru assez niais pour fournir à ce misérable ignare l'occasion d'un triomphe... parbleu ! c'est clair !... Cette inscription est tombée entre ses mains, le diable sait comment !... et il s'est dit : Il n'y a qu'un homme au monde qui puisse me la traduire, c'est cet imbécile d'Exupère... Ha ! ha ! je suis muet !...

Biscarre lui prit la main.

— Ecoutez-moi : je suis un forçat, un malheureux comme vous. Croirez-vous à ma parole ?

— C'est selon.

— Je sais maintenant ce que vous voulez dire... Je ne viens pas au nom de M. Lemoine.

— Ne prononcez pas ce nom !

— Et je puis vous en donner la preuve.

— Ah !

— Cet homme est mort !

— Mort !

Exupère se dressa sur ses pieds.

— Voyez ces quelques lignes extraites d'un journal, dit Biscarre.

Ah! ce ne fut pas long! Oui, Exupère lisait. Ce Lemoine était mort, mort paralysé, dans un état d'idiotie complète. On pleurait la mort de ce grand homme, de cette lumière...

Exupère releva la tête :

— Vous m'avez dit que si je vous traduisais cette inscription, je serais libre...

— Je vous l'ai dit... et je le répète... mais vous refusiez tout à l'heure?

— Parce que je reculais devant la tentation. Libre, tandis que cet homme vivait, moi! mais j'aurais couru à sa maison, j'aurais pénétré dans son cabinet, j'aurais saisi de nouveau l'atlas de bronze, et j'aurais écrasé le crâne de ce voleur! Oh! cette fois, je ne l'aurais pas manqué... et je ne voulais pas devenir un véritable assassin! C'est pour cela que je refusais... Mais maintenant! tenez, je me fie à vous!... Si vous me donnez la liberté, je l'accepterai... Mais, dussiez-vous me tromper, je lirai cette inscription. Ah! vous ne pouvez comprendre cela, vous!... Depuis si longtemps, je suis privé d'étude et de travail!

Il y avait de grosses larmes dans ses yeux.

— Hâtez-vous! dit Biscarre, on pourrait nous surprendre!

— Vous avez raison. Avez-vous un crayon?

— Voici.

Exupère se courba sur les caractères bizarres.

Pour ne pas tenir le lecteur en suspens, disons que cette inscription avait été prise par Biscarre chez le duc de Belen. Les caractères avaient été moulés par lui sur les deux fragments de statue cambodgienne que le duc avait arrachés à la terre...

Exupère resta quelque temps silencieux...

Parfois il s'arrêtait en levant les yeux, il semblait chercher :

— C'est une langue perdue ! dit-il.

— La langue des Kkmers, fit Biscarre.

— Oui !... taisez-vous !...

Biscarre, immobile, attendait avec anxiété.

Exupère écrivait.

— Voici l'inscription, dit-il enfin, mais elle est tronquée et ne présente qu'un sens incomplet...

Puis il continua, se parlant à lui-même :

— Statue du roi lépreux !... ceci est certain... mais un fragment au moins manque... oui, c'est cela... ici, place pour trois mots... ici cinq... il faudrait reconstituer le sens... il s'agit d'un trésor...

— Donnez-moi l'inscription... peut-être comprendrai-je...

Exupère eut un sourire quelque peu dédaigneux.

Mais il remit le papier à Biscarre.

Voici ce qu'il avait tracé :

TROISIÈME ORIENT

YACKSA COLOSSE... NAGA

.DOIGT DE PRÉA PUT...

DEUX LIS... DOIGT DU ROI...

OMBRE CROISÉE, LA EST LE TRESOR DES KHMERS

A ANGKOR WAT

— Le trésor ! enfin ! cria Biscarre.

Puis, s'adressant à Exupère :

— Ecoute-moi ! je t'ai promis la liberté !... voici en-

ii   17

core ce que je puis t'offrir : veux-tu venir avec moi au merveilleux pays où cette langue était jadis parlée?

— Oui, je le veux.

— Eh bien! avant un mois, tu seras libre, je te le jure.

— J'attendrai, fit Exupère.

Un signal partit du groupe des forçats. Biscarre s'éloigna rapidement.

Le lendemain, trois coups de canon annonçaient une évasion.

C'était — paraît-il — l'incorrigible incendiaire qui s'était enfui...

— Oh ! nous sommes tranquilles! dit le commandant du bagne.

Inutile de dire que cette sécurité devait être trompée.

Il y avait longtemps que le véritable incendiaire, que le personnage à la face hideuse avait atteint un refuge introuvable.

Quant à Biscarre, qui, avec une incroyable habileté, avait su pénétrer dans le bagne à sa place, on sait qu'il avait pu arriver à temps pour déjouer les intrigues ourdies contre lui et ressaisir plus vigoureusement que jamais l'autorité dont on avait prétendu le dépouiller.

XIII

BISCARRE S'EXPLIQUE

En ce mot.ent, Biscarre se trouvait dans une des salles souterraines, exposant son plan au Conseil suprême des Loups et aux douze délégués désignés par le sort.

On l'avait écouté avec une admiration croissante, et plusieurs fois des murmures approbateurs l'avaient interrompu.

— Ainsi que vous l'avez compris, continuait-il, l'inscription qui révèle le lieu où sont enfouis les trésors de Khmers est incomplète. Exupère m'a tout expliqué. Là-bas, dans ce pays du soleil, existent des temples immenses, dédales dans lesquels nul profane ne saurait se diriger. C'est dans une de ces pagodes, la plus vaste, celle d'Angkor Wat, que le dernier roi des Kmers a enfoui jadis les richesses inépuisables qu'il avait prétendu soustraire à la rapacité des conquérants.

» Depuis longtemps déjà l'existence de ces trésors était soupçonnée. Plusieurs tentatives avaient été faites pour les découvrir. Mais le secret gardé religieusement depuis plusieurs siècles a déjoué toutes les recherches. Cependant des Européens sont parvenus à apprendre qu'un personnage bizarre, dernier descendant de la race des anciens rois, était préposé à la garde de ces richesses, destinées, à certaine date fixée d'avance par la légende, à reconstituer l'empire détruit. Ces Européens — dont je vous dirai le nom tout à l'heure — se sont mis à la recherche de ce personnage, qui se nomme dans le pays l'Eni, le Roi du Feu... c'est, paraît-il, une sorte de solitaire, dont seuls quelques fidèles connaissent la mission, mais qui est vénéré par tous à l'égal des plus grands princes...

» Ces Européens surprirent cet homme et le tuèrent; ils espéraient soit trouver facilement la trace des trésors recherchés, soit tout au moins obtenir par ce meurtre des indications précises.

» L'événement déjoua ces espérances.

» Seulement, un Français qui, pour des raisons que j'ignore, se trouvait auprès du Roi du Feu, fut saisi par eux, mis à la torture, mutilé, et enfin assassiné.

» En le dépouillant, nos Européens trouvèrent un papier sur lequel quelques notes étaient inscrites en français.

» Ces notes donnaient des indications qui semblaient se rapporter au trésor.

» Chose bizarre, ces indications visaient, non le pays des Khmers, mais la France, mais Paris.

» Il semblait évident qu'une partie tout au moins du trésor avait été transportée en France et enfouie sans doute dans quelque recoin de Paris. Nos Européens n'hésitèrent pas. Ils se croyaient sûrs, sinon d'obtenir un succès complet, en somme d'être rémunérés de leurs peines et payés de leur crime.

» Ils revinrent à Paris, et les recherches commencèrent.

» Mais là où ils comptaient trouver des coffres remplis d'or et de pierreries, ils ne rencontrèrent que des blocs de pierre informes et qui, pour eux, en raison de leur ignorance, n'avaient aucune valeur.

» Vous savez tous, continua Biscarre, avec quelle persévérance j'ai organisé à Paris une police occulte qui surprend les secrets les mieux cachés, et je vous le demande, Loups de Paris, quand tout à l'heure vous écoutiez les accusations ridicules et intéressées dirigées contre moi, oubliiez-vous donc les sommes énormes que j'ai fait tomber dans la caisse du bagne, et en est-il un seul de vous qui n'ait eu sa part de ce gâteau royal? »

Biscarre s'interrompit, et promena sur ceux qui l'écoutaient son regard dur et puissant.

Il paraît que, dans le monde des bagnes, les choses se passent de la même façon que dans la société régulière.

Les affiliés qui écoutaient Biscarre, membres du conseil suprême ou simples délégués, appartenaient à ce que nous appellerions, si nous l'osions, l'aristocratie des forçats. Tout au moins, c'en était l'oligarchie.

Et tandis que la vile plèbe, les Muflier, les Goniglu (paix à leur cendre), le Truard et autres se plaignaient de rester sans un écu en poche, l'aristocratie en question menait vie large et satisfaite.

La preuve de cette observation fut clairement accusée par l'assentiment que tous donnèrent aux paroles du roi des Loups.

Il reprit :

— Cette police que je dirige seul et dont seul j'ai la responsabilité, m'avait mis sur la trace d'opérations mystérieuses auxquelles se livrait certain grand personnage étranger, de fouilles opérées dans les sous-sols de Paris.

» Je devinai que le mystère dont s'entourait cet homme devait cacher quelque bonne aubaine pour l'association. Je ne m'étendrai pas sur les moyens dont j'usai...

» Bref, une nuit, je le surpris...

» Ah ! cet homme croyait son secret bien gardé. Mon apparition subite le frappa comme un coup de foudre, et je ris encore au souvenir de sa mine piteuse... Je dois avouer cependant que c'est une nature énergique et qu'il tenta de me tuer... Inutile de dire qu'il ne parvint même pas à me faire une égratignure... j'étais maître de lui...

» Le plus curieux en ceci, c'est que mon homme était désespéré. Toujours espérant découvrir des caisses d'or ou de pierreries, il rencontrait pour la deuxième fois un fragment de pierre qu'il estimait sans valeur...

» Quand je le quittai, j'avais moulé, sans qu'il s'en aperçût, l'empreinte des caractères tracés sur le bloc de pierre, comme déjà je possédais la copie exacte de ceux qui constellaient le premier bloc de granit qu'il avait déterré naguère et qu'il avait relégué dédaigneusement dans un coin de son cabinet...

» Après avoir pris certaines mesures indispensables à la réussite de mes projets, je me mis en quête d'un homme qui pût traduire les inscriptions tracées en caractères incompréhensibles pour nous...

» La recherche fut difficile. Car, en vérité, ajouta Biscarre en ricanant, j'ai constaté combien le niveau des sciences philologiques s'est abaissé en France.

» Ce fut alors que j'appris l'existence d'Exupère. Je parvins à pénétrer au bagne de Rochefort, où le malheureux est retenu depuis six années...

» Sur ma demande, il a traduit les signes gravés sur les fragments de statue et m'a donné, avec une incroyable érudition, les détails les plus complets sur le peuple auquel appartenait l'empire dont aujourd'hui ne subsistent plus que des ruines colossales...

» Oui, ces trésors énormes existent !... Oui, ces richesses sont enfouies dans une des cryptes souterraines d'une pagode immense... Eh bien ! ces trésors, je veux qu'ils appartiennent aux Loups de Paris ! »

Et comme tous, silencieux, tenaient leurs yeux fixés sur Biscarre, dont la parole brève, énergique, avait fait passer en eux la conviction dont il était rempli lui-même :

— Je vous l'ai dit, reprit-il, je ne veux plus que les Loups soient traqués dans cette vieille société où ils étouffent. A nous le monde ! à nous la force que donne la richesse ! Avec les trésors du roi des Kmers, nous érigerons là-bas, par delà les mers, un royaume étrange, dont la puissance sera si grande que nul ne pourra se mesurer avec nous ; royaume des criminels, des forçats ! De là, nous nous répandrons sur toute la terre, non plus hypocritement, non plus en nous cachant dans l'ombre comme des réprouvés, mais comme des conquérants. Nous serons l'armée du mal, le peuple du crime !

» Guerre aux hommes ! Guerre aux possédants !... Nous serons la nation vengeresse qui fera expier à l'hu-

manité ses fausses vertus et ses réprobations hypocrites !...

» Comprenez-vous, mes maîtres, moi, Biscarre, votre
roi, je vous créerai un asile inattaquable d'où] vous
vous jetterez sur le monde pour le dévaster... Nous
aurons nos mercenaires, nos flottes, nos arsenaux !
Avec notre or, nous défierons les plus forts, nous achè-
terons les consciences, nous soulèverons les fils contre
leurs pères, les déshérités contre les repus !... Guerre
de fureur et d'extermination !...

» Nous appellerons à nous tous les bandits qui,
poursuivis comme des bêtes fauves, jettent à la société
qui les poursuit des menaces impuissantes, et tombent
épuisés sous la hache qui les frappe... Qu'ils viennent
à nous, et nous leur donnerons des armes !

» Je veux que le royaume du mal soit en épouvante
à tous les peuples ! Cet enfer — que leur imagination a
créé — je veux le réaliser, moi, sur la terre !...

» Vous tous qui m'écoutez, m'avez-vous compris ?...
Voulez-vous m'aider à remplir cette tâche gigantesque
et d'une horreur sublime ?... Dites ! êtes-vous prêts ?... »

Tous, debout, frémissants, s'écrièrent :

— Oui ! oui ! nous sommes prêts ! Vive Biscarre !...
vive le roi du mal !...

— Bien ! mes fidèles !... oh ! je ne doutais pas de
vous !... vous croyez en moi, et c'est justice !... mais je
ne vous ai pas encore tout dit !...

Il y eut un redoublement d'attention.

— Avant tout, il faut nous emparer de ces trésors...
J'ai besoin de vous... Il faudra tuer !... L'homme qui a
découvert les deux fragments de statue est en possession d'un papier important, je dirai plus, indispensable ; c'est celui où sont tracées les indications qui per-

mettront de retrouver le troisième bloc de pierre...
Exupère m'a affirmé que ces fragments ne devaient
être qu'au nombre de trois.

— Si vous avez saisi le sens renfermé dans l'inscription incomplète déjà traduite, continua Biscarre, vous
avez vu que c'est la statue elle-même qui, placée dans
certaine position, doit, par la projection de son ombre,
désigner la place exacte où les trésors sont enfouis...
donc il nous faut le troisième morceau qui la complète...
Seul, le papier dont je viens de parler nous en donnera
le pouvoir... il faut l'arracher à celui qui le détient... il
faut l'assassiner...

— Nous le tuerons, dit un des Loups.

— Quel est son nom? reprit un autre.

— Je vous le dirai quand l'heure sera venue... il faut
que je prenne mes dernières dispositions... car je veux,
en frappant cet homme dont la vie m'importe peu,
achever une autre œuvre depuis longtemps entreprise...
Vous connaissez l'existence du Club des Morts, association mystérieuse qui a montré la prétention de lutter
contre nous. Je veux l'abattre, avant que nous quit-
tions la France pour marcher à la conquête des trésors...

— Quoi que tu veuilles, quoi que tu ordonnes, dit un
des membres du conseil, nous t'appartenons et nous te
suivrons.

— Merci! Maintenant, vous connaissez nos projets,
je vous ordonne la prudence! la moindre indiscrétion
pourrait compromettre notre œuvre.

— Quand tu auras besoin de nous, tu nous appel-
leras.

— Jusque-là, silence! Cachez-vous dans vos tanières
comme des fauves, prêts à bondir au premier signal;

ne cherchez pas à savoir où je suis avant que vous receviez mes ordres. Allez, maintenant, et n'oubliez pas que le roi des Loups veille et travaille pour vous tous !

Un dernier cri de : Vive Biscarre ! ébranla les voûtes antiques des souterrains de l'Hôtel-Dieu.

Quelques instants après, l'obscurité reprenait possession de ces cryptes sombres et l'on n'entendait plus que le clapotement de l'eau, heurtant les grilles rouillées des larges baies.

XIV

PARADIS OU ENFER

Laissons pendant quelque temps le roi des Loups à ses ténébreuses machinations et revenons à celui qui, menacé par sa haine, oubliait dans les joies d'un amour insensé les désespoirs de sa vie passée.

Nous voulons parler de Jacques de Cherlux.

Depuis que, pour la première fois, Isabelle de Torrès, belle à damner un saint, comme disaient alors les romantiques, avait prononcé ces mots passionnés : — Jacques, je t'aime !... le jeune homme croyait vivre dans un rêve.

Et, de fait, ses sensations procédaient à la fois de l'engourdissement et de l'ivresse.

Si parfois il s'éveillait de cette torpeur sensuelle, c'était dans une sorte de sursaut convulsif; les plaisirs violents et âcres l'arrachaient à cette demi-somnolence.

C'est qu'en vérité cette femme possédait, pour les choses d'amour, une puissance infernale. Son souffle était à la fois capiteux et enivrant; ses baisers tuaient l'âme et le corps, comme ces poisons des Borgia qui éteignaient en l'homme qui les avait bus jusqu'au sentiment de lui-même.

Et Jacques ne résistait ni ne tentait de résister.

Où il était, où il allait, il ne le savait plus. La pente était glissante; le vertige le prenait, et il tombait plus vite, toujours plus vite, sans voir le gouffre d'infamie qui s'ouvrait béant au-dessous de lui.

Sa conscience s'était endormie, son intelligence sommeillait.

Il ne comprenait plus. Il se laissait vivre, sans même savoir ce qu'était cette vie. C'était l'effarement cérébral de l'homme saisi par un engrenage et dont le corps, lancé par le levier de fer, tourne dans le vide avant d'être broyé entre les cylindres qui le tueront...

D'ailleurs, Isabelle l'isolait du monde.

Jacques était sa proie. Elle l'avait pris. Il était à elle.

Elle disait, elle croyait l'aimer. Cette adoration toute physique lui semblait une sorte de révélation.

Comme toutes les courtisanes — qui bien avant les poètes et les romanciers, ont inventé la théorie de la réhabilitation — le Ténia avait oublié son passé. L'empoisonneuse du duc de Torrès prétendait découvrir en son âme toutes les délicatesses et toutes les innocences; celle qui avait surexcité la passion sénile de Silvereal jouait naïvement toutes les pudeurs.

Plus n'était question — fût-ce au plus profond du souvenir — de Martial, dont elle avait exploité le talent et en qui elle avait engourdi, sinon tué, tout sentiment qui ne se rapportât pas à elle-même... de sir Lionel, qui s'était brûlé la cervelle à ses genoux et dont elle avait dédaigneusement repoussé le corps de sa petite mule bleue.

En vérité, ce cynisme d'oubli était admirable. Et, pour elle, passé, présent, avenir, se résumaient en un mot : Amour! en un seul nom : Jacques!...

Elle avait des chatteries adorables et avait retrouvé toute la *félinité* de sa nature première. Dominatrice, elle s'était faite humble. Violente, elle était devenue soumise. Elle avait des terreurs d'enfant, si, par aventure, sortant de sa torpeur, le jeune homme avait quelque réveil d'énergie.

Pensait-il, elle supposait qu'il l'aimait moins.

Alors elle l'enveloppait dans le réseau de ces enchantements que la Mythologie prête à Circé.

Parfois elle se prenait à craindre qu'on ne le lui enlevât.

Certes, il l'aimait, lui aussi, si toutefois on peut donner le nom d'amour à cette dépravation cérébrale qui ne demande à la femme que la satisfaction des sens.

Jamais, pour conserver jalousement Rosine, Bartholo ne déploya plus d'habileté ingénieuse que ne le faisais le Ténia.

Quoique clos comme une prison, enseveli dans les arbres, qui jetaient sur lui leur ombre lourde et opaque, l'hôtel de la rue de la Tour-des-Dames ne lui avait plus paru assez sûr.

Elle avait acheté — en secret — une charmante petite maison auprès de la porte Maillot, au bois de Boulogne.

Habile à se cacher, elle s'était échappée sans que Jacques soupçonnât même son absence, et en quelques jours, par la puissante magie de l'argent, elle avait transformé cette maison en un nid d'amour.

Elle n'était plus avare, ou du moins son avarice avait changé de forme. Ce qu'elle voulait conserver maintenant, ce qui constituait maintenant le trésor sur lequel elle veillait avidement, c'était son amant, c'était Jacques...

Un jour, elle l'avait emmené sans lui dire où.

Sa voiture, toute douilletée de satin, les avait entraînés à travers les rues. Il s'étonnait, il questionnait.

Elle refusait de répondre.

Puis la portière s'était ouverte, et Jacques avait poussé un cri de surprise. En vérité, c'était à se croire transporté dans le pays inconnu des féeries splendides.

Un vaste jardin d'hiver, recouvert d'un dôme de cristal, enchevêtrait en une vaste voûte verdoyante les plantes tropicales les plus rares et les plus brillantes. Ce n'étaient que fleurs éclatantes aux parfums enivrants ; quand on suivait le long sentier qui courait à travers les tiges souples, les larges feuilles se baissaient comme pour caresser.

Puis un perron de marbre blanc donnait accès dans la demeure, où était entassé — avec une profusion royale, mais avec un goût parfait — tout ce que l'art moderne a imaginé de plus délicat et de plus admirable à la fois.

Les statues, aux profils voluptueux — nudités sublimes qu'Isabelle semblait défier — se blottissaient à tous les angles... les fenêtres à vitraux orientaux jetaient sur les sofas de soie leurs teintes douces et chatoyantes.

Jacques ! Jacques ! révolte-toi donc !... Quoi !... tu

entres dans cet enfer et tu crois pénétrer dans un Eden!
Interroge-toi, relève la tête!... pense! qui donc a payé
tout cela?... De quelles débauches, de quels mensonges
d'amour ont été soldées ces richesses?... N'as-tu donc
même plus ce sentiment, que conserve le plus sceptique, la jalousie du passé?... Et le rouge ne te monte pas
au front, lorsque tu suis docilement cette courtisane
qui t'entraîne en te prenant la main!

Mais non. Tu n'entends même pas cette voix de probité qui murmure à ton oreille. Tes yeux ne voient plus,
tes oreilles ne perçoivent plus aucun son, parce que tu
sens frémir dans ta main les doigts chaudement voluptueux de cette femme... parce que tu aspires le parfum
qui s'échappe de tout son être... parce que tu lui appartiens... et qu'une fois de plus le Ténia, rongeant ton
cœur, accomplit son œuvre mortelle.

Jacques marchait comme font les somnambules. Il y
avait un brouillard devant ses yeux et sa pensée.

Pour lui aussi le passé était mort.

Bien loin s'étaient envolées les résolutions honnêtes
de l'ouvrier, les résistances du calomnié, les indigna-
tions qui l'avaient fait bondir sous l'injure. Se souve-
nait-il seulement de son nom? Pourquoi l'appelait-on
le comte de Cherlux? et Mancal? et les Loups? et la
Brûleuse? et Diouloufait? Tout cela n'était plus qu'ombres enfouies dans les ténèbres.

Sa vie se résumait tout entière en un sourire d'Isabelle, son avenir en un baiser.

Et les jours passaient dans cette demi-somnolence
du vice qui brise les nerfs et atrophie le cerveau...

Jacques avait des rires de vieillard, des divagations
de fou.

Son visage pâli semblait s'être encore affiné. Ses

yeux brillaient d'un éclat fiévreux, et aux plis de ses lèvres on remarquait déjà cette contraction qui reste à la bouche des vieux viveurs comme un indélébile stigmate.

Il ne songeait pas à sortir. Pour lui l'existence tout entière se renfermait dans cette maison, tout imprégnée d'une atmosphère d'ivresse.

Parfois il s'étendait sur un sofa, devant une des fenêtres d'où l'œil se perdait à travers l'avenue. Les yeux fixes, il ne regardait pas; il ne rêvait pas.

Alors, doucement, le Ténia s'approchait derrière lui, sur la pointe des pieds. Etendant ses bras nus, plus blancs que le marbre, elle posait ses deux mains sur sa tête, et, se penchant, le baisait au front...

Il tressaillait, comme si, pour son cerveau, cette douce pression eût été une douleur... Puis, se retournant, il la saisissait dans ses bras...

Un jour — midi venait de sonner — Isabelle était sortie. Il n'avait même pas songé à lui demander où elle allait. N'était-elle pas maîtresse absolue dans cette maison? Puis son absence n'était-elle pas — sans qu'il se l'avouât — une sorte de soulagement pour lui?

Ce jour-là, il se sentait plus faible, plus absorbé que de coutume.

Etendu à la place qu'il choisissait d'ordinaire, il laissait son regard errer dans le vide...

Déjà on touchait au printemps.

Et les premiers soleils jetaient sur la route leur clarté blanche et lumineuse. Le chemin s'étendait comme un long ruban de soie.

Tout à coup, loin, bien loin, deux points noirs se détachèrent sur cette matité.

Jacques, insouciant, les suivait du regard avec l'indifférence d'un enfant.

Bientôt les points grandirent, prirent forme.

C'étaient deux chevaux, ardents, vivaces, rapidement lancés.

Deux jeunes filles, dont il ne pouvait encore distinguer le visage, les excitaient de la cravache, gracieusement imprudentes.

Mais voici que l'un des chevaux se cabre, tourne sur lui-même. En vain celle qui le montait s'efforce de le maîtriser.

L'animal cherche à désarçonner sa cavalière qui lui scie la bouche avec le mors.

Le cheval alors s'élance, droit devant lui, les jarrets tendus, et d'un galop furieux, il s'emporte.

La jeune fille chancelle... Si elle tombe, c'est la mort pour elle.

Que s'est-il passé dans l'âme de Jacques?

D'un seul geste, il a ouvert la fenêtre... et a bondi dans le jardin... Un élan le porte sur la route.

Le cheval va passer... il est encore à une vingtaine de mètres...

Résolûment, Jacques se jette à sa rencontre... et au moment où l'animal, martelant le sol de ses sabots enfiévrés, passe à sa portée, il se rue au poitrail et le saisit par les naseaux.

La jeune fille jette un cri terrible...

Jacques est renversé... mais ses mains, accrochées au mors, n'ont pas lâché prise.

L'animal le traîne... l'homme le tient encore.

Le cheval se secoue en hennissant de rage... Jacques se sent faiblir... mais voici que l'animal, dompté, s'arrête... brusquement... de ses quatre pieds qui semblent rivés à la terre...

Jacques est debout, pâle, une sueur froide au front...

Une voix lui crie :

— Ah! monsieur! merci!... je vous dois la vie.

Il voit la jeune fille qui chancelle, qui tombe.

Il la reçoit dans ses bras... et pousse un cri :

Il a reconnu celle qui naguère se trouvait auprès du grabat sur lequel expirait la misérable Brûleuse.

Celle qu'il vient de sauver au péril de sa vie, c'est Pauline de Saussay.

Il ne l'a vue qu'un seul moment, alors que fou de douleur, il baissait la tête sous les insultes que lui jetait à la face celle qui se tordait dans les angoisses de l'agonie.

Mais c'était à cause d'elle surtout qu'il s'était enfui, devant elle qu'il n'avait pas voulu rougir, expliquer que parmi tous ces noms prononcés, noms de bandits et d'assassins, il en était qui se trouvaient fatalement liés à sa vie.

Et voici que maintenant, tandis que, docile, le cheval restait immobile, voici que Pauline de Saussay appuyait sur sa poitrine sa tête languissante. Il voyait ce visage pâle et doux, à l'ovale angélique, ces grands yeux bleus à demi fermés qui semblaient noyés dans les larmes...

Jacques sentit son cœur se serrer sous une étreinte convulsive...

Qu'elle lui semblait belle !... Oui, c'était bien un parfum de pureté et de bonheur qui s'échappait de toute sa personne. Le frémissement de terreur qui l'agitait encore faisait vibrer les fibres les plus intimes du cœur de Jacques...

La seconde jeune fille arrivait au galop, accompagnée du domestique, qui l'avait enfin rejointe...

C'était Louise de Favereye.

Jacques la reconnut, elle aussi. Et, involontairement,

il baissa les yeux. Maintenant ses souvenirs lui revenaient en foule...

— Blessée ! Pauline est blessée ! cria Lucie.

En effet, des goutelettes de sang coulaient sur son front blanc, où pas un pli n'était tracé.

— Rassurez-vous, mademoiselle, dit Jacques, mademoiselle n'est pas blessée... ce sang est le mien.

En effet, dans l'effort, il s'était martelé le front, son sang coulait.

Il eut un sourire.

— Ce n'est rien, fit-il. Qu'est-ce que quelques gouttes de sang, quand il s'agit de sauver une existence?...

Lucie le regarda.

Elle aussi le reconnut. Elle se souvint de la scène étrange dont elle avait été témoin. Elle hésitait à parler.

— Que votre domestique se mette en quête d'une voiture, dit Jacques, car, en raison de sa faiblesse, votre amie serait incapable de monter à cheval.

Lucie confirma l'ordre formulé par Jacques.

Pauline avait été étendue, toujours évanouie, sur un des côtés de la route. Lucie soutenait maintenant sa tête sur ses genoux, et, embrassant ses cheveux, cherchait à la ranimer en lui prodiguant les plus douces caresses.

Enfin ses yeux s'ouvrirent... elle poussa un profond soupir et regarda autour d'elle. Elle vit Jacques, une exclamation lui échappa, en même temps qu'une vive rougeur empourprait son visage.

— C'est vous qui m'avez sauvée ! dit-elle d'une voix faible. Encore une fois merci !...

— Je bénis le hasard qui m'a placé sur votre route, dit Jacques.

En ce moment le laquais revenait avec une voiture qu'il avait rapidement découverte dans une rue voisine.

Lucie parla à son tour.

— Monsieur, dit-elle à Jacques, nous ne savons comment vous exprimer toute notre reconnaissance...

— Mademoiselle, interrompit Jacques, je ne vous adresserai qu'une prière.

— Laquelle?

— J'ai compris à vos regards, à votre surprise, que vous m'avez reconnu et que vous n'aviez pas perdu le souvenir d'une aventure bizarre à laquelle je me suis trouvé mêlé.

Lucie protesta d'un geste.

— Laissez-moi vous parler. Vous avez entendu une moribonde professer contre moi les plus odieuses accusations, et vous vous êtes étonnée de ne pas entendre sortir de mes lèvres un seul mot de justification. Eh bien! quelles que fussent les apparences, si étrange que vous ait paru ma conduite, je vous jure... tenez, par la vie de mademoiselle que j'ai eu le bonheur de sauver, par ce sang que j'ai versé pour elle, je jure que je suis un honnête homme et que j'ai droit à votre estime.

Pauline cacha son visage dans le sein de Lucie, et tout bas elle murmurait:

— Oh! je n'ai jamais douté, moi!

Lucie tendit la main au jeune homme.

— Je vous crois, dit-elle.

— Et mademoiselle? insista Jacques en s'adressant à Pauline.

Pauline ne répondait pas, mais sa main, se dégageant doucement, toucha en frissonnant la main du jeune homme.

— Ne voudriez-vous pas, reprit Jacques, me faire connaître votre nom?

Les deux jeunes filles se nommèrent.

— Et vous, monsieur, demanda Lucie, ne nous donnerez-vous pas le vôtre... afin que nous le conservions dans notre souvenir?

Jacques hésita. Puis :

— Je me nomme Jacques, dit-il.

— Est-ce tout?

— Oui... Jacques... qui veut oublier tout autre titre et tout autre nom, qu'il n'a pas gagnés, pour mériter d'être appelé désormais Jacques l'honnête homme...

Pauline s'appuya sur son bras pour gagner la voiture.

Puis le cocher lança les chevaux... Les deux jeunes filles lui sourirent encore une fois.

A ce moment, un coupé débouchant sur l'avenue croisa la voiture qui emportait Lucie et Pauline, puis roula rapidement vers le jeune homme.

— Jacques! cria une voix.

C'était Isabelle, c'était le Ténia.

Elle était sortie vivement de la voiture.

— Toi! mon Jacques! que fais-tu là? Mais tu es blessé! mon Dieu! c'est du sang! Que s'est-il passé? parle! parle!

— Ce n'est rien, fit le jeune homme avec une certaine impatience, j'ai arrêté un cheval qui s'emportait.

Isabelle le regarda. Le ton dont il avait prononcé ces paroles l'avait frappée en plein cœur comme un coup de poignard.

Les femmes qui aiment ont des intuitions subites.

— Tu as sauvé une jeune fille?

— Oui.

— L'une de celles que je viens de voir, dans cette voiture ?

— En effet, mais rentrons ! je me sens faible et j'ai besoin de repos.

Et pour couper court à une conversation pénible, il se dirigea vers la maison.

Isabelle marchait auprès de lui et le regardait à la dérobée.

Au moment d'entrer, Jacques eut comme un mouvement de recul.

— Qu'as-tu donc ? demanda Isabelle.

— Rien ! fit Jacques.

Et la porte se referma sur eux.

Le jeune homme était pensif.

Et Isabelle la courtisane se disait :

— Que se passe-t-il donc ? j'ai peur !

Puis avec un frisson, elle disait :

— Ah ! s'il ne m'aimait plus !...

XV

LE BIEN ET LE MAL

Dans le long récit que nous avons entrepris de raconter, il est nécessairement un certain nombre de personnages que nous sommes forcé d'abandonner pendant
quelque temps, sauf à y revenir en temps utile.

Maintenant qu'on connaît, en partie du moins, les
projets de Biscarre, cette entreprise grandiose, presque
sublime à force d'audace criminelle, qui était venue
s'enter en quelque sorte sur ses premières résolutions, il
nous faut revenir à l'hôtel de Favereye, dans lequel
jusqu'ici nous n'avons pas conduit le lecteur.

Cet hôtel qui, depuis plusieurs siècles, appartenait à
une des plus honorables familles de la noblesse de robe,
était situé à l'entrée du faubourg Saint-Honoré, à peu
de distance de l'emplacement où se trouve aujourd'hui
l'ambassade d'Angleterre.

Il était occupé maintenant par M. de Favereye, ma-

gistrat à la cour de cassation, dont l'intégrité était proverbiale. Plusieurs fois il avait résisté à des ordres venus de haut, et devant sa probité, qui rappelait celle
de cet honnête homme qui rendait « des arrêts et non
des services, » les plus éhontés corrupteurs de cette
époque féconde avaient dû battre en retraite.

La marquise de Favereye, née Marie de Mauvillers,
sa femme, occupait avec sa fille Lucie le premier étage
de l'hôtel, ainsi que Pauline de Saussay, orpheline,
avons-nous dit, que sa mère mourante avait léguée à la
marquise.

Au moment où nous pénétrons dans cette demeure,
la marquise et sa sœur Mathilde, assises l'une auprès
de l'autre, les mains dans les mains, causent avec animation :

— Patience! patience! répète Marie, si triste que
soit ta situation, n'oublie pas que tu as des devoirs sacrés et que nulle puissance au monde ne peut briser le
lien qui t'attache à M. de Silvereal.

— Eh bien! ma sœur, reprend Mathilde dont les yeux
brillent d'une exaltation fébrile, je n'ai donc plus d'autre refuge que la mort!

— Sœur! sœur! je t'en conjure! ne parle pas ainsi...
ton animation m'épouvante!... Tu parles de mourir!...
Mais, sans que je veuille diminuer le fardeau de douleurs que tu as à supporter, ne te souviens-tu pas des
angoisses qui, depuis si longtemps, pèsent sur ma vie!...
As-tu oublié ces larmes que je verse sans cesse, désespérant maintenant de retrouver jamais celui que j'ai
perdu, de l'arracher à ce misérable qui en fait son
jouet et sa proie! Mathilde! est-ce que je suis tuée,
moi !

— Tu es forte et je suis faible!

— Non! ce n'est pas de la force! Le suicide est une lâcheté! Qui se tue, déserte!

— Mais tu ne comprends donc pas que ma situation est plus horrible chaque jour?... Voici que maintenant M. de Silvereal est privé de cette illusion malsaine qu'entretenait en lui le faux amour de la Torrès... Elle a disparu, pour aller se cacher avec un nouvel amant dans quelque retraite où il n'a pas su la découvrir... D'hypocrite qu'il était, le désespoir l'a rendu cyniquement cruel. Les tortures qu'éprouve son âme jalouse, c'est à moi qu'il veut les faire expier!... Il m'insulte, il me brave sans cesse, il répète le nom d'Armand de Bernaye, le nom que je conserve comme un écho de douloureuse joie au fond de mon cœur et que ses lèvres profanent... Parfois je surprends dans ses yeux des lueurs qui m'effrayent... Il s'est réconcilié avec le duc de Belen, et ces deux hommes, jetés dans notre vie pour le mal, complotent, j'en ai la conviction, quelque infernale machination... eh bien!... il y a trop longtemps que je lutte!

— Mathilde!

— Souvent, la nuit, seule, désolée, pressant entre mes mains mes tempes prêtes à éclater, je songe à fuir... oui, en vérité!... je veux courir chez Armand, et lui crier : « Prends-moi!... emmène-moi!... arrache-moi de cet enfer où je me débats! » Puis, j'ai peur de moi-même, j'ai peur de perdre Armand sans me sauver... et toujours devant moi se dresse ce fantôme de haine basse et vile qui ose s'appeler mon mari!... Tu vois bien, sœur, que c'est à désespérer!

La douleur de Mathilde était poignante.

Et, par malheur, elle ne faisait que dire la vérité.

Depuis que le Ténia avait entraîné Jacques loin de la

rue de la Tour-des-Dames, Silvereal se sentait devenir fou.

Cet amour de vieillard — passion d'autant plus violente qu'elle restait inassouvie — avait dégénéré en une sorte d'aliénation mentale. Pendant des journées entières, il errait autour de l'hôtel abandonné de la Torrès.

En vain il avait questionné, en vain il avait tenté de corrompre à prix d'or les quelques serviteurs laissés dans la maison. Bouches et portes étaient restées closes.

Il ne savait rien. Il ignorait jusqu'au nom de l'homme qui l'avait supplanté. Depuis l'heure où Isabelle avait enlevé Jacques, le rencontrant par hasard au bois de Boulogne, le jeune homme n'avait plus reparu dans la société.

De Belen supposait qu'irrité, et surtout humilié de l'affront qu'il avait reçu en pleine visage, le jeune homme était allé cacher sa honte dans quelque retraite ignorée.

Aussi, quand Silvereal vint à lui pour le supplier de l'aider dans ses recherches, le duc n'eut-il pas un seul instant la pensée que le rival du baron fût son ancien commensal.

Et chaque jour, rentrant à son hôtel après une nouvelle déconvenue, Silvereal faisait retomber sur la baronne le poids de son cynique désespoir. Ne pouvant être aimé, il voulait être craint, être haï même.

Les scènes les plus odieuses se succédaient : oubliant ce qu'il devait à son éducation et à son rang, le vieillard ne reculait pas devant les expressions les plus outrageantes. Ah ! si du moins il eût tenu dans ses mains une preuve qui lui permît de tuer l'un des deux amants !

Certes, il aurait pu se rendre chez Armand, le provoquer, le contraindre à se battre...

Silvereal était lâche : ce n'était pas l'homme du combat loyal, face à face. Il était de ceux qui s'embusquent au détour d'un chemin, abrités derrière les broussailles, et qui frappent leur ennemi par derrière...

Et tel était l'homme auquel Mathilde, aimante, honnête, pleine d'ardeur et de vitalité, se trouvait unie par un lien indissoluble.

Elle pleurait dans le sein de sa sœur, qui cherchait en vain des mots consolateurs. Il est des désespoirs que rien ne peut adoucir, surtout quand devant toutes les espérances, se dresse un mur infranchissable.

On frappa à la porte.

La femme de chambre entra et remit une carte à Marie de Favereye.

Elle y jeta les yeux. Puis :

— Faites entrer, dit-elle.

Et se tournant vers sa sœur :

— Ecoute-moi, et prends courage... je consulterai le Club des Morts. Et peut-être trouverons-nous quelque moyen d'adoucir ta triste destinée.

— Hélas ! je ne l'espère pas.

A ce moment, un jeune homme entra, et, s'arrêtant à quelques pas des deux dames, salua profondément.

C'était Martial, le fils du savant, l'ancien amant de la Torrès, celui qui, sauvé par les frères Droite et Gauche, avait juré de consacrer sa vie tout entière à l'œuvre du bien entreprise par le Club des Morts.

Et combien maintenant il était différent de lui-même !

Ce n'était plus ce visage pâle, creusé par les insom-

nies et les remords, cet œil enfiévré d'une passion malsaine.

Il avait repris toute sa jeunesse, toute sa maturité.

Martial avait la beauté mâle, énergique, vigoureuse
de l'artiste qui croit en lui et s'est créé un magnifique
idéal.

Déjà il avait repris ses études, et plusieurs succès
étaient venus le récompenser de ses efforts. Mais il sentait lui-même qu'il n'avait pas encore donné la mesure
de toute sa valeur; depuis quelque temps surtout, il
redoublait de travail et d'activité.

On eût dit qu'un but nouveau s'était imposé à lui.

En ce moment, il venait rendre compte à Marie de
plusieurs actes de bienfaisance dont il avait été chargé
par elle.

Tous les matins, dès l'aube, le jeune homme se rendait dans les quartiers misérables : ils surprenait les
douleurs inconnues, les désespoirs qui se cachent, et
éprouvait une indicible joie à soulager les pauvres et
les déshérités.

— Je vous laisse, dit Mathilde.

Elle attira sa sœur contre sa poitrine.

— Ah! toi, du moins, murmura-t-elle à son oreille,
tu as su te créer une vie nouvelle...

— Pourquoi ne pas m'imiter?

— Le courage me manque! Plus tard! qui sait? aujourd'hui le chagrin m'enlève jusqu'à la liberté de mon
esprit!

Marie l'embrassa encore une fois, en lui répétant :
« Courage! » puis elle revint auprès de Martial :

— Eh bien! mon ami, lui demanda-t-elle, la matinée
a-t-elle été bonne?

— Madame la marquise jugera par elle-même ; voici la liste des malheureux que j'ai visités.

Il remit à madame de Favereye un carnet qu'elle examina attentivement. Parfois des exclamations lui échappaient :

— Pauvre femme ! veuve et six enfants !... des secours ne suffiront pas, il faudra placer les enfants... car dans ces misères, c'est surtout à l'avenir de ces chères créatures qu'il convient de songer.

Puis :

— Un ouvrier, qui a été blessé pendant son travail... ceux qui tombent à ce champ de bataille ont droit à toute notre estime. Veuillez vous enquérir de ce qu'il sait faire, et nous tâcherons de lui donner des travaux à surveiller, à diriger...

Et ainsi à chaque nom qui passait sous ses yeux, Marie de Favereye trouvait à formuler quelques observations qui prouvaient un sens droit et un inaltérable sentiment de justice et d'humanité.

Quand elle eut achevé, elle donna quelques instructions à Martial, puis l'entretint de ses travaux, lui prodigua les encouragements, enfin se leva comme pour l'inviter à prendre congé.

Mais Martial, immobile, le visage couvert d'une rougeur qui s'augmentait à chaque instant, semblait hésiter à se retirer.

— Avez-vous quelque chose de plus à me dire, mon ami ? demanda doucement madame de Favereye.

— Moi, madame, en vérité, je n'ose.

— Et pourquoi ? Ne me connaissez-vous pas assez pour savoir que je suis avant tout votre amie ? Avez-vous donc quelque confidence à me faire ?

— Peut-être.

Le front de Marie se couvrit d'une ombre légère.

— Une confidence ou une confession? demanda-t-elle.

— Une confession! que voulez-vous dire?

— Ne vous ai-je pas affirmé que je remplacerais auprès de vous la mère que vous avez perdue, et qui était tout bonté et tout indulgence... A elle vous auriez tout avoué, jusqu'à vos fautes. C'est cette même confiance que je réclame de vous.

— Mais je vous jure!...

— Voyons!... ne tremblez pas ainsi!... Hélas! j'ai une douloureuse expérience du cœur humain... il est telles passions qui laissent dans l'âme des sillons que rien ne peut effacer... N'auriez-vous pas d'aventure revu... cette femme, cette Isabelle?

— Oh! madame! je vous en supplie, ne prononcez pas ce nom! en ce moment surtout! Vous ne savez pas tout le mal que vous me faites!

— Pardonnez-moi!

— Oui, j'ai été coupable autrefois! oui, cette misérable a possédé mon cœur, mon être tout entier, et avait engourdi en moi tout sentiment de probité et d'honneur; mais aujourd'hui, tout ce passé s'est évanoui comme un mauvais rêve, je marche la voie droite, tête haute, cœur ouvert! Non, ne parlez plus de cette femme! ou je croirai que ma mère ne m'a pas encore pardonné!

Disant cela, Martial s'était levé.

Ses yeux brillaient d'une noble indignation.

— Encore une fois, dit Marie, pardonnez-moi si j'ai réveillé ce poignant souvenir... J'ai eu tort, car je crois en vous! et c'est une mauvaise action que de soupçon-

ner de faiblesse ceux qui se repentent sincèrement;
mais parlez, je suis prête à vous entendre...

Martial baissa les yeux, puis :

— Eh bien! madame, fit-il d'une voix contenue, je
vais parler... Aussi bien je sais qu'il est de mon devoir d'honnête homme de ne pas contenir plus longtemps en moi-même un secret qui se pourrait trahir,
sans que je le susse moi-même...

— Un secret! je ne vous comprends pas!

— Le soir même où, désespéré, je m'étais décidé à
chercher un refuge dans la mort, — ce qui était une
mauvaise action, vous me l'avez prouvé, — quelques
minutes avant que j'eusse franchi le seuil de cette maison où je croyais ne plus rentrer, une apparition, charmante et pure, s'était montrée à moi comme une protestation vivante contre l'acte que j'allais accomplir...
C'était une jeune fille ! Son regard était si doux, sa
beauté si calme, qu'un instant je restai immobile... Il
me sembla que, sans me voir, elle se plaçait sur mon
chemin comme un bon conseil... Mais le désespoir
l'emporta... je courus à la mort... et les vôtres me
sauvèrent.

— Après? demanda la marquise, qui se sentait émue
aux vibrations de cette voix si jeune et si fraîche.

— Vous n'avez pas oublié par quels miracles d'indulgence, de justice, de bonté vous m'avez rappelé à moi-
même... Vous m'imposâtes une épreuve... et lorsque,
courbé sur la tombe de ma mère, je lui demandai de
me pardonner, j'entendis en moi comme une voix qui
criait : « Marche, enfant, marche dans le juste chemin
Jusqu'ici tu n'as pas été maître de ta propre conscience,
maître de ton propre cœur. Tu as cru rencontrer l'a-
mour, ce n'en était que le fantôme! Relève-toi, et va

toute ta vie les yeux fixés sur l'honneur et la vérité. »
Je me relevai, fort, presque heureux, et je revins vous
dire : « Me voici, je vous appartiens! disposez de moi.
Je veux être un soldat du bien! »

— Et, depuis ce jour, interrompit madame de Favereye, vous avez rempli noblement, religieusement l'engagement que vous aviez librement contracté... Continuez, mon ami.

— Certes, c'est à l'élan de ma conscience, c'est à vos
conseils, à ceux de ma mère que j'obéissais et que j'o-
béis encore... Mais je vous ai promis de tout vous
avouer... il me semblait encore que j'étais suivi, dans
ma voie nouvelle, par le regard de cette apparition qui
s'était révélée à moi dans une heure terrible. Je ne sais
quel espoir me tenait au cœur. Bien que je ne l'eusse
pas revue, il me semblait qu'un jour viendrait où elle
me remercierait d'être redevenu un homme de cœur.
Et si quelque mauvaise pensée tendait de nouveau à
troubler mon âme, je pensais à elle... et tout s'évanouissait comme un mauvais songe.

— Et vous l'avez revue?

— Oui, madame. C'est pourquoi je parle. Je ne veux
pas que l'ombre même d'un soupçon puisse peser sur
moi. La première condition des règles que vous m'avez
imposées est une entière franchise; je veux m'y con-
former.

— Et cette jeune fille?

— Elle m'est apparue de nouveau, plus belle, plus
douce, plus rayonnante de grâce pudique et de bonté.

— Son nom?

Martial baissa la tête et murmura :

— C'est mademoiselle de Favereye, votre fille.

La marquise tressaillit. Une pâleur rapide s'étendit
sur son visage.

— Ma fille !... fit-elle.

— Oh ! mais, par grâce, ne supposez pas un seul
instant que j'aie abusé de votre confiance au point de
laisser soupçonner, si faiblement que ce fût, les sentiments qui emplissaient mon cœur... J'ai su lui imposer
silence. Jamais je n'ai levé les yeux jusqu'à mademoiselle de Favereye, et si je vous ai dit cela, c'est qu'il est
de mon devoir de ne vous rien laisser ignorer. A vous,
je l'avoue dans toute la sincérité de mon âme, j'aime
mademoiselle de Favereye, je l'aime de cet amour saint
et pur qui régénère toute une existence. Mais quelle que
soit votre décision, je suis prêt à vous obéir. Il ne convient pas que je sois reçu chez vous en ami, en fils, sans
que vous connaissiez mon âme tout entière. Je vous l'ai
dévoilée. Maintenant, madame, à vous de me dicter vos
ordres. Si vous l'exigez, je m'éloignerai. Jamais un
mot ne sortira de mes lèvres qui trahisse cet amour
condamné.

La marquise semblait en proie à une vive émotion.
Réfléchissant, le front dans sa main, elle se taisait.

— Ah ! je vous comprends ! s'écria Martial d'un accent
douloureux, mon audace vous blesse, et, indulgente,
vous hésitez à me condamner... Oui, je vous devine !...
vous n'avez pas foi en moi... n'ai-je donc pas fait ce
qu'il fallait pour mériter votre confiance ?...

Le jeune homme, profondément ému, avait peine à
articuler ses mots :

— Ecoutez-moi ! reprit vivement la marquise, et ne
vous méprenez pas sur le sens de mes paroles... Je ne
puis vous répondre encore... il m'est impossible, pour
des raisons que vous ne pouvez comprendre, de vous

autoriser à la recherche de la main de Lucie... non que je ne vous connaisse pas digne d'elle... les épreuves que vous avez supportées vous ont purifié du passé... et je crois en vous... mais dans cette famille où vous voulez entrer, il est des secrets terribles que vous ignorez et qui ne m'appartiennent pas, à moi seule.

— Quoi! madame, vous me permettez d'espérer?...

— Je serais heureuse de vous nommer mon fils... Mais, ajouta-t-elle vivement, en réprimant d'un geste l'élan enthousiaste du jeune homme, je crains que cette union ne soit impossible...

— Je ne vous comprends pas! En vérité, vous m'épouvantez! Mais c'est toute ma vie qui se joue en ce moment...

— Souvent déjà je vous ai dit que le mot suprême de l'existence est celui-ci : Patience! Ne vous laissez donc entraîner ni par une exaltation ni par un désespoir que rien ne justifie... Je ne puis vous répondre, vous dis-je... Attendez quelques semaines... quelques jours peut-être... et alors je vous dirai toute la vérité.

— Oui, j'attendrai... l'espoir au cœur! car maintenant je me sens plus fort, puisque vous ne m'avez pas repoussé.

— Mais, dites-moi, Martial, vous m'affirmez que jamais un mot de vous n'a pu faire deviner à Lucie les sentiments cachés au fond de votre âme?...

— Je vous le jure...

— Croyez-vous, cependant, qu'elle vous aime?

— Il ne m'appartient pas de répondre... et cependant, il m'a semblé parfois qu'une invincible sympathie nous attirait l'un à l'autre...

— C'est bien. Je saurai, j'observerai... Maintenant, mon ami, laissez-moi seule... j'ai besoin de réfléchir...

Martial s'inclina. Marie de Favereye lui tendit la main et il la porta respectueusement à ses lèvres...

Marie resta seule.

— Hélas ! murmura-t-elle, Jacques de Costebelle, toi que j'ai tant aimé, toi qui es toute ma vie, inspire-moi. Cet homme est-il digne de cette jeune fille ? et ne serait-ce pas un crime, s'ils s'aiment, de les arracher l'un à l'autre ?

A ce moment, le roulement d'une voiture se fit entendre.

La marquise s'approcha de la fenêtre.

C'étaient Lucie et Pauline qui revenaient.

Un instant après, elles étaient auprès de madame de Favereye qui, surprise, ne pouvait comprendre comment les deux jeunes filles, parties à cheval, rentraient en voiture de louage.

Bientôt elle eut appris toutes les circonstances de l'accident qui avait failli coûter la vie à Pauline de Saussay.

— Méchante enfant ! lui disait-elle, en la serrant contre sa poitrine, seras-tu donc toujours imprudente !

— Toujours ! s'écria Lucie. Elle suppose qu'il surgira ainsi, à chaque folie, quelque chevalier errant qui l'arrachera au danger.

— Lucie ! fit Pauline en rougissant.

La marquise regarda les deux jeunes filles.

— En effet... vous m'avez parlé d'un sauveur, d'un courageux jeune homme qui s'est jeté à la tête du cheval, au péril de sa vie. Quel est-il ?

Pauline rougit plus fort. Lucie garda le silence.

— Mes enfants, je ne puis supposer que vous ne lui ayez pas témoigné toute la reconnaissance qu'il méritait... Vous lui avez demandé son nom.

— En effet!

— Eh bien! vous ne répondez pas!... Est-ce que je le connais?

— Oui, ma mère, dit Lucie.

— Il appartient à notre monde?

— Je le crois.

— Mais enfin!... pourquoi ces hésitations?... J'ai le droit de savoir, ce me semble.

— Parle, fit Pauline en se tournant vers Lucie, moi, je n'oserai jamais.

— Eh bien! mère, dit Lucie, tu n'as pas oublié le jour où nous sommes allées avec toi dans une maison de la rue des Arcis, où une malheureuse femme était mourante de blessures reçues dans un incendie.

Madame de Favereye tressaillit.

C'était rappeler l'une des plus douloureuses circonstances de sa vie : car, ce jour-là, l'existence de Biscarre lui avait été révélée d'une façon indéniable; elle avait pu espérer un instant qu'il tomberait au pouvoir du Club des Morts, qu'elle saurait ce qu'était devenu le cher enfant qui lui avait été si cruellement arraché... mais, hélas! tous les efforts de ses courageux amis avaient échoué, et, depuis cette heure, le désespoir s'était appesanti plus lourd sur son âme désolée...

— Je me souviens parfaitement, murmura-t-elle. Continue...

— Auprès de ce grabat de douleur, se tenait un jeune homme...

— Oui... et la mourante, dans les dernières convulsions de son agonie, l'accusait d'être cause ou tout au moins complice de sa mort...

— C'est cela. Et, sans se défendre, sans répondre à

cette épouvantable accusation qui l'assimilait à des bandits, ce jeune homme s'est enfui...

La marquise réfléchissait. Ce qu'elle n'avait pas non plus oublié, c'était le singulier sentiment qui s'était imposé à elle quand les traits de ce jeune homme avaient frappé ses regards.

Elle aussi, elle aurait voulu qu'il se défendît, qu'il se disculpât, et quand il s'était élancé hors de cette chambre maudite, sans détourner la tête, il s'était fait en son cœur comme un déchirement.

— Eh bien ! ce jeune homme ?...

— C'est lui qui a sauvé Pauline !...

— Lui ! le comte de Cherlux ! l'ami, le commensal de M. de Belen !...

— Lui-même...

— Mais comment se trouvait-il là ?... Il m'avait été dit qu'il avait quitté Paris, qu'il avait rompu toute relation avec le duc.

— Je ne sais... mais je l'ai bien reconnu... ainsi que toi, n'est-ce pas, Pauline ?

— C'est bien lui ! fit mademoiselle de Saussay.

— Seulement... quand il nous a dit son nom, il a paru éviter avec intention de parler de son titre... Il nous a dit qu'il s'appelait Jacques...

— Jacques ! s'écria la marquise.

Elle pressa son front entre ses mains :

— Oh ! murmura-t-elle, je deviens folle !... C'est une idée insensée qui vient de traverser mon cerveau...

— Et il a ajouté, reprit Pauline, qu'il nous suppliait d'oublier un titre qu'il n'avait pas gagné... et qu'il n'avait plus maintenant d'autre ambition que de mériter le titre d'honnête homme !

— C'est bien, cela ! s'écria la marquise avec un élan de joie inexpliquée.

Puis elle dit à voix basse :

— Encore une âme qui se repent !... Je parlerai de lui à nos amis...

Elle reprit haut :

— Maintenant, mes enfants, après d'aussi vives émotions, vous avez besoin de repos.

— Tu nous renvoies déjà... fit Lucie.

— Je vous assure que je suis tout à fait remise, insista Pauline.

— Soit, donc. Je vous donne encore quelques instants ; je ne suis heureuse qu'auprès de vous.

Elle attira contre elle les deux jeunes filles.

A ce moment, la femme de chambre frappa à la porte :

— Madame, dit-elle, deux messieurs réclament l'honneur d'être introduits auprès de vous.

— Quels sont-ils ?

— Voici leurs cartes.

La marquise jeta un cri :

— Le duc de Belen !... M. de Silvereal ! Ici tous deux !...

Lucie et Pauline s'étaient redressées vivement, comme deux biches effarouchées.

— Allez, mes enfants, dit la marquise. Vous ne tenez pas, je suppose, à assister à cette entrevue.

— Oh ! ce Belen ! je le déteste ! s'écria Lucie.

— Faites entrer ces messieurs, dit madame de Fàvereye. Et vous, mes chères filles, embrassez-moi encore une fois.

Elle resta seule un instant.

— Ces deux hommes chez moi ! murmura-t-elle. Quel peut être leur but?

On annonça :

M. le duc de Belen, M. le baron de Silvereal.

Silvereal était plus verdâtre que jamais. Depuis qu'il subissait les tortures de la jalousie, son teint s'était plombé, son œil était devenu vitreux.

Quant à de Belen, au contraire, jamais il n'avait paru plus alerte ni plus vivace. Sur son front rayonnant, on lisait une audace et un contentement de soi-même plus grands encore qu'à l'ordinaire.

Les deux hommes saluèrent profondément la marquise, qui de la main leur désigna deux siéges.

— A quelle circonstance, messieurs, dit-elle de sa voix calme et grave, dois-je l'honneur de votre visite?

— Mais, ma chère belle-sœur, fit Silvereal, de son accent rauque et cassant, n'est-il pas naturel que nous venions vous présenter nos hommages ?

De Belen confirma d'un sourire satisfait les paroles prononcées par son digne ami.

— Je vous suis reconnaissante de votre intérêt, reprit la marquise, et suis toujours prête à vous recevoir. Cependant je suppose que quelque motif spécial a dicté aujourd'hui votre démarche.

— Et, en effet, madame la marquise, dit le duc, votre supposition est fondée... Vous le savez, moi, je suis la franchise même... et, puisque vous me faites l'honneur de m'interroger, je vous réponds qu'en réalité un intérêt des plus graves, qui touche au bonheur de ma vie entière, m'a conduit ici, et m'a engagé à prier mon ami Silvereal de m'accompagner.

Cette fois, ce fut au tour du baron à opiner de la tête.

Ces deux hommes s'entendaient parfaitement.

La marquise n'était pas femme à se laisser tromper par les feintes affirmations de franchise de M. de Belen.

Elle se contenta de s'incliner, en disant :

— Je vous écoute, monsieur.

— Madame, c'est par le baron de Silvereal que j'ai eu l'honneur de vous être présenté... et ce m'est une précieuse recommandation auprès de vous, je n'en puis douter.

Silvereal sourit. La marquise se tut.

— Je possède un grand nom, madame. Les *de Belen*, dont le nom, entre parenthèses, rappelle le saint Sauveur de Bethléem, remontent au temps de la conquête des Maures... et il y eut un de Belen parmi les compagnons du Cid Campeador.

La marquise ne put réprimer un sourire. Cet étalage de noblesse ne la touchait que fort médiocrement.

— De plus, continua le duc, je possède d'ores et déjà une grande fortune qui, j'en ai la conviction, doit s'accroître, dans un délai peu éloigné, de merveilleuse façon.

Merveilleuse était le mot propre, si de Belen comptait encore sur le trésor des Kmers.

— Mais, monsieur, fit la marquise, je ne vois pas en quoi ces détails....

— Vous allez me comprendre. Il est dans la vie des hommes un âge où la solitude devient un fardeau pesant ; où, quel que soit le luxe qui vous environne, on se sent mal à l'aise si on n'a pas auprès de soi un être qui prenne sa part de ces joies et de ces splendeurs...

— D'accord...

— Si bien, madame, que désirant associer une compagne à mon existence, j'ai jeté les yeux autour de moi...

Cette fois, madame de Favereye comprenait et se tenait prête à recevoir le choc.

— Et j'ai rencontré la jeune fille la plus charmante qu'un époux pût rêver d'attacher à son sort...

— Et cette jeune fille ?...

— Possède tout le charme dont sa mère est si largement douée, acheva M. de Belen, car elle se nomme mademoiselle de Favereye.

Silvereal n'avait pas quitté sa belle-sœur du regard. Il s'attendait à la voir tressaillir, car il ne se dissimulait pas le peu de sympathie que le duc inspirait à la marquise.

Mais celle-ci, parfaitement calme, dit seulement :

— Ah ! il s'agit de mademoiselle de Favereye ?

— Je serais heureux, madame, d'entrer dans une famille honorable à tous égards... J'ai donc l'honneur de vous demander la main de mademoiselle de Favereye...

La marquise garda un instant le silence :

— Sans doute, reprit-elle, M. le baron de Silvereal est depuis longtemps au fait de vos intentions ?

— En effet, fit le baron. Et j'ai cru pouvoir et devoir encourager M. le duc dans cette recherche, qui me comble de joie, j'ose le dire.

— Ma sœur Mathilde est-elle instruite de votre démarche ?

— Point précisément... Cependant j'ai tout lieu de croire que la baronne connaît le désir de M. le duc et qu'elle y est de tous points favorable...

— Vous croyez ?... En vérité, je m'étonne qu'elle ne

m'ait pas fait part... de ces projets, ne fût-ce que pour m'assurer de l'intérêt qu'elle prend à M. le duc de Belen...

Il y avait dans la voix de la marquise une nuance ironique qui ne pouvait échapper aux deux hommes.

De Belen n'était pas fort patient de sa nature, et il avait la mauvaise habitude de brûler ses vaisseaux avec une facilité exemplaire.

Cependant ses habitudes d'homme du monde lui permirent de se contenir.

— Enfin, madame, dit-il assez sèchement, j'ai pensé que c'était à vous, mère de mademoiselle de Favereye, qu'il convenait tout d'abord d'adresser ma requête. Oserais-je espérer que vous ne la repousserez pas ?

— Est-ce donc dès aujourd'hui une demande officielle ?

— Certes, madame. J'ai déjà eu l'honneur de vous dire que je vous suppliais... de vouloir m'accorder la main de mademoiselle Lucie de Favereye...

La marquise se leva :

— A demande positive, dit-elle froidement, il faut réponse non moins catégorique : monsieur le duc de Belen, je ne mets pas en doute que vos aïeux n'aient combattu sous la bannière du Cid Campeador, je ne discute ni le chiffre de votre fortune, ni celui de vos espérances, mais j'ai le regret de vous déclarer que... je vous refuse la main de mademoiselle Lucie de Favereye...

Un double cri lui répondit.

Cri de rage de M. de Belen, cri de stupéfaction de Silvereal.

L'audace de la marquise épouvanta le baron.

De Belen, par un violent effort de volonté, reprit le premier son sang-froid.

— Madame, entre gens du monde, on adoucit d'ordinaire les formules, et je m'étonne que votre refus, puisque refus il y a, affecte des formes que je pourrais, ne vinssent-elles pas d'une femme, considérer comme une insulte...

Il tenait fixés sur la marquise ses yeux, qui étincelaient de fureur mal contenue.

Mais madame de Favereye ne baissait pas les yeux.

— J'ai dit, répondit-elle. Vous avez dû me comprendre, et c'est assez!...

— Mais, madame, on ne rejette pas ainsi la requête d'un galant homme...

— D'un galant homme, dit froidement la marquise, vous avez raison...

— Ah! mon ami, mon cher de Belen, excusez ma belle-sœur, je vous en supplie! En vérité, je crois qu'elle n'a pas en ce moment toute sa raison...

— Monsieur de Silvereal, reprit madame de Favereye, faites-moi grâce, je vous prie, de votre protection... M. le duc et moi, nous n'avons nul besoin d'intermédiaires, si honorables soient-ils.

Elle appuya sur ce mot, ce qui fit tressaillir le baron.

De Belen s'était levé à son tour :

— Madame, reprit-il, j'aurais le droit, convenez-en, d'exiger de vous l'explication des motifs qui vous portent à m'éconduire de façon aussi singulière... Mais ce n'est point à vous que je compte m'adresser.

— Et à qui donc, je vous prie?

— A M. le marquis de Favereye...

— En vérité... vous demanderez raison à un vieillard?

De Belen fit un pas vers la marquise :

— Non, madame, je ne suis pas si fou. J'irai à M. de Favereye... et savez-vous ce que je lui dirai?

— Votre ton me paraît bien menaçant, monsieur le duc... n'oubliez pas que vous êtes ici chez moi, sinon je me verrai obligée de vous contraindre à vous en souvenir.

— Oh! je n'oublie rien, madame, et je vais vous le prouver... Oui, j'irai à M. de Favereye.

Il baissa la voix et dit sourdement, les dents serrées :

— Et je lui dirai que madame la marquise de Favereye, qui porte si haut la tête, n'a apporté dans la maison de son mari que la honte et l'infamie.

La marquise resta impassible.

— Je vous écoute, monsieur·le duc.

— Ah! vous voulez que j'aille jusqu'au bout? Eh bien! madame, je sais qu'il y a vingt ans une jeune fille se cachait dans les gorges d'Ollioules, et que là elle mettait au monde un enfant illégitime. Je sais que cet enfant a disparu mystérieusement, assassiné peut-être par celle qui avait trahi la confiance de son père. Voilà ce que je dirai à M. le marquis de Favereye.

Madame de Favereye était pâle comme une morte.

Mais sans frémir, sans trembler, elle porta la main à la sonnette, qui retentit :

— Prenez garde, madame, s'écria le duc, ne me poussez pas à bout.

Il croyait que la marquise allait le faire jeter dehors.

Silvereal n'avait pas entendu les paroles de de Belen, murmurées plutôt que prononcées. Il ne comprenait pas; il attendait anxieux.

Un valet entra.

— M. le marquis est-il à l'hôtel? demanda la marquise.

— Il rentre à l'instant même.

— Priez-le de se rendre ici, chez moi, sans une minute de retard.

— Madame! cria de Belen. Cette provocation!...

— Il y a longtemps que je l'attendais, monsieur le duc de Belen!... Est-ce que la lâcheté n'est pas l'arme favorite de celui qui, à Bordeaux, s'appelait le banquier Estremoy, et que les tribunaux ont flétri comme un voleur?...

— Malédiction! cria de Belen, qui fit un mouvement comme pour s'élancer.

Mais à ce moment, M. de Favereye parut.

Si jamais le type du magistrat, honnête, consciencieux, ne demandant qu'à sa conscience la formule de vérité, fut jamais réalisé, c'était bien en M. de Favereye.

De haute taille, le front élevé, l'œil large et intelligent, les cheveux blancs tombant jusque sur ses épaules, M. de Favereye, vêtu de noir, semblait la vivante incarnation de la justice.

Il vit les deux hommes, et un nuage rapide assombrit sa physionomie.

Il ne s'inclina pas.

— Vous m'avez fait demander, madame, dit-il à la marquise, je me rends à vos ordres.

Belen, interdit, dominé par cette apparition solennelle, balbutiait des mots sans suite. Silvereal adressait au ciel des vœux fervents pour que la terre voulût bien l'engloutir...

— Monsieur de Favereye, dit la marquise, M. le duc

19.

de Belen est venu ici afin de demander la main de mademoiselle de Favereye.

Le marquis regarda le pseudo-duc :

— Et cet homme est encore ici! dit-il lentement. C'est donc à moi qu'il appartient de le chasser.

— Monsieur ! cria de Belen.

— Et comme je lui adressais la seule réponse qu'il méritât, c'est-à-dire un refus méprisant, savez-vous ce qu'il a osé me dire ?

— Cet homme a toutes les audaces.

— Il a osé me menacer d'aller à vous, monsieur de Favereye, et de me dénoncer, moi, comme fille coupable et femme déshonorée !... il m'a accusée d'avoir tué l'enfant, né de mes entrailles, dans une nuit d'angoisses, aux gorges d'Ollioules !...

— Et j'ai dit vrai ! hurla de Belen, qui ne se possédait plus. Ah ! honnêtes gens ! inattaquables et inattaqués ! je saurai bien faire plier votre orgueil...

Il n'acheva pas. La sonnette avait retenti de nouveau. Deux laquais, solidement bâtis, étaient entrés au signal.

— Jetez cet homme dehors, dit le magistrat.

— Moi !... S'ils osent mettre la main sur moi !...

— Obéissez ! dit M. de Favereye.

Les mains robustes s'abattirent sur de Belen. En vain il tentait de se débattre, il était maîtrisé.

Silvereal s'était esquivé.

— Et si jamais, monsieur le duc de Belen, vous osez reparaître devant moi, si jamais un mot de votre bouche attente à l'honneur de madame la marquise, la plus honnête femme qu'il y ait au monde, c'est aux agents de la force publique que je confierai le soin de vous châtier...

Ecumant, livide, de Belen ne résistait plus.

— Lâchez-moi ! dit-il aux laquais.

Sur un signe du magistrat, ils le laissèrent libre.

De Belen enfonça son chapeau sur sa tête :

— Au revoir, monsieur de Favereye ! au revoir, marquise !... vous saurez ce qu'il en coûte de m'avoir outragé !

Le marquis lui montra la porte d'un geste de dégoût. Il sortit.

Ce fut en chancelant qu'il gagna la rue.

Là, Silvereal l'attendait, penaud, sentant qu'en somme il avait montré peu de hardiesse pour défendre son ami.

— Viens ! Silvereal, lui dit de Belen en l'entraînant, je veux me venger ! Il faut que le déshonneur frappe toute cette famille et la jette, suppliante, à mes pieds. Viens, et tout d'abord, humilier dans sa sœur, baronne de Silvereal, l'orgueilleuse marquise de Favereye.

Le marquis et sa femme étaient restés seuls.

— Monsieur, dit madame de Favereye, il faut que je vous parle...

— Je suis à vos ordres, chère et noble femme, dit le magistrat.

Et, la précédant, il la conduisit jusqu'à son cabinet de travail, dont la porte se referma sur eux...

XVI

L'ÉPÉE DE DAMOCLÈS

Au moment où Martial avait fait à madame de Favereye l'aveu de son amour pour Lucie, la marquise avait
tressailli. Cette affection vraie, profonde, dont l'accent
ne pouvait la tromper, avait fait vibrer les fibres les
plus secrètes de son cœur.

Et si elle n'avait pas répondu immédiatement, si elle
n'avait pas donné au jeune homme les espérances qui
pouvaient combler ses désirs, c'est que, dans sa vie,
dans celle de Lucie, dans celle enfin de M. de Favereye,
il y avait un mystère qui, ainsi qu'elle l'avait déclaré,
ne lui appartenait pas à elle seule.

Certes, il se trouvait dans l'existence de la marquise
une certaine anomalie, et pour qui connaissait son
amour pour Jacques de Costebelle, les horribles circonstances de sa mort et de l'enlèvement de son enfant, il pouvait paraître singulier qu'elle n'eût point

passé sa vie dans la solitude et qu'elle eût en quelque
sorte trahi, par une nouvelle union, la mémoire du
mort.

Or, ce que nul ne savait, ne pouvait deviner, c'est
qu'en réalité Lucie de Favereye n'était pas sa fille.

Et ce qui est le plus bizarre, c'est que Lucie n'était
pas non plus la fille de M. de Favereye.

Voici ce qui s'était passé :

Au moment où Jacques de Costebelle, contraint par
la parole donnée d'aller présenter sa poitrine aux
balles de ses bourreaux, fuyait la masure des gorges
d'Ollioules, peut-être se souvient-on qu'il avait remis à
Marie de Mauvilliers une enveloppe cachetée qu'il lui
avait enjoint de n'ouvrir que lorsqu'une année entière
se serait écoulée.

Quand Marie de Mauvillers, déjà folle de terreur, en
raison de la disparition de son enfant, avait appris la
mort de Costebelle, elle avait été en proie à une fièvre
délirante qui, pendant de longs mois, avait fait craindre
pour sa raison.

Par bonheur pour elle, M. de Mauvillers était trop
absorbé par le mandat de répression que lui avait confié
le gouvernement de Louis XVIII, pour se préoccuper
de l'état de sa fille.

Il avait, en vérité, bien d'autres pensées en tête que
les soucis de famille. Il faisait partie de ces commis-
sions extraordinaires qui, parcourant tout le royaume,
jugeaient ou plutôt condamnaient les courageux ci-
toyens qui s'efforçaient d'arracher la France au joug
clérical de la Restauration.

Son absence, c'était le salut pour les siens. Mathilde
fut admirable pour sa sœur, et, peu à peu, Marie de
Mauvillers revint à la santé. Son cerveau, ébranlé par

tant et de si terribles secousses, reprit enfin sa lucidité, et elle put jeter un regard sur l'avenir.

Certes, elle avait songé à mourir. Veuve de Jacques de Costebelle, violemment séparée de son enfant, elle était désormais isolée dans son désespoir. Mais une voix lui criait qu'elle n'avait pas le droit d'abandonner la lutte.

L'infâme Biscarre l'avait dit : il ne tuerait pas Jacques. Sa vengeance pour être plus criminelle épargnait du moins la vie de l'enfant. Marie de Mauvillers résolut de donner toute son existence à la recherche de cette créature, que le sort avait frappée dès sa naissance et que menaçaient pour l'avenir les périls les plus effrayants.

Mais que faire ?... que pouvait-elle, faible, désarmée, ne pouvant réclamer l'appui de son père contre le misérable qui lui avait juré une haine implacable ?

Ce fut alors qu'elle se souvint du testament — car c'était bien un testament, hélas ! que lui avait remis Jacques.

Respectant la volonté du martyr, elle attendit que l'année entière fût révolue, puis elle brisa le cachet.

Jacques lui donnait des conseils pour leur enfant, il la suppliait de vivre pour lui.

Et il ajoutait :

« En ce monde de fausseté et de violence, il faut, ma douce Marie, que tu puisses trouver un ami sûr et qui vous défende tous deux contre les périls de la vie.

» Il est un homme en qui j'ai, pour des raisons graves, la confiance la plus absolue : c'est à lui que je te lègue, toi, ma femme ; je lui lègue aussi mon enfant.

» J'ai eu le bonheur de lui sauver la vie en des circonstances telles que nos cœurs sont unis à jamais, et que l'amitié la plus profonde lie nos deux âmes...

» Il se nomme le marquis de Favereye. C'est à lui que je t'envoie. Seul en ce monde, il connaît mon secret : il sait que ma vie tout entière t'appartenait et que tu étais la compagne sainte de celui qui va payer de sa vie sa fidélité à ses convictions.

» Rends-toi auprès de lui, suis ses conseils, quels qu'ils soient. Il sera le père de notre enfant. C'est une âme noble et belle, ouverte à toutes les délicatesses. Il te comprendra.

» Au moment de mourir, je t'adjure de m'obéir, et pour toi et pour celui que je n'aurai même pas embrassé. »

Tel était le testament de Jacques.

Marie n'avait pas hésité. Elle devait obéir.

Elle se rendit auprès de M. de Favereye.

Le marquis occupait dès cette époque un rang élevé dans la magistrature. Quand Marie lui remit la lettre écrite par Jacques, il laissa tomber sa tête dans ses mains et pleura.

Oui, il aimait Jacques comme un fils. Et sa mort lui avait porté un coup terrible.

— Marie de Mauvillers, dit-il, Jacques a bien agi en ne doutant pas de moi... Son enfant sera le mien.

Mais Marie l'avait interrompu et lui avait raconté en sanglotant l'horrible scène dans laquelle Biscarre avait arraché de ses bras l'innocente créature, vouée désormais au malheur, et peut-être à l'infamie.

Et cependant, quand elle le quitta, elle se sentait plus forte. Elle retrouva en M. de Favereye l'austère probité, l'ardent amour de justice et de vérité qu'elle avait admirés en celui qu'elle avait perdu.

Mais un nouveau danger la menaçait.

M. de Mauvillers avait donné au régime de la Restauration des gages assez nombreux pour que désormais il pût aspirer aux plus hautes dignités. Il considérait que l'heure du payement avait sonné, et il présentait aux Tuileries la liste des assassinats juridiques qu'il avait commis, réclamant la récompense due à son cynisme.

La bienveillance royale ne lui fit pas défaut. Il fut compris dans une promotion à la pairie ; et le roi, s'étant enquis de sa famille, daigna lui promettre de se préoccuper de l'avenir de mademoiselle de Mauvillers.

Peu de temps après, un des plus zélés courtisans des Tuileries sollicitait la main de Marie.

Certes, M. de Mauvillers n'était pas homme à hésiter. Le prétendant était, à vrai dire, une sorte de favori du roi. On disait même qu'il était fort bien aussi dans les papiers de certaine dame qui occupait à la cour un rang spécial, non officiel, mais qui n'en était que plus puissante.

Cette dernière raison était décisive pour l'honnête Mauvillers. Du bonheur de Marie, il se préoccupait fort peu. Et il lui notifia sa volonté. Elle résista tout d'abord, pleura, supplia, demandant à se retirer dans un couvent.

M. de Mauvillers fut naturellement inflexible.

Le désespoir de la jeune fille était tel que, sans souci de son honneur, ne songeant qu'à se conserver pure à la mémoire de Jacques, elle allait peut-être tout avouer à son père.

Hélas ! cette résolution extrême à laquelle son désespoir l'entraînait, l'eût-elle sauvée ? Il est permis d'en douter. M. de Mauvillers n'avait point de ces scrupules, non plus sans doute que celui qu'il lui destinait pour époux.

Ce fut alors qu'intervint M. de Favereye.

Le marquis était lui-même dans une de ces crises douloureuses qui blanchissent en une nuit les cheveux, courbent le front et brisent toute une existence.

M. de Favereye, veuf, était resté seul avec une fille, qui était alors âgée de quinze ans. Certes, il n'avait pas à s'adresser le reproche que méritait M. de Mauvillers. Sa sollicitude ne s'était pas démentie un seul instant, son affection inquiète n'avait pas un seul instant été en défaut. Et pourtant le malheur était entré dans sa maison.

La jeune fille était une de ces natures ardentes qui semblent plutôt relever de la science que de la morale. Par quelle anomalie, née d'un père honnête, d'une mère chaste, cachait-elle en son cœur les instincts les plus pervers? c'est ce que seule sans doute la physiologie aurait pu expliquer.

Elle avait commis une faute inexplicable, inexpliquée, car l'homme auquel elle s'était abandonnée était de ceux que ne recommandent ni l'intelligence, ni la probité, ni même ces avantages extérieurs qui parfois troublent la tête des jeunes filles.

M. de Favereye avait découvert cette intrigue : il avait contraint le misérable à se battre, et il l'avait tué.

Quand elle avait appris sa mort, la fille de M. de Favereye avait ri.

Et cependant elle allait être mère.

Avant de la condamner, il faut tout savoir.

M. de Favereye, qui avait soigneusement caché les causes du duel dans lequel le séducteur avait péri, avait ensuite conduit sa fille dans une de ses terres. Nul ne soupçonnait ce qui s'était passé. Pendant sa grossesse, sa fille fut en proie à des accès de folie qui prouvèrent son irresponsabilité.

Il était évident qu'elle ne résisterait pas aux douleurs de l'enfantement ; le médecin, qui seul avait reçu les confidences de M. de Favereye, lui affirma que la mort de sa fille était inévitable, mais en même temps il s'engageait à sauver l'enfant qui naîtrait d'elle.

C'était à ce moment que M. de Mauvillers prétendait contraindre sa fille à une union détestée.

M. de Favereye vint à elle.

Il lui révéla ce qui s'était passé dans sa propre famille.

Puis il ajouta :

— Jacques de Costebelle vous a léguée à moi. Voici ce que je vous propose : Je suis riche, je possède plusieurs millions. Je connais et votre père et l'homme qu'il vous destine pour époux. Sur ces deux âmes, l'or est tout-puissant. L'un et l'autre renonceront facilement à leurs projets... et cela en ma faveur. Voulez-vous devenir la mère de l'enfant qui va naître, comme moi-même je deviendrai son père ?... Vous serez la compagne respectée de ma vie ; les secrets de notre passé seront à jamais ensevelis dans nos âmes.

Marie de Mauvillers avait accepté.

M. de Favereye n'avait pas trop préjugé de la bassesse de ceux dont il prétendait acheter le consentement.

Le favori du roi, moyennant un demi-million, avait décliné l'honneur que voulait lui faire son souverain en apposant sa signature à son contrat.

M. de Mauvillers avait coûté plus cher,

M. de Favereye, quoique dans une situation élevée, n'était pas d'aussi utile concours que le mari par lui rêvé. Ce caractère indépendant, se refusant à mendier les faveurs royales, cadrait mal avec ses ambitions. Ceci valait un million.

M. de Mauvillers le reçut, et en même temps réfléchit qu'il était parfois avantageux de se ménager un refuge dans le parti libéral, au cas où le vent politique viendrait à tourner.

D'ailleurs, il lui restait Mathilde, déjà recherchée par M. de Silvereal, et qu'il saurait bien forcer à un mariage qui remplissait, à ses yeux, toutes les conditions désirables... A moins, bien entendu, qu'un autre million ne vînt modifier ses intentions.

Mademoiselle de Mauvillers devint la marquise de Favereye.

La fille de M. de Favereye mourut en donnant le jour à une fille qui, inscrite avec désignation de parents inconnus, fut ensuite reconnue par le marquis.

Comme ils avaient passé les premières années de leur mariage au fond de leurs propriétés de province, nul ne douta, au retour de la marquise, que Lucie ne fût sa fille.

Longtemps on avait redouté que la jeune Lucie ne portât en elle le germe de la terrible affection à laquelle avait succombé sa mère.

Mais les soins incessants de la marquise, l'affection dont elle avait entouré la pauvre enfant avaient conjuré le danger, et Lucie de Favereye était devenue l'adorable jeune fille que Martial aimait et dont le sort allait se décider.

Telle était donc la situation du marquis de Favereye

et de sa femme, alors que nous les retrouvons dans le cabinet du magistrat :

— Ainsi, disait le marquis, cet homme a osé vous insulter !... Mais comment a-t-il pu connaître les faits qui se sont passés jadis aux gorges d'Ollioules ?

La marquise ne pouvait répondre.

Comment aurait-elle pu deviner ce qui s'était passé, c'est-à-dire que le matin même, de Belen avait reçu un billet anonyme, émanant de Biscarre, et qui était ainsi conçu :

« Si monsieur le duc de Belen veut devenir l'époux de la belle Lucie de Favereye, qu'il demande à sa mère ce qu'est devenu l'enfant, né d'elle, aux gorges d'Ollioules, dans la nuit du 15 janvier 1822. »

L'honnête duc n'avait pas hésité à employer le moyen qui lui était offert. On sait comment le marquis l'avait chassé.

Le danger n'en subsistait pas moins.

Le misérable pouvait faire usage de ce secret : il pouvait provoquer un scandale. Certes, il était facile de prouver son identité avec le banquier Estremoz, et de le renverser du piédestal d'infamie sur lequel il se dressait fièrement.

Mais l'intervention même de la justice était un danger.

Ne se défendrait-il pas en insultant un des noms les plus vénérés de la magistrature française ?... Reculerait-il devant ce nouveau crime ?... Non.

C'était le déshonneur d'une famille qu'il haïssait. Ce déshonneur rejaillirait sur Lucie de Favereye. Si une fois la médisance et la calomnie s'attachaient aux Favereye, qui sait jusqu'où elle irait ?

Le marquis tenait les mains de sa femme serrées dans les siennes, et il murmurait :

— Et pourtant j'ai promis à Jacques de vous sauver !...

Puis ils parlaient de Martial.

Le marquis connaissait l'existence du jeune homme; il savait par quels honorables efforts il s'était relevé. Certes, aucun motif ne s'opposait à ce que sa requête fût accueillie, dût-on prolonger de quelque temps encore l'épreuve qui lui avait été imposée.

Mais, avant de lui ouvrir toutes grandes les portes de cette maison, ne faudrait-il pas lui en livrer les secrets, lui faire connaître les mystères de la naissance de Lucie, l'initier au passé de celle qu'il allait appeler sa mère ?...

Et cela, au moment où de Belen déclarait à la marquise une guerre acharnée...

L'embarras était grave.

La marquise se sentait environnée de dangers. Le silence qui s'était fait autour de Biscarre l'épouvantait plus encore... Elle prévoyait une catastrophe prochaine...

A ce moment, un laquais frappa à la porte.

Il apportait un billet à la marquise.

Elle déchira vivement l'enveloppe.

— D'Armand de Bernaye, fit-elle.

Puis, l'ayant parcouru rapidement :

— Mon Dieu ! s'écria-t-elle, s'il disait vrai ! C'est peut-être le salut !

— Qu'est-ce donc ? demanda le marquis.

— Lisez...

Elle lui remit le billet. Voici ce qu'il contenait :

« Dans trois jours, nous connaîtrons le nom des assassins du père de Martial. Soëra parlera. Donc, dans trois jours, à minuit, le Club des Morts devra so réunir chez moi... Vous savez que je soupçonne le duc de Be-len d'être complice de ce crime... »

— Dans trois jours ! dit le marquis. Cette fois mon devoir est tout tracé... Je veux connaître toute la vé-rité... J'irai avec vous chez M. de Bernaye...

XVII

LE CERCLE SE RESSERRE

Revenons à la petite maison de la Porte-Maillot.

Là encore une crise s'opérait, crise pénible, fiévreuse, et qui puisait son intensité dans l'âpreté des sentiments en jeu.

Jacques était rentré avec Isabelle, après l'incident qui l'avait mis en présence des deux jeunes filles, Lucie de Favereye et Pauline de Saussay.

Le Ténia était trop expert aux choses d'amour pour n'avoir pas deviné que, dans ce fait, il y avait autre chose qu'un simple service rendu par un gentilhomme à une femme en péril.

Quand la porte s'était refermée derrière elle, il lui avait semblé ressentir au cœur une sorte de morsure. Elle connaissait trop bien Jacques pour ne pas deviner une émotion qu'il s'efforçait en vain de dissimuler, mais dont il n'était pas le maître.

Toute attaque de sa part n'eût fait que donner à la situation une importance que peut-être elle ne comportait pas encore.

La Torrès eut recours à ses plus savantes séductions : souriant, cachant sous une gaieté languissante et sans affectation les pensées de crainte et de colère qui commençaient à sourdre en elle, la courtisane questionna légèrement Jacques sur ce qui s'était passé. Spirituellement, elle le railla de son *don quichottisme*, disant :

— Mon beau chevalier errant, ne savez-vous pas que c'est.là une profession pleine de dangers? Votre réputation de sauveur va s'étendre sur toute la terre, et un jour viendra où notre petite maison sera le rendez-vous de toutes les dames éplorées qui viendront réclamer le secours de votre bras. Alors, il vous faudra chaque jour endosser la cuirasse, coiffer l'armet de Mambrin et courir sus aux moulins.

Puis elle s'approchait de lui, et, lui prenant la main, elle plongeait ses regards dans ses yeux :

— Tu es bon, mon Jacques, et je t'aime pour le bien que tu as fait...

Lui s'efforçait aussi de sourire. Mais une tristesse invincible l'avait envahi.

Sans se rendre jusqu'ici un compte exact de ce qu'il ressentait, Jacques, regardant autour de lui, éprouvait je ne sais quel dégoût qui le prenait à la gorge.

Il écoutait cette femme, qui, ronronnante comme une chatte, murmurait tout bas des mots d'amour. Et cette voix si douce, toute modulée d'art et de recherche, lui semblait fausse comme la vibration d'un instrument sans accord, et, se repliant en lui-même, il cherchait à ressaisir l'écho d'une autre voix, franche, vibrante de vérité et d'émotion vraie.

Ces yeux languissants lui paraissaient sans rayon, et il revoyait en imagination ce regard à la fois effrayé et confiant qui tout à l'heure s'était posé sur lui.

Et le Ténia devinait ce combat.

Elle avait à peine entrevu la jeune fille que Jacques avait arrachée à la mort. Elle ne la connaissait pas, n'ayant jamais été admise dans le monde où elle eût pu rencontrer Pauline et Lucie.

Mais elle la devinait belle, pure et chaste.

Et c'était en elle, à cette pensée, un frissonnement qui la secouait tout entière.

— Jacques ! mon Jacques, parle-moi ! regarde-moi ! disait-elle. Vois ! c'est pour toi, pour toi seul que je me suis faite si belle... Pourquoi cette mélancolie?... N'es-tu pas heureux auprès de moi?... Est-il quelqu'un de tes désirs que je n'aie pas satisfait?...

Mais en vain elle lui prodiguait ses caresses, ses baisers. En vain elle faisait appel à tout ce que l'expérience lui avait appris. Jacques ne la repoussait pas... il faisait pis!... A ses élans passionnés, il répondait avec une indifférence qu'il tentait en vain de cacher. Le marbre ne s'échauffait pas, ses sens ne vibraient plus comme autrefois.

Il fallait pourtant briser cette glace : après tout, peut-être se trompait-elle ! Il n'était pas possible que le premier regard d'une autre femme l'eût à ce point, en une seconde, métamorphosé...

Car elle ne savait pas, elle ne pouvait pas savoir que, sous cette hébétude dans laquelle elle avait tenté d'étouffer toutes ses facultés pensantes, toutes les notions de sa conscience, couvait, latent, un foyer d'honneur et de vitalité dont, par bouffées, la chaleur lui montait au cœur...

Elle croyait qu'il s'était laissé troubler par le caractère romanesque de l'aventure. Voilà tout.

Jacques, en ce moment, avait peur de lui-même. Il entendait, résonnant au plus profond de son être, une voix qui lui criait que jusqu'ici il avait marché dans le mauvais chemin...

Il est des moments où la lucidité de la conscience est telle que les faits mêmes, acceptés de longue date avec une insouciance irraisonnée, prennent subitement leur véritable caractère.

Et cette voix mystérieuse répétait à Jacques :

— Qui es-tu? que fais-tu dans cette maison où rien ne t'appartient? Ce luxe qui t'environne, est-ce toi qui l'as payé? N'es-tu pas l'esclave d'une femme qui te méprise, et pour qui tu n'es qu'un jouet? Oublies-tu donc que le mépris des honnêtes gens s'attache à qui comme toi ne sait pas, par son travail, conquérir dans la société une place honorable et honorée?...

Cette pensée s'imposa à lui, si terrible, si poignante, qu'il eût voulu écarter une épouvantable vision...

Et dans ce mouvement, comme Isabelle se trouvait auprès de lui, il la repoussa si vivement qu'elle recula, chancelante... puis, portant tout à coup ses mains à son front, elle tomba de toute sa hauteur sur le tapis en poussant un cri...

Ah! l'habile comédienne! il l'avait à peine effleurée! mais elle n'ignorait aucune des roueries de son rôle de courtisane.

Et comme elle était là, inanimée, pâle — car elle savait jouer jusqu'à la pâleur — Jacques fut épouvanté de ce qu'il avait fait... il se jeta à genoux auprès d'elle, cherchant à la secourir, oubliant tout, sinon que cette petite femme l'aimait et qu'il s'était montré dur et brutal.

— Isabelle ! cria-t-il. Pardonne-moi ! je t'aime !

Il avait tous les enfantillages des consciences dévoyées.

Maintenant il la voyait plus belle que jamais, plus adorable, plus adorée. Elle l'écoutait, les yeux fermés : elle entendait sa voix chaude, que faisaient trembler des larmes mal contenues.

— Isabelle, je t'aime ! répétait-il.

Alors, comme si ce mot eût réchauffé en elle les sources mêmes de la vie, en se suspendant à son cou, ses lèvres touchèrent ses lèvres.

Et toutes les résolutions viriles, tous les remords s'enfuyaient.

Elle l'avait ressaisi. Il lui appartenait encore, à elle, à elle seule.

Qui donc aurait pu lutter contre la courtisane ?

La douce figure de Pauline de Saussay disparut comme dans un brouillard.

La nuit vint, fiévreuse, avec ses ivresses malsaines et ses folles exaltations.

Jacques était de nouveau rivé à sa chaîne, plus forte, plus puissante, par l'effort qu'il avait fait pour la briser. L'étourdissement l'avait repris au cerveau, plus lourd, plus enivrant.

La journée du lendemain se passa sans incident. Isabelle s'était juré de ne plus quitter son amant d'une heure. Du reste, étant retombé sous son empire, il ne cherchait même plus à s'évader de sa honteuse prison. On eût dit que la pierre d'une tombe se fût abaissée sur lui.

Quarante-huit heures s'étaient écoulées depuis le

moment où Jacques avait sauvé Pauline de Saussay. Il avait repris son attitude morne; il était environné de nouveau par cette atmosphère apathique qui l'étouffait.

Isabelle, étendue sur un sofa, somnolente, laissait errer sa pensée sans but.

Tout à coup la porte s'ouvrit violemment...

Et deux hommes parurent sur le seuil.

L'un était le baron de Silvereal, l'autre le duc de Belen.

Par quel miracle se trouvaient-ils dans cette maison ? Comment Silvereal avait-il enfin découvert la retraite des deux amants ?

Une lettre anonyme de Biscarre avait révélé ce secret au baron. Quant à pénétrer dans la maison, quelques pièces d'or avaient opéré ce prodige.

Isabelle avait bondi sur ses pieds.

Jacques était debout, surpris, interdit, ne faisant pas un pas en avant.

— En vérité ! s'écria le baron dans un accès de fureur folle, voilà donc le grand mystère dévoilé ! Bravo ! les beaux amoureux !... Vous ne m'attendiez pas ! Hein ! eh bien ! c'est moi... et je jure Dieu que ce qui va se passer ici ne sera pas de votre goût.

— Monsieur, vous oubliez que vous êtes chez moi ! s'écria Jacques qui cherchait à secouer la torpeur qui l'accablait.

— Chez vous ! vraiment ! Ah ! le mot est joli ! Ainsi, c'est vous qui avez acheté ces tentures... Parbleu ! je vous en félicite ! Cela a dû vous coûter bon !... Après tout, vous êtes si riche !...

— Insolent ! je vais vous châtier !

Mais comme Jacques s'élançait, déjà Isabelle s'était jetée entre lui et les deux hommes.

— Que voulez-vous, messieurs, et que venez-vous faire ici?... Croyez-vous donc que je ne vous ferai pas chasser par mes laquais?

— Vos laquais! mais, ma chère belle, ils sont de chair et d'os comme nous tous, et j'ai eu facilement raison de leur dévouement.

— Misérable! qui osez insulter une femme!

— Une femme! allons donc! Ténia! est-ce que tu es une femme? Monsieur le comte de Cherlux, vous avez hâte de la défendre, n'est-il pas vrai, et il faut qu'elle s'attache à votre cou de ses deux mains, pour que vous ne m'ayez pas encore sauté à la gorge. Ecoutez-moi quelques instants seulement. Cette femme est une vile courtisane qui s'est traînée dans toutes les hontes, qui a été la maîtresse d'un vieillard, qui l'a corrompu, puis de Martial, le peintre, qui a poussé Lionel Storigan au suicide, qui a volé le nom et le titre du duc de Torrès et l'a empoisonné. Cette femme, monsieur de Cherlux, a voulu devenir baronne de Silvereal et m'a conseillé de me débarrasser de ma femme par le poison. Voilà ce qu'est Isabelle de Torrès, monsieur. Non, ce n'est pas une femme, c'est un de ces êtres hideux que l'on écrase du pied comme un reptile!

— Il ment!... ne crois pas, Jacques, je t'en supplie!... Je t'aime... je n'ai jamais aimé que toi!...

Jacques était foudroyé. Ces révélations effrayantes tombaient sur son cerveau comme un coup de massue...

— Ah! tu oses m'accuser de mensonge! s'écria Silvereal, qui semblait atteint de délire furieux. Ces diamants qui scintillent dans tes cheveux, c'est sir Lionel qui te les a donnés pour un baiser... Ces bracelets, ruisselants d'émeraudes, tu les as achetés d'un prix infâme !... Ce collier... tiens, ce collier de perles qui tressaute sur ton sein, c'est moi qui l'y ai attaché de ma propre main...

Avec un geste de dégoût, Isabelle arracha la parure, la lança sur le tapis et écrasa sous ses pieds les perles qui craquèrent...

C'était presque un aveu. Jacques était livide.

— Vous ne parlez plus de me châtier, monsieur de Cherlux ! cria encore Silvereal.

— Bah ! fit de Belen, qui n'avait pas encore parlé, l'associé du voleur Mancal n'a point tant de délicatesse !...

Jacques tressaillit comme si tout son corps eût été traversé par une commotion électrique. Il releva la tête et regarda de Belen en face.

Celui-ci continua en ricanant :

— Venez, Silvereal ; il est inutile de cracher plus longtemps l'injure à la face de ces misérables... dignes l'un de l'autre... L'une est une courtisane, l'autre est un...

Il n'acheva pas. Bondissant, Jacques s'était rué vers lui, et sa main, avec un bruit mat, s'était abattue sur son visage.

De Belen rugit, et, sous l'impulsion, fit deux pas en arrière.

— Infâme ! râlait Jacques. Ah ! je te tuerai comme un chien !

Silvereal s'était élancé auprès de Belen, et, le serrant dans ses bras, il le retenait.

— Oui ! c'est cela !... nous nous battrons ! hurlait de

Belen. Ah ! vous m'avez frappé au visage !... Voleur ! fils de voleur !...

Jacques, subitement, avait repris son calme.

— Je suis à vos ordres, monsieur, dit-il.

— Venez, de Belen, venez! fit Silvereal, qui redoutait de voir cette scène dégénérer en lutte corps à corps.

De Belen, la gorge serrée, les yeux injectés de sang, ne pouvait plus proférer une seule parole.

Tout à coup, il éclata de rire :

— Un duel! je suis fou !... Monsieur Jacques de Cherlux, c'est au procureur du roi que vous porterez votre cartel ! et pour témoins, je prendrai deux gardes chiourmes du bagne.

Et, saisissant la main de Silvereal, il l'entraîna au dehors.

Un instant après, la grille se refermait sur eux.

Jacques et le Ténia étaient seuls.

Isabelle était tombée à genoux, les bras étendus vers son amant.

Lui passa la main sur son front, il se sentait devenir fou.

— Jacques, fit-elle, écoute-moi.

Il la regarda, puis, par un geste menaçant, il leva les deux poings comme s'il eût voulu l'écraser.

Elle poussa un cri de terreur. Mais les bras du jeune homme ne s'abattirent pas.

— Ainsi, murmura-t-il, ce qu'ont dit ces hommes est vrai ? Ainsi, je suis doublement déshonoré ? Et l'amour de cette femme m'a souillé plus encore que les calomnies dont j'étais la victime... Oui, j'étais un innocent... elle a fait de moi un coupable et un infâme !...

— Jacques, ils ont menti, je t'aime !...

Il se baissa vers elle, et, lui saisissant les poignets,

il approcha son visage du sien, si près qu'elle sentait son haleine qui la brûlait comme une flamme.

— Moi ! je te hais !... Je sens monter à mes lèvres un mépris qui m'étouffe !... Courtisane ! ah ! ils te l'ont jetée, cette accusation que tu n'as pas osé nier !... et tu ne m'as même pas assez respecté, moi que tu disais aimer, pour m'empêcher de piétiner dans cette boue où tu étais tombée !...

— Jacques, ne m'insulte pas ! toi, du moins, je t'ai aimé, je t'aime !

— Ne répète pas ce mot, qui est un sacrilège ! Est-ce que tu aimes ? est-ce que tes pareilles savent ce que signifie ce mot ? Je te hais, te dis-je, toi qui m'as perdu, toi qui as étouffé en moi les derniers éveils de ma conscience, toi qui m'as rabaissé au niveau des plus déshonorés et des plus infâmes... Je te hais !

— Non ! non ! ne dis pas cela !...

Et elle s'attachait à lui, se traînant sur les genoux, désespérée, criant, sanglotant...

Il la repoussa violemment... puis, s'élançant vers la porte :

— Courtisane, cria-t-il, sois maudite !...

Et il bondit dehors.

Le cercle que Biscarre traçait autour de lui se resserrait de plus en plus.

L'heure de la vengeance était proche : une habileté infernale réunissait peu à peu tous les fils de cette effroyable machination...

Et Biscarre, tapi dans l'ombre, n'attendait plus que l'heure propice pour bondir sur sa proie...

XVIII

CATASTROPHE

Le Club des Morts avait été exact au rendez-vous indiqué par Armand de Bernaye. Le savant occupait un petit hôtel, enclos de murs et isolé des habitations voisines, à une courte distance du bois de Monceaux ; à cette époque, ce quartier présentait une physionomie toute différente de celle que le quartier Friedland et le boulevard Courcelles offrent maintenant à l'admiration des étrangers. Les déserts des boulevards extérieurs ne s'animaient qu'aux jours fériés et restaient, pendant la semaine, le rendez-vous des incorrigibles rôdeurs que la police était impuissante à traquer dans leurs repaires.

Cependant quelques propriétés particulières existaient en deçà du mur d'enceinte, occupées par des amoureux de solitude ou d'infatigables travailleurs tels que M. de Bernaye.

Des trois corps de bâtiment qui composaient son habitation, l'un était destiné à un laboratoire de chimie ; et bien souvent, la nuit, les rares passants avaient vu des lueurs étranges éclairer tout à coup les hautes fenêtres.

Le second renfermait la bibliothèque, disposée en longue galerie ; enfin, le troisième était réservé à son habitation particulière.

C'était dans la bibliothèque que s'étaient réunis les membres du Club des Morts.

Un lustre aux branches de cuivre laissait tomber sur eux la lumière de ses nombreuses bougies.

Il y avait là Archibald de Thomerville, complétement remis de la violente secousse qui l'avait mis aux portes du tombeau, Martial, les deux frères Droite et Gauche.

Pierre Lamalou introduisait un à un les arrivants.

Un instant, un murmure de douloureuse pitié partit de toutes les poitrines. L'ancien geôlier de Toulon venait d'introduire sir Lionel Storigan.

L'Anglais était d'une pâleur livide : son visage, qu'une tentative de suicide avait défiguré, s'était émacié de façon effrayante.

Ses grands yeux gris n'avaient pas de rayons : on eût dit que la vie avait à jamais quitté ce regard, et que l'organisme tout entier ne se mouvait plus que par une action purement mécanique.

A la suite des terribles dangers courus lors de l'incendie de la maison Blasias, sir Lionel, ainsi que l'avait dit Armand à M. de Thomerville, était devenu fou.

Mais d'une folie calme, impassible, étrange, qui n'en était que plus profonde. C'était un cadavre qui marchait...

Sir Lionel entra, sans regarder autour de lui, sans

incliner la tête, et, froidement, il vint prendre place au
siége qui lui était réservé.

Armand s'approcha de lui et lui tendit la main.

Lionel le vit, mais il ne fit pas un geste.

Et cependant, chose bizarre, il s'était rendu à l'appel
d'Armand. Mystère impénétrable de la folie ! le billet
qui lui était parvenu, il l'avait compris, puisqu'il était
venu ; mais il semblait que cette obéissance aux ordres
du Club fût de sa part un acte inconscient.

On attendait la marquise de Favereye. L'heure fixée
allait sonner, et Armand commençait à s'inquiéter,
quand madame de Favereye parut.

Mais elle n'était pas seule.

Le marquis, fidèle à sa parole, l'avait accompagnée.

Bien que M. de Favereye fût depuis longtemps initié
aux travaux du Club des Morts, jamais il n'avait assisté
à ses séances.

Tous se levèrent dans l'attitude du respect.

Armand vint au-devant du vieillard.

— Nous sommes heureux, lui dit-il, que vous ayez
bien voulu vous arracher à vos occupations pour vous
rendre auprès de nous.

— J'accomplis un devoir sacré, dit le magistrat. Madame de Favereye a besoin de mon concours.

Armand regarda le marquis. Il ignorait la démarche
faite par M. de Belen à l'hôtel de Favereye et les menaces qu'il avait proférées.

Ce secret lui avait été caché sur les conseils de M. de
Favereye, afin que le Club pût conserver toute son impartialité dans le cas où les révélations attendues
auraient trait au duc.

Le silence était profond : chacun sentait qu'il s'agissait d'intérêts graves.

— Messieurs, dit Armand, vous n'ignorez pas que la lutte engagée par nous contre ceux qui prennent le nom de Loups de Paris n'a pas réussi, comme nous l'espérions : le chef de cette terrible association nous a échappé, la dernière catastrophe a failli coûter la vie à deux des nôtres et encore avons-nous le regret de constater que la santé de sir Lionel Storigan a éprouvé une secousse dont peut-être les résultats se feront sentir longtemps encore.

» Cependant, nous avons maintenant la certitude que ce chef n'est autre qu'un certain Biscarre, déjà mêlé à la vie de plusieurs d'entre nous, et qui, sous le nom de Mancal, était parvenu à s'introduire dans la société. De plus, tout nous porte à croire que cet homme est encore vivant et que le jour n'est pas loin où son influence se fera sentir plus violente que jamais...

» Pour l'atteindre, nous avons pensé que le moyen le plus sûr était de surveiller ceux que tout désignait pour être ses complices. Et au premier rang de ceux-là, nous avons noté un prétendu gentilhomme étranger, dont les allures suspectes nous avaient déjà frappés...

» Je veux parler de M. le duc de Belen.

» Une étroite surveillance a été organisée autour de lui : nous avons fouillé dans son passé, nous nous sommes efforcés de reconstruire pièce à pièce la vie de cet homme, et c'est le résultat de cette étude, suivie avec une infatigable persistance, que nous venons vous présenter aujourd'hui...

» M. de Belen est en réalité d'origine portugaise. Son véritable nom est José Estremoz. Après des aventures de jeunesse sur lesquelles manquent les détails, mais qui indiquent dès lors un esprit aventureux, sans scru-

pules, doué d'une énergie implacable, José Estremoz
vint en France, où il établit à Bordeaux un comptoir
dont les opérations, régulières en apparence, s'étendaient jusqu'à l'Inde orientale.

» Il y a quelques années de cela, Estremoz disparut,
et sa maison s'effondra dans une catastrophe subite. Il
avait emporté avec lui des sommes relativement considérables, jetant dans la misère les familles qui avaient
eu confiance en lui... »

A ces dernières paroles, Martial s'était levé, pâle :

— Ainsi, s'écria-t-il, l'homme qui avait ruiné ma
mère, l'homme qui a été la cause directe de sa
mort...

— C'est celui qui, à Paris, est connu sous le nom de
duc de Belen !

— Le misérable ! et je l'ai rencontré cent fois dans le
monde !... et une voix ne s'est pas élevée dans mon
cœur pour me crier : Cet homme est l'assassin de ta
mère !

— Martial, dit gravement Armand de Bernaye, au
nom de votre mère, je vous supplie d'être calme...
Faites appel à votre courage... car les révélations qui
vous restent à entendre sont plus terribles encore. Estremoz a été le mauvais génie de votre existence tout
entière !

— Que voulez-vous dire ? vous m'épouvantez...

— Ecoutez, et, encore une fois, je vous en conjure,
conservez votre sang-froid... Je continue. Qu'était devenu le banquier Estremoz ? c'est ce que personne ne
savait, quand parvint à Bordeaux la nouvelle de sa
mort, en même temps qu'un acte authentique prouvait,
ou du moins semblait prouver la réalité de cet événement. Or, il faut savoir que l'acte de décès avait été

dressé par le consul de Macao, où, paraît-il, Estremoz était décédé.

La marquise de Favereye s'était dressée à son tour.

— Qui donc, s'écria-t-elle, était consul de Macao à l'époque où ce faux a été commis ?

— C'était, en effet, un faux en écriture publique, reprit Armand sans répondre directement à la question de la marquise. Quant à l'acte en lui-même, j'en possède une copie authentique.

— Et quelle signature porte ce document ? demanda M. de Favereye à son tour.

— Messieurs, dit Armand, vous savez que nos règlements s'opposent à ce que cette pièce soit communiquée à l'un des membres du Club des Morts sans que les autres en prennent également connaissance... De cette règle, nous ne nous sommes jamais départis... Cependant, au cas présent, je viens vous demander de déroger à cette obligation... et de communiquer à M. le marquis de Favereye l'acte de décès du banquier Estremoz...

Les membres du Club inclinèrent de la tête en signe d'assentiment.

Armand ouvrit un large portefeuille placé devant lui et en tira une feuille qu'il déplia.

— Lisez, monsieur de Favereye.

Le vieillard s'était approché.

Il jeta les yeux sur l'acte qu'on lui présentait. Une légère contraction passa sur son visage. Mais relevant la tête avec énergie :

— Messieurs, dit-il à son tour, je comprends mieux que tout autre l'exquis sentiment de délicatesse auquel a obéi M. de Bernaye en réclamant de vous l'autorisation que vous lui avez si généreusement accordée ; mais il ne m'appartient pas, à moi surtout qui crois en la justice, en l'égalité absolue des hommes devant les règles austères du droit, il ne m'appartient pas, dis-je, de me prévaloir du droit que vous avez bien voulu me confier... Il importe, dans cette réunion, où tous tendent vers un même but, but de charité pour les faibles et de châtiment pour les coupables, il importe que les coupables soient tous connus, afin que vous preniez à leur égard telle décision que vous jugerez convenable... Oui, il a existé dans la diplomatie française un misérable qui, dans un but que je ne connais pas encore, a mésusé des droits que la patrie lui avait conférés... qui, sans doute pour aider à quelque opération criminelle, s'est déshonoré sciemment... Cet homme, c'est M. le baron de Silvereal, mon beau-frère!...

La marquise avait poussé un cri.

Ainsi l'homme qui était uni à sa sœur, non content de se vautrer dans toutes les fanges, non content de torturer lâchement celle que la volonté d'un père sans entrailles avait sacrifiée à son ambition, cet homme était un faussaire...

L'émotion avait saisi à la gorge tous ceux qui assistaient à cette scène.

M. de Favereye remit à Armand l'acte qui lui avait été confié.

— Parlez, monsieur de Bernaye, reprit-il. Il faut que nous sachions tout; si profond que soit l'abîme d'infamie dans lequel ces hommes sont tombés, nous devons avoir le courage d'y plonger nos regards... Après quoi nous ferons justice.

Armand réclama le silence d'un geste :

— S'il subsistait le moindre doute sur l'identité du pseudo-duc de Belen et du banquier Estremoz, nous

pourrions hésiter encore à accuser M. de Silvereal,
mais les recherches les plus minutieuses, les renseignements les plus positifs ont établi le fait. Et alors,
contre M. de Silvereal, en admettant qu'il prétendît af-
firmer que sa bonne foi a été surprise, s'élève cette
charge nouvelle qu'il est resté le compagnon, l'ami, je
n'ose dire le complice de celui qui se targuait au milieu
de nous d'un nom et d'un titre volés. Quant au véritable duc de Belen, il a été-assassiné dans l'Inde... par
qui ?... c'est ce que nous n'avons pu établir. Mais votre
conscience a déjà répondu. Celui-là seul avait intérêt à
le frapper qui voulait substituer à sa propre personnalité celle d'un homme qui, explorateur aventureux,
avait quitté l'Europe depuis de longues années et sous
le nom duquel il était facile de reparaître... Une association s'était donc formée entre Estremoz, devenu duc
de Belen, et M. de Silvereal, dans quel but ? c'est ce
que nous avons ignoré jusqu'ici, c'est ce qu'une circonstance fortuite m'a enfin révélé.

Il y eut un mouvement d'attention. Les yeux de Martial ne quittaient pas le visage d'Armand. Il semblait
deviner qu'il allait être parlé de son père.

— Vous n'ignorez pas, messieurs, que j'ai été chargé,
il y a quelques années, d'une mission scientifique par
une des sociétés les plus justement honorées de notre
pays. Déjà des voyageurs, qui avaient parcouru le pays
de Siam et de Cambodge, avaient parlé vaguement
d'un pays étrange, inexploré, renfermant des richesses
architecturales telles que, devant les descriptions faites,
on se demandait s'il n'y avait pas là quelque illusion d'optique, quelque mirage, quelque jeu d'imagination.

» Il était parlé de villes entières, de murailles gigan-

tesques, de tours colossales, dont les ruines, défiant le
temps, se dressaient orgueilleuses au milieu de forêts
où l'homme semblait n'avoir jamais pénétré. Là, des
pagodes merveilleuses, couvertes de sulptures par de
patients et admirables artistes, projetaient vers le ciel
leurs masses immenses... il semblait qu'un peuple de
géants eût jadis habité cette terre, et qu'en un jour
terrible, un cataclysme se fût abattu sur cet empire et
l'eût dépeuplé. C'était à l'extrémité du Cambodge, avec
lequel la France commençait à entretenir des relations
commerciales. Ce fut dans ce pays merveilleux que devait me diriger ma mission. J'ai d'ailleurs publié, vous
le savez, des notes détaillées sur cette région, dont la
description réclamerait la plume de nos plus grands
poëtes. J'eus le bonheur de retrouver le nom de ce
peuple disparu, le peuple des Khmers, dont la puissance a dû, aux siècles passés, faire pâlir celle de toutes
les nations environnantes.

» J'avais achevé une première exploration, et je me
disposais à revenir en France, pour préparer les éléments d'une seconde expédition. Je revenais seul, me
trouvant à peu de distance des villages cambodgiens,
et ayant renvoyé mon escorte par une route plus directe.

» Je suivais le cours d'une rivière dont j'avais le dessein
d'étudier soigneusement la flore splendide, quand tout
à coup j'entendis des cris plaintifs. Ces cris, faibles et
ressemblant presque à des vagissements, me frappèrent
de surprise, et je hâtai le pas vers le lieu d'où ils me
semblaient partir.

» Tout d'abord, je ne vis rien. En vain mes yeux parcouraient les hautes tresses des lianes qui s'entrela-
çaient, pendaient du sommet des arbres jusqu'à ba-

layer le sol. En vain, me penchant, je plongeais mon regard dans les profondeurs mystérieuses de ces bois où peut-être — je le croyais alors — nul être humain n'avait pénétré — quand un horrible spectacle me frappa.

» Dans une sorte de clairière, un corps humain était étendu. Un cadavre sans doute. Je me courbai : c'était le corps d'un homme vêtu d'un costume mi-indien, mi-européen ; un vieillard dont les traits maigres, ascétiques, révélaient l'origine européenne, française même. Mais — chose épouvantable ! — le corps semblait n'être plus qu'une énorme plaie. Il semblait que des bourreaux infatigables se fussent acharnés après cet être faible et sans défense. Des pieux de bois le clouaient au sol par les pieds et les mains ; ses vêtements brûlés laissaient voir sur ses membres les traces de profondes blessures. Les chairs étaient fouillées à coups de poignard. Les mains écrasées, déchiquetées, n'avaient plus de forme. Enfin, quand je songe à tout cela, j'ai peur de parler ; les yeux crevés ne laissaient au front que deux trous sanguinolents. »

Un cri d'horreur s'échappa de toutes les poitrines.

« Cet homme, le martyr, vivait-il encore ?... je ne le savais pas !... mais, en vérité, ce n'était pas lui qui avait crié...

» Car la voix qui avait déjà frappé mon oreille retentissait de nouveau... En proie à une sorte d'exaltation nerveuse, je bondis à travers les lianes et les broussailles... et je vis qu'à cet endroit la rivière, transformée en torrent, s'engouffrait dans une excavation profonde de plus de dix mètres, et à quelques pieds du gouffre, un être humain, un enfant, les mains crispées à une branche qui pliait, poussait les cris qui avaient attiré mon attention...

» Oh! je n'hésitai pas!... M'accrochant aux saxifrages, sentant mon énergie décuplée, je descendis dans le gouffre!... A l'enfant qui faiblissait je criais : Courage!... Il ne comprenait pas... mais le son de la voix humaine est déjà une consolation... Enfin, je parvins jusqu'à lui. Le petit être se cramponna à mon bras, à mon épaule, et, lentement, m'efforçant d'éviter les secousses, plus prudent qu'au moment de la descente, je parvins à regagner la rive.

» Mais quand je déposai l'enfant à terre, je vis qu'il était tombé dans un état de prostration semblable à la mort. C'était horrible de voir ce petit corps inanimé, dans la clairière, à côté de ces restes humains, déchirés par la fureur d'assassins inconnus.

» J'avais couru de nouveau vers le vieillard, et certes un moment j'avais éprouvé une folle espérance.

» Le cœur battait encore... résistance inouïe de l'être vivant.

» Mais quelques secondes après, les pulsations s'arrêtaient... Le vieillard était mort...

» Je ne pouvais rien... Mais l'enfant! oh! celui-là était vivant... En un instant, je l'avais porté au bord de la rivière, et quelques aspersions d'eau avaient suffi à lui rendre le sentiment. Il devait être âgé de six à sept ans, tout au plus. Les quelques mots qu'il prononça tout d'abord ne présentèrent à mon oreille aucun sens, et cependant je connaissais déjà à cette époque la plupart des dialectes en usage dans les pays indo-orientaux. Mon embarras était grand. J'étais éloigné de plus de quatre milles de toute habitation humaine, et cependant cet enfant avait besoin de rapides secours.

Tout retard pouvait lui coûter la vie. La pauvre créature s'attachait à moi, comme si elle m'eût supplié de la défendre contre un danger qu'elle pressentait. Peut-être avait-elle quelque ressouvenir de la scène atroce dont sans doute elle avait été le témoin.

» Je l'enlevai dans mes bras et me mis à courir dans la direction des huttes cambodgiennes. Je ne ressentais pas la fatigue, et une heure s'était à peine écoulée que je rencontrais un convoi annamite, dont je connaissais le chef. Il me reconnut et se mit obligeamment à ma disposition.

» Mais quand il eut considéré l'enfant que j'avais recueilli, il me parut frappé d'une indéfinissable émotion. L'enfant avait repris connaissance. Il lui adressa quelques mots en cette même langue qu'avait déjà employée l'enfant, et dont le sens m'échappait. Le petit être répondit ; alors l'Annamite, comme frappé de désespoir, se laissa tomber sur le sol, arrachant ses vêtements et se couvrant le visage et la tête de poussière.

» Surpris, inquiet même, je lui demandai ce que signifiait sa conduite, et après une longue hésitation, il me répondit :

» — La colère du ciel s'est appesantie sur le roi des Khmers !

» — Le roi des Khmers ! m'écriai-je.

» Mais en vain je réiterai ma question, je ne pus obtenir aucune explication précise.

» J'appris seulement que dans les ruines d'Ang-Kor-Wat un homme vivait qui portait le titre d'Fni — textuellement, roi du feu — qu'il était mort, et que l'enfant que j'avais sauvé était son fils ! »

Encore une fois, Martial, le visage couvert d'une pâleur livide, s'était dressé sur ses pieds, comme si une commotion électrique eût frappé tout son être.

— Le Roi du Feu, s'écria-t-il. Ainsi se nommait l'homme qui vint jadis chez mon père...

— Je le sais, dit Armand; mais laissez-moi achever. L'Annamite semblait craindre que, par quelque nouvelle catastrophe, le fils de l'Eni ne fût frappé comme lui, et il me supplia de m'éloigner au plus vite avec l'enfant. Il était en proie à une exaltation épouvantée qui semblait tenir à quelque mystère religieux. Il mit un cheval à ma disposition, et je parvins à regagner la capitale. L'enfant était malade, une fièvre nerveuse mettait ses jours en danger. A ce moment, des lettres reçues de France me contraignirent à hâter mon départ; je ne voulus pas abandonner celui que j'avais miraculeusement sauvé. Il était pris pour moi d'une affection en quelque sorte farouche, et dans les moments de lucidité que lui laissait la fièvre qui le consumait, il se débattait contre des ennemis imaginaires. Je me décidai à l'emmener en France. Vous le connaissez tous, c'est l'homme dont le dévouement à mon égard ne s'est jamais démenti, c'est Soëra! »

— Mais ce vieillard assassiné, torturé! criait Martial en se tordant les mains avec angoisse.

— Nous allons savoir qui il était, dit Armand d'une voix grave. Martial, l'épreuve que nous allons tenter est terrible ! Je crois que la révélation que je prévois va vous frapper au plus profond du cœur. Souvenez-vous que vous êtes homme et que vous avez besoin de votre énergie. Jurez-moi de rester calme. Archibald, et vous tous, mes amis, je vous supplie de veiller sur lui...

Thomerville vint à Martial, et, saisissant sa main entre les siennes :

21.

— Courage ! lui dit-il, et quoi qu'il arrive, n'oubliez
pas que vous nous appartenez et que votre cause est la
nôtre !...

—°Mais c'était donc lui ? s'écria Martial, répondant
à la pensée intime qu'il n'avait pas osé formuler.

— Attendez ! fit Armand en levant la main.

Puis il marcha vers une porte et l'ouvrit.

Soëra parut.

Le lecteur n'a pas oublié ce personnage étrange qui
a paru déjà une fois comme une apparition fantastique,
dans ce récit.

Rappelons cependant son portrait :

La face, d'un brun verdâtre, était maigre et présentait des saillies osseuses qui semblaient les angles
d'un masque. Le nez écrasé s'épatait au-dessus d'une
bouche large, dont les lèvres relevées laissaient voir
des dents presque noires , et s'effilant en pointes
comme celles d'un animal sauvage.

Sur le front, des lignes, tatouage singulier, se croisaient dans tous les sens, formant un enchevêtrement
bizarre.

Le costume de Soëra n'était pas cependant celui qu'il
portait lors de sa venue chez le duc de Belen.

Il était vêtu maintenant d'une tunique longue, tombant aux chevilles, rayée de lignes multiples et de
couleurs variées.

Cette tunique était serrée à la taille par une ceinture
de drap d'or recouverte elle-même d'une large tresse
noire, sur laquelle scintillaient des diamants.

Aux pieds, des espèces de sandales dépassant les
doigts d'un pouce environ et saillant en pointe.

Enfin de ses manches sortaient ses bras maigres,

qu'un bracelet d'or, large de deux pouces, serrait au-dessus du coude.

Soëra, sur un signe d'Armand, entra dans la salle.

Les yeux, ouverts autant que le leur permettaient les paupières bridées aux tempes, étincelaient d'un reflet éclatant.

Il fit quelques pas, se prosterna devant Armand, prit sa main et la baisa.

— Martial, dit Armand de Bernaye, regardez cet homme, le reconnaissez-vous?

Mais déjà Martial s'était élancé, criant :

— C'est lui! c'est le Roi du Feu! c'est l'homme qui jadis est venu dans la maison de mon père!

En même temps, Soëra, se tournant vers Martial, avait poussé un cri de surprise et de joie :

— L'ami de l'Eni! l'ami de mon père !

— Vous n'êtes ni l'un ni l'autre celui que vous croyez reconnaître, dit Armand. Martial, ce costume vous trompe. Cet homme est Soëra, le fils de celui qui fut l'ami de votre père... et toi, Soëra, cet homme est le fils de celui qui est resté fidèle à l'Eni, ton père, jus-qu'au jour où tous deux ont perdu la vie.

Puis il reprit :

— Martial, cette épreuve est décisive. Depuis le jour où, pour la première fois, vous avez comparu devant nous, vos traits m'avaient frappé... car ils étaient gravés dans ma mémoire, depuis l'heure terrible où avait ex-piré sous mes yeux le vieillard martyrisé. Soëra vient de me prouver que je n'étais pas le jouet d'une illusion. Martial! l'homme que des misérables ont tué, après l'avoir torturé, hélas! il n'y a plus à en douter, c'était votre père !

Martial poussa un cri terrible ; portant les mains à

son front, il chancela, comme si la foudre l'eût frappé.

Il serait tombé, si Annibal ne l'eût soutenu dans ses bras.

Mais, se redressant tout à coup :

— Ses assassins ! cria-t-il, je veux les connaître !...
Je veux savoir le nom de ces misérables tortionnaires...
Mon père ! mon pauvre père !...

Il sanglotait. Cette douleur déchirante était à navrer.

— Ainsi, murmurait-il dans ses sanglots, il s'est trouvé des êtres assez infâmes pour ne pas reculer devant cette lâcheté de déchirer les membres d'un pauvre vieillard !... lui si bon !... si dévoué à la grande cause de l'humanité ! Mais, ces bêtes féroces, je les découvrirai, et je leur ferai payer leur crime par des tourments effroyables !

Armand ne protestait pas contre ces paroles insensées ; cette exaltation était justifiée. Il ne fallait attendre que du temps le calme et le retour à la raison.

— Leurs noms ! s'écriait Martial, vous savez leurs noms !

— Soëra, dit Armand, c'est à toi de parler... tu t'es imposé une longue épreuve... car, messieurs, il faut que vous sachiez tout... Il y a longtemps déjà que Soëra était sur la piste des assassins de son père... il voulait frapper !... j'ai arrêté son bras et il m'a obéi, car Soëra est de ceux qui respectent l'homme à qui ils doivent la vie... Depuis le jour où une terrible révélation s'est faite à lui, il s'est renfermé dans la solitude et le silence, suppliant le dieu de ses pères d'éclairer sa conscience... demandant — ce sont ses propres expressions — au mort le droit de parler... Il y a trois jours, Soëra est venu à moi et m'a tout révélé...

J'ai vérifié ses affirmations... elles étaient justes, et. cette fois encore, il a consenti, sur ma demande, à ajourner ses projets de vengeance.

— Mais maintenant nous frapperons, nous les tuerons, n'est-ce pas? s'écria Martial saisissant la main de Soëra.

Le fils de l'Eni le regarda; un sourire éclaira son visage, sourire effrayant de haine et de force sauvage, et lui rendant son étreinte :

— Frère, la mort attend... elle viendra à notre appel !

— Avant tout, dit Armand, j'ai voulu que le Club des Morts connût dans tous ses détails cette lamentable aventure. Ce que vous déciderez, messieurs, sera exécuté. Soëra, parle maintenant.

C'était un moment solennel. Tous comprenaient que l'heure allait sonner où allait se déchirer le voile qui recouvrait tant de mystères.

Soëra, ayant échangé une dernière étreinte avec Martial, s'était venu placer au milieu de la large salle, où se trouvaient réunis les membres du Club des Morts.

Là, il se prosterna, et, par trois fois, frappa le sol de son front en étendant les bras vers l'Orient.

Puis, dans cette langue française que de Bernaye lui avait apprise et qu'il prononçait avec un accent guttural des plus singuliers, il commença.

Chacune de ses phrases se martelait en un rhythme monotone. C'était comme une mélopée qui donnait à notre langue la bizarre mélopée des idiomes asiatiques...

(Le lecteur comprendra que nous écartions ou tout au moins que nous atténuions dans ce récit les étrangetés de forme qui, quoique donnant à la parole de

Soëra une couleur étrange et exotique, n'en fatigueraient pas moins à la longue son attention.)

« Que le grand Giang protége son serviteur, dit Soëra, que l'arme sacrée, le beurdao (1) frappe Soëra, si de sa bouche un seul mot trahit la vérité !

» Soëra s'appelle le Vengeur ; Soëra a vu son père tomber sous l'arme rouge des assassins ; il n'était alors qu'un enfant, et comme il criait au secours, qui n'arrivait pas...

» Ces hommes l'ont saisi et précipité dans le gouffre...

» Mais le dieu d'Ang-Kor veillait, un homme est venu et a sauvé l'enfant ; l'enfant est homme aujourd'hui, et il aime son sauveur jusqu'à lui donner, s'il avait faim, son cœur pour se nourrir... »

Disant cela, Soëra regardait Armand, qui d'un signe l'encouragea.

Une émotion indéfinissable serrait toutes les poitrines.

Soëra reprit :

« Aux temps qui sont tombés dans la nuit — ensevelis dans le passé — mes pères étaient puissants — ils s'appelaient les Khmers — et l'immense royaume était Kmerdom.

— Par milliers et par milliers se comptaient nos guerriers — par milliers les géants d'or qui veillaient — aux portes des villes colossales — par milliers et par milliers les serviteurs du grand Bouddha — dont les trente-deux beautés éclatent comme un rayonnement.

— Les nagas (serpents) étaient domptés — tous

(1) Vieux sabre que les anciens descendants des rois Khmers vénèrent comme une relique : *Giang* signifie *esprit, génie.*

tremblaient devant l'épée dont nul n'avait triomphé —
et sur les hautes montagnes les pagodes gigantesques
— portaient au séjour de Vichnou — les prières du
peuple innombrable.

— Le roi Lépreux fut coupable — parce qu'il manqua à sa parole — ayant promis la vie à un brahmane
— savant entre tous — il le tua.

— La terre trembla — des colonnes de soufre ardent
sortirent des entrailles du sol. — La grande statue de
Bouddha roula de son socle dans le lac profond — et les
ennemis des Khmers — pour venger le dieu — se jetèrent
sur Ang-Kor la puissante

— Qui chancela sur sa base énorme. — L'univers s'a-
charna contre Ang-Kor. — Les astres tombèrent et leurs
flammes jetèrent l'incendie — les fleuves sortirent de
leur lit — prenant colonnes et tours, corps à corps — et
les renversant — comme un géant renverse un enfant
qui l'a insulté.

— Les montagnes s'écroulèrent — et sous leurs
masses des milliers de cadavres furent ensevelis — dont
pas un n'eut la face tournée vers l'Orient — ce qui était
le châtiment terrible.

— Le vent dispersa les peuples — comme les feuilles
des arbres — ils tourbillonnèrent en rhombes d'épouvante — et le frère ne retrouva plus son frère — ni la
mère son enfant.

— Seule, la mort les frappait — sans qu'un bras se
levât pour les défendre — et, comme des chiens furieux,
— les peuples voisins — qui avaient tremblé devant eux
— les mordirent quand ils passaient — frappés déjà
par les Giangs — ministres de la colère de Bouddha.

— Il se fit un orage étincelant — qui dura pendant un
siècle — et pendant lequel la foudre ne cessa pas de ru-

gir — ni l'éclair de briller — puis la nuit se fit profonde, — le soleil s'étant voilé — pour ne pas voir l'horrible ruine du plus grand peuple de la terre.

— Et quand il osa regarder — les Khmers n'étaient
plus qu'une poussière impalpable — que balayait un
souffle — les tours, les palais, les villes, les statues
colossales, n'étaient plus — que des ruines sur lesquelles couraient les reptiles

— Les reptiles immondes — transformation dernière
des ennemis des Khmers — que Bouddha avait frappés
à son tour — parce que — pour avoir écrasé les Khmers
— ils s'étaient crus aussi puissants que lui... »

Sous cette forme bizarre, qui rappelait la coupe singulière des poëmes indous, Soëra racontait, d'après la
légende transmise de siècle en siècle, la catastrophe
effroyable dans laquelle a succombé cet immense empire, qui s'étendait du golfe de Siam aux rives anna-
mites, et dont jusqu'ici les savants les plus érudits, les
plus infatigables, n'ont pu retracer l'histoire.

Les ruines énormes, magnifiques et sublimes que,
dans ces dernières années, ont étudiées les Mouhot,
les Lagrée, les Grandière, ne chantent-elles pas plus
haut que les poëmes homériques la gloire et la puissance de cet empire des Khmers, dont les vestiges
frappent d'une admiration épouvantée les hardis ex-
plorateurs qui ont pénétré jusqu'aux ruines d'Ang-
Kor-Wat.

Le fait auquel Soëra faisait allusion, en parlant de
l'improbité du roi Lépreux, était celui-ci :

Le roi, atteint d'un mal que nul ne pouvait guérir,
s'était adressé en vain à tous les savants de son empire.

Seul, raconte M. Henri Mouhot, un brahmane illus-
tre, drogui ou fakir, osa entreprendre cette cure. Il

croyait fermement aux effets de l'hydropathie, mais il préférait que le liquide fût à l'état d'ébullition, et proposa à son client royal de le plonger dans un bain bouillant.

Le roi exprima le désir de voir l'expérience s'accomplir tout d'abord sur un autre personnage que lui-même; mais comme nul ne consentait à se prêter à cette épreuve — dangereuse, il faut en convenir — le roi — contraignit le fakir à l'expérimenter lui-même.

— J'y consens, répliqua le brahmane, si Votre Majesté veut me promettre solennellement de jeter sur moi une certaine poudre que je vais lui laisser.

Le roi promit, et le fakir entra dans la chaudière brûlante. Mais le roi Lépreux, qui était jaloux de la science du brahmane, fit enlever la chaudière et la fit jeter, avec celui qu'elle contenait, dans le fleuve.

C'est, dit-on, cette trahison qui a amené sur la ville la décadence et la ruine.

La tradition ajoute que la statue de jaspe de Bouddha, qui était la gloire du temple, fut retrouvée par les Siamois, flottant à la surface du lac, entourée de lotus et portée par un yack ou bœuf thibétin.

A l'endroit où cette statue avait été trouvée, les Siamois élevèrent leur capitale.

Soëra s'était interrompu un instant, comme écrasé par ses souvenirs.

Armand l'engagea doucement à reprendre son récit.

Soëra obéit :

« Les années passèrent longues et nombreuses — les Khmers n'étaient plus, — et les derniers enfants de l'empire — errant comme des tigres poursuivis — tombaient un à un dans la mort.

— Seule, une famille protégée par Bouddha — ré-

servée aux grandes destinées de l'avenir — vivait solitaire dans les forêts — la famille d'Eni, Roi du Feu —
auquel la puissance divine avait promis que les ruines
se relèveraient — et que, puissantes, les cités des
Khmers — dresseraient encore vers le ciel — leurs ci-
mes puissantes.

— Eni possédait le dernier secret de la grandeur des
Khmers — le secret des trésors immenses cachés — dans
les entrailles profondes — des géants de granit qui veillent — silencieux, sur Ang-Kor endormie.

— Eni était un homme et Eni mourait — mais il trans-
mettait à son successeur le secret qu'il avait gardé.
— Les derniers Khmers lui étaient soumis — et, des
extrémités de la terre — ils obéissaient à ses ordres —
et, devant lui — les souverains de Siam s'inclinaient —
lui envoyant chaque année des tributs.

— Eni succédait à Eni gardant le trésor — et le sabre
sacré — que doit ceindre un jour le roi des Khmers —
alors que Bouddha — d'un signe de sa tête — lui aura
donné l'ordre de marcher en avant.

—Le dernier Eni était mon père. —Il vivait seul dans
les forêts —et, silencieux — il attendait l'ordre de Bouddha.

— Par sa science divine — il sut que des entreprises
criminelles —s'ourdissaient dans l'ombre contre lui. —
Il traversa les mers — et vint en France pour parler au
roi de la science. — Il resta longtemps dans les villes,
et quand il revint, un vieillard l'accompagnait.

— Mon père ! s'écria Martial.

— Oui, c'était ton père, reprit Soëra — car les traits
de son visage étaient — malgré l'âge — semblables
aux tiens. — Eni me dit : Fils, j'ai confié à la terre
française le secret éternel de la puissance des Khmers.

— Au jour de ma mort — je te dirai tout, et tu continueras mon œuvre.

— Lui et le vieillard s'aimaient — longtemps je les ai vus tous deux — marchant solennels à travers les ruines, qu'ils interrogeaient et qui leur répondaient — mais à eux seuls — car nulle voix ne parvenait jusqu'à nous.

— Une nuit, comme ils dormaient tous deux sous leur hutte de feuillage — il se fit un grand bruit — et des hommes se jetèrent sur mon père — mon père fut frappé le premier — une balle lui traversa le cœur — et sans un cri — sans avoir pu prononcer un seul mot — il roula sur la terre rougie.

— Puis les deux assassins — saisirent le vieillard et le torturèrent — voulant qu'il trahît le secret des Khmers. — Horrible ! le vieillard poussait des hurlements de douleur — mais il ne parlait pas.

— Enfant, j'essayai de le défendre — j'étais faible et ne pouvais rien — un des hommes me saisit — et me précipita dans le gouffre — croyant que j'allais mourir.

— Les cris du vieillard s'éteignirent dans un râle effrayant — et moi, accroché aux lianes — je regardais le flot — qui tourbillonnait autour de moi. Je ne voulais pas mourir. — Je luttai longtemps, si longtemps, que le soleil monta à l'horizon !...

— Je gémissais et j'appelais. — Un homme vint qui entendit mes cris de désespoir — et me sauva. — Mais j'étais épuisé — le génie de la souffrance s'accroupit sur ma poitrine — et sur mon front... — Je dormis longtemps sur le bord de la mort.

— Quand je revins à moi — j'étais sur un navire. — L'homme généreux qui m'avait sauvé — m'emmenait dans son pays. — Depuis, je ne l'ai plus quitté. —

Mais le jour de la vengeance est venu — parce que j'ai
retrouvé les assassins de mon père — et que celui qui
est mort — crie vers moi qui suis son fils.

— Et que le vieillard t'appelle — toi aussi, pour que
tu punisses — ceux qui ont brisé son corps — brûlé
ses membres, et qui l'ont tué!... — Frère, donne-moi
ta main, et — reçois mon serment. — Vengeance!
vengeance!... »

En prononçant ces derniers mots, Soëra s'était dressé,
et, livide, il semblait une de ces créations étranges qui
veillent à l'entrée des pagodes indiennes.

Tous étaient haletants.

— Vous avez entendu, dit Armand. Eh bien! il me
reste à vous dire quels furent ces assassins. L'un d'eux
se nommait le duc de Belen, l'autre le baron de Silvereal. Comment avaient-ils surpris le secret de l'Eni?
Quel traître les avait lancés sur cette piste! je l'ignore,
et sans doute nous ne le saurons jamais. Un jour, Soëra
a entendu la voix du duc; — c'était à ce dernier bal où
le baron de Silvereal avait conduit sa femme et Lucie
de Favereye — il voulait s'élancer, frapper. Je pus
m'opposer à son dessein; mais, en m'obéissant, Soëra
refusa tout d'abord de parler. Il voulait demander à
ses dieux s'il pouvait me confier le secret de cette épouvantable tragédie. Il passa quarante jours et les nuits
dans la prière. Il y a trois jours, il est venu à moi et
m'a tout dit. Ensemble, nous sommes allés épier de
Belen. Il l'a vu, et, cette fois, le doute n'a plus sub-
sisté. Puis il a vu Silvereal et me l'a désigné comme
complice du crime.

» Voilà ce que j'avais à vous dire. Un grand forfait a
été commis, il faut qu'il soit puni. A vous maintenant de
prendre une décision. Soëra s'est engagé à nous obéir. »

Soëra s'était agenouillé devant Armand et lui avait pris la main.

— Je tiendrai mon serment, car je te dois la vie; ce que tu ordonneras, je le ferai.

— A mon tour de parler! s'écria Martial. Car c'est mon père qui a été frappé. C'est le pauvre vieillard, qui portait dans son cerveau l'avenir de la science et de l'humanité, qui a été assassiné lâchement, au milieu des plus épouvantables tortures; pas de pitié pour ces infâmes! Et si le bras de Soëra faiblit, c'est moi qui serai le vengeur!

Martial frémissait. Livide, les yeux étincelants, il était en proie à une effrayante surexcitation.

Archibald prit la parole :

— Plus que tout autre, dit-il, je comprends la douleur, la colère de ces deux hommes qu'un crime odieux a faits orphelins. Mais il nous faut d'abord comprendre que si les faits sont prouvés à nos yeux, la justice ne se pourrait contenter de ces témoignages.

— Eh! qui parle de la justice des hommes! s'écria Martial. Est-ce donc aux tribunaux que j'entends demander ma vengeance! Ces hommes ne sontils pas en dehors de l'humanité ?

— Un mot, dit M. de Favereye.

Il se leva à son tour, et, devant cette physionomie empreinte de la solennité majestueuse de la justice, tous se turent.

— Il faut que ces hommes soient punis, dit-il. Mais ainsi qui vient de le dire M. de Thomerville, ce n'est pas en les traduisant devant les tribunaux que nous parviendrons à notre but. Où sont les preuves? où sont les témoins? Ces scènes effroyables se sont passées si loin de nous que toute enquête est impossible. Est-ce à dire qu'ils doivent jouir paisiblement du bénéfice de leurs crimes? Non. Le rôle du Club des Morts commence; il faut que dès aujourd'hui ils soient enserrés dans un cercle dont ils repuissent plus s'échapper. Le duc de Belen n'est autre qu'Estremoz le voleur; Silvereal est l'ancien consul qui a forfait à son mandat. Ces deux faits sont clairs, faciles à établir. Qu'ils soient poursuivis, et le bagne s'ouvrira devant eux. C'est là ce que peut, contre ces bandits, la justice humaine; rien de plus.

Martial se tordait les mains.

Soëra, immobile, tourmentait de sa main crispée le manche du kriss passé à sa ceinture.

Tout à coup sir Lionel poussa un cri.

Sir Lonel, le fou! avait-il donc compris ce qui venait de se passer? Allait-il donc, lui aussi, émettre son opinion?

Armand s'était élancé vers lui, croyant à quelque crise soudaine.

Mais du geste Lionel l'écarta.

— Voyez, dit-il, le bras étendu, voyez ce sang qui coule !... Entendez-vous ces râles de désespoir!

Dressant la tête, il semblait regarder dans le vide, écouter un bruit qui parvenait à son oreille.

— De Belen! Silvereal! Ce sont bien ces noms que vous avez prononcés! Ce sont bien les hommes que vous prétendez châtier! Il est trop tard! le châtiment est venu. Il est trop tard.

— Folie! s'écria Martial.

— Attendez! fit Armand. Parfois, ce que vous appelez folie n'est qu'une transformation des facultés... qui acquièrent en acuïté ce qu'elles ont perdu en netteté.

Puis, se tournant vers Lionel, étendant les deux mains au-dessus de sa tête :

— Parlez ! dit-il d'une voix forte. Sir Lionel Storigan, que voyez-vous ? Qu'entendez-vous ?

— Du sang, vous dis-je ! s'écria Lionel. De Belen est frappé ! Silvereal tombe... C'est la mort ! Ah ! comme ils se débattent ! comme ils se tordent ! Courez ! courez vers eux ! Mais non ! c'est inutile ! vous arrivez trop tard !... La mort passe par là... Du sang ! du sang !

Et Lionel semblait se débattre contre une épouvantable vision.

Tous s'étaient levés, cherchant à deviner le sens mystérieux caché sous ces paroles arrachées par la folie.

Seul Armand conservait son sang-froid.

La science lui disait que dans cette crise physiologique il y avait le retentissement de faits vrais...

— Martial, dit-il, je crois — vous m'entendez — je crois fermement que sir Lionel, étranger aujourd'hui à la vie ordinaire, voit et entend ce que nous ne pouvons ni voir ni entendre... Je dis qu'il se passe à l'hôtel de Belen des événements étranges, dont sir Lionel, dans sa folie, a le pressentiment inconscient...

— Je vois, je vois ! criait l'Anglais. Ils sont morts ! morts !...

— Venez donc, Martial, reprit Armand. Thomerville, accompagnez-nous ; il faut que nous sachions la vérité.

— Mais que croyez-vous donc ? s'écria Archibald.

— Je crois que sir Lionel a dit vrai, et qu'un nouveau crime vient d'ensanglanter l'hôtel de Belen...

Puis, se penchant à l'oreille de M. de Favereye, Armand ajouta :

— Appuyez-moi... N'est-ce pas, en tout cas, gagner

du temps... et permettre à la fureur de Martial de se calmer.

— Vous avez raison, dit le magistrat.

Et s'adressant aux autres :

— Avant tout, il faut savoir ce que cache ce mystère, que MM. de Bernaye, Martial et Thomerville se rendent à l'hôtel de Belen.

— Qu'ils se hâtent ! cria sir Lionel.

Il y avait dans cette scène singulière une telle solennité, que Martial, troublé, n'avait plus la force de résister.

Puis, après tout, n'était-ce pas le moyen d'être plus tôt en face de l'assassin?

— A l'hôtel de Belen ! cria-t-il.

— Je suis à vos ordres, ajouta Thomerville.

Martial s'approcha de Soëra, et lui prenant la main :

— Tu m'as appelé ton frère, lui dit-il d'une voix sourde, aie confiance !...

— Ne le frappe pas seul !

— Je te le jure.

Madame de Favereye n'avait pas pris part à cette dernière scène.

Maintenant elle pensait à sa sœur, liée au misérable Silvereal, et elle frémissait en songeant aux douleurs qui lui étaient réservées.

Armand vint à elle :

— Ayez courage, lui dit-il. Et cachez encore à Mathilde ces horribles révélations.

— J'attendrai, dit la marquise.

Un instant après, une voiture entraînait vers l'hôtel de Belen Armand, Martial et Archibald.

Martial, sombre, gardait le silence. De Thomerville, flegmatique, était prêt à tout événement. Armand rê-

vait à sir Lionel et cherchait à expliquer les singulières paroles qui s'étaient échappées de ses lèvres...

Les chevaux allaient rapidement. Le jour venait de
se lever, et la teinte blafarde de l'aube s'étendait sur
Paris qui s'éveillait.

De Courcelles à la rue de Seine, le trajet était long;
mais ces trois hommes, absorbés par leurs pensées,
n'avaient pas la notion du temps.

Enfin ils arrivèrent à la Seine, et la voiture franchit
le pont.

Ils entrèrent dans la rue de Seine.

Là, la voiture s'arrêta brusquement.

— Qu'y a-t-il? demanda de Bernaye, subitement arraché à ses réflexions.

— La rue est encombrée de monde, dit le cocher. Je
vois des soldats... et des agents de police.

D'un bond, les trois hommes sautèrent sur la chaus-
sée.

Malgré l'heure matinale, la foule formait un groupe
compacte depuis la jonction de la rue Mazarine, se
pressant dans la rue de Seine, houleuse et agitée.

— Que se passe-t-il donc? demanda Armand.

— Ah! monsieur, c'est horrible! on parle de dix assassinats... une boucherie! toute une maison massa-
crée.

Tout en faisant la part de l'exagération, il devenait
évident qu'un crime avait été commis.

— Savez-vous à quel numéro se sont passés les faits?
demanda Archibald.

— Le numéro? non. Mais c'est à la grande maison...
à un hôtel... occupé par un duc.

Martial poussa un cri.

— Ne perdons pas une minute, dit-il, il faut savoir...

Et aussitôt les trois amis, se jetant à travers la foule, jouant du coude pour faire trouée, parvinrent jusqu'au cordon des agents de police.

Là, ils furent naturellement arrêtés. Et malgré leur impatience, ils risquaient de ne pas obtenir les renseignements qu'ils désiraient, quand un personnage qui donnait des ordres aperçut M. de Bernaye et s'écria :

— Ah ! vous voici ? Si c'est le hasard qui vous amène, vous allez nous rendre un bien grand service.

C'était un commissaire de police qui connaissait Armand de longue date comme médecin.

— Je désire passer monsieur, dit le magistrat.

— Il faut que ceux qui m'accompagnent passent avec moi.

— Très-volontiers. Aussi bien ils doivent appartenir sans doute, comme vous, au monde dont faisaient partie les victimes.

— Les victimes ? mais qui donc a été frappé ?

— Dites taillardé, massacré, haché... c'est le duc de Belen et le baron de Silvereal !

Un triple cri lui répondit.

Armand saisit la main de Martial :

— Silence, lui dit-il à voix basse ; si ces criminels ont expié leur crime, prenez garde, en les flétrissant, de faire retomber sur des innocents la peine de leur infamie.

Martial se souvint tout à coup des liens qui unissaient Silvereal à madame de Favereye, c'est-à-dire à Lucie ; il obéit et refoula en lui les sentiments prêts à déborder.

C'était en effet vers l'hôtel de M. de Belen que le

commissaire de police — qui se nommait Duval — conduisait nos trois personnages. La porte de l'hôtel était gardée par une escouade de soldats requis au poste voisin.

Rappelons rapidement au lecteur les principales dispositions de cet hôtel, dans lequel nous l'avons déjà plusieurs fois introduit depuis le début de ce récit.

Les appartements du duc occupaient tout le vaste premier étage de l'hôtel.

Les salons de réception attenaient à une large et magnifique galerie, à l'extrémité de laquelle s'ouvrait le cabinet particulier du duc, pièce de moyenne dimension, encombrée de curiosités de toutes sortes empruntées aux civilisations orientales.

Enfin, derrière ce cabinet, une vaste serre, formant jardin d'hiver donnant sur les jardins, et faisant face au pavillon qu'avait occupé Jacques pendant quelque temps.

Chose étrange, Martial se souvenait maintenant que c'était dans cette maison qu'il avait tant souffert, alors que seul, dans une mansarde du dernier étage, il méditait son suicide.

Et il n'avait rien deviné! Sous le même toit que lui vivait l'assassin de son père, et un secret instinct ne l'avait pas guidé!

Le commissaire marchait en avant. Des agents étaient installés dans la galerie que nous avons vue resplendissante de lumières, résonnant des échos de l'orchestre—et qui maintenant, morne et sombre, semblait un immense sépulcre.

Les domestiques de M. de Belen, libres et cependant gardés à vue, s'étaient groupés au coin, parlant à voix basse.

M. Duval ouvrit enfin la porte du cabinet du duc, et précédant les trois amis :

— Entrez, dit-il.

Au moment où ils franchissaient le seuil, un cri de surprise et d'horreur s'échappa de leur poitrine.

Sur un sofa, aux nuances écarlates, gisait, à demi plié, le corps de M. de Belen. La tête relevée laissait voir au cou une plaie béante d'où s'échappaient encore quelques gouttes d'un sang noirâtre qui se coagulait.

Puis, étendu sur un fauteuil, Silvereal, livide, les yeux fermés... un médecin était auprès de lui, cherchant à panser une énorme entaille qui descendait du cou au milieu de la poitrine. Il était évident que le coup avait été porté par derrière et que l'arme, {après avoir glissé d'abord sur les côtes, avait pénétré profondément dans les chairs...

— Eh bien ! docteur, demanda le magistrat, conservez-vous quelque espoir ?

— Le blessé respire encore, dit le médecin, mais j'attends sa mort à chaque instant.

Disant cela, il regardait les nouveaux venus.

Il reconnut M. de Bernaye.

— Ah ! cher confrère, dit-il, vous arrivez à propos... je serais heureux que vous voulussiez bien examiner ce malheureux.

Martial et Archibald s'écartèrent.

Armand vint auprès de Silvereal.

Ainsi c'était l'homme qui lui avait volé tout son bonheur, celui qui avait spéculé sur l'ambition de M. de Mauvillers pour le contraindre à lui donner la main de sa fille Mathilde; c'était Silvereal qui était là, gisant, moribond.

Mais Armand n'était pas de ces hommes qui transigent avec le devoir. On faisait appel à ses lumières, le médecin reparaissait, dût sa science prolonger le supplice que l'existence du baron infligeait à sa femme...

Il se pencha sur le corps inerte, et soulevant les paupières, il examina longuement les pupilles contractées.

— La mort est proche, dit-il. Vous avez sondé la plaie?...

— Le poignard — car c'est avec un poignard long et flexible que M. le baron a été frappé — a atteint le poumon... l'hémorragie interne continue lentement... ce n'est qu'une question de minutes...

Une sorte de râle sourd sortait de la poitrine du moribond...

— Et celui-ci? demanda Armand en désignant M. de Belen.

— La carotide a été tranchée d'un seul coup; la mort a dû être ins' ntanée...

— Mais qui a commis ce double crime? demanda Archibald en s'approchant.

— Je crois que le coupable est entre nos mains... car nous avons saisi un misérable qui cherchait à s'échapper... et il est gardé à vue dans la serre...

— Son nom?...

— Je ne le connais pas... Mais j'y songe, si je vous ai priés de monter ici, c'est que vous pourrez sans doute fournir sur la vie et les habitudes des deux victimes des renseignements utiles à la justice... de plus, vous connaissez peut-être l'assassin... ou tout au moins celui que j'ai tout lieu de présumer coupable.

Disant cela, le commissaire entr'ouvrit doucement la porte de la serre, et fit un signe aux trois agents qui s'y trouvaient et qui s'écartèrent.

Affaissé sur une chaise, la tête dans ses deux mains, un jeune homme était là, immobile comme une statue.

Au bruit de la porte, il tressaillit et releva la tête.

— Jacques, comte de Cherlux! s'écria Armand.

XIX

PRIS DANS LA TOILE...

Les magistrats, immédiatement avertis, arrivèrent bientôt à l'hôtel de Belen.

C'étaient un juge d'instruction, M. Varnay, qui, on s'en souvient peut-être, avait naguère procédé à l'interrogatoire de Diouloufait, et un substitut du procureur du roi, qui n'est pas non plus tout à fait inconnu du lecteur, ainsi qu'on le verra tout à l'heure.

Les premières constatations légales fournirent peu de renseignements. Il était évident que le crime avait eu le vol pour mobile, car un grand désordre régnait dans le cabinet du duc. Les objets précieux avaient été jetés à terre et brisés, sans doute pour hâter les recherches. Enfin, un meuble avait été fracturé et des papiers gisaient sur le plancher.

Armand et l'autre médecin continuaient à donner des soins à Silvereal, dont l'agonie se prolongeait.

Peu à peu même il semblait qu'une nouvelle force lui revînt, et il avait déjà essayé de parler...

Ce n'était d'ailleurs, selon toute évidence, que le dernier effort de la nature, résistant à la mort.

— Avant d'interroger le jeune homme arrêté, dit M. Varnay, il serait bon d'entendre les premiers témoins... Quels sont-ils ?...

— Monsieur le juge, répondit le commissaire, c'est d'abord le valet de chambre de M. de Belen qui couche dans une pièce voisine... puis le portier de l'hôtel, nommé Benoît...

— Appelez ces deux hommes. Quant à vous, messieurs, ajouta le magistrat en s'adressant à Archibald et à Martial, je vous prie de ne pas vous éloigner.

Les deux hommes s'inclinèrent.

Ils étaient impatients de connaître les détails de cette étrange tragédie, qui venait, dans des circonstances si imprévues, dénouer une situation terrible.

M. Benoît était, si l'on s'en souvient, le suisse bienveillant qui avait défendu la mansarde de Martial contre les prétentions envahissantes de M. de Belen, propriétaire de l'immeuble.

C'était un gros homme, tout rond, confit en dignité, et qui, étant portier, considérait sa situation comme un sacerdoce.

Or son attitude même prouva, dès le début, que sa dignité avait reçu une forte atteinte.

Il s'avança, tête basse, rougeur au front. On avait assassiné son maître, et sa responsabilité lui paraissait d'autant plus engagée qu'il n'admettait pas qu'on pût s'introduire dans l'hôtel par une autre issue que la porte cochère.

— Que savez-vous ? lui demanda M. Varnay. Je vous

engage à être aussi bref et aussi clair que possible dans votre déposition et à éviter les détails inutiles.

M. Benoît fut froissé, mais il dissimula.

Il était d'ailleurs sous le coup d'une surprise réelle. La présence de Martial l'étonnait au plus haut point. La disparition du jeune homme « sentait mauvais, » ainsi qu'il avait souvent répété à l'épicier d'en face. Et ce n'était pas une mince stupéfaction que de le retrouver en pareille circonstance, admis par le juge d'instruction à faire partie d'une sorte de jury d'enquête.

Quoi qu'il en soit, M. Benoît ayant toussé et étant parvenu à placer commodément deux doigts entre les boutons de son gilet, commença ainsi :

— Pour lors donc, monsieur le juge, je m'étais endormi vers les onze heures du soir. M. le duc, selon son habitude, était rentré dans son appartement. Je dois vous dire que le plus souvent M. le duc passait la nuit ici, étendu sur un fauteuil ; ça peut paraître drôle, mais ça ne me regardait pas, vu ma situation subalterne.

— Continuez, dit le juge, qui craignait une dissertation sur la différence dés conditions sociales.

M. Benoît réprima un mouvement d'impatience et reprit :

— Avant de m'endormir, j'avais eu l'honneur de dire à madame Benoît — mon épouse légitime, monsieur le juge, depuis vingt-deux ans — et qui le sera jusqu'à sa mort — de lui dire, dis-je, que je tenais à me lever de bonne heure, ayant à me livrer à divers travaux d'intérieur.

» Donc je sommeillais, lorsque vers deux heures — deux heures un quart, je ne saurais préciser, n'ayant pas eu la pensée de consulter ma répétition, dans la

crainte de réveiller madame Benoît — j'entendis un
coup de sonnette. Mon devoir m'étant dicté par ma
conscience, je me glissai hors du lit, et, entendant des
pas sous le vestibule, je demandai qui était là. Une
voix me répondit : Baron de Silvereal.

» Pour tout autre visiteur, à une heure aussi indue,
j'aurais sonné le valet de chambre. Mais M. le duc
m'avait ordonné plusieurs fois de laisser pénétrer chez
lui M. de Silvereal, à quelque heure que ce *soye*.

Ne connaissant que ma consigne, je le laissai passer
et retournai auprès de madame Benoît.

» J'ose dire que je me rendormis assez promptement,
quand, à cinq heures du matin, je fus éveillé en sursaut — en sursaut, c'est le vrai mot — par des cris
partant de l'appartement de M. le duc ; j'hésitai un
moment ; je me disais qu'il n'était pas possible que des
cris partissent de...

— Faites-nous grâce de vos réflexions, interrompit
M. Varnay.

— Je respecte la justice française, dit M. Benoît avec
une nuance de dépit, donc je fais grâce. Je sautai hors
de mon lit, et, sans tenir compte des avis de madame
Benoît, qui m'exhortait à la prudence, je m'élançai,
oui, monsieur le juge, j'ose employer cette expression,
je m'élançai vers l'appartement de M. le duc. Au moment où j'allais franchir la porte, oh ! monsieur le
juge ! je vivrais cent ans, que dis-je ! un siècle, que
jamais je n'oublierai le spectacle qui frappa mes regards ! Tenez, je vous demande pardon, mais à ce
seul souvenir je sens que je m'en vais.

De fait, M. Benoît, pâle sous son masque trognon-
nant, paraissait prêt à s'évanouir.

En semblable occurrence, les révulsifs sont d'effet souverain.

— Continuez, sinon je croirai que vous avez intérêt à tirer l'affaire en longueur, dit brusquement le procureur du roi.

L'effet fut immédiat. M. Benoît réagit contre l'effet nerveux, et enfonçant son cou dans sa cravate, sans doute pour rendre l'aplomb à son cerveau qui perdait l'équilibre, s'écria :

— Monsieur, dans la galerie il y avait quatre, six, dix hommes, je ne sais pas au juste !... Pourquoi ne le sais-je pas ? c'est bien simple. Primo, j'ai reçu un formidable coup de poing sur la tête ; secundo, il y avait en tout une bougie allumée... Les quatre, six, dix hommes ont disparu à mes yeux comme un vain brouillard du matin...

— Pas de poésie, fit M. Varnay.

— Je n'ai rien dit de mal, je crois ; en tout cas, je le retire. Les hommes se sont enfuis, évanouis, *effumaillés*... Cependant, j'en ai vu un qui portait sur ses bras un morceau de pierre que j'ai reconnu: c'était une espèce de tesson de statue qui se trouvait à côté du bureau de M. le duc, tenez... à la place où est monsieur...

Il désignait le procureur du roi, assis au pied d'une console vide.

— Ayant reçu un coup de poing entre les deux yeux, j'ai pu seulement crier comme cela : Ah ! ah !... j'ai fermé les yeux un moment, je m'en excuse !... et je l'avoue !... Quand je les ai rouverts, la galerie était vide... j'ai couru au cabinet de M. le duc... et comme j'ouvrais la porte... j'ai vu debout... pâle... couvert de sang... un jeune homme... Oh ! celui-là, je l'ai reconnu tout

de suite... Je l'ai appelé « Canaille ! » et je lui ai
sauté à la gorge...

— C'est celui qui a été arrêté...

— Par moi ; oui, monsieur. Par moi et par le valet
de chambre, qui avait aussi entendu le grabuge et qui
était entré derrière moi... Oui, monsieur, je l'ai appré-
hendé !... Car je le connais bien !... C'est un mirliflor
que monsieur a nourri, hébergé, dorloté comme pas
un, et qui l'a payé en le massacrant... lui, et le bon
M. de Silvereal, deux crânes hommes qui payaient
rubis sur l'ongle... Monsieur le juge, je ne suis qu'un
portier, mais je trouve cela pas bien !...

— Quelle a été l'attitude de ce jeune homme lorsque
vous vous êtes jetés sur lui ?

— Son attitude ? Monsieur le juge veut dire quoi qu'il
a fait ! Eh bien ! il avait l'air d'un abasourdi... comme
qui dirait, sauf vot' respect, d'un homme qui avait bu !
Dame ! dans le premier moment, je n'ai pu me contenir, et je l'ai appelé assassin !... Il m'a regardé comme
s'il ne me comprenait pas, et il a marché en avant ; il
voulait s'en aller... oh ! ça, c'était clair. Mais je lui ai
dit — moi et le valet de chambre : « Minute, mon bonhomme ! quand le sang est tiré, faut le boire ! » Et nous
avons appelé les laquais. On a collé, mis l'assassin
dans la serre. On est allé chercher la garde, qui est
venue tout de suite. Je suis heureux de lui rendre cet
hommage, et voilà ! je ne sais rien de plus.

Et voulant juger de l'effet produit, M. Benoît jeta autour de lui un regard parabolique.

— Faites entrer le valet de chambre, dit M. Varnay.

Le nouveau témoin confirma les détails déjà fournis
par M. Benoît. Pour lui, le jeune homme qu'ils avaient
arrêté lui avait fait l'effet d'un individu jouant la stu-

peur, presque la folie, pour s'évader plus facilement. Seulement, il n'avait pas donné dans le *godant*, parce qu'il le connaissait.

— Quel est ce jeune homme? interrogea le substitut.

— A ce qu'il paraît, reprit le témoin, que c'était une espèce de va-nu-pieds qui avait été jadis recommandé à M. le duc. Comme M. le duc était — révérence parler — la bête du bon Dieu, il lui avait donné asile ici, d'autant plus qu'il devait appartenir à une excellente famille, et s'appeler le comte de Cherlux...

— Le comte de Cherlux ! répéta le juge qui cherchait dans sa mémoire.

— Oh ! le vieux comte était un gentilhomme de roche ! déclara le laquais. Toutes les fois qu'il venai chez M. le duc, il donnait un louis pour la garde de son paletot...

— Il est mort, je crois.

— Oui, monsieur le juge, il y a cinq ou six mois. Il avait eu des hauts, des bas... mais il s'était remplumé. Le jeune homme disait qu'il était son fils. Ça, je n'en sais rien, mais c'est possible, parce que M. de Cherlux était porté pour le sexe...

— Avez-vous vu aussi les hommes dont parle M. Benoît?...

— Au moment où j'entrais dans la galerie, ils s'en allaient... Oui, je les ai vus approximativement, à preuve que je suis sûr qu'ils avaient la figure noircie...

— Par quelle issue se seraient-ils échappés ?

— Ça, monsieur le juge, je ne pourrais pas dire. Seulement, je suis sûr que ce n'était pas par la porte, puisque j'étais devant.

— Examinons cette galerie, dit M. Varnay en s'adressant au procureur du roi.

Les deux magistrats se levèrent.

Dans ce moment, il se produisit le fait suivant :

Le substitut avait posé auprès de lui sa serviette, large portefeuille rempli de papiers. Le portefeuille tomba à terre et s'ouvrit. Quelques lettres s'en échappèrent.

M. Benoît se précipita pour les ramasser, et, les ayant prises en main, il poussa un cri.

— Qu'avez-vous? demanda le juge.

— Monsieur, cette lettre ! balbutia-t-il.

— Eh bien?

— C'est l'écriture de M. le duc...

Le substitut la prit vivement.

— De M. le duc de Belen?

— Oui, monsieur. Oh ! je reconnais bien son écriture.

Le valet de chambre s'était approché à son tour.

— Et c'est moi-même qui ai porté cette lettre hier soir au parquet.

Les deux magistrats échangèrent un regard. A voix basse, le substitut expliqua à M. Varnay que les papiers lui avaient été apportés dans la soirée par un employé du parquet, mais qu'absorbé par d'autres occupations, il n'avait pas eu le temps de les ouvrir.

Du geste, M. Varnay écarta les deux serviteurs.

Le substitut avait brisé le cachet et parcouru rapidement la lettre.

Voici ce qu'elle contenait :

« Monsieur le procureur du roi,

» Ayant été grossièrement insulté par un personnage que j'ai jadis accueilli chez moi, je crois devoir vous faire part des soupçons qu'il m'inspire. Il porte depuis quelque temps le nom de comte de Cherlux. Mais j'ai tout lieu de supposer que ce nom et ce titre ne lui appartiennent pas. En effet, après l'avoir accueilli, j'ai dû le chasser, car il a reçu chez moi le billet que je joins à cette lettre et sur lequel j'appelle votre attention.

» Ce prétendu comte de Cherlux — qui vit aux dépens d'une femme perdue, la duchesse de Torrès — appartient, selon toute apparence, à la bande célèbre que la police poursuit depuis si longtemps, la bande des Loups de Paris.

» Le nom de Mancal qui se trouve au bas du billet ci-joint n'est, m'a-t-on affirmé, qu'un des nombreux pseudonymes du bandit Biscarre.

» Je me tiens d'ailleurs à la disposition de M. le procureur du roi, pour lui fournir à ce sujet toutes explications qu'il jugera convenable de requérir. »

Cette lettre était signée du duc de Belen.

— Voilà qui éclaircit singulièrement cette triste affaire, dit M. Varnay. Ce prétendu comte de Cherlux a voulu empêcher ces révélations, et avec l'aide des bandits auxquels il est affilié, il a assassiné M. de Belen.

A ce moment, Armand s'approcha :

— Messieurs, dit-il, l'agonie de M. de Silvereal touche à son terme. Cependant tout indique que quelques minutes avant la mort, le blessé retrouvera une lueur de raison, dont peut-être vous pourriez profiter pour obtenir de lui quelque renseignement.

— Vous avez raison, répondit M. Varnay. Le plus important, c'est la confrontation.

Puis, s'adressant aux agents :

— Amenez ici l'homme arrêté.

Il se fit un grand silence. Puis la porte s'ouvrit, et Jacques parut.

En vérité, Jacques était effrayant à voir. Les yeux hagards, la bouche convulsée, il semblait un fou qu'on tire de son cabanon. Il marchait d'un pas automatique et sans paraître avoir conscience de ce qui se passait autour de lui.

— Approchez, dit le magistrat.

Jacques releva la tête et le regarda.

Des plaques de sang souillaient son visage et ses vêtements. Il passa ses deux mains sur son front et on vit que ses mains étaient rouges.

Le substitut se pencha à l'oreille du juge.

— Je connais cet homme, lui dit-il à voix basse.

— En vérité...

— Je l'ai déjà vu dans une circonstance singulière... Il s'est fait passer pour médecin, afin de pénétrer auprès d'une femme, dite la Brûleuse.

— Je sais... cette femme qui a été assassinée par Biscarre, le chef des Loups...

— Ce jeune homme, grâce à son mensonge, est entré dans la maison.

— Sans doute envoyé par les bandits... Ce renseignement est précieux. Nous en reparlerons.

Le juge s'approcha de M. de Silvereal :

— Monsieur le baron, dit-il, m'entendez-vous ?

Le baron eut un tressaillement et se tordit sur le fauteuil où il était affaissé.

Armand lui tourna doucement la tête vers le jeune homme, et du doigt toucha ses paupières. Il se produisit une contraction et les yeux s'ouvrirent.

Une lueur sombre passa dans son regard : tout son corps s'agita comme s'il eût été touché par une étincelle électrique ; son bras s'étendit dans la direction de Jacques. Un cri rauque s'échappa de sa poitrine :

— Assassin ! râla-t-il.

Et il retomba, inerte, insensible... Il était mort !...

Jacques avait entendu ; une épouvantable crispation agita sa face livide.

— Assassin ! répéta-t-il. Qui donc ?...

— C'est vous qui avez frappé cet homme ? lui dit nettement le juge.

— Moi ! moi !

Et sous cette accusation directe, brutale, il sembla qu'un déchirement se fît en lui. Il se redressa et regarda autour de lui.

— Où suis-je ? s'écria-t-il.

Il vit ses mains teintes de sang et les secoua instinctivement.

— Ce sang !... quel est ce sang ?...

— C'est le sang de vos victimes, interrompit M. Varnay.

Et le saisissant par le bras, il l'entraîna jusqu'aux deux cadavres.

Jacques poussa un cri terrible, il se dressa sur ses pieds, étendit les bras en avant et tomba de toute sa hauteur sur le plancher.

Armand s'était élancé vers lui.

— C'est un habile comédien, dit le juge. Cet évanouissement est simulé.

— Non pas ! dit Armand, qui avait entr'ouvert les vêtements du jeune homme, la syncope est réelle ; mais elle ne présente aucun danger...

— L'assassin sera placé à l'infirmerie. Il faut avant tout maintenant que la justice ait son cours.

Sur l'ordre du juge d'instruction, les agents relevè-

rent le corps de Jacques, et avec les précautions nécessaires, le descendirent jusqu'à une voiture, où il fut
placé, toujours évanoui...

Au moment où ils avaient paru, les imprécations
furieuses avaient éclaté, maudissant l'assassin. Peu s'en
était fallu que la foule ne rompît le cercle des soldats,
Une nombreuse escorte entoura la voiture, qui s'éloigna au pas...

Biscarre avait tenu son serment... Le fils de Jacques
de Costebelle, dont sa mère ignorait encore le véritable
nom, était accusé d'assassinat, l'échafaud l'attendait...
La hideuse araignée avait tendu sa toile. La mouche
était prise.

FIN DES LOUPS DE PARIS

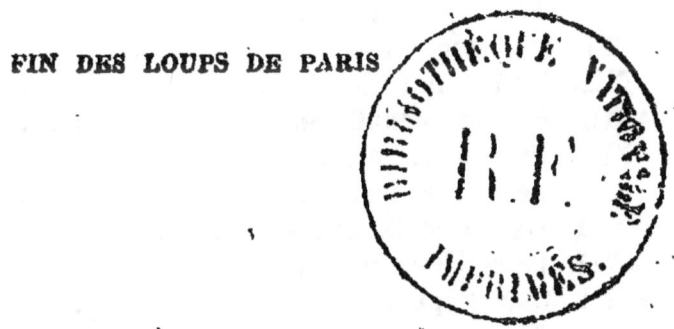

La suite des *Loups de Paris* a pour titre : LE ROI DU MAL.

TABLE

———

FIN DE LA TABLE DE LA DEUXIÈME PARTIE

———

F. Aureau. — Imprimerie de Lagny.

www.ingramcontent.com/pod-product-compliance
Lightning Source LLC
Chambersburg PA
CBHW050749030726
47505CB00002B/470